BASTEI
LÜBBE

Von Henrike Heiland sind bei Bastei Lübbe Taschenbücher lieferbar:

15629 Zum Töten nah
15742 Blutsünde

Über die Autorin

Henrike Heiland, geboren 1975, studierte Neuere Englische Literatur in Gießen und Durham und sammelte währenddessen Theatererfahrung als Schauspieldramaturgin und Opernregieassistentin. Nach ihrem Studium war sie als Drehbuchlektorin tätig und arbeitete dann als Redakteurin für internationale TV-Koproduktionen bei KirchMedia. Heute lebt sie als freie Autorin in Berlin und schreibt u. a. für das ZDF.

Henrike
HEILAND

Verdeckte Ermittlungen

Späte Rache

Kriminalroman

BASTEI
LÜBBE

BASTEI LÜBBE TASCHENBUCH
Band 15 505

1. Auflage: Juni 2006
2. Auflage: Februar 2007
3. Auflage: September 2008

Vollständige Taschenbuchausgabe

Bastei Lübbe Taschenbücher in
der Verlagsgruppe Lübbe

Originalausgabe

Umschlaggestaltung: Atelier Versen, Bad Aibling
Titelbild: IFA-Bilderteam/Gottschalk
Satz: hanseatenSatz-bremen, Bremen
Druck und Verarbeitung: CPI – Ebner & Spiegel, Ulm
Printed in Germany
ISBN 978-3-404-15505-7

Who was it that did this to you?
Who was it that did this to you?
Well if I could have my way
I would line them up against a wall
Do unto them as they have done to you
Who was it that did this?
Who was it that did this to you?

(»Family Life«, New Model Army)

Prolog

Der Raum glich einer dieser Zellen in psychiatrischen Anstalten. Zellen, in denen man die Patienten einschließt, die aggressiv gegen sich und andere sind. Wo die Wände mit weichem Polster verkleidet sind, sodass sich die Patienten nicht verletzen können. Aber es war keine Gummizelle, in die er sie gesperrt hatte. Der Raum war großzügiger als eine Zelle, und auch wenn die Wände gepolstert waren, der Boden war mit einem grauen, fleckigen Teppichboden ausgelegt. Außerdem gab es überall Steckdosen, und die Tür war keine Zellentür. Aber auch sie war von innen mit schwerem, weichem Polster verkleidet. Das Schaumstoffpolster an den Wänden war schäbig und dreckig.

Es war dunkel. Der Raum hatte nur ein einziges Fenster, aber das führte nicht nach draußen. Es führte in einen anderen Raum. Und es war sowieso mit einem schwarzen Tuch abgeklebt, sodass kein Licht hindurchdringen konnte. Nur manchmal, wenn er die Tür öffnete, kam Licht herein, und dann konnte sie sich etwas umsehen. Aber er öffnete die Tür nicht sehr oft.

Nein, in einer Klinik war sie nicht. In einer Klinik hätte sie Licht gehabt. Man hätte ihr etwas zu essen und zu trinken gebracht. Man hätte ihr erlaubt, sich zu waschen, wäre nicht nur einmal am Tag – oder war es in der Nacht? – mit ihr zur Toilette gegangen. Außerhalb der Zelle war eine Toilette, aber sie verstand nicht, in was für einem Gebäude sie war. Nicht in einer Klinik. Da war es sauberer. Und man hätte ihr nicht die Arme und Beine mit Handschellen zusammengebunden.

Auch wenn sie nicht wusste, wo sie war, so wusste sie doch genau, wer sie hierher gebracht hatte. Er musste ihr ein Schlafmittel gegeben haben, denn plötzlich war sie hier aufgewacht, in undurchdringlicher Dunkelheit. Sie konnte sich an nichts erinnern. Stundenlang hatte sie um Hilfe geschrien, vergeblich. Dann war sie vor Erschöpfung auf dem harten Boden eingeschlafen. Bis er sie geweckt hatte. Nur wenig Licht war durch den Türspalt in den Raum gefallen, aber sie hatte ihn sofort erkannt, und sie war so erleichtert gewesen. Rettung hatte sie vermutet. Bis sie erkennen musste, dass er, ausgerechnet er derjenige war, der sie hierher gebracht hatte.

Er hatte nicht lange damit gezögert, ihr zu erklären, warum sie hier war. Sie sollte wissen, was sie ihm angetan hatte und weshalb sie sterben musste. Sie sollte wissen, dass er schon andere auf diese Weise hatte leiden lassen.

Und dabei war sie sich so sicher gewesen, dass er es nicht gewusst hatte, all die vielen Jahre. So sicher, er würde es niemals herausfinden. Aber dann hatte sie sich selbst verraten und es nicht einmal bemerkt.

Immer, wenn er zu ihr kam, stellte er ihr viele Fragen. Er wollte alles ganz genau wissen. Jedes Detail. Immer und immer wieder. Es gab etwas, das er ihr nicht glaubte. Er hatte ihr verboten, es zu wiederholen. Obwohl es die Wahrheit war. Aber er glaubte ihr nicht. Er glaubte, schon alles zu wissen.

Manchmal gab er ihr ein wenig Wasser oder sogar ein bisschen Brot, aber das reichte nicht. Sie litt Hunger und Durst. Überlegte er sich genau, wie viel er ihr gab, damit sie nicht zu früh starb? Was hatte er vor? Wie würde er sie töten? Er sagte es ihr nicht. Als sie ihn gefragt hatte, da hatte er nur gesagt: »So, wie du es verdient hast«. Mit ganz ruhiger Stimme und mit einem Lächeln. Er war immer so ein liebenswerter Mensch gewesen, so ein liebes Kind …

Ihre Gedanken schweiften ab. Sie schweiften immer öfter ab. Und dann dachte sie an früher, und sie träumte Dinge, von denen sie nicht wusste, ob sie sie wirklich einmal erlebt hatte. Jetzt träumte sie von einer sanften Dünenlandschaft. Weißer Sandstrand, so weit das Auge reichte, und direkt dahinter das unendliche blaue Meer, das in der heißen Mittagssonne glitzerte. Weit und breit war kein Mensch zu sehen. Oder doch? Von weitem kam eine Frau auf sie zugelaufen, sie winkte fröhlich und lachte. Sie erkannte ihre Mutter …

Ein heftiger Knall riss sie aus dem Traum. Er war wiedergekommen. Das Öffnen der Tür war unerträglich laut gewesen. Da sich ihre Ohren an die Stille gewöhnt hatten, erschien ihr jedes Geräusch zehnmal so laut, als es in Wirklichkeit war.

Sie hatte von den Toten geträumt. Ihre Mutter war schon seit fast 40 Jahren tot. Und sie würde es auch bald sein.

Er ließ wie jedes Mal die Tür einen Spalt weit offen. Das wenige Licht, das seinen Weg zu ihr fand, blendete sie und schmerzte in den Augen. Sie hörte seinen Atem, ruhig und regelmäßig.

»Sag mir nur, wo er ist.«

Das fragte er immer und immer wieder. Bald würde sie zu schwach sein, um ihm Widerstand zu leisten. Sie wusste jetzt schon manchmal nicht, ob sie etwas laut gesagt oder nur gedacht hatte. Dabei konnten erst ein paar Tage vergangen sein. Er machte den Eindruck, als hätte er unendlich viel Zeit.

»Ich habe Zeit«, sagte er.

Sie zuckte zusammen. Nein, sie hatte es nicht laut gesagt, ihre Zunge klebte noch am Gaumen vor Durst. Sie hatte nicht gesprochen. Aber sie würde es bald tun, und sie würde es nicht einmal bemerken. Noch hatte sie ihre Sinne halbwegs beieinander. Doch wie lange noch? Sie wusste, es würde nichts ändern. Er würde sie töten. Und nicht nur sie. Sie konnte ihn nicht aufhalten. Er hatte viele Jahre Zeit für seine Rache gehabt, und er hatte noch viele Jahre vor sich. Ob sie schwieg oder redete, es würde nichts daran ändern, dass sie bald sterben musste.

Eigentlich war sie schon tot.

»ROSTOCKER RUNDSCHAU«

Schlafende Polizisten – Mörder der Kindergärtnerin doch nicht gefasst

Von Gero Helm

Stadtmitte, 2. August 2004. Der einzige Verdächtige im Fall der ermordeten Erzieherin Lena S. (31), Familienvater Thomas B. (33), musste gestern bereits nach wenigen Stunden Verhör wieder auf freien Fuß gesetzt werden. Die Rostocker Polizei hat dazu bisher noch nicht Stellung genommen.

Seit fast vier Wochen wird nun schon ohne Ergebnis in der Mordsache ermittelt. Die Leiche von Lena S. war am 4. Juli von Anglern in der Warnow auf Höhe der ehemaligen Neptunwerft entdeckt worden. Laut Polizeiberichten war die junge Frau vor ihrem Tod schwer misshandelt worden.

Lena S. hatte zuvor tragische Berühmtheit erlangt: Die Kindergärtnerin war von dem Ehepaar B. für den Tod ihres fünfjährigen Sohns Timmy verantwortlich gemacht worden. Der kleine Junge war von einem Auto direkt vor der Kita überfahren worden, als er unter Aufsicht von Lena S. stand. Das Gericht sprach die Erzieherin frei. Ein Urteil, das deutschlandweit mit großem Unverständnis aufgenommen wurde.

Vor diesem Hintergrund ermittelte die Polizei gegen die Eltern von Timmy B.

Die Festnahme von Thomas B. wirkt jedoch wie eine Verzweiflungstat der Kripo, weil sie keinen anderen Verdächtigen finden können. Die Beweislage gegen den trauernden Vater, einen unbescholtenen Rostocker Bürger, stützte sich einzig auf sein mögliches Motiv: Rache. Außerdem hatte ein Nachbar angeblich gehört, wie Thomas B. die Erzieherin als »Mörderin« titulierte, »die es nicht verdient zu leben«.

»Das reicht natürlich nicht für einen Haftbefehl aus«, teilte uns der Anwalt von Thomas B. mit. Er sagte weiter, dass absolut kein Zweifel an der Unschuld von Thomas B. und seiner Frau besteht. In der Öffentlichkeit werden Fragen danach, was die Polizei den ganzen Tag tut, immer lauter. Vielleicht hoffen die Ermittler, dass die Bevölkerung die Gräueltat vergisst und den Beamten ihren achtstündigen Mittagsschlaf zugesteht. Schließlich ist ja noch Sommerpause.

1.

Er warf nur einen kurzen Blick in sein Büro auf dem Weg nach draußen. Dazu blieb er nicht einmal stehen. Er ging auch nicht langsamer. Nur ein kurzer Blick, und selbst den hätte er sich gerne verkniffen. Noch im Herausgehen hörte er, wie ihm sein Kollege Gerd Köveling, der gerade aus der Kantine kam, hinterherrief.

»Erik, hast du schon die neue Kollegin gesehen?«

Erik Kemper verließ ohne ein Wort das Gebäude der Polizeidirektion, in dem auch die Kriminalpolizeiinspektion, kurz KPI genannt, untergebracht war, wandte sich nach rechts und stapfte die Straße hinunter in Richtung Steintor.

Als er am »Alex« vorbeikam, blieb er stehen. Er überlegte nicht lange, suchte und fand Kleingeld in den Taschen seiner ausgebeulten Jeans, betrat das Lokal und steuerte zielsicher den Zigarettenautomaten an. Nach immerhin einem Monat als Nichtraucher.

Als er zurück ins Sonnenlicht trat, eine Zigarette zwischen den Lippen, tastete er sich nach einem Feuerzeug ab. Nichts. Erst der fünfte Passant, den er fragte, konnte ihm Feuer geben. Vor dem Sommerurlaub hatte er es sich abgewöhnt. In Savonlinna war es auch kein Problem gewesen. Weitab vom täglichen Wahnsinn hatte er nicht ein einziges Mal eine Zigarette oder seinen Kaffee vermisst. Vier Wochen Urlaub in Finnland, vier Wochen selbst auferlegte Nachrichtensperre, kein Telefon, nichts. Nur er und seine Hütte am See.

Und nun war es, als sei er keinen Tag weg gewesen. Oder als sei er viel zu lange weg gewesen. Er hatte noch nicht ganz verstanden, was er in den letzten zwei Stunden gehört hatte.

Früher am Morgen als gewöhnlich und mit verhältnismäßig guter Laune war Erik zur Arbeit gegangen. Die Sonne schien freundlich, die Luft war angenehm. Ebenfalls gegen seine Gewohnheit hatte er sein Auto zu Hause stehen lassen. Er hatte sein Fahrrad aus dem Keller geholt, war von seiner Wohnung in der Landreiterstraße die wenigen Meter zum Anleger gerollt und hatte auf die Fähre gewartet. Er genoss die Wartezeit. Die Sonne glitzerte auf dem Wasser und beschien die Silhouette Rostocks auf der anderen Seite des Ufers. Die Ruhe war fantastisch, der Blick einmalig. Entspannt sog er die frische Luft ein.

Vom Kabutzenhof aus radelte er quer durch die Innenstadt bis zur KPI. Morgen würde er es bereuen. Muskelkater würde er bekommen. Aber das störte ihn im Moment wenig.

Erik hatte beschlossen, so einiges in seinem Alltag zu ändern: weniger Stress, mehr an die Gesundheit denken. Nicht, dass er zu dick war. Ein paar Kilo hatte er vielleicht zu viel. Aber schließlich wurde er in ein paar Tagen 41. Und er war ja auch bereit, etwas zu tun.

Das goldene Morgenlicht, das noch lange Schatten warf, ließ nur langsam ahnen, wie viel wärmer es am Mittag werden würde. Der Berufsverkehr fing erst an, Fußgänger waren nur wenige unterwegs. In der KPI würde es jetzt noch ruhig sein.

Als er über die langen dunklen Flure zu seinem Büro schlenderte, fing er sogar an, ebenso falsch wie fröhlich »Are You Gonna Be My Girl« von Jet vor sich hin zu singen. Gut, dass sie keine Frauen in der Abteilung hatten, jedenfalls nicht direkt bei der Mordkommission. Sonst müsste er sich in Acht nehmen. Der Text des Liedes konnte leicht missverstanden werden. Erik musste bei dem Gedanken grinsen.

Musik mochte er einfach, da versuchte er, stets auf dem neuesten Stand zu bleiben, auch wenn die wirklich wilden Zeiten für ihn vorbei waren.

Als Dreizehnjähriger war er über das Desinteresse seiner Eltern an allem, was gerade angesagt war, erstaunt gewesen.

Trotz ihrer drei Kinder waren sie völlig uninformiert. Seine Lehrer hatten den einen oder anderen Bandnamen zumindest schon einmal gehört. Aber seine Eltern? Voller Stolz hatte er von seinem Taschengeld seine erste eigene Schallplatte gekauft. Während sein älterer Bruder sich schon seit geraumer Zeit einer schwedischen Neuentdeckung namens Abba widmete, versuchte Erik, die Familie von seinem Erstling zu überzeugen und ließ das Album »Black and Blue« von den Stones auf Vaters Plattenteller kreisen. Es dauerte allerdings nicht sehr lange, bis sein Vater höchstpersönlich die Nadel wieder von der schwarzen Scheibe hob und ihn aufforderte, diesen »Lärm« sofort wieder zurückzubringen. Der Verkäufer würde sich sicherlich entschuldigen und ihm das Geld zurückgeben.

Nach diesem Fehlstart vor einem gänzlich verständnislosen Publikum – zu dem auch seine Brüder zählten – beschloss er, auf einen Plattenspieler zu sparen und seine Musik nur noch unter Ausschluss der Öffentlichkeit zu genießen. Und zugleich schwor er sich, nie den Anschluss zu verlieren. Es folgten in den nächsten Jahren Anschaffungen von den Sex Pistols, den Dead Kennedys und The Clash, und als er etwas ruhiger wurde und nicht mehr so viel Energie in das Image des Rebellen stecken wollte, erweiterte er seinen musikalischen Horizont um die Werke von Patti Smith, Velvet Underground und Iggy Pop, später Sonic Youth, The Smiths und die Einstürzenden Neubauten, und so ging es immer weiter. Sein Musikgeschmack wurde mit der Zeit ein wenig ruhiger, das gab er zu. Die Revolten waren vorbei.

Als Erik seine Bürotür öffnete, machte er mitten in der Bewegung Halt. Etwas war anders. Ein Schreibtisch war zu viel. Verwundert sah er auf dem Türschild nach, vielleicht hatte man die ganze Abteilung umgesetzt? Aber sein Name war außen angeschrieben, neben dem seines Kollegen Voigts, der die Mordkommission leitete. Darunter stand, ganz neu und irgendwie provisorisch, A. Wahlberg, ohne eine weitere Bezeichnung.

Erik teilte sich seit zwei Jahren das Büro mit Holger Voigts. Die beiden Schreibtische standen wie üblich einander gegenüber an der Fensterfront.

Voigts' Platz war sauber und ordentlich, die Stifte lagen wie ausgerichtet nebeneinander. Kein Blatt Papier am falschen Ort. Sein Schreibtisch hingegen war in den vergangenen vier Wochen mit Papier überhäuft worden.

»Als hätte ich kein Postfach«, brummte er zu sich selbst. Sein Arbeitsplatz versank eigentlich immer im Chaos. Erik verstand nicht, wie Voigts es fertig brachte, dass sein Schreibtisch stets so aussah, als arbeite dort niemand, und dass er sogar noch eine Zimmerpalme und Miniaturnachbildungen seiner Lieblingsautos in Reih und Glied aufstellen konnte.

Statt des Aktenschranks an der den Fenstern gegenüberliegenden Wand war dort ein kleiner Schreibtisch. Erik ging misstrauisch um den überzähligen Schreibtisch herum. Nur ein Telefon, ein Computer, beides noch nicht angeschlossen. Keine persönlichen Gegenstände, keine Akten, kein Hinweis darauf, dass er benutzt wurde.

»Du bist schon da.« Erik drehte sich um, als er die Stimme von Kriminaloberrat Roland Behrens hörte. Behrens stand im Türrahmen, die Hände in den Taschen seiner maßgeschneiderten Anzugshose, mit seinem üblichen ruhigen Gesichtsausdruck.

»Wer ist Wahlberg, und warum hat er ausgerechnet in meinem Büro seinen Schreibtisch?«, fragte Erik gereizt statt eines Grußes. »Mit Voigts hier zu hocken ist schon hart an der Grenze.«

Behrens sah ihn ruhig an. »Wärst du ans Telefon gegangen, hätte ich dich auf das hier vorbereiten können. Ich denke, wir gehen besser in mein Büro.«

»Moment! Holger leitet die Mordkommission, und ich bin sein Stellvertreter, es gibt noch andere Büros!«

»Bei Andreas und Olaf passt nun wirklich kein Blatt mehr

rein, und bei Kai und Gerd sitzt schon ein zusätzlicher Kollege.«

»Wo ist eigentlich Siegfried?« Siegfried Kluge war der Fachkommissariatsleiter. Brand, Sexualstraftaten und Mord hatte er unter sich. Normalerweise wurden solche Sachen mit ihm besprochen und nicht gleich mit dem KPI-Leiter.

»Siegfried hat seinen gesamten Resturlaub genommen und bereitet sich auf seine Pensionierung vor«, erklärte Behrens. »Und jetzt komm bitte mit.«

Erik wusste, dass ihn nichts Gutes erwartete. Etwas war faul. Dazu kannte er Behrens lange genug. Roland Behrens war seit Eriks erstem Tag in der Behörde, und der lag nun fast schon 14 Jahre zurück. Nur deshalb konnte Erik so mit ihm reden, wie er es tat.

In Behrens' Büro musterte Erik die Fotos, die an der Wand hingen. Behrens' Frau, seine beiden Kinder. Zwei Bilder hatte er ausgetauscht, die Schulabschlussfotos seiner Zwillinge hatte er ersetzt durch fröhliche Schnappschüsse, die die beiden Mädchen in Rom zeigten. Erik erinnerte sich, dass Behrens ihm vor ein paar Monaten erzählt hatte, seine beiden Töchter würden nun in Rom studieren.

Behrens brachte ihn erst einmal auf den neuesten Stand. Kurz nachdem Erik in den Urlaub gefahren war, wurde eine Frauenleiche aus der Warnow gefischt. Ein Angler hatte seine kleine Tochter an diesem Morgen mitgenommen. Um die eingefleischten Dauerangler nicht zu irritieren, suchte er sich die ehemalige Neptunwerft als Übungsgelände für die Kleine aus. Als er ihr zeigte, wie man die Angelschnur richtig auswirft, verhakte sich die Leiche am Köder.

Lena Sommer, 31 Jahre alt, Erzieherin. Einige Wochen vorher hatte sie bundesweit Schlagzeilen gemacht, weil sie vor Gericht stand: Man warf ihr vor, ihrer Aufsichtspflicht nicht nachgekommen zu sein, was den Tod eines Fünfjährigen zur Folge hatte. Ein kleiner Junge, Timmy Beck, war überfahren worden.

Erik hatte den Prozess nur am Rande verfolgt, aber er konnte sich an die Zeitungsmeldungen erinnern. Timmy hatte ein kleines Mädchen zu Boden geschubst, und als sich Lena Sommer um das aufgeschlagene Knie des weinenden Mädchens kümmerte, rannte Timmy unbemerkt weg, raus auf die Straße, vor ein Auto.

Das Gericht sah keinen Grund, Lena Sommer zu bestrafen, und ließ sie gehen. Die Presse spielte verrückt und forderte strengere Geschwindigkeitsbegrenzungen mit verschärften Kontrollen vor den Kindergärten, gnadenlosere Strafen in Fällen der Aufsichtspflichtverletzung, was immer gut auf die Titelseite passte und hohe Auflagen versprach.

Nach dem Freispruch war Lena Sommer verschwunden. Ihre Eltern hatten sie als vermisst gemeldet. Anfangs dachte noch jeder, sie verstecke sich vor der Presse. Bis ihre Leiche zehn Tage später in der Warnow gefunden wurde.

Von Anfang an waren Timmys Eltern verdächtig. Voigts hatte am Wochenende Timmys Vater, Thomas Beck, festnehmen lassen, musste ihn aber mangels Beweisen gleich wieder laufen lassen. Keinen Schritt waren sie weitergekommen in den vier Wochen seit dem Auffinden der Leiche. Kein einziger Hinweis seitdem.

Seit ein paar Jahren gab es eine neue Zeitung in Rostock, die »Rostocker Rundschau«. Zunächst handelte es sich um ein wöchentlich erscheinendes Anzeigenblatt mit dem ein oder anderen Bericht über lokale Veranstaltungen und Ereignisse. Seit Beginn des Jahres aber erschien sie täglich, aufgemacht wie eine überregionale Boulevardzeitung, nur etwas kleinformatiger, damit man sie besser in der S-Bahn lesen konnte.

Von seriöser Berichterstattung konnte kaum die Rede sein. Das Blatt lebte von überzogenen Schlagzeilen, vielen Bildern und Berichten, die dem Leser das Denken bequemerweise abnahmen: Die Schlussfolgerungen wurden meist gleich mitgeliefert. Die Lappalien, die man dort zu Skandalen aufblies, waren ein gefundenes Fressen für die als Magazinsendungen getarnten reißerischen Klatschsendungen des Privatfernsehens. Die Fernsehredakteure schienen die »Rostocker Rundschau« als Fundgrube zu lieben, und die bösartigen Kommentare über die unfähige Polizei, die den Mörder der Kindergärtnerin nicht finden konnte, waren in den letzten beiden Wochen schon auf so ziemlich jedem Kanal verwertet worden. Erst durch die Hetzkampagne in der »Rostocker Rundschau« war der Prozess um Lena Sommer quer durch die Republik bekannt geworden.

Erik konnte sich vorstellen, dass der leicht reizbare Holger Voigts vor Wut kochte, nun da man ihm die Leitung des Falles abgenommen und ausgerechnet seinem Stellvertreter Erik übertragen hatte. Dass Behrens Maßnahmen ergreifen musste, war klar. Dass der Polizeipräsident mehr als nervös war, leuchtete ein. Aber was sich die hohen Herren gemeinsam als Lösung ausgedacht hatten, war unfassbar. Er hoffte immer noch, dass er sich verhört hatte.

»Sie ist Psychologin und hält Seminare zum Thema Täterprofile. In den letzten Jahren hat sie in München geholfen, einige Kollegen zu Profilern auszubilden. Sie unterrichtete auch an der Polizeifachhochschule. Verhörtechniken und so weiter. Sie kennt die Polizeiarbeit. Wir haben eine Planstelle für sie geschaffen. Zunächst für zwei Wochen.«

Selbstverständlich war Verstärkung nötig. Es gab hier niemanden, der eine gesonderte Ausbildung für das Erstellen von Täterprofilen hatte. Die Schweriner konnten zurzeit keinen entsprechend ausgebildeten Mann abstellen. Und der Polizeipsychologe hatte ganz andere Dinge zu tun, als sich in die Ermittlungsarbeit reinzuhängen.

Trotzdem war Erik unwohl bei der Sache.

»Eine Psychologin, das würde ich jetzt erst mal nicht als Verstärkung bezeichnen, wenn ich ehrlich bin. Ich brauche einfach nur einen guten Mann mit Erfahrung …«, begann er vorsichtig dem KPI-Leiter gegenüber.

»Sie hat mehr Profilingerfahrung als die gesamte Polizei in Mecklenburg-Vorpommern«, war die gelassene Antwort von Behrens.

»Aber wir suchen nicht nach einem Serienmörder. Oder hab ich irgendwas verpasst?«, fügte Erik betont unschuldig hinzu. »Unter Verstärkung verstehe ich zwei ausgebildete Polizisten, die wissen, was zu tun ist. Aber keine Therapeutin!«

»Erik, bitte. Es hat seine Gründe, warum ich sie ausgesucht habe. Sie ist außergewöhnlich gut auf den Gebieten Zeugenbefragung und Verhör.«

Behrens machte eine Pause und beugte sich leicht vor. Erik wusste, es würde nur noch schlimmer werden. Als Behrens berichtete, hatte er zunächst nur die Augen aufgerissen. Dann war er stumm aufgestanden und hatte das Büro verlassen. Ein Scherz, natürlich. Ein ganz schlechter.

Der Fall sollte mithilfe dieser Frau und ihrer »außergewöhnlichen Fähigkeiten« gelöst werden!

Und er sollte mit ihr zusammenarbeiten.

Erik warf zornig den Zigarettenstummel auf den Boden. Er war ziellos durch die Stadt geirrt und hatte nicht gemerkt, wo er hingelaufen war. Mittlerweile war er am Alten Markt angelangt und stand unsinnig vor der Petrikirche herum. Erik blickte zum Kirchturm empor und schnaubte verächtlich.

»Herzlichen Dank auch. Möchte wissen, was du dir dabei gedacht hast.«

Es half nichts, er musste zurück. Der »außergewöhnlichen« Psychotante Guten Tag sagen. Und danach kündigen.

2.

Erik pirschte sich unwillig an sein Büro heran und spähte durch den offenen Türspalt. Da saß sie schon und starrte auf den Computerbildschirm.

Sie war Mitte 30. Ihre langen braunen Haare waren zu einem lockeren Zopf nach hinten gebunden. Helle Haut, ausdrucksvolle Augen. Sie trug ein einfaches beigefarbenes T-Shirt und dazu eine helle Cordhose. Unaufdringlich und unprätentiös. Fast kein Make-up. Er hatte etwas anderes erwartet, er wusste selbst nicht genau, was. Definitiv unattraktiver hatte er sie sich vorgestellt. Das, was man »alternativ« nannte vielleicht. Esoterisch eben, nach Räucherstäbchen riechend, weite bunte Klamotten, kurz geschnittene, hennarote Haare und hölzerner Schmuck. Ein bisschen schämte er sich, diesem Klischee aufgesessen zu sein.

Er betrat das Zimmer, sie hob ihren Blick und lächelte ihn freundlich an. Sich vorzustellen, dazu kam er gar nicht. Noch bevor er etwas sagen konnte, kam unter ihrem Schreibtisch Michael Anders, ein Kollege von der Kriminaltechnischen Untersuchung, der KTU, hervorgekrochen. Offenbar hatte er am Computer herumhantiert.

»Ah, da ist er ja, wie war Finnland?«, tönte Micha, erhob sich, wischte sich die Hände an der Jeans ab und riss die Formalitäten, ohne eine Antwort auf seine Frage abzuwarten, gleich an sich. »Kriminalhauptkommissar Erik Kemper, Anne Wahlberg, Psychologin …« – Micha warf ihr einen unsicheren Blick zu. Hatte er sie richtig vorgestellt? – »Aber das weißt du wahrscheinlich schon. Ich zeig ihr gerade unser System. War natürlich noch nichts angeschlossen. Und du warst ja nicht da.«

Wie selbstverständlich angelte sich Micha die Zigarettenschachtel aus Eriks Hemdtasche, nahm sich eine und steckte sie in den Mund, ohne sie anzuzünden. Die Schachtel warf er leger auf Eriks Schreibtisch. Dann wandte er sich wieder zu der Psychologin.

»Durchwahl hast du, wenn's was gibt, ruf mich an. Guten Start!« Mit einem lässigen Schulterklopfer drückte er sich an Erik vorbei und verschwand den Flur hinunter.

Erik und Anne sahen sich einen Moment schweigend an. Sie lächelte schließlich. »Ich habe schon gehört, dass man Sie erst heute Morgen über alles informieren konnte. Aber ich bin ganz pflegeleicht, ehrlich!« Erik ging auf ihren Versuch, die Stimmung aufzulockern, nicht ein. Zunächst war er überrascht von ihrer Stimme. Weich und dunkel klang sie, ein bisschen rauchig. Sie schien sympathisch zu sein, als Mensch, aber darum ging es nicht. Es ging ihm einzig um professionelle Polizeiarbeit. Und sie war sicherlich kein Teil davon.

Warum sollte er mit ihr zusammenarbeiten? Warum benutzte Behrens ausgerechnet die Mordkommission als Spielwiese für – ja wofür eigentlich? Erwartete man von ihm, dass er zum Mittagessen Statistiken über das soziale Umfeld und die Kindheit von Mördern mit ihr diskutierte? Sollte sie etwa ihre »außergewöhnlichen Fähigkeiten«, über die ihn Behrens so eindringlich unterrichtet hatte, ausprobieren?

Erik wusste nicht, ob er lachen sollte, mittlerweile erschien ihm die Situation einfach nur grotesk. Letztlich entschied er sich dafür, sie zu ignorieren. Keiner verpflichtete ihn schließlich, auf sie zu hören. Und er würde irgendeinen Hokuspokus nicht zulassen.

Diese Frau war jedenfalls kein Kündigungsgrund. Er würde es sich ein paar Tage ansehen.

»Haben Sie die Akten schon gelesen?«, fragte er. Sie nickte.

»Gut. Ich nicht. Ich fahre jetzt meine Kiste hoch, mach mir in der Zeit einen Kaffee, und dann grabe ich mich durch die

Akten. Um vier setzen wir uns alle zusammen und besprechen den Fall. Ich gehe erst mal nicht davon aus, dass Sie etwas Konstruktives dazu beitragen können.«

Damit drehte er sich um und ging zu seinem Tisch. Er schaltete wie angekündigt den Computer an und verließ den Raum mit dem festen Vorsatz, sich eine trinkbare Tasse Kaffee zu machen.

Er sprach die ganze Zeit über kein Wort mit ihr. Während des gesamten Vormittags saß er nur wenige Meter entfernt, mit versteinertem Gesicht, nahezu regungslos. Nicht ein einziges Mal sah er zu ihr hinüber oder fragte sie etwas. Gelegentlich raschelte es, wenn er eine Seite umblätterte. Er ging nicht einmal ans Telefon, wenn es klingelte. Die einzige Unterbrechung war Micha gewesen, der ihr unaufgefordert einen Kaffee hinstellte und ihr mit einer kleinen, saloppen Geste klar machte, dass sie Eriks Verhalten nicht überbewerten sollte. Sie brachte es nicht übers Herz, ihm zu sagen, dass sie keinen Kaffee mochte. Dazu war später immer noch Zeit. Wenn sie ehrlich war, traute sie sich wohl einfach nicht, die Stille im Zimmer zu durchbrechen.

Micha war der Erste gewesen, der sich Zeit für sie genommen hatte. Roland Behrens war morgens, als sie in der KPI ankam, in einer Besprechung mit dem Kollegen, mit dem sie das Büro teilen sollte. KHK Erik Kemper. Holger Voigts, der eigentliche Leiter der Mordkommission, war bisher für den Fall zuständig gewesen. Heute Morgen hatte er sich für die Woche krank gemeldet.

All das erfuhr sie von einer Frau um die vierzig, die eigentlich für Sexualstraftaten zuständig war. Sie hatte sie an der Pforte abgeholt, weil sonst niemand da war. In der Eingangshalle der Polizeidirektion hatte Anne nur kurz auf sie warten müssen, bis sie die breite, düstere Steintreppe herunterkam. Der Mann von der Securityfirma, die das Gebäude bewachte, hatte nicht einmal Annes Ausweis sehen wollen. Auch diese Kommissarin, deren Namen sie wieder vergessen hatte, ließ sich keinerlei Papiere von ihr zeigen. Sie plauderte gleich drauflos, und über die Frage, warum eine externe Firma die Rostocker Polizei sicherte, lachte sie nur laut und heiter.

Sie waren auf einem der dunklen, heruntergekommenen Flure an Micha Anders vorbeigekommen. Zunächst war er mit einem knappen Gruß an den beiden vorbeigeschlendert. Als Anne dann wenig später alleine versuchte, sich in den gleich aussehenden Gängen zu orientieren, kam er ihr wieder entgegen, eine Tasse Kaffee in der Hand, im Mund eine Zigarette. Er ging direkt auf sie zu und strecke seine Hand aus.

»Wir kennen uns noch nicht, ich bin Micha«, sagte er. Seine Stimme war tief und mit einem norddeutschen Akzent, den Anne nicht näher zuordnen konnte. Micha war mindestens einsneunzig groß, dabei fast schon hager und sportlich. Er hatte kurz geschnittenes, verwuscheltes dunkelblondes Haar mit sonnengebleichten Strähnen und strahlend blaue Augen. Ein Surfertyp, mit tiefen Lachfältchen und sonnenverbranntem Gesicht. Ungefähr ihr Alter.

Sie stellte sich ihm vor und erklärte kurz, was sie hier tat. Ab dem Moment, als sie begann, über ihre Arbeit zu sprechen, hatte sie den Eindruck, dass er nicht mehr zuhörte, sondern mit seinen Gedanken bereits woanders war. Er lotste sie in ihr Büro zurück, noch bevor sie ausgesprochen hatte, und schaltete als Erstes ihren Computer ein.

»Arbeiten Sie auch an dem Fall?«, fragte sie schließlich, woraufhin er ihr unzeremoniell das Du anbot und kurz erklärte, dass er ebenfalls gerade erst gekommen sei.

»Ich war zwei Wochen im Urlaub, aber ich habe damals die KTU gemacht.«

Anne wunderte sich ein wenig über die Selbstverständlichkeit, die der Spurensicherer in allem, was er tat, an den Tag legte. Er strahlte eine natürliche Autorität aus, der man sich nur schwer entziehen konnte. Dabei wirkte er ganz beiläufig, ganz unverbindlich.

Nachdem er ihren Computer und das Telefon verkabelt und ihr einen kleinen Computerkurs gegeben hatte, erschien auch schon Erik Kemper.

Und nun saß Kemper einfach da und gab ihr zu verstehen, dass er sie hier nicht haben wollte.

Anne war erst seit dem Wochenende in Rostock und hatte sich noch nicht richtig eingelebt, zumal sie vorläufig noch in einem kleinen Hotel in der Nähe wohnte, bis sie in ihre neue Wohnung konnte.

Sie hatte ein Forschungsstipendium für ihre Habilitation bekommen. An der Universität Rostock, der ältesten Nordeuropas, lief ein Sonderforschungsprojekt mit dem Thema »Erlernte Gewalt«. Juristen, Mediziner, Pädagogen, Philosophen und Literaturwissenschaftler hatten Anteil an diesem Projekt. In einer Art Sonderstellung, weil sie eigentlich Psychologin war, wurde sie von der juristischen Fakultät hinzugerufen. Diese Stelle sollte sie erst im Oktober antreten. Sie hatte ihre Vermieter gefragt, ob sie vielleicht schon früher einziehen könnte, aber noch keine Antwort bekommen.

Roland Behrens war persönlich vor etwas über einer Woche zu ihr nach München gekommen, mit allen relevanten Akten in einem Köfferchen, um ihr den Fall vorzustellen und ihren Rat einzuholen. Schon nach kurzer Zeit kam er mit der Idee, dass sie daran mitarbeiten sollte. Es wäre doch so passend, da sie ohnehin nach Rostock kommen würde!

Anne wusste, dass er diesen Vorschlag von Anfang an im Sinn gehabt hatte. Sie sträubte sich zuerst, aber Behrens wollte kein Nein akzeptieren. Er war so überzeugt von ihr und davon, dass sie eine große Hilfe sein würde. Sie hatte schließlich seinem Drängen nachgegeben.

Behrens kannte sie von einigen Tagungen und Schulungen, die sie für BKA-, LKA- und Kripo-Beamte gegeben hatte. Profiling war ihr Spezialgebiet, aber auch Verhörtechniken, Interviewverfahren. In der freien Wirtschaft könnte sie eine Menge Geld verdienen, hatte ihr jemand gesagt. Aber Anne hatte daran keinen Gedanken verschwendet.

Behrens hatte alle ihre Bücher gelesen. Nach intensiven Recherchen war er außerdem auf einige Testreihen aufmerksam geworden, bei denen sie die Versuchsperson gewesen war. Einige namhafte internationale Institute hatten Anne als eine Art menschlichen »Lügendetektor« ausprobiert, und die Resultate waren mehr als überzeugend. Sie hatte mit fast hundertprozentiger Sicherheit sagen können, wann jemand etwas verbarg und wann jemand offen die Wahrheit sagte.

»Das war im Labor, ich weiß nicht, wie ich unter Stress bei einem echten Fall reagiere«, gab sie zu bedenken. Aber Behrens ließ nicht locker. Traute sie sich zu, damit zu arbeiten? Sie wusste es bis heute nicht.

Kaum war sie in Rostock angekommen, hatte sie sich erstaunlich gut gefühlt. Die Nähe zur See hatte ihr in den vergangenen Jahren in München gefehlt. Für Berge und Skifahren hatte sie sich noch nie wirklich begeistern können, und mediterranes Klima nur wenige Autostunden entfernt war nicht unbedingt eine Notwendigkeit in ihrer Urlaubsplanung.

Je weiter sie nach Norden kam, desto leichter schien ihr das Atmen zu fallen. Die Landschaft wurde flacher und weiter. Verwitterte alte Bäume standen vereinzelt auf den Feldern, immer wieder abgelöst von Birken- oder Kiefernwäldchen, die die Autobahn nördlich von Berlin nach Rostock säumten. Sie hätte gerne einen Abstecher gemacht, als sie sah, dass sie direkt an der Mecklenburger Seenplatte vorbeifuhr. Von der Straße aus konnte sie leider nichts sehen. Sie würde es sich für später aufheben. So vieles, was sie sich hier ansehen wollte.

Gestern war sie an die Küste gefahren, um einfach nur spazieren zu gehen. Mit diesem Gefühl von Freiheit und guter Laune war sie heute Morgen hier hereinspaziert. Das Gefühl war nun fort. Sie hatte ein ungutes Drücken in der Magengegend, als sie an die Fallbesprechung dachte, und ärgerte sich darüber, dass die eigentliche Sache, wegen der sie hier war, nun überdeckt werden sollte von internen Animositäten, die mit der Arbeit als solcher nichts zu tun hatten.

Wenn es so weiterging, wie es angefangen hatte, würde sie 80 Prozent ihrer Energie damit verschwenden, darauf zu achten, dass sie niemanden in seinen Eitelkeiten verletzte. Bei dem Gedanken seufzte sie unwillkürlich laut auf und erschrak im selben Moment. Sie warf Erik einen verstohlenen Blick zu, doch er reagierte nicht auf sie. Er fuhr sich nur mit der Hand durch die Haare.

Anne warf einen Blick auf die Uhr. Es war bereits halb zwei, sie war hungrig. Sie erhob sich, um nach etwas zu essen zu fahnden.

»Ich hole mir schnell was in der Kantine. Soll ich Ihnen eine Kleinigkeit mitbringen?«, fragte sie. Erik Kemper schüttelte nur den Kopf. Als sie schon aus dem Zimmer war, rief er ihr ein dumpfes »Danke« hinterher. Vielleicht war er ja doch lernfähig, dachte Anne.

Auf dem Weg in die Kantine begegnete ihr Behrens, der sich sogleich entschuldigte, nicht schon früher bei ihr vorbeigeschaut zu haben. Er musste leider sofort wieder weiter. Anne ging zur Theke und holte sich ihr Essen – irgendeine seltsame Kombination aus verkochtem Gemüse, ein paar Kartoffeln und dazu etwas, das mal ein Hähnchenschenkel gewesen war – und setzte sich an einen leeren Tisch weit ab von den wenigen anderen, die noch da waren. Sie konnte jetzt keine Gesellschaft gebrauchen, schon gar keine neuen Leute.

Anne war sich unsicher, ob sie sich wirklich auf das Urteil von Behrens verlassen konnte. Er schien davon überzeugt zu sein, dass sie und Erik Kemper im Team zusammenarbeiten konnten.

Sie mochte Behrens gern und vertraute ihm, wusste auch, dass er sie fast wie eine Tochter ansah, auch wenn der Altersunterschied diesbezüglich eher knapp war. Insgeheim beneidete sie Behrens. Er strahlte eine solche Ruhe und Selbstsicherheit aus, schien sein Leben privat wie beruflich im Griff zu haben und war durch nichts aus der Bahn zu werfen. Behrens hatte einen perfekten Lebenslauf, die perfekte Karriere und die perfekte Familie. Idylle, dachte Anne mit Wehmut. Was hatte sie? Einen Vater, um den sie sich in den letzten 20 Jahren mehr gekümmert hatte als er sich um sie. Auf den Gedanken, dass auch sie einmal seine Hilfe brauchen könnte, war er nie gekommen. Was sie bisher erreicht hatte, erschien ihr nicht besonders sinnvoll. Wie so oft zweifelte sie an sich.

Nicht einmal vernünftig essen kann ich, dachte Anne verstimmt, als sie merkte, dass sie sich mit Soße bekleckert hatte. Großartig. Nie wieder helle Hosen ab heute, nahm sie sich vor und tupfte frustriert mit der Papierserviette auf dem Fleck herum.

3.

Die Besprechung war für 16 Uhr geplant, und Anne war die Erste. Die anderen schienen sich Zeit zu lassen, erst nach einer Viertelstunde waren sie vollzählig. Vorsichtig musterte Anne das Team. Insgesamt waren außer Erik Kemper fünf weitere Kommissare für den Fall eingeteilt. Micha war ebenfalls anwesend. Neben ihm saß ein ungewöhnlich hagerer Mann um die sechzig in einem schlecht sitzenden Anzug, der an Armen und Beinen etwas zu kurz war. Er zog ein säuerliches Gesicht und wirkte ungeduldig.

Micha schaute nur kurz in ihre Richtung, sprach ansonsten lebhaft mit seinen Kollegen über alltägliche Nichtigkeiten, verließ einmal den Raum, um einen zusätzlichen Stuhl zu holen, und noch einmal, um einen zweiten Aschenbecher zu organisieren. Dann setzte er sich, rückte seinen Stuhl ein paar Zentimeter weiter vom Tisch weg und machte es sich so bequem wie möglich. Die anderen zogen eher verbissene Gesichter, man sah ihnen die Überstunden, die sie im letzten Monat hatten machen müssen, deutlich an.

Erik Kemper kam als Letzter. Alle Fakten wurden noch einmal vorgetragen. Da Holger Voigts nicht da war, übernahm ein anderer Kollege die Einführung. Bevor er anfing, nickte er kurz in Annes Richtung und nannte seinen Vornamen: Gerd.

Lena Sommer war einen Tag nach dem Prozess verschwunden. Ihre Eltern hatten sie noch nach Hause begleitet und gefragt, ob sie bei ihr bleiben sollten, aber Lena hatte abgelehnt. Als ihre Mutter am nächsten Tag bei ihr anrief, ging sie nicht ans Telefon. Abends waren die besorgten Eltern zu ihrer Wohnung gefahren. Die Wohnungstür war abgeschlossen, aber sie hatten ihren eigenen Schlüssel. Lena Sommer war nicht zu Hause, ihr Mobiltelefon abgeschaltet. Sie hatte ihre Handtasche mitgenommen, doch ihre Koffer standen noch alle in dem kleinen Abstellraum neben der Diele.

Das Ehepaar Sommer beschloss, in der Wohnung auf Lena zu warten. Sie telefonierten die wenigen Freunde ihrer Tochter durch, die sie kannten, baten sie, ebenfalls herumzutelefonieren und nach Lena Ausschau zu halten. Aber keiner hatte sie gesehen. Besorgt hatten die Sommers die Polizei informiert. Sämtliche Krankenhäuser wurden angefragt, auch da Fehlanzeige. Zehn Tage lang rührten sich Lenas Eltern nicht vom Fleck, blieben in der Wohnung und hofften.

Dann wurde Lenas lebloser Körper an einem trüben Sonntagmorgen aus der Warnow gezogen. Zuerst dachte man an einen Selbstmord, bis die Details der Obduktion bekannt wurden. Hier gab Gerd das Wort weiter an den großen, hageren Mann, der sich als Dr. Peter Gundlach, Pathologe, vorstellte.

Gundlach berichtete in einem leiernden, etwas genervten und vernuschelten Monolog, dass alle Anzeichen dafür sprachen, dass Lena, kurz nachdem ihre Eltern sie zuletzt gesehen hatten, entführt worden war. Der Täter hatte ihr einen Tag vor ihrer Ermordung der Reihe nach die Knochen gebrochen. Wie, das war unklar. Vermutlich, so sagte Gundlach vorsichtig, mit einem schweren Gegenstand, der von oben herabfallend die Knochen zertrümmert hatte. Genauer wollte er sich auch auf mehrmaliges Nachfragen nicht äußern.

Man hatte mit Lenas Beinen begonnen, erst die Unterschenkel, dann die Oberschenkel. Danach die Hände, die Arme. Schließlich die Rippen, was schwere innere Verletzungen zur Folge hatte, die aber nicht schlimm genug gewesen waren, um daran zu sterben.

Nahrung hatte sie während ihrer Gefangenschaft keine bekommen, und offenbar nur so viel Wasser, dass sie eine Weile hatte überleben können.

Ihre Hand- und Fußgelenke waren offenbar mit Handschellen gefesselt gewesen. Kurz vor ihrem Tod waren ihr die Augen ausgestochen worden. Am Sonntagmorgen war ihr Leichnam in die Warnow geworfen worden.

Der Täter hatte sich ihrer fast direkt an der Fundstelle entledigt, ergänzte Micha. Er hatte sicherlich gehofft, dass sie mit der Strömung der Warnow ein Stück weiter in Richtung Ostsee getrieben würde. Aber der Leichnam hatte sich in einem alten Fischernetz verhakt.

»Hat man Spuren an der Leiche gefunden, die Hinweise darauf geben, wo sie festgehalten wurde?«, fragte Erik.

Dr. Gundlach blickte zögerlich auf. »Ich habe eine Liste an den Bericht angehängt mit dem, was wir in ihrem Haar und unter ihren Fingernägeln gefunden haben. Mageninhalt gab es nicht, bei der Lunge ist mir nichts außerhalb normaler Parameter aufgefallen. Mit Haaren und Fingernägeln hatten wir Glück, weil sie nur relativ kurz im Wasser war und sich in den Tagen vorher nicht gewaschen hatte. Wie Sie wissen, ist sie erst gestorben, als ihr das Genick gebrochen wurde. Das hat der Täter sich bis zuletzt aufgehoben«, sagte Dr. Gundlach in einem Ton, der unmissverständlich das Ende seiner Ausführungen kennzeichnete. »Keine Spuren eines Sexualverbrechens, keine fremden DNS-Spuren.« Er schaute auffällig auf seine Armbanduhr und warf Erik einen strengen Blick zu. Erik nickte ihm nur kurz seinen Dank zu, und der Pathologe verschwand mit einem gemurmelten Abschiedsgruß aus dem Besprechungszimmer. Anne fiel auf, dass er sogar noch größer war als Micha.

Als Nächstes war der Spurensicherer dran. Im Umkreis von 100 Metern des Fundorts war von der KTU alles abgesucht worden. Sie hatten jeden Fetzen eingesammelt, der so aussah, als läge er erst höchstens wenige Tage dort. Nichts Auffälliges war bei den Auswertungen bisher aufgetaucht. Jeder einzelne Zigarettenstummel, jeder Kaugummi, jedes Papierchen lag seit vier Wochen beim LKA. Für den Fall, dass es eine Übereinstimmung in der DNS-Datenbank des BKAs gab, wurde alles untersucht. Eine Wahnsinnsarbeit, die noch lange nicht abgeschlossen war. Und vermutlich auch ins Leere führen würde. Denn was brachten DNS-Spuren, wenn man keinen Vergleich hatte? Und selbst wenn es eine Übereinstimmung gab, bewies diese nur, dass die Person irgendwann einmal im Hafen herumgelaufen war. Aber sie bewies nicht, dass es sich dabei auch um den Mörder handelte. Auf ein Massenscreening wollten sie vorerst verzichten.

»Kleidung und Handtasche wurden nicht gefunden, Ideen dazu?« Erik rieb sich die Schläfen, als hätte er Kopfschmerzen, und wartete auf eine Antwort. Doch niemand wollte etwas darauf sagen. Micha flüsterte mit seinem Sitznachbarn, die anderen raschelten in ihren Aufzeichnungen. Erik rieb weiter seine Schläfen, dann seine Augen. Bis er endlich sagte: »Also immer noch ein großes Fragezeichen. Eine Möglichkeit ist, dass der Täter damit etwas ausdrücken wollte. Vielleicht wollte er das Opfer mit der Nacktheit demütigen. Zweite Möglichkeit: Wir sollten in die Irre geführt werden und ein Sexualdelikt vermuten. Dritte Möglichkeit: Kleidung und persönliche Gegenstände der Toten hatten eindeutige Spuren, vielleicht die DNS des Täters.« Erik sah kurz in die Runde, alle nickten beflissen vor sich hin. »Gut. Weiter. Zeugenaussagen?« Eriks Blick blieb an einem Mann hängen, der jünger war als alle anderen. Er war unglaublich nervös und lief sofort rot an.

Erik seufzte. »Bisschen schüchtern, was? Na das legt sich. Du gewöhnst dich noch an uns. Also. Zeugenaussagen gibt es keine, jedenfalls keine verwertbaren, wie ich aus den Akten weiß. Keiner hat gesehen, wie sie das Haus am Tag ihres Verschwindens verlassen hat, keiner hat sie an dem Tag beim Einkaufen oder sonst wo gesehen. Schade, dass die Reporter da schon das Interesse an ihr verloren hatten. Der junge Kollege aus Schwerin kann aber hoffentlich ein bisschen was zur Person und ihren Lebensumständen sagen. Bitte.«

Er stellte sich mit Malte Böttcher vor und stotterte seinen Bericht. Lena Sommer hatte seit einem Jahr keinen festen Freund mehr. Das Verhältnis zu ihrem Ex war angeblich entspannt. Man hatte ihn überprüft, und er hatte ein bombensicheres Alibi – er war nachweislich zum Zeitpunkt ihrer Entführung und Ermordung in Dänemark gewesen. Sie hatte ein paar wenige Freundinnen, die alle ebenfalls überprüft worden waren. Ihre Eltern schieden auch aus, Geschwister gab es keine. Blieben als Hauptverdächtige nur das Ehepaar Beck, die Lena nach wie vor für die allein Schuldige am Tod ihres Sohnes Timmy hielten. Und denen war nichts nachzuweisen.

Hobbys hatte Lena Sommer keine nennenswerten. Sie ging unregelmäßig in ein Frauenfitnessstudio am Vögenteich, manchmal war sie mit ihren Freundinnen in der ein oder anderen Bar in der KTV, der Kröpeliner-Tor-Vorstadt, um einen Cocktail zu trinken. Ansonsten lebte sie ruhig und unauffällig in ihrer kleinen Wohnung und kümmerte sich um ihre Pflanzen. Sie ging gerne ins Kino und hatte zu Hause eine DVD-Sammlung mit romantischen Komödien und ein paar alten Klassikern, Filmen mit der Monroe, mit James Stewart oder mit Humphrey Bogart.

Malte wurde mit jedem Satz, den er sagte, heiserer. Er tat Anne Leid. Der Junge schien eigentlich ganz clever zu sein, war aber nicht der Typ, der sich leicht durchsetzen konnte.

»Irgendeine brauchbare Theorie bisher?«, unterbrach Erik den immer leiser und kleinlauter werdenden Malte. Alle schwiegen. Anne spürte, dass sie nun dran war. »Unsere Frau Psychologin weiß sicherlich mehr. Ich habe doch glatt vergessen, Sie vorzustellen. Anne Wahlberg. Tja, das Beste heb ich mir nun mal immer für das Ende auf. Sie wird uns nun nämlich endlich sagen, wen wir eigentlich suchen.«

Anne blickte zuerst in die Runde, bevor sie anfing. Keiner sah sie an, nicht einmal Micha, der intensiv mit dem Entzünden eines Streichholzes beschäftigt war.

»Ich habe bisher auch nur die Akten gelesen. Ich brauche Fotos. Von der Leiche, vom Fundort und so weiter.«

Erik lächelte herablassend. »Kurz gesagt, Sie können auch nichts Sinnvolles beisteuern. Schön, dann schlage ich vor …«

Anne unterbrach ihn. »Ich bin mir sicher, dass die beiden Fälle in Zusammenhang stehen. Timmy Becks Unfall und Lena Sommers Ermordung, meine ich. Und ich bin mir auch sicher, dass Timmys Tod zwar der Auslöser für den Mord ist, seine Eltern aber nichts damit zu tun haben.«

Schweigen. Erik antwortete schließlich. »Frau Wahlberg. Verstehen Sie mich nicht falsch. Wir arbeiten hier. Entweder Sie liefern mir etwas Vernünftiges, oder Sie bleiben einfach nur still sitzen und hören zu. Vielleicht lernen Sie ja was. Sammeln Sie einfach ein bisschen für Ihre Doktorarbeit.«

»Danke, den Doktor hab ich schon.« Die Kollegen unterdrückten ein Grinsen. Erik tat so, als lese er in seinen Papieren.

»Lassen Sie es mich so erklären: Was mit Lena Sommer vor ihrem Tod gemacht wurde, passt nicht zu den Becks.«

»Ach ja? Eine verzweifelte Mutter, ein am Boden zerstörter Vater, klar, die beiden hätten die Frau sicher gleich nach dem Freispruch gerne zum Tee eingeladen.« Erik sprach sehr leise, aber gerade laut genug, dass jeder ihn verstehen konnte. Die anderen lachten still in sich hinein.

Bevor Anne etwas erwidern konnte, klopfte es an der Tür. Behrens' Sekretärin kam herein, reichte Erik ein Blatt Papier und flüsterte ihm etwas ins Ohr. Dann verließ sie sofort wieder den Raum und schloss sorgfältig die Tür hinter sich. Erik las die Seite, während die anderen sich abwartend leise miteinander unterhielten, rauchten oder ihren Kaffee schlürften. Anne beobachtete Erik genau. Die Nachricht, die man ihm gebracht hatte, verwirrte ihn. Er las sie gleich noch einmal. Endlich ließ er das Blatt sinken. Er sah niemanden an, als er sprach, und bemühte sich um einen beiläufigen Tonfall.

»Die Kollegen von der Kripo in Bad Doberan haben das

eben gefaxt. Eine Frau ist seit einer Woche verschwunden, sie bitten um unsere Mithilfe.«

Erik nickte Gerd zu, der neben ihm saß. »Häng dich da mal dran. Lass dir die Unterlagen schicken.«

»Was haben wir denn mit einem Vermisstenfall in Bad Doberan zu tun?«, protestierte Gerd. »Das können die doch selbst!«

»Das Tagesgeschäft geht weiter, schließlich war ich offenbar nicht der Einzige, der vier Wochen Urlaub hatte.«

Das saß. Die Kollegen rutschten missmutig auf ihren Stühlen herum. Nur Micha schien unberührt, er spielte gedankenverloren mit seiner heruntergebrannten Kippe herum und drückte sie schließlich aus.

Gerd stand ohne ein weiteres Wort auf und verließ den Raum. Er knallte mit voller Absicht die Tür hinter sich zu. Erik ließ sich davon nicht beeindrucken. Er machte einfach weiter.

»Wo waren wir. Ach ja. Frau Wahlberg. Entschuldigung. Dr. Wahlberg. Sie wollten uns noch etwas mitteilen?« Erik angelte sich von Micha die Streichhölzer und zündete sich eine Zigarette an, ohne Anne anzusehen. Die Nikotinschwaden in dem kleinen Besprechungsraum wurden immer dichter.

»Thomas Beck würde ich die Tat zutrauen, wenn Lena Sommer auf offener Straße erschossen worden wäre. Bei der emotionalen Lage, in der die Eltern nach dem Freispruch waren, hatten sie aber sicher keinen Nerv, eine mehrtägige Entführung zu planen und durchzuführen. Sie haben ja bis zuletzt mit einer Verurteilung gerechnet. Außerdem habe ich den Eindruck, dass die Verletzungen etwas Rituelles haben. Lena Sommer wurde gerädert, im Mittelalter eine Strafe für Mörder. Außerdem ist sie ähnlich gestorben wie Timmy: Ihm sind, als er überfahren wurde, auch alle Knochen gebrochen. Und das Ausstechen der Augen heißt, dass sie nicht aufgepasst hat. Hätte sie die Augen offen gehalten, wäre es nie so weit gekommen. Weil sie ihre Augen nicht benutzt hat, werden sie ihr zur Strafe genommen.«

Erik brummte etwas Unverständliches vor sich hin, aber

Anne fuhr fort, als hätte er sie nie unterbrochen. »Auch wenn es ganz eindeutig eine direkte Verbindung zu dem gibt, was dem kleinen Timmy Beck passiert ist – das machen keine trauernden Eltern! Diese frische Trauer macht impulsiv, aber Lena Sommers Tod zeugt von einem Täter, der sich Zeit lassen wollte. Ich würde gerne mit dem direkten Umfeld des Opfers beginnen. Mit ihren Eltern reden, mir ihre Wohnung ansehen. Wann kann ich das machen?« Stille. Ein paar Kollegen grienten sich gegenseitig an, vermieden es aber, Erik oder Anne direkt anzusehen.

Erik dachte nicht daran, seine Akten wegzulegen. Scheinbar vertieft blätterte er weiter. Dann plötzlich blickte er auf. »Ach, Sie sind fertig. Ja, also was wollten Sie? Entschuldigung, ich war mit den Gedanken woanders.«

Mistkerl, dachte Anne.

Der Umgebungsplan von Rostock hatte schon einige lange Risse an den Faltstellen. Malte versuchte, ihn auszubreiten, verhedderte sich aber und riss den Plan an einer Seite nun vollständig kaputt. Das Dorf, das er suchte, war offenbar genau an der Stelle eingezeichnet gewesen, die durch ein Brandloch nicht mehr vorhanden war. Mit dieser Art Straßenkarte war er noch nie zurechtgekommen. Er bevorzugte die Ringbücher zum Blättern. Am besten wäre es, gleich zu einer Tankstelle zu fahren und sich dort so einen Plan zu kaufen. Er seufzte. Schön, wenn mal wenigstens eine Sache rund laufen würde. Und die Psychologin hatte eindeutig kein Gefühl für Zeit. Die fünf Minuten, die sie haben wollte, waren schon seit zehn Minuten um.

Malte Böttcher hatte von Anfang an keinen leichten Stand bei den Kollegen in Rostock gehabt. Für diesen Mordfall hatten sie Verstärkung angefordert, und natürlich wusste jeder, dass selten die besten Leute ausgeliehen wurden. Eigentlich immer nur die schlechtesten. Da Malte schon seit einiger Zeit um eine Versetzung von Schwerin nach Rostock gebeten hatte und dies gut in den Zeitplan passte, hatte man kurzerhand ihn ausgewählt.

Malte hatte schon immer davon geträumt, zur Polizei zu gehen. Nach dem Abitur hatte er die Aufnahmeprüfung gemacht und war durchgerasselt. Ausgerechnet beim Diktat. Der Prüfer hatte das Diktat angekündigt, und Malte hatte gespannt gewartet, dass es losgeht. Plötzlich ertönte eine Stimme von Band. Malte begriff im ersten Moment nicht. Und fing viel zu spät an mitzuschreiben. Ihm fehlte über die Hälfte des Textes.

Nach einer Banklehre hatte er es noch einmal gewagt und diesmal die Prüfung bestanden. Kurze Zeit nach der Grundausbildung meldete er sich für die Polizeifachhochschule an und schaffte den Sprung zur Kripo, gehobener Dienst. Endlich keine Streife mehr, keine Uniform. Man setzte ihn im Bereich Wirtschaftskriminalität ein.

Mit seinen Schweriner Kollegen war er nie recht warm geworden, aber er war auch einfach nicht der Typ, der sich schnell mit anderen anfreundete. Er war viel zu schüchtern. In der Schule hatte man ihn schon immer herumgeschubst und gehänselt, weil er sich nie etwas traute. Seine Eltern hatten gehofft, er würde studieren, vielleicht Informatik oder Physik, weil da seine Begabung lag. Nach der Wende gab es doch so viele neue Möglichkeiten, ins Ausland sollte er gehen, nach Amerika. Ein Studium hatte er sich aber nie zugetraut. In ein fremdes Land wollte er auch nicht. Eine Ausbildung machen, das schon eher. Die Polizei war sein Traum gewesen. Warum, das konnte er selbst nicht sagen.

Als sein Vorgesetzter von dem Fall in Rostock erfahren hatte, hatte er nicht lange gezögert und ihn fast postwendend auf den Weg geschickt. Malte hatte das Gefühl gehabt, der Chef hätte ihn am liebsten persönlich dorthin gebracht, nur um sicherzugehen, dass er auch wirklich hinging. »Ein Mordfall, Mensch, Böttcher, das ist doch was! Ob du nun gleich nach Rostock gehst oder einen Monat später, war doch eh geplant! Und jetzt, mal so ’n bisschen Spannung, Junge, hm?«

Man hatte ihm sogar eine detaillierte Wegbeschreibung in

die Hand gedrückt und in seinem Beisein ernsthaft ausdiskutiert, ob er auf der A 20 die Abfahrt Rostock-Südstadt nehmen sollte oder ob es einfacher wäre, erst einmal auf die A 19 zu fahren und dann quasi von Osten anzugreifen, weil man da doch immer geradeaus, und dann kam man direkt, und so weiter. Herzlichen Dank.

In Rostock war er der Neue, gehörte noch nirgendwo dazu, keiner wollte abends etwas mit ihm unternehmen, und der Fall lief einfach nicht, wie er sollte. Dabei hatte Malte seine Arbeit in der Woche, die er nun hier war, gut gemacht, er machte sie immer gut, sogar besser als die anderen. Aber seine Mitmenschen reagierten oft ungeduldig und gereizt auf ihn, weil er sich nicht so gut ausdrücken konnte wie die anderen. So wurde er, obwohl er eigentlich sehr intelligent war, noch tollpatschiger, noch anstrengender, noch schüchterner.

Mit Holger Voigts kam er am allerwenigsten klar. Pedantisch und kleinlich, wie Voigts war, machte er Malte nervös, und Maltes Nervosität brachte Voigts zur Weißglut. Mehr als einmal hatte er ihn schon angebrüllt. Je mehr Voigts unter Druck geriet, desto unausstehlicher wurde er. Seine dünne Stimme überschlug sich, rutschte noch eine Oktave höher, und da er ohnehin schon nicht der Größte war mit seinem Meter siebzig, erinnerte er schnell an ein jähzorniges Rumpelstilzchen, das nicht bekam, was es wollte.

Nach der Fallbesprechung heute Nachmittag war Malte allerdings fast so weit, dass er sich Voigts zurückwünschte. Erik Kemper war arrogant, und seine bissigen Bemerkungen waren schlimmer als Voigts' cholerische Anfälle. Ihn dann auch noch vor versammelter Mannschaft vorzuführen! Malte war sich sicher, dass Erik Kemper genau gemerkt hatte, wie unwohl er sich gefühlt hatte. Und jetzt musste er die Psychologin herumführen.

Einerseits war er froh darüber, dass er herauskam und etwas in Eigenverantwortung tun konnte. Andererseits fühlte er sich ausgeschlossen. Wieder einmal wollte man ihn loswerden. Wieder einmal zeigte man ihm ganz deutlich, dass er nicht dazugehörte. Diese Frau wollte ihn auch nicht haben. Warum sonst hätte sie sofort Einspruch erhoben?

»Wenn ich das eben richtig verstanden habe, ist Herr Böttcher gerade erst aus Schwerin hierher gekommen, also nicht so ortskundig wie die anderen ...« Erik hatte ihr das Wort abgeschnitten. »Er ist seit einer Woche hier und kennt den Fall genauso gut wie jeder andere. Also los, oder haben Sie es sich anders überlegt ...?«

Anne Wahlberg hatte Malte angesehen, ihm zugenickt und gesagt: »Gehen wir.« Dann war sie aufgestanden und gegangen.

Malte hatte den Stuhl, auf dem er gesessen hatte, umgeworfen. Die Kollegen waren fast vor Lachen geplatzt. Micha hatte mit einem Schmunzeln den Stuhl aufgehoben und ihm zugezwinkert.

Draußen im Flur hatte sie auf ihn gewartet. »Anne«, hatte sie sich noch einmal vorgestellt. »Duzen wir uns?« Malte hatte genickt und ihre Hand geschüttelt. Er war sich ein wenig ungelenk vorgekommen, weil er sie um gute zwanzig Zentimeter überragte. Sie war höchstens einen Meter sechzig groß und sehr schlank. Fast zerbrechlich wirkte sie. Dieser Eindruck wurde durch ihre blasse Haut und die großen Augen noch verstärkt. Aber sie strahlte zugleich sehr viel Entschlossenheit und Durchsetzungsvermögen aus.

»Gib mir ein paar Minuten, ich hol meine Sachen aus dem Büro. Treffen wir uns in fünf Minuten im Hof? Wir bekommen doch ein Auto, nehme ich an? Kannst du dich darum kümmern?« Er hatte nur nicken können. Dann hatte er hilflos den Flur rauf und runter gesehen und sich zu erinnern versucht, wen er fragen müsste, um einen Dienstwagen zu bekommen.

Er hatte sich sehr beeilt und trotzdem natürlich länger als fünf Minuten gebraucht. Aber nun wartete er auf sie. Endlich kam sie. Ohne eine Entschuldigung stieg sie ein und lächelte ihn an.

»Du kennst den Weg?«, fragte sie freundlich. Seufzend startete er den Wagen und fuhr los. Er musste eine neue Straßenkarte kaufen.

4.

Die Sommers wohnten in einem Nest namens Püschow, gute 30 Minuten mit dem Auto von Rostock entfernt. Während der Fahrt schwieg Anne. Sie merkte, wie angespannt Malte war, weil er sich auf die engen, holprigen Straßen konzentrieren musste. Er hatte vorhin getankt, eine Karte gekauft und sich dann den Weg genau eingeprägt.

Anne dachte über die Sitzung nach. Über Eriks aggressive Gangart, mit der er das Team dazu bringen wollte, neu an den Fall heranzugehen. Über seine Abneigung ihr gegenüber. Und darüber, dass er ihr heute schon, am allerersten Tag, absichtlich Informationen vorenthielt. Etwas war mit dem Entführungsfall in Bad Doberan, das er in ihrem Beisein nicht hatte erwähnen wollen. Wie wichtig es für den Mord an Lena Sommer war, konnte sie nicht einschätzen. Sie wusste nur, dass Erik die Sache ohne sie hatte besprechen wollen.

Nachdem sie auf eine winzige, fast einspurige Straße kurz vor Heiligenhagen rechts abgebogen waren, sahen sie endlich ein Hinweisschild nach Püschow. Malte bog links ab, und wenige hundert Meter später kam das Ortsschild.

Püschow bestand im Grunde nur aus der Dorfstraße. Es gab kein einziges Geschäft, nur eine Bushaltestelle. Die Bauernhöfe machten einen verlassenen Eindruck.

Anne zählte ungefähr zehn bewohnte Häuser, vielleicht waren es auch ein paar mehr. Manche sahen verkommen aus. Andere wiederum waren gut in Schuss und hatten gepflegte Gärten. Ihr fielen sofort die riesigen Satellitenschüsseln auf einigen der Dächer auf. Zwei Männer standen an der einzigen Kreuzung des Ortes und unterhielten sich. Der jüngere Mann hatte schulterlanges Haar und sah aus wie Mitte dreißig. Der andere war gute dreißig Jahre älter als er. Beide hatten ihre Hunde dabei. Malte bog an der Kreuzung ab – die Straße hieß nun immer noch Dorfstraße und schien ins Nichts zu führen –, um vor dem mittleren von drei nahezu identischen Häuschen zu halten. Die beiden Männer an der Kreuzung sprachen zwar weiter, sahen aber mit unverhohlener Neugier den beiden Fremden nach.

Anne und Malte mussten nicht lange warten, bis man ihnen öffnete. Die Sommers hatten schon auf sie gewartet.

Anne war sich sicher, dass für Elfriede und Karl Sommer eine Fahrt nach Rostock zu den besonderen Herausforderungen im Alltag gehörte. Das Wohnzimmer, in das man sie führte, war wenig stilvoll eingerichtet. Plüschige, abgenutzte Polstermöbel hatten sie in das Zimmer gestopft, der Boden war mit dicken, eher minderwertigen Teppichen belegt. Dominiert wurde der Raum durch ein augenscheinlich brandneues Fernsehgerät. Anne hatte noch nie einen so großen Fernseher gesehen. Die Bewohner passten sehr gut hier hinein. Elfriede Sommer trug ein schwarzes Kittelkleid, das sie noch älter aussehen ließ, als sie war. Ihre glatten, stark ergrauten Haare waren halblang und zu einer fantasielosen, praktischen Frisur geschnitten. Ihr Mann hatte bereits eine Glatze und fühlte sich in braunen, ausgeleierten Stoffhosen mit Hosenträgern und einem braunen alten Hemd offensichtlich am wohlsten. Beide waren etwas übergewichtig.

»Lena war ein liebes Mädchen«, sagte ihre Mutter, »so gut im Umgang mit Kindern. Schade, dass sie keine eigenen hatte, den richtigen Mann hat sie nie getroffen.« Elfriede Sommer weinte an dieser Stelle besonders herzzerreißend, und Anne fragte sich für einen Moment ernsthaft, was diese Frau wohl schlimmer fand: den Tod ihrer Tochter oder den Umstand, dass sie keine Enkelkinder haben würde.

Malte saß während des gesamten Gesprächs nur still daneben und machte sich Notizen. Anne wusste, dass die beiden dachten, sie sei eine Polizistin. Sie hatte ihnen erklärt, dass sie als Psychologin die Polizei nur unterstütze. Aber das hatten sie nicht verstanden.

»Haben Sie die Wohnung Ihrer Tochter schon aufgelöst?«

»Nein, sie hat ja die Miete schon bezahlt für August, und so lange haben wir noch Zeit mit allem, hat der Vermieter gesagt.« Frau Sommer schenkte Malte und Anne Tee ein, den sie schon vorbereitet hatte. Anne nahm dankend ihre Tasse hoch. Das weiße, altmodische Geschirr hatte ein paar kleine Risse. Aus dem Tassenrand war ein kleines Stück herausgebrochen. Sie drehte die Tasse ein wenig, um sich daran nicht zu schneiden.

»So ein netter Mann«, fuhr Frau Sommer fort, »er will uns helfen, wenn wir die Sachen rausräumen … Er sagt, er kennt jemanden, der sich um die Möbel und das alles kümmert. Über das Internet, sagt er, können wir die Sachen verkaufen, wenn wir wollen. Er kennt eine Agentur in Rostock, die das machen kann. Wir haben ja keine Ahnung von so etwas.«

Ihr Mann nickte zustimmend. »Ebay«, sagte er bekräftigend. Viel schien er nie zu sagen.

»Heißt das, die Wohnung ist noch genau so, wie sie vor dem Tod Ihrer Tochter war?«

Frau Sommer reagierte fast ein bisschen eingeschnappt: »Ja, das haben wir noch nicht übers Herz gebracht, da was rauszuwerfen, nicht wahr, Karl?« Karl Sommer nickte wieder. »Das macht man ja auch nicht, alles gleich so wegräumen, das lässt man doch erst mal stehen, zum Andenken!« Sie dachte tatsächlich, Anne wollte ihr einen Vorwurf machen, weil sie sich noch nicht um den Nachlass der Tochter gekümmert hatte.

»Würde es Ihnen etwas ausmachen, wenn ich mich in der Wohnung umsehe?«, fragte Anne vorsichtig.

Sie hatten nichts dagegen.

Lena Sommers Wohnung im Patriotischen Weg lag im dritten Stock mit Blick auf die Straße und die gegenüberliegenden bunten Fassaden. Sie hatte einen weit besseren Geschmack als ihre

Eltern. Nichts war wirklich teuer oder wertvoll. Möbel, Teppiche, Vorhänge, Geschirr – alles war günstig und praktisch, aber hübsch zusammengestellt. Es sah aus wie der typische Ikea-Neuanfang. Raus von zu Hause, bloß nichts mitnehmen, was an die Eltern erinnert, und alles vom eigenen Geld zusammenkaufen. Sie hatte ihre Sache sehr gut gemacht. Obwohl die Zimmer klein waren, wirkten sie gemütlich und freundlich.

Der enge kleine Flur war sehr dunkel. Kein Licht fiel hinein, wenn alle Türen der Wohnung geschlossen waren. Sogar am Tag musste man hier das Licht anschalten. Lena Sommer hatte Bilder, die ihr die Kinder aus der Kita gemalt hatten, aufgehängt. Fröhliche Bilder mit Sonnen und Bäumen und Strichmännchen.

Jedes Zimmer hatte sie farblich anders gestaltet. In der Küche dominierten Blau und Grau. Das Badezimmer hatte viele Details in Orange, Gelb und Gold – Duschvorhang, Handtücher, Teppiche. Im Wohnzimmer standen ein grünes Sofa und zwei passende Sessel; die Vorhänge und sogar die Wandfarbe waren darauf abgestimmt. Auf den beiden Fensterbänken hatten einmal Pflanzen gestanden. Irgendjemand hatte sich ihrer bereits angenommen. Das Schlafzimmer war rot und schwarz.

»Du hast gesagt, sie hatte keinen Freund im Moment?«, fragte Anne. An der Wand des Schlafzimmers links neben der Tür stand ein großzügiges Futonbett mit zwei roten Kopfkissen und einer großen roten Decke auf dem schwarzen Laken, gegenüber ein schwarz lackierter Kleiderschrank. Direkt daneben hing ein großer Ankleidespiegel. Ein Nachttischchen mit einer Lampe stand neben dem Bett und eine Kommode für Unterwäsche und Strümpfe auf der anderen Seite. Die Schuhe waren ordentlich auf dem Boden des Kleiderschranks untergebracht, einige Paare hatte Lena einfach im Zimmer stehen lassen und so an die Wand geschoben, dass sie nicht darüber stolperte. Malte kam vorsichtig zu Anne in das Schlafzimmer. »Meinst du wegen der zwei Kopfkissen?«

»Nein, nicht unbedingt. Aber ich nehme mal an, das Bettzeug ist untersucht worden.«

Malte räusperte sich, strich sich den glatten strohblonden Seitenscheitel noch glatter und nahm die Brille ab.

»Es wurden keine Spermaspuren gefunden, und bis jetzt auch keine fremden Haare oder sonst etwas mit fremder DNS. Also von den Eltern haben wir natürlich DNS-Spuren gefunden, die haben ja die ganze Zeit hier gewohnt. Weshalb wir auch keine anderen Spuren im Schlafzimmer ...« Jetzt hatte er sich verhaspelt und musste noch mal anfangen: »Was ich meine, ist, ihre Eltern sind, nachdem sie verschwunden war, praktisch hier eingezogen. Da haben sie vorher das Bettzeug gewaschen, und die Mutter hat aus lauter Langeweile die gesamte Wohnung sauber gemacht und gesaugt.«

»Ich hatte nach einem Freund gefragt, weil Lena Sommer einige sehr neue Dessous hat, von der Sorte, die man nicht wirklich gerne stundenlang im Job anzieht. An denen hier ist sogar noch das Schildchen dran.« Anne hielt einen fast durchsichtigen, goldschimmernden BH hoch, dazu ein farblich abgestimmtes Nichts von einem Stringtanga. Malte wusste nicht genau, wo er hinsehen sollte.

»War sie im Intimbereich rasiert? Im Bad stehen Enthaarungscremes und ein Epilierer.«

»Ich, äh, ja, die Fotos von der Obduktion ... Ja.« Malte war so verlegen, weil er dieses Thema mit einer Frau diskutieren musste, dass sich Anne ein Lachen nicht länger verkneifen konnte.

»Gewöhn dich dran, mir ist so schnell nichts peinlich!« Sie klopfte ihm freundschaftlich auf die Schulter, und Malte entspannte sich ein wenig.

»Aber das heißt doch nicht zwingend, dass sie einen Freund hatte. Umgekehrt, wenn sie nur Baumwollschlüpfer und unrasierte Beine gehabt hätte, wäre das auch kein Beweis, dass sie Single war.«

»Schon. Aber ich bin sicher, dass es einen Mann in ihrem Leben gab. Ich weiß, es gibt hier noch keine Beweise, aber Anhaltspunkte. Hat sie die Pille genommen, oder habt ihr Kondome gefunden?«

Malte schüttelte den Kopf. »Nichts, was auf ein aktives Sexualleben hinweist. Alle, mit denen wir gesprochen haben, waren sich einig, dass sie keinen Freund hatte. Mit ihrem Ex hat sie vor einem Jahr Schluss gemacht, aber im Guten. Und der Typ für wechselnde Affären war sie angeblich nicht. Ich vermute, dann wäre sie auch besser mit Verhütungsmitteln ausgestattet gewesen.«

Anne lächelte. »Glaub mir, sie hatte einen Freund. Ich tippe auf eine heimliche Affäre. Vielleicht war er verheiratet. Sonst hätte er sich gemeldet, oder ihre Bekannten hätten von ihm gewusst.« Anne setzte sich auf das Bett, erst ans Fußende, dann an die Seite, schließlich auf die andere Seite. Sie sah Malte an, der verwundert die Stirn runzelte. »Setz dich zu mir«, sagte sie einladend, und auf seinen erstaunten Blick hin: »Rein beruflich, was denkst du denn!« Sie musste wieder lachen. Malte setzte sich neben sie.

»Wie groß war sie genau?«

Malte überlegte kurz. »Etwa ein Meter siebzig …«

»Aha. Ich bin etwas kleiner. Ich finde, der Spiegel hängt sehr komisch, wenn man sich anziehen will. Sehr niedrig, selbst für mich. Sieh mal rein, von hier aus.« Malte entdeckte sich und Anne im Spiegel, wie sie auf dem Bett saßen. »Und lange hat sie ihn da noch nicht hängen. Der ist neu im Programm dieses Herstellers. Ich wollte ihn mir nämlich auch vor ein paar Monaten kaufen. Allerdings für den Flur«, fügte sie mit einem breiten Grinsen hinzu, als sie sah, dass Malte schon wieder rot wurde. »Siehst du dir ihren Kalender noch mal an?«

Malte stand vom Bett auf und machte sich an die Arbeit. Sie hoffte, er würde etwas finden. Manchmal übersahen selbst die

Ermittler mit der längsten Berufserfahrung etwas, weil sie gegen besseres Wissen voreilige Schlüsse zogen.

Die beiden sahen sich noch eine Weile um. Mittlerweile wurde es draußen langsam dunkel. Malte hatte einige unregelmäßige Eintragungen im Terminkalender entdeckt, wie Schnörkel sahen sie aus. Es könnten aber auch Initialen von jemandem sein. Er nahm den Kalender mit.

Sie fanden ansonsten nichts mehr, das ihnen weitergeholfen hätte, und so beschlossen sie, essen zu gehen.

»Unten im Hafen gibt es einen Laden mit Blick aufs Wasser, eine Mischung aus Lounge und Bar und Restaurant. Chillout heißt der, glaub ich. Kein schlechtes Essen. Wollen wir dorthin? Aber du hast bestimmt was anderes vor …« Malte schien erschrocken über seinen Eifer und freute sich umso mehr, als Anne fröhlich annahm.

»Natürlich hab ich nichts vor! Hört sich gut an. Können wir zu Fuß gehen? Es ist so schön draußen.«

Sie waren die einzigen Menschen weit und breit, als sie eine kleine enge Straße zum Hafen hinuntergingen. Die Durchfahrtsstraße weiter unten war noch rege befahren. Anne hatte das deutliche Gefühl, verfolgt zu werden. Von einem Mann. In einem Auto, das ganz langsam fuhr, so als würde der Fahrer ein bestimmtes Haus suchen. Die Anwesenheit von Malte nahm sie immer schwächer wahr. Seit sie das Haus verlassen hatten, konnte sie jemanden hinter sich spüren.

Und dann war Malte nicht mehr da. Der Mann in dem Auto fragte nach dem Weg. Er hielt an und stieg aus. Sie hatte keine Angst, obwohl sie sein Gesicht nicht sah, und auch wenn sie wusste, was er sagte, konnte sie seine Stimme nicht hören. Irgendwie schien er ihr vertraut. Nein: instinktiv harmlos.

Die Angst kam erst, als er ihr ein Tuch auf den Mund presste und etwas in ihren Rücken drückte, das sich wie der Lauf einer Pistole anfühlte. Der Instinkt war trügerisch gewesen. Sie wurde müde, und ihre Glieder gehorchten ihr nicht mehr. Sie fühlte noch, wie er ihr Handschellen anlegte. Dann hob er sie auf die Ladefläche seines Wagens und knallte die Türen zu.

»Anne, bist du in Ordnung? Anne! Sag doch was!«

Als sie wieder zu sich kam, lag sie auf dem Bürgersteig. Malte kniete neben ihr und war vor Schreck kalkweiß.

Das Irish Pub war zwar nicht ihr ursprüngliches Ziel gewesen, aber hier gab es auch etwas zu essen, und Malte hatte es für eine gute Idee gehalten, ein paar Schritte zu gehen nach dem Schock. Anne hatte sich bereitwillig von ihm hinführen lassen, und so waren sie am Yachthafen vorbei bis zum Speicher gegangen. Anne war noch benommen und wagte es nicht, über das, was ihr gerade passiert war, zu reden, bevor sie nicht gründlich darüber nachgedacht hatte.

Unter der Woche war es in dem Pub recht ruhig. An den Wochenenden, besonders wenn Bands spielten, war der Laden meist gut besucht, das wusste Malte bereits, denn er ging gerne hierhin. Unter anderem auch deshalb, weil er dort noch nie einen Kollegen getroffen hatte. »Garantiert polizistenfreie Zone«, grinste er. Und er mochte den Ort, weil es niemanden zu stören schien, wenn man alleine herumsaß. Hier erntete er keine mitleidigen Blicke von den Kellnern, hier wurde er nicht abschätzig von den Pärchen oder Cliquen gemustert.

Das Pub war sehr groß und weitläufig, aber gemütlich eingerichtet. Anne suchte sich einen Platz, während Malte an der Bar bereits die Getränke holte und die Speisekarte organisierte. Er kam mit zwei Guinness zurück.

»Ich hab mich gerade fürchterlich blamiert«, raunte er. »Der Barkeeper ist aus England oder so. Er spricht nicht so gut deutsch, ich wollte freundlich sein und auf Englisch bestellen. Er hat auch geantwortet, aber ich habe kein Wort verstanden. Mann, war mir das peinlich!« Er runzelte die Stirn in komischer

Verzweiflung. Sein Blick wanderte wieder zur Bar. »Achtung, das ist er. Sprich bloß nicht Englisch mit ihm, auch wenn sein Deutsch eine Katastrophe ist. Er spricht so schnell und hat so einen fiesen Dialekt, so etwas hast du noch nie gehört!«

Der Barkeeper sah Anne lange an, kratzte sich am Kinn, zog die Augenbrauen hoch, lächelte verschmitzt und drehte sich wieder weg. Er war in ihrem Alter, kurze dunkle Haare, sportliche Figur, ein offenes, hübsches Gesicht. Er verschwand plötzlich aus dem Blickfeld der beiden, um kurz darauf direkt vor ihnen zu stehen.

»Anne! Da bist du ja schon! Ich dachte, du kommst erst in ein paar Wochen!«, rief er auf Englisch. Und sie antwortete, ebenso fließend und im selben Dialekt: »Danny, lass dich drücken!«

Sie hatten sich in der Schule kennen gelernt, so wie man sich eben in diesem schwierigen vorpubertären Alter kennen lernt. Da waren noch alle Jungs eklig, und umgekehrt alle Mädchen blöd. Aber als ihre Mutter krank wurde und schließlich starb, als es klar wurde, sie würde wegziehen, war Daniel derjenige, der ihr in dieser schweren Zeit beistand, während die meisten anderen Klassenkameraden nur hilflos einen Bogen um sie machten. Vielleicht weil auch er seine Mutter verloren hatte, schon viele Jahre zuvor.

Daniel Clarke hatte mit Anne die ganzen Jahre Kontakt gehalten. Er hatte ihr von ihrer alten Heimat erzählt – wer was machte, was sich veränderte ... Bis er selbst weggegangen war. Um letztlich in Rostock zu stranden. Als das Angebot von der Universität in Rostock gekommen war, hatte sie sich sofort bei ihm gemeldet. Aber sie hatte noch keine Gelegenheit gehabt, ihm mitzuteilen, dass sie früher da sein würde. Sie sprachen eine Weile und verabredeten sich zum Telefonieren. Als sich Danny wieder an die Arbeit machte, fühlte Anne, dass sie Malte eine Erklärung schuldig war.

»Ich bin in Cork aufgewachsen, das ist im Südwesten von Irland. Mein Vater hat dort an der Universität unterrichtet, er ist

Deutscher. Meine Mutter stammte aus Cork.« Sie lächelte, als sich Maltes Gesichtszüge wieder entspannten.

»Deshalb versteh ich auch seinen fiesen Dialekt so gut«, wisperte sie ihm ins Ohr. Er wurde feuerrot und tupfte verschämt mit dem Finger auf dem festen Schaum seines Guinness herum.

Dann schüttelte er den Kopf. »Ich hoffe, das war die letzte große Überraschung für den Abend, mehr überstehe ich nicht. Das machen meine Nerven nicht mit«, beschwerte er sich mit gespielter Entrüstung. Anne musste lachen.

»Aber jetzt mal im Ernst«, fuhr er fort. »Was war das eben vor der Wohnung? Ich meine, bist du irgendwie krank? Das müssten wir nämlich wissen. Zu deiner Sicherheit.«

Anne bestand darauf, erst etwas zu essen, und versprach, ihm danach alles zu erklären. Ein gut gelaunter Danny brachte ihnen die bestellten Sandwiches.

Als sie fertig waren, löste sie ihr Versprechen ein. Sie tastete sich vorsichtig an das Thema heran. »Es gibt eine seltsame Gabe, die bei uns in der Familie liegt. Meine Mutter und meine Großmutter hatten sie auch. Sie haben zum Beispiel jemanden angesehen und wussten, was mit ihm los war. Die beiden anzulügen war absolut unmöglich!«

»Und das kannst du auch? Also sagen, ob jemand lügt?«

Sie nickte. »Das ist noch nicht alles.« Anne lächelte bei der Erinnerung an ihre erste Fahrt alleine auf dem Fahrrad. Heimlich hatte sie sich weggeschlichen, um es endlich ohne die Erwachsenen auszuprobieren und Wege zu fahren, die sie sich selbst aussuchte. Aber es hatte zuvor geregnet. Auf dem holprigen Kopfsteinpflaster rutschten die Fahrradreifen weg, und der Versuch zu bremsen machte alles nur noch schlimmer. Sie hatte keine fünf Minuten weinend am Straßenrand gesessen, als auch schon ihre Mutter angerannt kam. So als hätte sie jemand angerufen. Aber das hatte niemand getan. Sie hatte es einfach gewusst. Und da waren noch andere Erinnerungen, die Anne jetzt nicht zulassen durfte.

»Manchmal geht es so weit, dass ich eine andere Person erahnen kann und vieles über sie weiß, obwohl sie gar nicht da ist.«

Malte nickte und dachte einen Moment nach. »Manchmal denke ich an jemanden, und plötzlich klingelt das Telefon, und es ruft genau diese Person an! Ist das so was?«

»Ich glaube schon, ja. Es geht in dieselbe Richtung. Ich weiß solche Dinge meistens mit absoluter Sicherheit. Wer gerade anruft und warum, was unmittelbar passieren wird … Immer nur unmittelbar. In die Zukunft sehen kann ich nicht.«

»Also wenn jemand einen Entschluss trifft, etwas zu tun, ab dem Moment könntest du es wissen?«

Anne nickte. »Dann sind die … nennen wir es Energien, unterwegs.«

»Und Menschen hinterlassen Energien in den Räumen und an den Orten, wo sie sich aufgehalten haben?«

»Unterschiedlich stark, allerdings. Ich muss wissen, wonach ich suche, sonst ist es schwer.«

»Dann können wir uns also sicher sein, dass Lena Sommer einen Freund hatte?«

»Es ist sehr schwer, diese Dinge anderen verständlich zu machen. Ich bin jedes Mal froh, wenn ich äußere Beweise habe. Das mit dem Freund kann ich an relativ banalen Sachen festmachen. Die Kollegen werden sehen, dass ich Recht habe, und werden sich was von weiblicher Intuition erzählen. Und das ist auch ganz gut so, denn es wäre der Zusammenarbeit eher hinderlich, wenn sie wüssten, wo ich meine Schlussfolgerungen herhabe.«

Malte sah sie lange an, zum ersten Mal ohne Unsicherheit, einfach nur ernst und nachdenklich.

»Kemper weiß es?«

Anne zuckte die Schultern. »Ich denke schon. Sonst wäre er nicht so.«

»Er weiß also, dass du Emotionen lesen kannst. Kann man das so ausdrücken?«

Sie nickte. »Das Problem ist, dass ich noch nie an einem Mord mitgearbeitet habe. Ich habe viele Mörder interviewt, nachdem sie überführt waren. Meine Dissertation handelt von Serienmördern und dem Erstellen von Täterprofilen.«

»Und jetzt bist du mittendrin und hast Angst, dass du das, was um dich herum passiert, nicht kontrollieren kannst.«

»Genau.«

»So wie eben.«

»Genau.«

»Darf ich fragen …«

Sie erzählte es ihm, und er hörte ruhig zu. Sie erklärte, dass manchmal einfach Visionen kamen, sie aber keinen Einfluss darauf hatte. Dann sah sie, was sie sonst nur erspürt hätte. Sie durchlebte, was die Menschen vor ihr an diesem Ort durchlebt hatten.

Als sie geendet hatte, saßen sie noch eine Weile schweigend am Tisch und starrten auf ihre Bierdeckel. Dann sprachen sie leise über Annes Vision. Zeugen für Lenas Entführung gab es keine, und Anne konnte weder Täter noch Auto beschreiben.

»Ich hab es schon zu Behrens gesagt, es bringt uns alles keinen Schritt weiter. Ich bin nicht wirklich hilfreich.«

Malte schüttelte langsam den Kopf. »Da wäre ich mir nicht so sicher. Wir fangen erst an. Ich glaube vielmehr, dass wir ein sehr großes Stück weiterkommen. Morgen kümmere ich mich aber erst mal um den geheimnisvollen Lover von Lena Sommer.«

Danny kam herüber, weil Anne ihm zugewunken hatte. Sie wollten zahlen. Danny bestand darauf, die Rechnung zu übernehmen, und man verabschiedete sich.

Dann ging Anne mit Malte durch die milde Nacht zu ihrem Hotel. Es war nicht weit, sie mussten nur die Grubenstraße entlang und dann eine der Querstraßen rauf zum Neuen Markt.

Sie wünschten sich eine Gute Nacht, und während Malte sich noch darum kümmern musste, dass ihr Dienstwagen zurückgebracht wurde, zog Anne sich auf ihr Zimmer zurück.

Die Angst kam kurz darauf zurück, als sie wusste, dass der Mörder sein nächstes Opfer getötet hatte.

Wie gewöhnlich hatten sie sich im »Alex« am Neuen Markt zu ihrem Feierabendbier getroffen. Eigentlich fand Erik den Laden nicht besonders schön. Bunt gedruckte Speisekarten, auffällige Werbung im amerikanischen Stil und ein Neunzigerjahre-Chic, der sich langsam abnutzte. Vielleicht gingen sie genau deshalb hierhin. Immer nur mit Kollegen. Weil es so unpersönlich war.

Micha war mit von der Partie und ebenso Gerd Köveling, dessen Laune sich sichtlich gebessert hatte. Gerd war gute zehn Jahre älter als Erik und befasste sich in erster Linie mit Brandstiftungen. Die beiden verband keine Freundschaft. Aber wenn man schon so lange zusammenarbeitete, kannte man sich recht gut und hatte seine gemeinsamen Rituale.

Auch wenn Micha nicht unbedingt sein bester Freund war, das Feierabendbier mit ihm zusammen hatte ebenfalls Tradition, und solange keine Frau in der Nähe war, war der Spurensicherer auch ganz in Ordnung. Man sprach über Fußball und Autos, über Musik und darüber, ob das Bier schmeckte. Nie war man einer Meinung. Erik hänselte Micha wegen des weibischen Minis, den dieser fuhr, und Micha schimpfte Eriks Volvo eine Rentnerkarre. Beim Fußball musste sich St. Pauli gegen Hansa Rostock behaupten, und in Sachen Musik war man Galaxien voneinander entfernt. Und dann, wenn man faktisch nach ein oder zwei Stunden die Smalltalkabteilung durchhatte, ging jeder wieder seines Weges.

»Sag mal«, begann Gerd, während er auf sein Bier starrte, »war das heute allgemeiner Frauenhass, oder steckt mehr dahinter?«

Erik hatte gewusst, dass diese Frage kommen würde. Er hatte sich auch schon eine Antwort zurechtgelegt.

»Jahrelang studiert, keine Ahnung von der Polizeiarbeit außer in der Theorie, kommt mit irgendeinem Psychomist daher … Wozu soll das gut sein? Ich wette mit euch, da kommt garantiert nichts bei raus.« Micha bestellte sich noch ein Bier. »Aber was für's Auge ist sie, das muss man ihr lassen. Den Jungen aus Schwerin hast du aber auch gefressen, oder?«

Erik schüttelte den Kopf. »Den kenn ich doch noch gar nicht. Wenn ich euch ein bisschen in den Hintern trete, inklusive dem Neuzuwachs, dann schadet das niemandem.«

»Aber warum hast du den beiden nichts von dem Entführungsfall erzählt?«, fragte Micha und schnappte sich eine Zigarette von Erik.

»Hab ich doch.« Erik machte ein unschuldiges Gesicht. »Ob sie die Details nun heute erfahren oder morgen …«

Gerd schielte Erik von der Seite an. »Bist du sicher, dass du im Urlaub warst? Mann, deine Laune ist noch beschissener als vorher. Ich glaube, seit deiner Scheidung warst du nicht mehr so mies drauf.«

Erik wurde langsam ungeduldig. »Hey, hör zu. Mir passt es nicht, wenn die Herrschaften aus ihren Bürosesseln heraus Schwachsinnsentscheidungen treffen. Und wenn ich der Leidtragende bin, passt es mir noch weniger. Ich bekomme den beschissensten Fall der Nachkriegszeit aufs Auge gedrückt, den Holger gehörig versaut hat. Die Presse rückt uns auf den Pelz, und dann soll ich auch noch Kindermädchen für eine Psychotussi spielen. Noch Fragen?«

Er legte einen Geldschein auf den Tisch und verschwand. Micha und Gerd sahen sich nur schulternzuckend an.

Erik hatte sich ein Taxi nach Hause genommen und starrte nun blind aus dem Beifahrerfenster. Ab morgen würde er wieder mit dem Auto kommen, die guten Vorsätze mussten warten.

Alle ein, zwei Monate gab es ein Tötungsdelikt in dieser Stadt. Meistens hatte man den Täter sehr schnell gefasst. Es hatte noch nie so lange gedauert, und sie hatten noch nicht einmal die geringste Spur. Doch – einen ungeklärten Fall hatten sie noch, aus den späten achtziger Jahren. Das war vor seiner Zeit gewesen.

Die Aufklärungsrate bei Mord war im Allgemeinen sehr hoch. Fast immer kamen die Täter aus dem direkten Umfeld, fast immer ging es um Geld oder um Eifersucht. Der Fall Lena Sommer lag viel komplizierter. Keine Spuren. Keine Zeugen. Vielleicht irgendein Verrückter, der von ihr in der Zeitung gelesen hatte und nun Selbstjustiz übte. Wie sollte man so einen Kerl schnappen? Er konnte von überall her gekommen und schon längst wieder weg sein. Der Mörder hatte einen Monat Vorsprung.

Dagegen sprach, dass er die junge Frau zehn Tage lang festgehalten hatte. Er musste sich in der Stadt auskennen. Es machte keinen Sinn zu denken, dass er von weither gekommen, sie entführt, mit nach Hause genommen und gefangen gehalten hatte, um sie dann nach Rostock zurückzufahren und zu ermorden.

Das Taxi war vor seiner Haustür in Gehlsdorf angekommen. Er zahlte und ging hinein, machte es sich noch für einen Moment mit einem Schluck Dalwhinnie und einer neuen CD im Wohnzimmer gemütlich: I Am Kloot. Er klickte vor zum zweiten Song, seinem Lieblingslied. »From Your Favourite Sky«.

Die vermisste Frau aus Bad Doberan beschäftigte ihn. Es konnte kein Zufall sein. Es musste einen Zusammenhang geben. Warum sonst sollte Elisabeth Jansen ausgerechnet jetzt spurlos verschwinden? So kurze Zeit nach ihrer Nichte Lena Sommer?

Er hatte kein schlechtes Gewissen, weil er Anne Wahlberg diese Information absichtlich vorenthalten hatte. Er war genervt gewesen.

Elisabeth Jansen war eine Rentnerin aus Bad Doberan. Sonntag vor einer Woche war sie verschwunden. Zuletzt war sie von Nachbarn und Bekannten gesehen worden, die mit ihr jeden

Sonntag in den Gottesdienst im evangelischen Gemeindehaus gegangen waren. Am Nachmittag war sie mit einigen Frauen zum Tee verabredet gewesen, ebenfalls ein sonntägliches Ritual. Als sie nicht erschienen war und es bis zum Abend kein Lebenszeichen von ihr gegeben hatte, wurde die Polizei verständigt.

Die Polizei hatte erst am nächsten Tag reagiert. Es hatte keine Spuren eines gewaltsamen Eindringens in ihre Wohnung gegeben, die in einem der Plattenbauten im Kammerhof lag. Es hatte keine Zeichen gegeben, die darauf hinwiesen, dass sie verreist war. Bei erwachsenen, gesunden, geistig zurechnungsfähigen vermissten Personen wurde selten etwas unternommen, besonders, wenn kein Verdacht auf eine Straftat vorlag.

Eine unruhige Nachbarin hatte aber nicht locker gelassen. Sie war jeden Tag zur Polizeistation gegangen und hatte nachgefragt, ob es schon etwas Neues gab. Als sie langsam begriffen hatte, dass die Polizei nichts unternehmen würde, hatte sie sich an die Zeitungen gewandt.

Es hatte einige Zeit gedauert, bis die Kollegen sich dazu hatten erweichen lassen, das persönliche Umfeld von Frau Jansen genauer zu beleuchten – und zwar über die persönlichen, alltäglichen Kontakte in Bad Doberan hinaus, denn die hatten sie gleich geprüft. Erst da war herausgekommen, dass sie eine Cousine von Elfriede Sommer, geborene Jansen, war. Und dann hatte es wieder eine Weile gedauert, bis ein Kollege endlich die Verbindung zu dem Mordfall Lena Sommer hergestellt hatte. So war die Vermisstenmeldung heute nach Rostock gelangt.

Gedankenverloren starrte Erik in sein fast leeres Glas. Die CD war zu Ende, er stand auf und ging zu dem Wandregal, um sich für ein neues Album zu entscheiden. Dank seiner mittlerweile sechzehnjährigen Tochter blieb er auf dem Laufenden, ohne regelmäßig MTV schauen zu müssen.

Seit über zehn Jahren war er geschieden, sein Umzug von

Hamburg nach Rostock hatte der Beziehung nicht gut getan. Seine Frau Inga hatte nicht mitkommen wollen. Sie hatte jeden Tag eine neue Ausrede erdacht, jede einzelne hatte mit dem Wohl Cordelias zu tun. In Wirklichkeit hatte Inga Angst gehabt, das glamouröse Hamburger Umfeld zu verlieren. Dass er so viel arbeitete, war auch schon immer ein Streitpunkt gewesen. Besonders am Anfang der Beziehung. Manchmal war er gerade nach Hause gekommen, und man hatte den Abend gemeinsam geplant, da hatte das Telefon geklingelt, und er hatte wieder losgemusst.

Cordelia durfte er nach der Scheidung regelmäßig sehen. Leider hatte er berufsbedingt nicht immer dann Zeit, wenn sie einen Termin vereinbart hatten. Cordelia verstand es zwar, war allerdings nicht sonderlich glücklich über die Situation.

Trotz allem liebte sie ihren Vater, und er liebte sie. Ein freundschaftliches Verhältnis war zwischen den beiden entstanden. Wann immer er Zeit mit ihr verbrachte, erschien sie ihm weit älter, als sie eigentlich war. Vielleicht, weil sie es war, die ihm immer etwas mitbrachte, und nicht umgekehrt. Er fühlte sich schuldig. Die CD, nach der er jetzt angelte, war ebenfalls ein Geschenk von ihr. Coldplay, das zweite Album, »A Rush of Blood to the Head«. Chris Martins melancholischer Gesang ließ ihn noch eine Weile mit den Gedanken bei Cordelia verweilen.

Erik war im Sessel eingeschlafen, als ihn das Klingeln weckte. Es war Viertel vor vier. Elisabeth Jansen war tot.

Sie konnte noch nicht lange geschlafen haben, als das Telefon sie aus ihren Träumen riss. Aus ihren Albträumen. Düstere Bilder einer Hinrichtung, nein, einer Kreuzigung. Verwirrt knipste sie das Licht an und klappte ihr Handy auf. Sie wusste im ersten Moment nicht, wo sie war, es dauerte eine Weile, bis sie sich erinnerte. Die männliche Stimme am anderen Ende der Leitung klang gequetscht, die Verbindung war schlecht.

»Kemper. Haben Sie ein Auto?«

»Ja, aber was ist denn …«

»Kommen Sie zur Neptunwerft. Das alte Betriebsgelände. Kennen Sie das?«

Er beschrieb ihr den Weg. Sie klappte das Telefon wieder zu und sah auf die Uhrzeitanzeige. Fünf Uhr 43. Sie hatte Recht gehabt, der Mörder hatte wieder zugeschlagen.

Die Sonne war schon aufgegangen, als sie wenig später auf dem Werftgelände eintraf. Polizeiwagen, Absperrungen, Männer von der KTU in ihren weißen Schutzanzügen. Erik stand mit ernstem Gesicht hinter der Absperrung. Ein paar Uniformierte bereiteten sich darauf vor, was zu tun war, wenn die Mitarbeiter des Bundesamts für Seeschifffahrt und Hydrographie eintrafen. Das Bundesamt war in hochmodernen blauen Flachbauten untergebracht. Sie gaben einen grotesken Kontrast zu den teils leer stehenden, heruntergekommenen ehemaligen Werft- und Fabrikhallen.

Man ließ Anne durch die Absperrung. Ein Mann von der KTU zeigte ihr, wo sie langgehen konnte. Sie ging bis zu dem alten Kran, der wie ein Mahnmal an frühere Zeiten über alles hinwegragte. Dann sah sie nach rechts, an die Außenwand des Fabrikgebäudes.

Sofort wurde ihr klar, dass sie bereits näher an dem Fall dran war, als sie gedacht hatte.

Die nackte Leiche von Elisabeth Jansen hing gekreuzigt an zwei Holzbalken, die an die Außenwand der Halle gelehnt waren. Die Arme waren weit auseinander gespreizt und mit Lederriemen festgeschnürt. Wenn man näher hinsah, erkannte man die Nägel, die durch das Fleisch der Unterarme eingedrungen waren. Die Beine waren übereinander gelegt und ebenfalls mit einem Lederriemen festgeschnürt. Ihr Kopf hing nach unten, sodass man ihr Gesicht nicht sehen konnte. Auf ihrer Brust war überall Blut.

»ROSTOCKER RUNDSCHAU«

Blutiges Familiendrama – Vermisste Rentnerin nach fast zwei Wochen gekreuzigt aufgefunden

Von Gero Helm

Stadtmitte, 4. August 2004. Gestern in den frühen Morgenstunden wurde die Leiche der vermissten 64jährigen Rentnerin Elisabeth J. entdeckt. Die Polizei hat bisher noch keine Stellungnahme herausgegeben, außer, dass die Identität der Toten bestätigt wurde. Über die Art des Todes und mögliche Verdächtige wurde nichts bekannt.

Augenzeugen jedoch berichteten der Rostocker Rundschau, die Leiche habe nackt und gekreuzigt an der Außenwand einer leer stehenden Lagerhalle auf dem Neptunwerft-Gelände gehangen. Obwohl es sich bei Elisabeth J. um eine nahe Verwandte der erst kürzlich ebenfalls ermordeten Lena S. handelt, scheint die Polizei keinerlei Veranlassung zu sehen, geeignete Maßnahmen zu ergreifen: Bei einem Besuch der Familie S. – Eltern von Lena S., Frau S. ist die Cousine von Elisabeth J. – mussten wir feststellen, dass diese bisher keinerlei Polizeischutz erhalten haben. Dabei ist es offensichtlich, dass es jemand auf die gesamte Familie abgesehen hat! Wir rufen hiermit die Polizei auf, in diesem blutigen und bitteren Familiendrama endlich etwas zu unternehmen. Es wird Zeit!

5.

»Dieser Gero Helm macht mich noch wahnsinnig! Was glaubt er eigentlich, wer er ist? Abgesehen davon, dass er grauenhaft schlecht schreibt.« Mit blutunterlaufenen Augen starrte Erik auf den Zeitungsbericht, den Behrens ihm hingelegt hatte, und massierte mit der Hand sein unrasiertes Kinn.

»Gero Helm sieht sich als Aufdeckungsjournalist der Rostocker Rundschau, deren Chefredakteur er ist«, begann Behrens. »Unauffälliger Typ Mitte dreißig. Er kommt ursprünglich aus Berlin, Westteil. Hat ein Jurastudium abgebrochen, wobei es Gerüchte gibt, dass er bereits im vierten Semester von der Uni geflogen ist, weil er sich politisch in einer nationalistischen Vereinigung engagierte, die schließlich verboten wurde.«

Behrens nahm die Ausgabe der Rostocker Rundschau wieder an sich, strich seine Krawatte glatt und fuhr fort, während Erik, den Kopf auf die Hände gestützt, nachdenklich zuhörte.

»Seine ersten journalistischen Fingerübungen machte er in den frühen Neunzigern als Pressesprecher für eben diese Vereinigung oder Partei oder wie man es nennen will, die aber nur vor Ort auf Stimmenfang gegangen ist. Randgebiete von Berlin, Dörfer in der Provinz um Berlin herum in der Hauptsache.«

Erik nickte. Er konnte sich noch daran erinnern, dass es vor ein paar Jahren wieder einmal einen Aufschrei in der Presse gegeben hatte: »Rechtsruck durch Deutschland!« hieß es da, weil diese Gruppe, der sich Gero Helm angeschlossen hatte, einige sehr medienwirksame Auftritte gehabt hatte. Es brauchte nicht viele Anhänger, es brauchte nur ein gutes Marketing, und die Presse – national wie international – war dankbar für derartige Aktionen. Sie füllten die Titelseiten.

»Seit wann ist er in Rostock?«

»Ungefähr seit vier Jahren. Der Parteigründer, Dirk Sass, hat sich hier niedergelassen und dieses Blatt herausgegeben. Helm war von Anfang an mit dabei.«

»Finanzierung?«

Behrens zuckte die Schultern. »Angeblich aus eigener Tasche. Ist es wichtig für den Fall?«

»Ich glaube nicht.« Erik rieb sich die Augen mit den Handflächen. »Was mich an Gero Helm stört, ist, dass er so schnell herausgefunden hat, dass Lena Sommer und Elisabeth Jansen miteinander verwandt waren«, sagte er nachdenklich zu seinem Chef.

»Journalisten finden doch immer etwas, manchmal sogar die Wahrheit, wenn sie lange genug herumwühlen.« Behrens ging wieder.

In erster Linie war Behrens vorbeigekommen, um Erik zu fragen, wie sich die Psychologin machte. Erik hatte ausweichend geantwortet, dass er nach zwei Tagen noch nichts sagen konnte. Er wusste, dass Behrens ganz genau zwischen den Zeilen las, aber nichts sagen würde. Tatsächlich war der Chef auch gleich zu dem unliebsamen Zeitungsartikel übergegangen.

Anne hatte sich am Tatort im Hintergrund gehalten. Später erst hatte er mitbekommen, dass sie mit den meisten Kollegen vor Ort gesprochen hatte und sogar in der Pathologie gewesen war. Nur ihm war sie aus dem Weg gegangen. Ehrlich gesagt, er hatte irgendwann gar nicht mehr daran gedacht, dass sie da war.

Als er gestern Morgen am ehemaligen Werftgelände angekommen war, hatte er ein paar Uniformierte vorgefunden, die vor lauter Aufregung nicht gewusst hatten, was sie machen sollten. Immerhin waren sie noch so geistesgegenwärtig gewesen, das Gebiet weiträumig abzusperren. Im fahlen Morgenlicht hatte der Anblick noch entsetzlicher ausgesehen als später am Tag. Vielleicht hatte er sich da auch schon daran gewöhnt. Wie schnell man sich an die grässlichsten Dinge gewöhnen konnte. An der Außenwand eines leer stehenden und verfallenen Fabrikgebäudes hatte ein über drei Meter hohes Holzkreuz gelehnt. Elisabeth Jansen hatte leblos daran gehangen.

Die KTU und ein Arzt waren gleichzeitig mit Erik eingetroffen. Die Leiche war von einem der stadtbekannten Punks entdeckt worden. Wohl zum ersten Mal in seinem Leben hatte er von sich aus Kontakt zur Polizei aufgenommen. Der Junge, er war gerade mal siebzehn Jahre alt, saß noch immer zähneklappernd und völlig verschreckt auf der Polizeistation in der Ulmenstraße.

Die Spurensicherung hatte jeden Winkel im näheren Umkreis abgesucht und jeden Fetzen, jede Faser mitgenommen, alles, was halbwegs neu und verwertbar ausgesehen hatte. Wieder hatten sie das Problem, dass sie Unmengen von Spuren sicherstellen konnten, aber keinen Schritt weiterkamen, wenn sie kein Vergleichsstück hatten.

»Hier ist Blut«, hatte plötzlich ein Kollege von der KTU gesagt und sofort angefangen zu fotografieren. Erik war näher gekommen, um es sich anzusehen. »Die Eindrücke in der Grasnarbe hier passen auch dazu«, hatte der Spurensicherer gesagt. Micha war nun auch dazugekommen.

»Das Holz hat er hier zusammengebaut, dann die Frau draufgenagelt. Hier und hier ist das Blut vom Festnageln«, er hatte auf die beiden Stellen auf dem kaputten, von der Natur fast zurückeroberten Betonboden gezeigt. »Und hier eine größere Stelle. Das kommt nicht vom Festnageln, das kommt aus dem Mund.« Danach, als der Täter sie am Kreuz befestigt hatte, musste er es hochgehoben, in die andere Richtung gedreht und gegen die Wand gelehnt haben.

»Hier müssen doch Reifenspuren sein, irgendwas, das gibt es doch nicht!« Erik war nervös und ungeduldig gewesen.

»Wir suchen alles ab, wir nehmen alles mit, mehr können wir nicht machen!«, hatte der findige Spurensicherer gemault, woraufhin Micha ihm nur freundschaftlich auf die Schulter geklopft hatte.

Anne hatte sich an die Kollegen gehalten, in der Hauptsache an Gerd Köveling. Dieser hatte sich, wie sonst immer, am Rande des Geschehens herumgedrückt und war somit für sie ansprechbar gewesen.

Gerd hatte sich auffällig viel Zeit für sie genommen. Kein Wunder. Zum einen war sie hübsch und neu, zum anderen nutzte Gerd jede Gelegenheit, am Tatort selbst möglichst wenig zu tun zu haben. Nachdem sie Lena Sommers Leiche aus der Warnow gezogen hatten, war er in großem Bogen um die Absperrung herumstolziert und hatte jedem Passanten, ob nun Presse oder nicht, erklärt, dass es nichts zu sehen gab und man solle bitte weitergehen. Wodurch er letzten Endes nur noch mehr Schaulustige angelockt hatte. So jedenfalls hatte es Erik von ein paar Kollegen in der Kantine erfahren.

Anne Wahlberg war noch nicht da, Erik hatte das Büro für sich alleine. Er nutzte die Zeit, um Telefonate zu führen, die sie nichts angingen.

Sie waren zum Mittagessen in einem studentischen Café in der Kröpeliner-Tor-Vorstadt verabredet. Zurzeit waren Semesterferien, und da das Lokal keine Plätze im Freien hatte, war es um diese Zeit so gut wie gar nicht besucht.

Gero Helm saß bereits da, als Erik das Café betrat. Der Mann wartete offenbar schon länger, der leeren Cappuccinotasse und dem mit Bonbonpapierchen voll gemüllten Aschenbecher nach zu urteilen.

Erik hatte ihn noch nie vorher bewusst gesehen. Bis heute war Gero Helm nur ein Name für ihn gewesen. Nach allem, was er über ihn gehört hatte, hatte er ihn sich ganz anders vorgestellt. Helm war nicht besonders kräftig und schon gar nicht groß. Das fiel sogar auf, wenn er saß. Seine aschblonden Haare dünnten sichtlich aus. Helms wässrig blaue, kurzsichtige Augen wurden durch dicke Gläser extrem verkleinert. Das Brillenmodell wirkte unmodern und unpassend, er sah dadurch älter aus, als er war. Für seine Kleidung galt dasselbe. Entweder legte er keinen Wert auf sein Äußeres, oder seine Finanzen sahen schon seit längerer Zeit nicht sonderlich gut aus.

Im Hintergrund lief vernünftige Musik, Beatsteaks. Erik schenkte sich den Smalltalk und begann ohne Umschweife, während er sich setzte: »Woher wissen Sie eigentlich, dass die beiden Opfer miteinander verwandt waren?«

Helm grinste und nahm seine Brille ab. »Wo ist denn der andere? Soweit ich weiß, ist doch dieses kleine aufgeregte HB-Männchen mit der Piepsstimme zuständig.«

»Sie werden mit mir vorlieb nehmen müssen.«

Helm machte weiter ein amüsiertes Gesicht, während er mit einem großen weißen Taschentuch die Brillengläser polierte. Erik wunderte sich kurz darüber, dass es heutzutage noch jemanden gab, der mit Stofftaschentüchern herumlief. So etwas hatte er lange nicht mehr gesehen.

»Ich hatte Sie etwas gefragt.«

Helm nahm sich Zeit. Er genoss sichtlich die Situation und zog das konzentrierte Polieren seiner Brille genüsslich in die Länge. »Aber, aber, wo kommen wir denn da hin«, sagte er endlich. »Ich bin derjenige, der interviewt, und ich dachte, wir treffen uns, damit Sie mir und meinen Lesern erzählen, was Sie so den ganzen Tag machen und wie Sie die Stadt vor diesem Psychopathen schützen wollen.«

Erik zog schweigend seine Zigaretten heraus und zündete sich eine an.

»Okay, vielleicht nicht die ganze Stadt«, fuhr Helm fort. »Aber doch zumindest die, die ernsthaft bedroht sind. Warum haben die Sommers keinen Personenschutz? Ihnen müsste die Verbindung der beiden Morde doch als Erstes aufgefallen sein.«

Helms Laune besserte sich zusehends. Erik reagierte nicht, sondern studierte die Speisekarte.

»Oder – nein – bin ich etwa als Erster draufgekommen? Welch Freude!« Das Grienen seines Gegenübers verursachte bei Erik fast schon physische Übelkeit. Er ließ sich nichts anmerken, sondern blieb weiter auf die Karte konzentriert, während er wie beiläufig sagte: »Beantworten Sie einfach meine Frage.«

Gero Helm schüttelte den Kopf und strich seine spärlichen Haare glatt. »Berufsgeheimnis. Sie dürfen mir schon auch etwas zutrauen. Aber falls Sie Angst vor einem Leck in den eigenen Reihen haben, kann ich Sie beruhigen. Abgesehen davon brauche ich keinen Informanten von Ihnen. Wie Sie sehen.«

Erik legte die Karte weg und winkte die Bedienung herbei. Er bestellte nur ein Glas Wasser. Kein gemütlicher Schnack bei Salat und Pasta. Der Journalist verstand und zeigte zum ersten Mal so etwas wie Unsicherheit.

»Ich kann Ihnen nicht verbieten, Ihre unqualifizierten Kommentare abzudrucken. Aber ich will eins von Ihnen wissen: Was verheimlichen Sie?«

Helm blickte ihn aus seinen kurzsichtigen Augen an und machte dazu ein Gesicht, von dem er wohl hoffte, es sähe unschuldig aus. »Ich weiß nicht, wovon Sie reden.« Aber es war ein Treffer, seine Unsicherheit nahm zu.

»Sie wissen mehr, als Sie schreiben. Und wenn ich herausbekomme, dass Sie sachdienliche Informationen zurückhalten …«

Helm lachte nervös. »Was dann? Muss ich jetzt Angst haben? Warum sollte ich etwas zurückhalten? Ich muss schließlich an die Auflage denken!«

Erik sah ihm direkt in die Augen, während er langsam und ruhig antwortete. »Ich habe alle Ihre Artikel gelesen. Ich kenne Ihre Methoden, und ich weiß meistens schon, bevor ich die Zeitung aufschlage, wie Sie wann argumentieren. Sie haben die Becks als die reinsten Unschuldsengel dastehen lassen. Und das passt nicht zu Ihnen.«

Helm war kein guter Schauspieler. Erik wusste jetzt sicher,

dass er Recht hatte. Der andere war blass geworden, und auf seiner Stirn bildeten sich Schweißperlen. Helms Finger zuckten nervös, aber er schwieg.

»Ich hätte eine Schlagzeile erwartet wie ›Polizei lässt mutmaßlichen Mörder laufen‹. Aber nicht, dass Sie Thomas Beck so in Schutz nehmen. Uns in den Dreck ziehen konnten Sie auch anders. Warum haben Sie ihn geschont? Was wissen Sie?«

Der Journalist wand sich, und das nicht nur innerlich. Er pulte umständlich noch einen Bonbon aus seiner Tasche, um seine Aufregung zu verbergen, und steckte ihn sich in den Mund. Vermutlich hatte er sich vor kurzem das Rauchen abgewöhnt. Jetzt faltete er das Papierchen säuberlich zusammen, ohne sich darüber klar zu sein, dass das seine Unsicherheit noch mehr verriet als seine zitternden Finger. Das Gespräch hatte sich genau umgedreht, er stand nun auf dem Prüfstand, und damit hatte er nicht gerechnet. Stressresistent war er nicht, dachte Erik.

»Mitleid mit den armen Eltern, die ihren Sohn verloren haben, traue ich Ihnen nicht zu«, schob Erik hinterher.

»Tut mir Leid, ich muss noch zur Redaktionssitzung. Hat mich gefreut«, murmelte Helm, ließ einen Geldschein auf den Tisch gleiten und verließ schnell das Lokal. Erik bestellte sich nun einen Milchkaffee und eine große Portion Pasta. Besorgt sah er auf die Uhr. Eigentlich musste er zurück, aber er hatte fast nicht geschlafen und war seit vier Uhr auf den Beinen und hatte noch nichts gegessen. Ihm lief die Zeit weg.

Sie hatte die ganze Nacht wach gelegen. Sehr spät war sie in ihr Hotel zurückgekehrt, und der Schlaf stellte sich erst in den frühen Morgenstunden ein, als es schon hell war. Also war sie zu spät gekommen, wofür sie einen herablassenden Blick von Erik hatte in Kauf nehmen müssen. Sie hatten kein Wort miteinander geredet, jeder hatte für sich in seinen Unterlagen geblättert und auf seinem Computer herumgetippt. Nun war er endlich weg, wohin und für wie lange wusste sie nicht, aber sie konnte aufatmen.

Der Anblick der Leiche hatte sie schwer getroffen, besonders, weil die Realität ihrem Traum so nah war. Im Moment fühlte sie sich wie betäubt. War es ein Schutzmechanismus ihrer Psyche, ihres Körpers, um nicht zusammenzubrechen? Ihr Gefühl hatte sie noch nie zuvor im Stich gelassen.

In der Pathologie war sie gestern angekommen, als Dr. Gundlach schon den Y-Schnitt gemacht hatte. Er hatte sie sofort gesehen und noch einmal wiederholt, was er zuletzt zu Protokoll gegeben hatte.

»Die Nägel wurden ihr kurz vor ihrem Tod …«, murmelte er. »Todesursache war Ersticken …«

Sie hatte darüber gelesen, dass die Gekreuzigten irgendwann erstickten. Das lag an der Position ihrer Arme in Relation zum Körper. Aber der Tod trat normalerweise erst nach ein paar Tagen ein. Vielleicht war sie schon so schwach gewesen, dass es schneller gegangen war, hatte Anne gedacht. Wie ihre Nichte war auch Elisabeth Jansen ausgehungert und dehydriert, hatte der Pathologe weiter erklärt, als er sich mit Mageninhalt und den Gedärmen beschäftigte. Die Rentnerin war so weit ganz gesund gewesen bis auf ein künstliches Hüftgelenk, das ihr vor ungefähr einem Jahr eingesetzt worden war. Dr. Gundlach hatte sich wieder in seine Arbeit vertieft und Anne völlig vergessen.

Die eine war gerädert worden, die andere gekreuzigt. Man hatte Diebe, Mörder, Verräter gekreuzigt, hatte Anne überlegt. Was hatte Elisabeth Jansen getan? Dem Täter ging es um die offensichtliche Symbolik seiner Tat, weniger ums Detail, weshalb sie nicht an einen Ritualmord mit zufällig ausgewählten Opfern glaubte. Es fehlte der Speerstich, es fehlte die Dornenkrone, es war keine Jesus-Imitation.

»Ach, da waren Sie ja noch nicht da«, hatte Gundlach plötzlich gesagt. »Die Zunge fehlt. Einfach abgeschnitten, kurz vor dem Tod. An dem Blut ist sie dann erstickt.«

Und Anne war klar geworden, dass Elisabeth Jansen Dinge

gesagt hatte, die sie nicht hätte sagen sollen. Sie hatte jemanden verraten.

Anders als bei Lena Sommer hatte der Täter sein Opfer für jeden sichtbar ausgestellt. Lena Sommers Leiche sollte verschwinden. Aber Elisabeth Jansens Tod hatte er bewusst zu einem öffentlichen Ereignis gemacht. Eine öffentliche Strafe. Oder gehörte es zum Tötungsritual, dass die eine Leiche verschwinden sollte, die andere nicht?

Entnervt starrte Anne auf den Bildschirm ihres Rechners. Langsam machte das, was sie dort sah, keinen Sinn mehr. Stundenlang hatte sie sich mit nichts anderem als rituell hingerichteten Opfern beschäftigt. Sie brauchte eine Pause.

Micha stand in der Kantine hinter Anne in der Schlange. Malte, mit dem Anne eigentlich zum Essen hatte gehen wollen, verschwand fast hinter Micha.

»Ihr redet nicht mehr miteinander?«, fragte Micha. Anne bedauerte, nicht mit Malte allein zu sein, denn sie musste mit jemandem reden. Es ging ihr gerade gar nicht gut.

»In erster Linie bin ich sauer, weil mir niemand gesagt hat, dass die beiden Opfer miteinander verwandt sind. Ich war schließlich bei Lenas Eltern. Da hätte ich doch gleich auch nach Elisabeth Jansen fragen können. Natürlich freut es mich nicht, wenn man mich so offensichtlich auflaufen lässt«, sagte Anne. Micha und Malte nickten nur schweigend und stellten ihre Teller auf die Tabletts.

»Willst du noch mal zu den Sommers fahren?«, fragte Micha.

»Wenn ich das tun sollte, hätte Erik schon längst etwas gesagt. Vielleicht nimmt er mich mit, keine Ahnung, aber das ist eine Vernehmung, die er garantiert selbst machen wird. Und für mich ist es wichtiger, dass ich mir die Wohnung von Elisabeth Jansen ansehe. Ich möchte herausfinden, was sie für ein Mensch war.«

»Du gehst also definitiv von einem persönlichen Motiv aus?

Und nicht davon, dass so ein kranker Serienkiller dahinter steckt?«

»Ich glaube, dass es sich um jemanden handelt, der die beiden gekannt hat. Sogar abgesehen von dieser Verwandtschaftssache.« Anne konnte ihre Verwunderung in der Stimme kaum verbergen. »Es war doch auch derselbe Fundort!«

Micha zuckte die Schultern. »Derselbe Fundort heißt erst mal gar nichts. Es gibt die unglaublichsten Zufälle. Zum Beispiel letztens, da gab es zwei Einbrüche, und an beiden Orten haben wir dieselben Zigarettenkippen mit derselben DNS gefunden. Und siehe da, der Mann war in der Datenbank vom BKA! Vorstrafe wegen schweren Raubs und Körperverletzung. Aber es hat sich herausgestellt, dass es ein anderer war, und der mit den Kippen nur zufällig an den Häusern, in die eingebrochen wurde, vorbeigegangen war. Hund Gassi führen. Total unschuldig.« Er machte eine Kunstpause und sah herausfordernd in die Runde. »Wir haben rausgefunden, dass die Zigarettenkippen am selben Tag weggeworfen worden waren. Die Einbrüche aber lagen 48 Stunden auseinander. Manchmal fehlt der Blick für das Wesentliche, weil man glaubt, man hat schon die Lösung. Wenn ich an einen Tatort komme, gehe ich auch nicht immer nur nach dem Offensichtlichsten. Ich nehme mir ein paar Minuten Zeit, sehe mir von außen alles an und entscheide erst dann, wie der Trampelpfad zum Opfer gelegt wird, ob die Absperrung erweitert oder verkleinert werden soll, ob ich noch ganz woanders suche. Und dazu muss ich jede noch so unsinnige Möglichkeit in Betracht ziehen, um sie wirklich ganz sicher streichen zu können.«

Anne verstand plötzlich. Er glaubte, sie würde seine Arbeit nicht richtig würdigen, und deshalb wollte er ihre Aufmerksamkeit auf seinen Bereich ziehen.

»Ich weiß natürlich ganz genau, wie wichtig die Spuren am Tatort sind. Das war wahnsinnig hilfreich für mich, wie du mir gestern alles erklärt hast. Ich glaube, ich hab noch nie so viel auf einmal gelernt«, sagte sie in einem so überzeugenden Tonfall, dass kein Zweifel darüber aufkommen konnte, wie ernst sie es meinte.

Micha musste einfach im Mittelpunkt stehen. Ansonsten würde er vermutlich eingehen oder verwelken wie eine kleine Blume, die man vergessen hatte zu gießen.

Und außerdem hatte er nicht so Unrecht. Sie war so auf ihr eigenes Spezialgebiet fixiert, dass sie den Fakten weniger Aufmerksamkeit schenkte, als gut für den Fall war. Die Spurensicherung hatte in den letzten Jahren einen gewaltigen Schritt nach vorne gemacht. Früher war es der Fingerabdruck, dann kam die Blutgruppenanalyse, heute gab es den DNS-Test, und auch für andere Spuren – Fasern, Metallsplitter, Formspuren, einfach alles – gab es die unglaublichsten Untersuchungsmethoden. Wie offensichtlich auch etwas nach psychologischen Mustern sein mochte, manchmal wurde es durch Fakten widerlegt, und man musste von vorne anfangen.

»Seid ihr jetzt fertig auf dem Werftgelände?«, fragte Malte. Micha nickte. »Und in der Jansen-Wohnung auch?«

Wieder ein Nicken. »Wenn du willst«, wandte er sich Anne zu, »fahre ich mit nach Bad Doberan. Ich habe die Wohnung gestern versiegelt, es ist besser, wenn ich sie dir aufmache und später wieder zu. Außerdem hab ich alles schon einmal durchgesehen.«

Anne sah ihn neugierig an. »Du warst auch in der Wohnung? Nicht auf dem Werftgelände? Ich hatte dich doch dort gesehen.«

»Nur bis zum frühen Nachmittag. Erik will, dass sich zumindest einer von unserer Abteilung alles ansieht. Und weil ich beim ersten Fall dabei war, bin ich jetzt für jeden Tatort zuständig, der mit diesen Morden zu tun hat. Das ging ganz schnell, kleine Wohnung, wenig Spuren zum Sichern, und, wie ich eben erfahren habe, wohl auch nur eine Sorte Fingerspuren, nämlich ihre.«

Sie merkte nicht zum ersten Mal, seit sie hergekommen war, wie wenig sie von der täglichen Arbeit der Polizei wusste und wie viel sie dazulernen würde.

»Wieso könnt ihr so schnell schon sagen, dass es nur eine Sorte Fingerspuren gibt?«

»Hundertprozentig können wir das natürlich noch nicht sagen. Aber nach ein paar Jahren hat jeder sein eigenes System. Ich sortiere die Kärtchen mit den Fingerspuren immer erst, bevor ich sie zur Auswertung gebe.« Er machte eine Pause, um sich der Aufmerksamkeit seiner Zuhörerschaft auch sicher zu sein. Und tatsächlich war Anne gespannt. Malte nicht minder, schließlich hatte Micha fast zehn Jahre mehr Berufserfahrung.

»Es ist immer das Gleiche. Ich lasse einen Ort auf mich wirken und überlege mir dabei, was man wo finden könnte. Wenn ich mir dann eine Wohnung ansehe, mache ich mir einen Plan, wo ein Fremder am wahrscheinlichsten Fingerspuren hinterlassen würde. Oder wo es seltsam wäre, wenn man keine finden würde, was dann bedeutet, dass sie jemand weggewischt hat. Das sieht bei jedem Raum und jedem Tatort anders aus«, fügte er wichtig hinzu. Dabei verschränkte er die Arme und lehnte sich abwartend zurück, die langen Beine unter dem Tisch ausgestreckt. Malte nickte eifrig vor sich hin, und Anne ließ seine Worte kurz auf sich wirken. Dann sagte sie: »So ein Tatort, er spricht mit dir?«

Micha zog verwirrt die Augenbrauen hoch. Er verstand nicht ganz.

»Na, ich meine, ein Raum, ein Ort, wie die Möbel stehen, wo Staub liegt und wo nicht, das sagt dir doch alles etwas?«

Jetzt hatte er verstanden. »Genau. Ja. Das wollte ich wohl damit sagen.« Er wusste noch nicht so richtig, ob er mit ihrer Reaktion zufrieden sein konnte.

»Find ich toll«, sagte Anne, und damit war alles gesagt, was er hatte hören wollen.

Vielleicht war es keine schlechte Idee, mit ihm in Elisabeth

Jansens Wohnung zu fahren, nachdem sie gerade hatte feststellen müssen, dass sie sich bisher zu wenig an harten Fakten orientiert hatte. Lena zum Beispiel konnte das Opfer eines völlig Fremden sein, der sie nur aus der Zeitung kannte. Dass es eine Verbindung zu dem Mord an ihrer Tante gab, sagte ihr Gefühl, aber keine einzige Spur bewies es bisher.

Als sich Micha nach dem Essen noch einen Kaffee organisierte, ergriff Anne schnell die Gelegenheit, sich mit Malte auszutauschen.

»Bist du schon mit Lena Sommers Liebhaber weitergekommen?«

Der junge Mann schüttelte den Kopf. »Keine Zeit gehabt«, antwortete er. »Ich war gestern unterwegs, um das Alibi der Becks zu überprüfen und mir zur Sicherheit noch mal deren Wohnung anzusehen. Sie sind komplett sauber. Dann hat Kemper mich nach Bad Doberan geschickt, damit ich die Kollegen bei der Zeugenbefragung unterstütze. Wer das Opfer zuletzt wann, wo und wie gesehen hat. Bisher ist nichts dabei herausgekommen, jedenfalls nichts, was uns weiterbringt. In der Wohnung war ich auch.«

Micha näherte sich dem Tisch.

»Heute Abend wieder im Irish? Kurze Lagebesprechung um neun?«, flüsterte Anne schnell.

Malte strahlte über das ganze Gesicht und sah aus, als wolle er ihr vor Stolz und Freude um den Hals fallen. Fast sofort verzog er sein Gesicht aber wieder, denn Anne hatte ihm auf den Fuß getreten.

»Soll der denken, dass wir was miteinander haben? Das kannst du ihm nicht antun!«, zischte sie und zwinkerte ihm zu, und nun mussten beide laut lachen. Micha setzte sich, stellte drei Kaffeetassen ab und sah fragend in die Runde. Keiner der beiden machte Anstalten, ihm eine Erklärung für das heitere Gelächter zu geben.

»Fahren wir dann gleich?«, fragte Anne stattdessen mit Unschuldsmiene. »Ich geh schon mal vor und hol meine Sachen.« Michas Blick wanderte leicht verletzt zu der Tasse Kaffee, die sie unberührt stehen gelassen hatte.

6.

»Böttcher, Kripo Rostock, guten Tag. Wir ermitteln im Mordfall Lena Sommer und hätten noch ein paar Fragen an Sie. Sie waren doch mit dem Opfer näher bekannt?« Diesen Satz sagte Malte nun schon fast im Schlaf. Wie viele Leute er angerufen hatte, um auf die Spur eines Liebhabers in Lena Sommers Leben zu kommen, wusste er nicht. Er sah auf seine Liste mit Namen und zählte sie durch. Fünfzehn. Niemand konnte ihm eine Auskunft geben. Alle waren davon überzeugt, dass sie über ein Jahr hinweg Single gewesen war. Nicht einmal von flüchtigen Affären war etwas bekannt. Nicht das kleinste Gerücht schien es zu geben.

Er war froh, dass er sich das Zimmer mit Kai und Gerd teilte. Kai hing meistens bei Andreas und Olaf nebenan herum, und Gerd war mit seinen eigenen Gedanken stets so beschäftigt, dass man ihn im Normalfall mehrfach anbrüllen musste, bevor er überhaupt reagierte. Gerd trug sogar manchmal Kopfhörer. Er könne sich sonst nicht konzentrieren, andere Leute lenkten ihn ab, klagte er. Malte vermutete, dass Gerd einfach nur nicht wollte, dass andere mitbekamen, was er den ganzen Tag trieb. Er hatte gehört, dass er bis vor kurzem noch dauernd im Netz gesurft hatte, bis die Behörde beschlossen hatte, die Internetnutzung detailliert zu überwachen. Nicht wegen Gerd, sondern allgemein. So wie zum allgemeinen Schutz schon seit Jahren das Anwählen von 0190-Nummern nicht mehr möglich war. Die offizielle Verlautbarung war, dass sich so das Reinigungspersonal nicht einfach auf Kosten der KPI vergnügen konnte, was zu einem gewissen Grad auch sicherlich stimmte. Aber Leute wie Gerd, die tagein, tagaus online Nachrichten lasen oder auf den

Homepages ihrer Sportvereine herumklickten, trugen nicht unwesentlich zu den schärferen Bestimmungen bei. Was Gerd seither den ganzen Tag am Computer machte, wusste Malte nicht. Der Bildschirm des Kollegen stand auch so, dass man um seinen Schreibtisch herumlaufen und sich hinter ihn hätte stellen müssen, um etwas zu erkennen.

Malte wusste kaum etwas über seine Kollegen. Anfangs hatte man ihm halbherzige Angebote gemacht, mit in die Kantine zu kommen. Aber er hatte es nicht geschafft, sich in die Gespräche der anderen einzufinden. Sie kannten sich schon seit Jahren und waren alle älter als er. Und sie hatten nie einen Versuch unternommen, ihn wirklich mit einzubeziehen. Er war in keiner der Polizeisportgruppen, und Fußball war nicht sein Thema.

Seine Leidenszeit in Schwerin war ihm noch zu präsent. Dort hatten sie ihn alle immer nur aufgezogen. Er wusste keine anzüglichen Witze zu erzählen, es gab keine spannenden Abenteuer oder heiteren Anekdoten in seinem Leben, er hatte keine Hobbys, für die sich die Kollegen erwärmen konnten. Und wenn er manchmal abends mit ihnen weggegangen war, hatte es fast immer damit geendet, dass sich schnell kleine Grüppchen gebildet hatten und das Gespräch mit anderen Leuten gesucht wurde. Doch niemand hatte das Gespräch mit ihm gesucht. Er hatte jedes Mal sein Außenseiterdasein mit einem möglichst ungerührten Blick zu verstecken versucht. Das war ihm natürlich nie gelungen. Sie hatten ihn zur Zielfigur ihres Spotts gemacht, nur um am nächsten Morgen zu sagen: »Na, Junge, haste doch nicht so ernst genommen gestern, oder? Wieder alles im Lot, was?« Dann hatten sie gelacht, und er hatte halbherzig mitgelacht, und jeder war wieder seines Weges gegangen.

Hoffentlich wurde es diesmal anders. Malte rieb sich die Augen und sah wieder auf seine Liste.

Der nächste Name war Sibylle Rohnert. Er hatte gleich zu Anfang schon einmal bei ihr angerufen, aber da war niemand ans Telefon gegangen. Also versuchte er es noch einmal. Sibylle

Rohnert war angeblich die beste Freundin von Lena Sommer. Wenn sie auch nichts wusste, dann war er mit seinem Latein am Ende.

»Gibt's bei der Kripo eigentlich keine Frauen?« Sie biss sich fast sofort auf die Zunge. Warum konnte sie ihren Mund nicht halten? Aber es war nun schon über einen Monat her, dass man Lena getötet hatte, und vorher war sie von der Presse und von wildfremden Leuten durch den Schmutz gezogen worden. Das hatte Lena nicht verdient, und Billy war stinksauer auf die Polizei, weil die einfach nichts machten.

Billy hingegen hatte alles getan, was sie tun konnte. Sie hatte Lena stundenlang, tagelang versucht zu trösten. Sie war fast immer an ihrer Seite gewesen, weil sie wusste, wie wenig Kraft und Unterstützung sie bei ihren stumpfsinnigen Eltern finden würde. Lena war der liebste und sympathischste Mensch gewesen, den sie je gekannt hatte. Dass ausgerechnet ihr so etwas zugestoßen war, konnte sie immer noch nicht fassen.

Billys dröhnende Kopfschmerzen trugen nur dazu bei, dass sie sich noch weniger im Griff hatte als sonst. Sie war nicht nur in ihrem Freundeskreis dafür bekannt, dass sie immer herausposaunte, was ihr in den Sinn kam. Meist begann sie erst, über das Gesagte nachzudenken, wenn es schon im Raum stand und nicht mehr zurückzunehmen war. Durch ihre impulsive Art hatte sie sich schon einige Jobs versaut.

Und nun stand dieser verschreckte junge Kerl vor der Tür ihrer kleinen Singlewohnung in Reutershagen und behauptete, er sei von der Kripo. Er sah aus wie einer dieser Computerfreaks, die den ganzen Tag ihre Wohnungen nicht verließen und deren einzige soziale Kontakte die Leute vom Pizzabringdienst waren. Nicht, dass er schlecht aussah. Wenn man länger hinsah, war er eigentlich ganz niedlich.

Ihre Bemerkung hatte ihn noch mehr verunsichert. Er schnappte nur nach Luft und wusste nicht, was er sagen sollte.

»Na kommen Sie schon rein, ich hab's nicht so gemeint. Sind Sie schon lange bei dem Verein?«

Als KK Böttcher hatte er sich vorgestellt. KK – Kriminalkommissar, das war ihr Tipp, was sollte es sonst heißen. Billy schob ihn in ihre kleine Küche und drückte ihn auf einen Küchenstuhl. »Kaffee, Wasser, Saft?« Er schüttelte stumm den Kopf. Sie seufzte, nahm sich eine Flasche Wasser aus dem Kühlschrank und setzte sich ihm gegenüber. »Ich bin diese Woche krankgeschrieben, und ehrlich gesagt hab ich schon länger nicht mehr richtig aufgeräumt. Die Küche ist der einzige Ort, der halbwegs präsentabel ist. Migräne, tagelang schon. Deshalb hab ich mich auch noch nicht angezogen.« Sie zog den Bademantel etwas fester zu und raufte sich die verstrubbelten, schwarz gefärbten Haare. Endlich öffnete der andere den Mund.

»Ich wollte Sie nicht stören. Es ist nur, ich weiß, Sie haben uns schon so viel geholfen und ganz lange mit uns gesprochen und bestimmt auch schon alles gesagt …«

»Kommen Sie einfach zum Punkt.«

»Wie Sie wissen, geht es um Ihre Freundin Lena Sommer.«

»Ach was.« Er zuckte zusammen. »'tschuldigung«, murmelte sie schnell.

»Äh – ja. Macht nichts. Ich würde gerne von Ihnen wissen, wie Frau Sommer in ihrem Privatleben … Ob es da jemanden gab …«

Billy stützte die Ellenbogen auf den Tisch und vergrub ihr Gesicht in den Händen. Das hatte man sie schon gefragt, und sie hatte schon geantwortet. Sie verstand nicht, was er von ihr wollte.

»Frau Rohnert, ich sehe ja, dass es Ihnen nicht gut geht«, begann er mit unsicherer Stimme. »Aber Sie haben sich bereit erklärt, mit mir zu reden. Haben Sie es sich anders überlegt?«

Billy schüttelte den Kopf. Wenn das Pochen nur aufhören würde! Dann wüsste sie bestimmt, was sie ihm sagen sollte und was nicht. Es war wohl falsch gewesen, sich in diesem Zustand auf ein Gespräch mit der Polizei einzulassen. Auf der anderen Seite war es vielleicht auch falsch gewesen, so lange nichts zu sagen. Aber hatte sie denn eigentlich etwas zu sagen? Sie fühlte sich plötzlich müde, als die Erinnerung an die Zeit direkt nach Lenas Tod zurückkam.

»Ich habe mit Ihren Kollegen gesprochen und gesagt, was ich weiß. Man hat mich gefragt, ob es einen Mann in Lenas Leben gab, und ich habe gesagt, ja, ihren Exfreund, sonst hat sie mir von niemandem erzählt. Was noch?«

KK Böttcher rutschte unruhig in seinem Stuhl herum. Er dachte lange nach, bevor er ihr antwortete, und was er sagte, ließ Billy aufhorchen. »Sie haben eben gefragt, ob es bei uns keine Frauen gibt. Es gibt bei uns Frauen, aber ich gebe zu, dass es immer noch mehr Männer sind. Bei der Mordkommission haben wir erst seit kurzem eine neue Kollegin. Und mit dieser Frau war ich in der Wohnung Ihrer Freundin. Die Kollegin hat mir gesagt, dass sie sich sicher ist, dass es da einen Mann gegeben hat. Und da ich dieser Frau glaube und vertraue, frage ich Sie noch einmal, ob Ihnen in diesem Zusammenhang vielleicht doch noch etwas eingefallen ist.« Er sagte das alles ganz leise und sehr freundlich.

Sie schüttete sich ein Glas Wasser ein und trank einen Schluck. Er schüttelte wieder den Kopf, als sie ihm mit einer auffordernden Geste die Flasche hinschob.

»Was haben Sie denn gefunden?«, fragte sie vorsichtig. Erst wollte sie wissen, was der andere wusste.

»Ich kann mit Ihnen nicht über Ermittlungsergebnisse sprechen«, kam die Antwort mit dünner Stimme, und sie wusste, er war sich einfach nur nicht sicher, was er sagen durfte und was nicht. Plötzlich war er ihr sympathisch.

»Haben Sie einen Vornamen?«

»J-ja, Malte, wieso?«

»Na, Sie sind im Vorteil. Sie kennen meinen Namen und vermutlich sogar mein Geburtsdatum und keine Ahnung was noch so alles, und umgekehrt weiß ich nur, dass Sie mir Ihren Dienstausweis ins Gesicht gehalten haben und sich als KK Böttcher vorgestellt haben, ohne mir zu verraten, was KK eigentlich heißt.«

»Kriminalkommissar. Tut mir Leid.«

»Nein, muss es nicht. Malte. Das ist ein schöner Name, und jetzt bin ich auch zufrieden. Sie haben Recht.« Er sah richtig süß aus, wenn er verblüfft war. »Sie haben Recht, es gab jemanden. Aber ich bin mir selbst nicht sicher, was da genau los war. Deshalb hab ich auch nichts gesagt.«

Eigentlich hatte man sie auch nicht genau danach gefragt. Der Typ, der sich damals mit ihr unterhalten hatte, hatte ihr wenig Spielraum für diese Spekulation gegeben. Seine Fragen waren schon vorformuliert gewesen, so war es ihr zumindest vorgekommen, und mit jeder Antwort war er gleich zufrieden gewesen. Viel Zeit hatte er sich nicht mit ihr genommen. Er hatte sie nicht gemocht, das war ihr sofort klar gewesen. Er hatte ihren gesamten Look missbilligt, ihr dramatisches Makeup, ihre kurz geschnittenen, schwarz gefärbten Haare, die weiten schwarzen Kleider. Ein bisschen Gothic, aber sie stand drauf, auch wenn sie vielleicht schon etwas zu alt dafür war. Mit hochmütiger Miene hatte er sich in ihrer kleinen Wohnung umgesehen, so als wäre es eine Beleidigung seiner Person, einen Menschen befragen zu müssen, der nicht so viel verdiente wie er. Er hatte die Nase gerümpft beim Anblick des Konzertplakats von Project Pitchfork im Flur und den Dead Can Dance-Fotos an der Pinnwand, die sie selbst heimlich und verbotenerweise bei einem Konzert in der Berliner Philharmonie gemacht hatte. Vielleicht war es pubertär von ihr, aber sie war stolz drauf, und es waren ihre Helden, schon seit vielen Jahren. Ihren Silberschmuck, die Ringe, Halsketten und Piercings hatte er ohne Frage abstoßend gefunden. Dabei war sie lange nicht so extrem wie andere aus der Gothic-Szene. Wie die Mädchen in ihren schwarzen Rüschen und Samtkleidern, die ständig in der

Fußgängerzone herumliefen. Schließlich war Billy schon dreißig und hatte einen geregelten Job als Apothekenhelferin. Und wenn sie schon den ganzen Tag weiße Kittel tragen musste, durfte sie doch wohl in ihrer Freizeit anziehen, was sie wollte!

Außerdem war dieser Mann gleich wieder gegangen, bevor Billy noch etwas hatte hinzufügen können. Danach hatte sie sich lange gefragt, ob sie anrufen sollte oder nicht. Er hatte eine Karte dagelassen. Voigts? War das sein Name gewesen? Die Loyalität gegenüber Lena hatte schließlich gesiegt, das war sie ihr schuldig, nach all dem Dreck, mit dem man nach Lena geworfen hatte. Die Karte war in den Müll gewandert.

Dieser Malte, der nun in ihrer Küche saß, störte sich gar nicht an ihrer Wohnung oder an ihrem Look. Er registrierte alles, sogar mit einem etwas naiven Interesse, aber er urteilte nicht über sie.

»Dieser Unbekannte war das einzige Geheimnis, das Lena vor mir hatte«, begann sie noch etwas zögerlich, und dann erzählte sie ihm alles, was sie wusste. Ihr war irgendwann aufgefallen, dass mit Lena etwas anders war. Sie ging häufiger als sonst zum Frisör. Sie leistete sich elegante Schuhe und exklusive Kleider, stilistisch und preislich weit über dem, was sie sonst getragen hatte. Früher hatte sie bei H&M eingekauft, jetzt rannte sie in die Boutiquen, in denen man sonst nur den Gehlsdorfer Arztfrauen begegnete.

Einmal hatte Billy Lena beim Einkaufen sündhaft teurer Dessous erwischt. Lena war knallrot angelaufen und hatte versucht, sich herauszureden. Schließlich sei sie doch Single und wer konnte schon wissen, wem man so alles begegnete, wenn man abends um die Häuser zog. Dabei waren One-Night-Stands nun wirklich nicht Lenas Stil gewesen, und sie war höchst selten um die Häuser gezogen, es sei denn, man bezeichnete einen gemütlichen Cocktailabend, der sehr zivilisiert vor Mitternacht endete, als »um die Häuser ziehen«. Betrunken hatte Billy ihre Freundin nie erlebt. Und wann immer sie versucht hatte, Lena einen interessanten Mann vorzustellen, war diese ausgesprochen desinteressiert gewesen.

Es musste jemanden geben, davon war Billy überzeugt gewesen. Nach immerhin drei Monaten des schwelenden Verdachts hatte sie es Lena auf den Kopf zugesagt. Lena hatte geschwiegen und war weiteren Gesprächen zu diesem Thema ausgewichen. Billy hatte aber nicht locker gelassen und ihre Freundin fast in die Verzweiflung getrieben. Eines Abends fing Lena sogar an zu weinen, und Billy tat es sofort Leid, in den letzten Wochen so vehement nachgebohrt zu haben.

»Bitte, Billy, du bist meine beste Freundin! Lass mich damit endlich in Ruhe, ich kann es niemandem sagen! Wenn ich es könnte, dann wärst du doch die Erste!«

»Er ist verheiratet«, war Billys trockener Kommentar.

Lena hatte noch schlimmer weitergeschluchzt.

»Oh, er ist verheiratet und auch sonst ein Mistkerl«, bohrte Billy weiter. Lena vergrub ihren Kopf in Billys Schoß und ließ sich von ihrer Freundin festhalten. »Warum suchst du dir keinen anderen?« Das war eine rhetorische Frage. Lena hatte den Hang zu den »falschen Männern«, und sie war prädestiniert, sich in die Rolle der »anderen Frau« zu fügen. Je schlechter man sie behandelte, desto mehr hing sie an einem Mann. Denn Lena war von sich selbst am wenigsten überzeugt und akzeptierte es ohne weiteres, der Fußabtreter für einen Mann zu sein.

Billy hatte schon immer vermutet, dass ihr Exfreund sie geschlagen hatte. Warum sich Lena immer noch mit ihm getroffen hatte, war ihr nie ganz klar geworden. Er hatte sie in der Beziehung betrogen und ausgenutzt. Dann waren sie nicht mehr zusammen gewesen, hatten nicht mehr miteinander geschlafen, aber sonst war alles beim Alten geblieben. Pension Lena Sommer. Änderungsschneiderei, Einkaufsservice, Wäscherei. Aber das hatte in den letzten Monaten nachgelassen, ein weiteres Indiz, das für Billy darauf hinwies, dass Lena einen Liebhaber gehabt hatte. Von diesem neuen Liebhaber aber hatte sie nichts sagen wollen. Sie hatte Angst gehabt, Billy würde dann nichts mehr mit ihr zu tun haben wollen. Und Billy hatte bis heute das dumpfe Gefühl, dass Lena damit richtig gelegen hatte.

»Mehr kann ich Ihnen wirklich nicht sagen, ich weiß seinen Namen nicht«, schloss sie.

Malte nickte. »Das war doch eine ganze Menge, ich bin sicher, dass uns das sehr weiterhilft«, sagte er und lächelte sogar.

Die Kopfschmerzen hatten nachgelassen. Vielleicht hatte der Arzt Recht, und sie war in den letzten Wochen so oft krank gewesen, weil sie Lenas Tod noch nicht verarbeitet hatte. Sie gab Malte die Hand.

»Melden Sie sich bitte, falls Ihnen noch etwas einfällt. Und ich hoffe, ich darf umgekehrt wieder auf Sie zurückkommen, wenn ich noch Fragen habe?« Jetzt war er locker. Billy nickte lächelnd.

»Klar, mach ich, und Sie dürfen auch anrufen. Aber nur Sie! Nicht wieder der andere! Und grüßen Sie die Frau, mit der Sie zusammenarbeiten. Scheint eine Gute zu sein.«

7.

Micha schloss die Wohnungstür auf und ließ ihr galant den Vortritt. Anne wusste, dass sie nichts fühlen würde. Das war die ganze Zeit schon so gewesen. Auf dem Weg zu Elisabeth Jansens Wohnung – nichts. Beim Anblick der Plattenbausiedlung, als sie vor dem fünfgeschossigen Gebäude stand, das sich nur in der Farbgebung der Balkone von den anderen unterschied, als sie schließlich in Jansens Zweizimmerwohnung waren – nichts. Weder im Hausflur noch jetzt beim Betreten der Wohnung – es war, als hätte sie nie die besondere Fähigkeit gehabt, Menschen zu erspüren.

Frustriert begann sie, sich langsam umzusehen. Der kleine Flur, das winzige Bad, die Küchenzeile, die sich zum Wohnbereich hin öffnete, das Schlafzimmer. Ihr erster Eindruck war, dass hier nie jemand gewohnt hatte.

Jegliche persönliche Note schien zu fehlen. Elisabeth Jansen hatte wie in einer Musterwohnung für sanierten Plattenbau gelebt. Keine Fotos, keine Briefe, keine offen herumliegenden Unterlagen. Elisabeth Jansen war nicht in dieser Wohnung. Die Wohnung war ebenso tot wie sie.

Zusammen mit Micha sah sich Anne alles genau an. Sie unterhielten sich über die wenigen Lebensmittel im Kühlschrank und in den Küchenschränken – offenbar hatte die Frau nur für sich eingekauft. Sie hatte folglich nicht oft oder nie Besuch gehabt. Ihre Bekannten hatten es bestätigt, Elisabeth Jansen hatte selten jemanden zu sich eingeladen, selbst ihre sonntäglichen Teetreffen hatten immer woanders stattgefunden, nie in ihrer Wohnung. Es gab zwei Topfpflanzen, die so perfekt aussahen, dass Anne im ersten Moment dachte, sie seien aus Plastik. Die

Kleider waren frisch gewaschen, sauber gebügelt, exakt zusammengefaltet oder fein über den Bügel gehängt. Alles war an seinem Platz. Nichts Außergewöhnliches oder Verräterisches im Badezimmer. Kein Fernseher, aber ein Radio. Falls sie eine Tageszeitung oder ein Magazin abonniert hatte – es war nichts davon zu sehen. Die Mülleimer waren leer. War der Mörder hier gewesen und hatte seine Spuren verwischt?

»Wonach suchst du denn, vielleicht kann ich dir helfen.« Micha verbarg seine Ungeduld gut. Wenigstens das bemerkte sie.

»Ich weiß es nicht. Ich möchte mir ein Bild von dieser Frau machen. Was denkst du über den Fall?«, fragte Anne. Doch Micha schüttelte nur den Kopf. Er war für das Sichern und Auswerten der Spuren zuständig, die Interpretation des Gesamten lag dann bei dem zuständigen Sachbearbeiter der Mordkommission.

Anne ärgerte sich. Beim Mittagessen hatte er noch groß dahergeredet, und jetzt strahlte er reines Desinteresse aus. Er langweilte sich.

»Gibt es irgendwo Ecken, an denen keine Fingerabdrücke gefunden wurden, obwohl da welche hätten sein sollen?«

Micha dachte nach, schüttelte dann den Kopf. Entweder war der Mörder nie hier gewesen, oder er hatte nichts angefasst. Wieder eine Sackgasse. Sie trat ans Fenster und sah nachdenklich hinunter. In diesem Haus waren die Balkons grün gestrichen, gegenüber waren sie orange. Viele Bewohner hatten riesige Satellitenantennen auf ihrem Balkon stehen. Die ganze Anlage wirkte künstlich und leblos, obwohl überall Autos vor den Gebäuden standen und Menschen herumliefen. Ganz in der Nähe waren die wichtigsten Einkaufmöglichkeiten: ein Penny-Markt, ein Frisör, Metzger, Bäcker und ein paar Billig-Kaufläden. Im Vorbeifahren hatte Anne einen Wegweiser zu einem Seniorenwohnheim gesehen. Fehlten nur noch eine Schule und ein Kindergarten, nur für die Bewohner der WG Kammerhof. Aber vielleicht gab es das ja auch?

»Was bedeutet eigentlich WG?«

»WG? Äh – Wohngemeinschaft?«

»Nein, im Zusammenhang WG Kammerhof.«

»Ach so. Wohngebiet.« Micha blieb bei gelangweilten, einsilbigen Antworten. Es dauerte ihm zu lang. Wäre er doch einfach in Rostock geblieben, dachte Anne, die nun langsam von ihm genervt war.

Sie kam keinen Schritt weiter, weil sie nichts zu fühlen schien. Seit sie die Wohnung betreten hatte, war es noch schlimmer geworden. Micha war keine große Hilfe. Entweder er lehnte am Türrahmen und starrte ins Nichts, oder er stand am Fenster und sah hinaus.

Er ließ sie eine gute Stunde allein, weil er um die Ecke einen asiatischen Imbiss entdeckt hatte und sich dort eine Kleinigkeit zu essen genehmigen wollte. Und natürlich, um eine zu rauchen.

Doch auch als er weg war, kam sie nicht vorwärts. Mechanisch suchte sie weiter. Versuchte, anhand einiger Gegenstände wenigstens etwas über Elisabeth Jansen zu erfahren. Doch die Utensilien im Badezimmer waren allesamt Produkte derselben großen Drogeriekette, die sie vom Wohnzimmerfenster aus sehen konnte. Keine Besonderheit, nichts, was Individualität hätte bekunden können. Bettbezüge, Teppiche, Gardinen, nichts war teuer oder aus alten Beständen oder gab sonst einen Hinweis auf eine persönliche Geschichte. Unter Möbeln und Geschirr fand sich kein einziges Erbstück. Die Bilder an den Wänden waren Reproduktionen von alten Stichen, die Rostock, Warnemünde, Berlin und Bad Doberan im frühen 18. Jahrhundert zeigten. Sie hätten genauso gut in einer Pension hängen können. Der Getränkevorrat zeugte weder von einem geheimen Laster noch von Genießerlaune. Wo sollte sie bloß ansetzen?

Als Micha wiederkam, hatte sie die kleine Zweizimmerwohnung bereits zum dritten Mal Stück für Stück durchgesehen und immer noch nichts gefunden, das ihr etwas über die Tote hätte erzählen können. Die Kontoauszüge waren unspektakulär. Es fehlten weder größere Beträge noch waren welche eingezahlt worden. An Papieren fand sich sauber eingeheftet das, was zu erwarten war. Der Mietvertrag, den sie vor über zehn Jahren abgeschlossen hatte, der aktuelle Rentenbescheid, Unterlagen zu Versicherungen, Nebenkostenabrechnungen, ein paar andere Rechnungen und Quittungen. Selbst die Telefonrechnung sagte nicht das Geringste aus. Sie war extrem niedrig, hatte keinen Einzelverbindungsnachweis, aber im Rechnungsüberblick war zu sehen, dass Elisabeth Jansen fast nur Ortsgespräche geführt hatte, mit sehr spärlichen Ausnahmen. Wahrscheinlich hätte sie gar kein Telefon gebraucht. Besonders kommunikativ schien sie nicht gewesen zu sein.

Im Alter von 61 Jahren war sie schon in Rente gegangen. Vorher hatte sie bei der Kreisverwaltung Bad Doberan am Empfang gearbeitet. Alles an ihr schien farblos und unauffällig gewesen zu sein. Und zugleich war es, als passe eines nicht zum anderen, als verschließe sich die Frau, die hier gelebt hatte, vor einer genaueren Betrachtung. Es war alles zu sauber, zu steril, zu unpersönlich.

»Was haben die Kollegen von hier mitgenommen?«, fragte Anne.

»Eigentlich nichts.«

»Nicht mal irgendwelche Fotos?«

»Den Ausweis.«

»Und sonst?«

»Nur den Ausweis.«

Irgendwo musste es doch etwas geben. Irgendetwas fehlte. Es war, als gäbe es noch einen anderen Ort, an dem die Antworten lagen.

Micha half ihr, die Kisten aus dem Keller hochzutragen. »Wir hatten gar keine Hinweise darauf, dass noch dieser Keller dazugehört«, verteidigte Micha sich und seine Kollegen von der Spurensicherung. Es war ihm peinlich, weil er nicht selbst darauf gekommen war.

»Das passiert doch mal«, sagte Anne und versuchte, verständnisvoll zu klingen. Micha in einer Situation zu sehen, in der er nicht souverän und Herr der Lage war, damit hatte sie so schnell nicht gerechnet. Ein bisschen musste sie schadenfroh in sich hineingrinsen. Der Spurensicherer zupfte Spinnweben von seinem T-Shirt und fing an, die Sachen vorsichtig aus den Kisten zu packen. Anne bat ihn, alles auf den Esstisch zu legen.

Danach hatte sie gesucht. Papiere, ein paar verschlissene Bücher, sogar ein Fotoalbum, Postkarten und Briefe. Persönliche Dinge. Nicht nur aus der Vergangenheit, auch Aktuelles. Elisabeth Jansen hatte alles weggeräumt, als hätte sie Angst davor gehabt, es in ihrer Wohnung zu lassen.

»Und das willst du jetzt noch durchsehen?«, sagte Micha, als er den letzten Karton auf den Boden stellte.

»Genau deshalb bin ich hier!«

»Wir könnten zurückfahren, essen gehen, und du kommst morgen noch mal her. Bis wir wieder in Rostock sind, ist es sechs Uhr, da kann man schon mal Feierabend machen, wenn nichts Akutes ansteht.«

Sie wollte nichts erwidern. Micha nahm sie nicht ernst in der Rolle, die sie im Team spielte. Er sah sie in erster Linie als attraktive, nette Frau.

Vielleicht hatte er ja auch Recht, und sie sollte jetzt gleich zurück nach Rostock fahren. Wenn sie erst mal wieder eine Nacht geschlafen hatte, würde sie sich sicher besser fühlen. Ein wenig Abstand könnte helfen, ihren Blick zu schärfen.

Aber eigentlich wollte sie hier bleiben, und so erzählte sie ihm, sie habe keinen Hunger, er solle doch schon losfahren, sie würde sich dann nachher ein Taxi nehmen. Sie zu überreden, dazu war er zu stolz. Also ging er und wünschte ihr mit etwas barschem Ton »frohes Schaffen«.

Sie stand noch eine Weile am Fenster und sah zu, wie die große, schlanke Gestalt in das Auto stieg und wegfuhr. Sie mochte ihn, auch wenn sie nicht mit ihm arbeiten konnte. Aber wirklich attraktiv konnte sie ihn jetzt nicht mehr finden. Durch sein offensichtliches Desinteresse an den Toten, mit denen er zu tun hatte, hatte er es sich verspielt.

Micha war schon lange weg, als sie immer noch am Fenster stand und nach draußen starrte. Sie ließ die Gedanken einfach schweifen. Sie konnte sich noch nicht dazu aufraffen, die Kartons durchzusehen. Eine halbe Stunde, länger sogar stand sie nur da und sah hinaus, ohne wirklich etwas zu sehen.

Sie schaffte es nicht, sich ein Bild von Elisabeth Jansen zu machen. Anders war es mit Lena Sommer gewesen. Lenas Wohnung hatte Charakter gezeigt und war voll von ihrer Präsenz. Sogar die Anwesenheit eines Geliebten hatte Anne dort fühlen können.

Lag es an ihr oder lag es an der Wohnung, an dem Leben, das Elisabeth Jansen geführt hatte? War Annes Befürchtung eingetreten, dass sie unter dem enormen Stress, dem sie ausgesetzt war, nicht mehr empfänglich war für ihr Umfeld?

Der Stich von Berlin, der an der Wand hing, ging ihr nicht aus dem Kopf. Da sie keine empathische Eingebung hatte, musste sie rein logisch vorgehen und nach sichtbaren Fakten forschen.

Sie setzte sich an den Tisch und versuchte, sich einen Überblick über den Inhalt der Kartons zu verschaffen. Sie stellte sie der Reihe nach hin und begann, den ersten Stapel durchzusehen.

Elisabeth Jansen war 1940 in Stülow geboren und aufgewachsen, so erzählten es die Geburtsurkunde und ihre alten Schulzeugnisse. Sie war eine gute Schülerin gewesen. In dem ersten Karton waren die Dinge aus ihrer Schulzeit. Urkunden, alte Aufsätze, sogar selbst gemalte Bilder. Eine liebevolle Erinnerung an eine unbeschwerte Kindheit.

Nach der Schule hatte sie sich an der Pädagogischen Hochschule in Ostberlin als Lehrerin in Physik und Chemie ausbilden lassen. Das könnte den Stich von Berlin erklären. Vor ihrem Abschluss hatte sie einige Semester in Moskau und Prag verbracht. Sie war herumgekommen während des Studiums, und sie hatte ungewöhnliche Fächer studiert für eine Frau. Sie musste eine interessante Person gewesen sein.

Dann wurde es sehr seltsam. Nach dem Abschlusszeugnis von der Hochschule 1965 fehlten viele Papiere. Nur bruchstückhaft lag hier ihr Lebensweg vor. Bis zum Studienabschluss hatte Elisabeth Jansen alles ordentlich sortiert. Was danach kam, lag durcheinander in einer anderen Kiste. Es würde eine Weile dauern, all das zu ordnen.

Anne nahm sich deshalb erst die wenigen Fotoalben vor und begann zu blättern. Immer mehr vertiefte sie sich in das, was sie sah. Und endlich stellte es sich ein, das Gefühl für die Person, die in dieser Wohnung gelebt hatte.

Babyfotos, das Ehepaar Jansen, das stolz mit der kleinen Elisabeth im Kinderwagen in die Kamera grinste – der Vater in Uniform, mit Hakenkreuz. Ein Urlaub auf Rügen, die Mutter backte Sandkuchen mit der Kleinen, der Vater saß aufrecht daneben. Um Haltung bemüht. Ihm fehlte mittlerweile ein Bein. Elisabeth, wie sie eingeschult wurde. Wie sie bei Schulsportveranstaltungen mit großen Augen neben den Eltern im Publikum saß. Die kleine Familie bei Geburtstagsfeiern, bei Ausflügen. Elisabeth als Jugendliche in FDJ-Uniform, fröhlich die DDR-Flagge schwingend. Bei Versammlungen der FDJ ganz vorne mit dabei. Und immer wieder die Gesichter der stolzen Eltern.

Anne hatte alles um sich herum vergessen. Raum und Zeit spielten für sie keine Rolle mehr. Die Fotos sogen sie immer tiefer in eine Vergangenheit, die ihr völlig fremd war.

Erik rollte mit den Augen. Natürlich so, dass es die Sommers nicht bemerkten. Die beiden trugen schwarze Trauerkleidung trotz der Hitze. Er hatte sie zu sich in die KPI bestellt, um Zeit zu sparen. Nun war er sich nicht sicher, ob er dadurch wirklich schneller vorankam. Das Ehepaar kauerte auf den Besucherstühlen und wusste nicht, wohin mit sich. Erik ärgerte sich über sich selbst, dass er so ungeduldig mit ihnen war, bei allem, was die beiden in den letzten Wochen hatten durchmachen müssen.

»Wo ist denn Ihr Kollege, wie hieß er denn noch gleich, Karl, das weißt du doch«, sagte Elfriede Sommer.

»Herr Voigts ist leider krank«, half Erik.

»Ach, und Sie vertreten ihn dann.«

»Ich habe den Fall – also, ich kümmere mich darum, dass man den Mörder Ihrer Tochter …« Er fand nicht die richtigen Worte. »Ich war im Urlaub, als man Ihre Tochter …« Seine Stimme verlor sich. Eine unangenehme Stille entstand. Dann räusperte sich Erik.

»Es tut mir sehr Leid, was mit Ihrer Tochter passiert ist. Wir tun alles, um den Täter zu überführen.« Die beiden nickten stumm und schauten ihn erwartungsvoll an. »Deshalb habe ich Sie heute noch einmal hergebeten.«

»Das war doch der Chef«, sagte Karl Sommer plötzlich. »Dass der so einfach krank wird …«

»Und wo ist Ihre Kollegin? Das war so eine nette Frau. Und einen ganz jungen Mann hatte sie auch noch dabei«, sagte Elfriede Sommer. Erik konnte es ihr eigentlich nicht verdenken. Sie hatten beide mit so vielen Polizisten reden müssen. Immer wieder neue Gesichter, vier Wochen lang, immer wieder dieselben Floskeln, nun auch noch von ihm. Ihn hatten sie nie zuvor gesehen, er hatte sich nicht einmal die Mühe gemacht, bei ihnen zu Hause persönlich vorbeizukommen, und sie stattdessen hierher zitiert.

»Frau Sommer, ich weiß, wie schwer es für Sie ist, und sicherlich ist es auch sehr verwirrend, wenn Sie ständig mit anderen Leuten zu tun haben.«

»Wie weit sind Sie denn? Sie haben diesen Beck doch wieder

laufen lassen! In der Zeitung stand, Sie hätten nichts gegen ihn in der Hand. Wer war es denn dann?« Es klang so simpel.

»Mittlerweile geht es nicht mehr nur um Ihre Tochter, wie es aussieht. Wie Sie wissen, ist Ihre Cousine ebenfalls – äh – tot aufgefunden worden, und es gibt Grund zu der Annahme, dass es sich um denselben Täter handelt.«

»Warum?«

»Beide Verbrechen … weisen gewisse Ähnlichkeiten auf. Ich darf Ihnen nicht mehr Details verraten.«

»Das gefährdet die Ermittlungen!«, sagte Karl Sommer ganz plötzlich.

»Ganz genau, Herr Sommer. Danke, dass Sie das verstehen. Können Sie mir einige Fragen zu Elisabeth Jansen beantworten?«

Elfriede Sommer schaute nur störrisch zu Boden. Ihr Mann stieß sie mit dem Ellenbogen an. »Nu komm schon«, zischte er. Unwirsch blickte sie auf, vermied es aber, Erik direkt anzusehen.

»Hatte Ihre Cousine noch andere Verwandte?«

Frau Sommer schüttelte den Kopf. Sie starrte mit patzigem Gesichtsausdruck auf den Boden.

»War sie denn mal verheiratet, oder hatte sie einen Partner?«

Ein seltsamer Laut, wie ein gehässiges unterdrücktes Lachen, war die Antwort.

»Heißt das, es gab niemanden oder Sie wissen es nicht?«

Elfriede Sommer rutschte auf ihrem Stuhl hin und her. »Ich weiß es nicht«, gab sie schließlich zu.

»Hatten Sie oder Ihre Tochter regelmäßigen Kontakt zu ihr? Oder anders gefragt, wann haben Sie sich zuletzt gesehen?«

Sie dachte nach. Karl Sommer sah seine Frau genauso erwartungsvoll an wie Erik.

»Gesprochen hab ich sie zuletzt vor fast 40 Jahren, noch bevor wir geheiratet haben. Da war sie noch mal kurz hier, zur Beerdigung ihrer Mutter. Ihr Vater ist noch früher gestorben. Danach hab ich sie nicht mehr gesehen.«

»Wussten Sie denn nicht, dass sie gar nicht weit von Ihnen weg wohnte?«

»Ich wusste nicht mal, wo sie vorher war! Sie kann überall gewesen sein! Dem Fräulein war hier doch nichts gut genug. Musste überall in der ersten Reihe stehen, um bloß schnell wegzukommen. Über mich hat sie nur gelacht, weil ich das Abitur nicht machen durfte. Aber das hat mich dann auch nicht mehr interessiert.« Sie klang eingeschnappt. So als wäre das alles nicht vierzig Jahre, sondern vierzig Tage her. Aber vor vierzig Tagen war das Leben der Sommers noch in Ordnung gewesen …

»Ich hab ja dann geheiratet«, fügte sie mit so etwas wie Triumph in der Stimme hinzu. Erik unterbrach sie schnell, denn er hatte eine ungefähre Idee, wo das hinführen würde, wenn er nicht eingriff.

»Sie wissen also nichts über das Leben Ihrer Cousine? Mit wem sie verkehrte, was sie tat, irgendetwas?«

»Nein.«

»Herr Sommer?«

Karl Sommer sah Erik überrascht an. »Ich wusste nicht mal, wer das ist!«, sagte er. »Elfriede hat sie nie erwähnt!«

»Das heißt also, Ihre Tochter wusste auch nichts über ihre Tante und die beiden hatten keinen Kontakt«, fasste Erik zusammen. Beide nickten.

Das Gespräch mit den Sommers blieb unergiebig. Die Tragweite dessen, was sich in ihrem Leben gerade ereignet hatte, blieb ihnen verschlossen. Vielleicht war das auch ihr Glück. Aber er konnte nun davon ausgehen, dass keine Verbindung zwischen Lena Sommer und Elisabeth Jansen bestand. Anne Wahlberg hatte sich geirrt, Gero Helm hatte sich geirrt. Und er selbst war nicht einen einzigen Schritt weiter. Blieb nur die Frage, wie der Reporter von einer Sache Wind bekommen hatte, die selbst die nächste Verwandte totgeschwiegen hatte.

Er beobachtete den blonden jungen Mann nun schon eine Weile. Dieser Mann saß an einem Tisch in der Nähe des Eingangs und sah sich ständig nervös um. Er wartete auf jemanden, der nicht kam. Der junge Mann wartete sicherlich nicht auf seine Kollegen. Seine Kollegen kamen üblicherweise nicht hierher, sie hatten andere Stammkneipen. Das Pub hatte sein eigenes Stammpublikum, und soweit er wusste, war kein einziger Polizist darunter. Aber der blonde junge Mann arbeitete für die Polizei. Sonst wäre er gestern Morgen nicht mit den anderen auf dem Werftgelände gewesen. Vielleicht wartete er auf eine Frau, die ihn versetzt hatte.

Es bereitete ihm ein wohliges Gefühl der Überlegenheit zu wissen, wer der junge Mann war, ohne dass dieser wusste, wer er war. Der andere würde nie wissen, mit wem er hier im Pub saß. Dazu war alles zu perfekt, zu durchdacht. Kein Wunder, er hatte sich alle Zeit der Welt gelassen. Er hatte immer noch ganz viel Zeit. Sie hatten Lena und Tante Lisbeth gefunden, mit Sicherheit aber keine einzige Spur von ihm, dazu war er zu gerissen. Die moderne Kriminaltechnik machte ihm keine Angst. Perfekte Morde bedurften einfach einer vernünftigen Planung und einer gewissenhaften Durchführung. Nur wer sich keine Zeit nahm, hinterließ Spuren. Nur wer hektisch war, machte Fehler. Er jedoch nicht.

Vielleicht war die Polizei schlau genug herauszufinden, warum die beiden Frauen sterben mussten. Bei Lena lag es auf der Hand, und bei Tante Lisbeth würden sie es eines Tages auch noch begreifen. Ihn würden sie trotzdem nicht finden. Vielleicht würde die Polizei auch herausfinden, was mit den anderen geschehen war. Er hatte mal im Fernsehen gesehen, dass die Mordkommissionen in gewissen Abständen alte, ungeklärte Fälle wieder hervorholten und neu betrachteten. Eines Tages. Was kümmerte ihn das.

Der junge Mann saß bereits über eine halbe Stunde dort. Er hatte ein Bier getrunken und die ganze Zeit die Tür nicht aus den Augen gelassen. Einmal war er an die Bar gegangen und hatte etwas gefragt.

Ein Anfänger. Dieser junge Polizist musste ein Anfänger sein. Seine Nervosität hatte er nicht im Griff, das war ihm schon gestern Morgen am Tatort aufgefallen. Ein Profi hatte sich auch im Privatleben im Griff. Er selbst verlor nie die Nerven. Nur einmal war ihm das passiert, da hatte er rot gesehen, aber das war das erste und letzte Mal gewesen. Von diesem Tag an hatte er sich nur noch besser unter Kontrolle gehabt, hatte noch genauer gewusst, was er zu tun hatte. Sonst hätte er sich wohl kaum so ohne weiteres in Gegenwart der Polizei bewegen können. Keiner hatte ihn bemerkt, obwohl jeder ihn gesehen hatte. Die ganze Zeit war er vor der Nase der Polizisten gewesen, und sie hatten ihn nicht gesehen, einfach nur, weil er genau wusste, was er tat.

Er fragte sich, wer die Frau war, die er im Hafen gesehen hatte. Vielleicht war sie eine neue Polizistin, der junge Mann war ja auch neu. Sie war nicht dabei gewesen, als man Lena gefunden hatte.

Erik Kemper hatte die Ermittlungen übernommen. Ein alter Hase, das sah man sofort. Verstärkung hatten sie geholt. Aber das würde nicht viel helfen.

Er saß in einer Ecke des Pubs und verfolgte die Sportsendung auf dem Fernseher, der von der Decke herabhing. Es wurde ein Rugbyspiel übertragen, England gegen Südafrika. Das südafrikanische Team lag uneinholbar weit vorne, und das Spiel näherte sich dem Ende. Die Bedienung räumte sein leeres Glas weg und fragte, ob er noch etwas trinken wollte. Er schüttelte den Kopf. »Das Spannendste ist sowieso schon vorbei«, sagte das Mädchen. Natürlich meinte sie das Spiel. Er sah sie freundlich an und lächelte. »Da wäre ich mir nicht so sicher«, antwortete er, zahlte und stand auf. Der junge Mann saß immer noch da.

Jetzt konnte er sich in aller Ruhe überlegen, wie es weiterging. Er zog seine leichte Jeansjacke über und verließ das Pub. Er könnte bei Tante Lisbeths Wohnung vorbeisehen. Vielleicht hatten die Polizisten etwas gefunden. Er war neugierig.

Malte wusste einen Moment lang nicht mehr, wo ihm der Kopf stand. Er hatte Anne als pünktlichen und zuverlässigen Menschen eingestuft und war sicher, dass er damit richtig lag. Aber nach einer Stunde war sie immer noch nicht aufgetaucht. Er wusste Annes Handynummer nicht. Sollte er sich die Blöße geben und bei Kemper anrufen? Unmöglich. Danny, der Barkeeper, war nicht da, und die Bedienung war neu und wusste nicht, wo er ihn erreichen konnte. Also rief Malte das Hotel an, nur um zu erfahren, dass Frau Dr. Wahlberg noch nicht wieder zurück war. Nein, sie hatte keine Nachricht hinterlassen, und die Nummer, die sie hatten, war die vom Büro.

Blieb noch Micha, er war vermutlich das kleinere Übel. Maltes Herz schlug bis zum Hals, als er Michas Nummer wählte. Nach dem fünften Klingelton meldete sich Micha.

»Ja, hi, sorry, Malte hier … Seid ihr noch in Bad Doberan?«

»Nee, schon lang nicht mehr. Wieso?«

»Ach weißt du, nichts Besonderes, es ist nur … Hast du die Telefonnummer von Anne?«

»Vom Hotel?«, quäkte es aus dem Handy. Micha hatte offenbar sehr schlechte Laune.

»Da ist sie nicht, hab ich schon probiert. Sie hat – äh – meinen Geldbeutel, den muss sie eingesteckt haben, in der Kantine, und jetzt wollte ich …«

»Bist du in einer Kneipe? Es ist so laut bei dir.«

»Ja.«

»Soll ich vorbeikommen und dich auslösen?« Manchmal war Micha einfach zu hilfsbereit.

»Gib mir einfach ihre Handynummer.«

Als er sie sich notiert hatte, fragte er wie beiläufig nach dem Nachmittag in Bad Doberan.

»Keine Ahnung. Ich bin so um halb sechs wieder weggefahren. Sie wollte bleiben und ein Taxi nehmen. Wundert mich, dass sie nicht im Hotel ist. Wird wohl irgendwo etwas essen.«

Der Spurensicherer klang nicht sehr gut gelaunt.

Malte tippte Annes Nummer ein, aber ihr Handy war ausgeschaltet. Er rannte sofort los, nachdem das Gespräch beendet war. Obwohl er gar nicht wusste, wohin. Er ermahnte sich zur Ruhe. Und plötzlich wurde ihm klar, wohin er musste: nach Bad Doberan.

Es war nicht weit bis nach Bad Doberan. Er kannte den Weg gut, weil er ihn so oft schon gefahren war. Als er am Kammerhof ankam, parkte er vor dem Haus, in dem Tante Lisbeth gewohnt hatte. Er blickte zu den Fenstern ihrer Wohnung hinauf und schaltete den Motor aus. Es war Licht in der Wohnung, und er konnte sehen, dass die Frau von der Polizei dort war. Sie stand am Fenster und sah hinaus. Dann drehte sie sich plötzlich um und ging vom Fenster weg. Er glaubte aber nicht, dass sie ihn gesehen hatte. Sie würde ihn bestimmt nicht einmal erkennen, wenn er direkt an ihr vorbeiging. Die anderen erkannten ihn auch nicht. Das tat niemand.

Auf der Fahrt stellte sich Malte die schlimmsten Szenarien vor. Was, wenn der Mörder in Elisabeth Jansens Wohnung gegangen war, was, wenn er Anne überrascht und ermordet hatte? Ganz gegen seine Gewohnheit gab er richtig Gas, verfuhr sich in der Aufregung, und es war bereits kurz vor elf, als er endlich das Gebäude in der Thünenstraße erreicht hatte. Es brannte kein Licht hinter den Fenstern, die zur Wohnung der Toten gehörten. Er parkte auf dem Parkplatz vor dem Haus zwischen einem alten Golf und einem Reparaturdienstwagen, stieg aus und schloss mit zittrigen Händen den Wagen ab.

Malte hatte keine Schlüssel für das Haus oder die Wohnung. Anne hatte sie. Zum Glück öffnete gerade ein alter Mann, der seinen Hund ausführen wollte, die Haustür. Der Alte schimpfte mit seinem Dackel, mitten in der Nacht noch solche Bedürfnisse anzumelden. Während der Mann vor sich hinmurmelte und das altersschwache, kläffende Tier hinter sich herzog, huschte Malte an ihm vorbei in das Treppenhaus.

Endlich stand er vor der Wohnungstür, und es fiel ihm nichts Besseres ein, als zu klingeln und zu klopfen. Er würde höchstens eine halbe Minute warten und dann die Kollegen vor Ort rufen, damit sie ihm die Tür aufbrachen. Er zitterte vor Anspannung. Als er Schritte hörte, blieb ihm fast das Herz stehen.

8.

Erik traute seinen Augen nicht, als er die Haustür öffnete. Es hatte Sturm geklingelt. Er hatte keinen Besuch erwartet, weil er nie Besuch bekam, unangemeldeten schon gar nicht. Und außerdem war es schon nach zehn Uhr abends. Erik war ein bisschen eingeschlummert. Er hatte in seinem Lieblingssessel gesessen mit einem winzigen Schluck Lagavulin neben sich; im Fernsehen kam eine Reportage über die bevorstehende Hanse Sail. Erik ging durch das Treppenhaus hinunter zur Haustür.

Und nun starrte er seinen späten Besuch an und wusste für ein paar Augenblicke nicht, was er sagen sollte. Er fuhr sich sogar mit der Hand über das Gesicht, nur um sicherzugehen, dass er wach war und nicht etwa noch träumte.

»Ich denke, du bist bei deiner Mutter?«, brachte er schließlich heraus und merkte zu spät, wie seine Stimme klang. Vorne an der Straßenkreuzung sah er die Rücklichter eines Taxis, das gerade nach rechts abbog.

»Na echt klasse, Papa, danke. Ganz groß. Lässt du mich jetzt rein oder was?« Er ging einen Schritt zur Seite und hielt Cordelia die Tür auf, damit sie sich durchquetschen konnte. Sie hatte zwei große Koffer dabei und auf dem Rücken einen voll gestopften Rucksack. Endlich besann er sich und nahm ihr die Koffer aus der Hand. Er trug sie die Treppen hoch zu seiner Wohnung und dort in das kleine Zimmer, das er für sie eingerichtet hatte. Das Bett war wie üblich frisch bezogen. Jedes Mal, wenn sie bei ihm gewesen war, zog er danach ihr Bett ab und gab ihre Handtücher in die Wäsche, um gleich darauf alles wieder frisch und neu vorzubereiten. Es war seine Art, sein schlechtes Gewissen zu beruhigen. Schließlich war sie seine einzige

Tochter, und er hatte in den letzten sechzehn Jahren nie wirklich viel in ihre Erziehung investiert. Außer Geld, und das hatte sie am wenigsten nötig. Dafür sorgten schon seine Eltern, die Cordelia und ihre Mutter regelmäßig mit nicht geringen Summen unterstützten.

Cordelia warf den Rucksack auf ihr Bett, öffnete ihn und zerrte ein paar selbst gebrannte CDs heraus: Mando Diao, The Caesars, The Killers.

»Für dich«, sagte sie lakonisch und hielt sie ihm hin.

»Oh, danke. Was ist denn los?«

Cordelias Augen schimmerten bedenklich. Gleich würde sie losweinen. Das kannte er schon.

»Ist was passiert? Ist was mit deiner Mutter?«

Jetzt weinte sie. Er nahm sie in die Arme, setzte sich behutsam mit ihr auf ihr Bett. Irgendwie fühlte er sich unwohl. In diesem Raum, den er so gut wie nie betrat, eben nur, um ihn wieder in Ordnung zu bringen. Mit seiner weinenden Tochter im Arm, denn was wusste er schon über sechzehnjährige Mädchen. Was wusste er überhaupt über Kinder oder Jugendliche. Oder vielmehr, was wusste er schon, wie man sich als Vater eines Mädchens in diesem Alter verhielt? Wie gut kannte er sie überhaupt? Unbeholfen tätschelte er ihre Schulter.

»Was zu trinken?« Etwas Besseres fiel ihm nicht ein. Zum Glück nickte sie und wischte sich die Tränen von den Wangen. Ihre Wimperntusche war verschmiert. Seine kleine Tochter schminkte sich also.

Cordelia hatte sich eine Flasche Bier aus der Küche geholt, während er mit ihrer Mutter telefoniert hatte, und saß nun auf dem Sofa. Erik setzte sich wieder auf seinen gewohnten Platz im Sessel und goss sich einen Whisky nach. Zu dem Bier sagte er nichts.

Am Telefon hatte sich Inga furchtbar aufgeregt. Dabei fand er, sie hätte sich freuen sollen, dass es ihrer Tochter gut ging und sie wohlbehalten bei ihrem Vater war. Aber Inga hatte etwas von Verantwortungslosigkeit gekeift und dass Cordelia in dieser Hinsicht ganz seine Tochter war. Nach wenigen Sätzen war es ihm genug gewesen – er hatte wieder ganz genau gewusst, warum sie sich getrennt hatten –, und er hatte einfach aufgelegt.

»Deine Mutter hat was von der Schule gesagt, ich hab sie aber nicht so genau verstanden.«

Cordelia versuchte ein Lächeln. »Hat sie wieder rumgekeift?« Nun lächelten beide.

»Müssen wir das jetzt besprechen?«, fragte Cordelia. Ihre Augen waren glasig. Erik wusste nicht, ob sie einfach nur müde war oder ob sich der Alkohol schon bemerkbar machte. Dass sie das Bier nicht austrank, beruhigte ihn irgendwie. Er schüttelte den Kopf und stand auf. »Lass uns schlafen gehen.«

Aber Erik lag noch lange wach. Cordelia hatte ein Problem, dass er für sie lösen sollte, deshalb war sie hier. Aber er hatte auch Probleme. Arbeit. Er musste an Inga denken, die ihm immer vorgeworfen hatte, dass er sich zu sehr um seinen Job kümmerte und nie abschalten wollte. Dann hatte sie es auf den Punkt gebracht: Sobald es persönlich wurde, kniff er. Eine Tochter mit Problemen war verdammt persönlich. Aber nun war sie einfach in seine Wohnung gekommen und gab ihm keine Möglichkeit zu kneifen. Er fühlte sich hilflos.

Wenn doch nur einmal alles ganz einfach sein könnte.

Als er am nächsten Morgen bei Gerd anrief, um ihm zu sagen, dass er ein paar Minuten später kommen würde, überraschte dieser mit ungewohntem Nachdruck in der Stimme. »Wurde auch Zeit, dass du dich meldest. Sieh mal zu, dass du gleich herkommst!« Dann legte Gerd einfach auf. Erik zog erstaunt die Augenbrauen hoch, schrieb für seine noch schlafende Tochter einen Zettel mit Büronummer und Handynummer – vermutlich überflüssig, aber man wusste ja nie –, stürzte eine Tasse Kaffee herunter und schwang sich in sein Auto. Cordelia würde zurechtkommen. Sie hatte ihren Laptop mitgebracht, ein Geschenk seiner Eltern zu ihrem sechzehnten Geburtstag, damit konnte sie sicherlich ins Internet gehen oder was auch immer sie damit vorhatte. Außerdem begann heute offiziell die Hanse Sail. Seit 1991 fand sie jährlich im August in Rostock statt und lockte von Jahr zu Jahr mehr Besucher an. Schon bei der ersten Sail hatte es im Vorfeld einen bemerkenswerten Presserummel gegeben, und in diesem Jahr sollten sämtliche Besucherrekorde gebrochen werden. Rostock, Warnemünde und die umliegenden Ortschaften waren restlos ausgebucht für das Wochenende. Es war die größte maritime Veranstaltung an der Küste.

Gehlsdorf selbst war nicht gerade ein spannender Ort für Jugendliche, schon gar nicht, wenn sie aus einer Stadt wie Hamburg kamen. Es gab keine Kneipen, keine angesagten Klamottenläden oder CD-Shops, nichts, das ihrem Alter entsprach. Wenn Cordelia etwas erleben wollte, würde sie in die Innenstadt oder in die KTV fahren müssen.

Vielleicht wollte sie ja auch nur spazieren gehen oder in der Sonne liegen. Von Eriks Haus aus waren es nur wenige Meter runter ans Ufer. Den einlaufenden Schiffen, die eigens zur Hanse Sail kamen, von dort aus zuzusehen war besonders bei diesem herrlichen Wetter ein unvergessliches Schauspiel. Cordelia würde ganz sicher zurechtkommen. Sie war ja nicht zum ersten Mal hier.

Erik fuhr seinen Volvo aus der Garage und kam nach zwanzig Minuten in der KPI an. Obwohl es noch früh war, herrschte zwischen den Räumen seiner Kollegen nahezu gut gelaunte Betriebsamkeit. »Was macht ihr denn schon alle hier?«, brummte Erik verwundert, ohne eine Antwort abzuwarten. Andreas saß geschäftig vor seinem Computer und telefonierte mit gedämpfter Stimme, Malte, in einem Raum mit Gerd und Kai, strahlte über das ganze Gesicht und stotterte aufgeregt etwas vor sich hin. Und in seinem Zimmer saß bereits Anne, die mit dem Kollegen Nies wichtige Dinge zu erörtern schien.

»Leute, es ist kurz nach sieben, und alle benehmen sich, als wäre es kurz vor Feierabend und wir wären auf ’ne Party eingeladen. Darf ich vielleicht auch wissen, worum es geht?« Erik war ehrlich erstaunt und auch leicht gekränkt, denn irgendetwas war im Gange und er war nicht informiert. Olaf Nies drehte sich mit selbstzufriedener Miene zu ihm. Nies war ungefähr in Eriks Alter, hatte aber ein paar Mal zu oft die Abteilungen wechseln müssen wegen diverser Dienstaufsichtsbeschwerden, sodass an eine Karriere schon lange nicht mehr zu denken war. Zu schnell ging sein Temperament mit ihm durch.

»Wir haben neue Ansatzpunkte gefunden, es ist einfach – toll!«, sprudelte Nies.

Erik starrte ihn nur an. »Was? Ich meine, wann denn? Gestern Abend hatten wir doch …«

Sein Blick blieb an Anne hängen. Erst jetzt bemerkte er tiefe Ringe unter ihren Augen. Aber um ihren Mund herum zuckte es genauso zufrieden wie bei seinen Kollegen. »Sie sehen aus, als hätten Sie durchgemacht!«

Anne lächelte ihn an. »Hab ich auch. Olaf, lass uns mal alleine.« Olaf Nies verzog sich in sein Büro.

»Kommandieren Sie jetzt schon meine Leute? Na, das nenn ich Fortschritt!« Erik wusste nicht, was er davon halten sollte. »Sie erzählen mir jetzt haarklein, was Sie gemacht haben. Und ich hoffe nur für Sie, dass Sie weder Ihre nicht vorhandenen Kompetenzen überschritten haben noch auch nur eine Minute von der wirklich sehr knappen Zeit meiner Kollegen verschwendet haben. Und ich hoffe doch sehr, dass dies das erste und letzte Mal ist, dass ich hier in meine Abteilung komme und alle meine Leute besser informiert sind als ich.«

Anne antwortete ihm, ohne mit der Wimper zu zucken. »Ich bin auf ein paar wirklich wichtige Sachen gestoßen.«

»Dann rufen Sie demnächst als Erstes mich an!«

Mit ruhiger Stimmer sagte sie: »Ich bin viermal auf Ihrer Mailbox, und insgesamt habe ich es ungefähr zwanzigmal bei

Ihnen zu Hause versucht zwischen gestern Nacht und heute Morgen. Außerdem habe ich Ihnen eine SMS geschrieben.«

Erik starrte sie an, dann zog er sein Handy aus der Hosentasche. Es war ausgegangen.

Als er sich wieder ein wenig beruhigt hatte, erzählte Erik ihr von dem Besuch seiner Tochter, dass sie unangemeldet vor der Tür gestanden hatte, dass er das Telefon im Hausflur rausgezogen hatte, damit ihre Mutter nicht mitten in der Nacht auf die Idee kam anzurufen. Und schließlich waren sie spät ins Bett gegangen. Er war sicher, dass man ihn auf seinem Handy anrufen würde, falls er seinen Hausanschluss nicht beantwortete. Aber er hatte nicht daran gedacht, sein Handy aufzuladen. Er hatte nicht einmal bemerkt, dass es ausgegangen war. Die vier Wochen betriebsfrei hatten dem Akku alles andere als gut getan. Er murmelte etwas davon, sich gleich nachher einen neuen zu kaufen. Anne lächelte nur geduldig. Die ganze Situation war ihm entsetzlich peinlich.

Erik zog sich kurz zurück, um sich einen Kaffee zu machen, während Anne überlegte, wie sie ihm die Ereignisse der vergangenen Nacht am besten mitteilen sollte.

Malte war spät am Abend aufgetaucht und hatte sie aus ihrer Versunkenheit gerissen. Sie hatte einfach nur dagesessen und die Fotos angestarrt, bis die Bilder vor ihr lebendig geworden waren. Doch ein echtes Gefühl dafür hatte ihr gefehlt, es war alles so weit weg gewesen, so wenig greifbar. Sie hatte weiter die Inhalte der Kartons durchsucht und feststellen müssen, dass einiges fehlte. Es war nicht, als ob ein Karton einfach nicht da gewesen war. Es war, als ob Elisabeth Jansen nur bestimmte Sachen hatte aufheben wollen. Der Rest war wohl für immer verloren gegangen.

Dass sich bei Anne kein Gefühl für diese Frau eingestellt hatte, erklärte sie sich mit Elisabeth Jansens verschlossener und selbstverleugnender Art. Diese Frau schien sich ihre Vergangenheit und ihre Gegenwart so zurechtgelegt zu haben, wie es für sie am besten, am erträglichsten gewesen war.

Es hatte keinen Grund gegeben, länger in der Wohnung zu bleiben. So hatten Malte und Anne alles ins Auto gepackt, waren ins Büro gefahren und hatten dort die Unterlagen aus den Kartons fein säuberlich sortiert, ausgewertet, katalogisiert und mithilfe des Polizeicomputers und des Internets versucht, fehlende Informationen zu ergänzen ... und hatten so das Leben von Elisabeth Jansen ein Stück weit rekonstruiert.

»Ich habe Ihnen hier mal das Wichtigste zusammengestellt«, mit diesen Worten stand sie auf, als er wieder ins Zimmer kam, und reichte ihm ein Blatt Papier, das sie eben noch schnell ausgedruckt hatte. Er setzte sich an seinen Schreibtisch und starrte blind auf das Papier, ohne es durchzulesen.

»Natürlich fehlt noch einiges, aber ich vermute, dass Elisabeth Jansen nach dem Studium plötzlich Probleme mit der Stasi bekommen hat. Warum, ist unklar, aber es ist die einzige Erklärung, warum sie als Erzieherin in einem Kindergarten gearbeitet hat.« Erik schaute sie verwirrt an. Sie sprach weiter. »Derselbe Beruf, den ihre Nichte hatte! In Ostberlin, zwei verschiedene Kindergärten in Friedrichshain, und zwar von 1967 bis ungefähr 1980, dann hat sie die Leitung eines Kindergartens übernommen, ebenfalls in Ostberlin, aber in einem anderen Bezirk, Prenzlauer Berg. Und 1985 wurde sie die Leiterin eines Kinderheims in Pankow. Da war sie fünfundvierzig Jahre alt. 1990 hört diese steile Karriere im Erziehungswesen schlagartig auf. Sie zieht weg aus Ostberlin, nach Bad Doberan, und wird Empfangssekretärin bei der Kreisverwaltung.«

Erik schaute sie erwartungsvoll an. Er verstand nicht, worauf sie hinauswollte.

»Na, diese Frau hat Physik und Chemie studiert. Sie war ausgebildete Lehrerin! Und dann arbeitet sie plötzlich als Kindergärtnerin. Das ist der erste Bruch. Erst nach Jahren macht sie Karriere, und als die Wende kommt, verschwindet sie von der

Bildfläche und fängt ein neues Leben an. Sie hat sich nicht einmal bei ihren engsten Freunden abgemeldet. Ich habe Privatpost gefunden, in denen sich ihre ehemals beste Freundin beschwert, dass sie einfach verschwunden ist, ohne eine neue Adresse zu hinterlassen.«

»Und was machen Sie jetzt daraus? Das ist ja alles ganz spannend, nur – was bringt es uns für den Fall?«

Adrenalin hielt Anne wach und machte sie übereifrig.

»Kindergärtnerinnen, beide, das ist vielleicht kein Zufall.«

»Oh ja, und dann verfilmen wir die Story und nennen es ›Nightmare at the Kindergarten‹ oder ›Kindergärtnerin des Grauens‹. Ich verstehe Sie nicht, ist das alles, was Sie haben?«

Annes Gedanken überschlugen sich. Warum verstand er nicht? Alle anderen hatten sie doch verstanden. Oder war es nur die Euphorie gewesen, nach so vielen Wochen endlich einen Schritt aus der Sackgasse machen zu können, egal in welche Richtung?

»Herr Kemper. Diese beiden Frauen waren verwandt, sie hatten beide denselben Beruf, es muss eine Verbindung geben, die den Täter dazu gebracht hat …«

»Das ist absurd! Ich bin auch kein Freund von Zufällen! Aber die beiden Opfer kannten sich nicht einmal! Lena Sommer wusste gar nicht, dass ihre Mutter eine Cousine hat, geschweige denn, wo diese wohnte und was sie machte. Liebe Frau Wahlberg, das hier ist kein Workshop! Was denken Sie, was das … Ich meine …« Er rang verzweifelt und ungläubig nach Worten. »Hören Sie, setzen Sie sich doch wieder an Ihren Schreibtisch, sehen Sie uns zu, schreiben Sie Täterprofile, aber mischen Sie sich nicht ein. Schon gar nicht ungefragt. Sie haben einen halben Tag lang einen unserer Spurensicherer nutzlos in Bad Doberan herumhängen lassen, Sie haben eine ganze Nacht einen meiner Kommissare nicht zur Ruhe kommen lassen, und Sie kommandieren am frühen Morgen die gesamte Mordkommission herum, ohne mir auch nur ein Wort davon zu sagen.«

Hier hielt er kurz inne, an die Peinlichkeit mit seinem Handy denkend. »Also es war ja schließlich kein Notfall, nicht wahr. Ich gehe jetzt zu Behrens, wir besprechen in Ruhe Ihre Zuständigkeiten und dann …«

Andreas Reeken platzte in das Zimmer, ohne anzuklopfen. Er blickte von Erik zu Anne, wieder zurück zu Erik, um ihm schließlich einen Stapel Faxblätter in die Hand zu drücken.

»Oh, 'tschuldigung, ich dachte … Hier, die Verbindungsnachweise. Die Telekom war so freundlich, sie uns gleich zu faxen.«

»Kann mir mal jemand …«, begann Erik säuerlich.

»Ui, dicke Luft? Sie erklärt es dir, ich bin wieder weg!«, sagte er und verzog sich, die Tür sorgfältig hinter sich schließend.

»Von wem sind die?«

»Von Frau Jansen. Ich kann das erklären …«

»Ach ja?«

»Ich wollte keine Zeit verlieren, und deshalb hab ich …«

»Haben Sie etwa bei der Staatsanwaltschaft angerufen?«

Anne hatte keine Ahnung, was sie jetzt noch sagen sollte. Wenn sie ihm die Wahrheit sagte, würde er wieder explodieren. Anlügen konnte sie ihn auch nicht. Erik ging unruhig im Zimmer auf und ab, die Faxe mit den Verbindungsnachweisen in der Hand. Anne war einen Schritt zurückgegangen. Nervös umklammerte sie die Tischplatte mit den Händen, um sich die Illusion von Halt zu geben.

»Wir könnten vielleicht gleich zu Herrn Behrens gehen und mit ihm reden, wegen der Kompetenzen …«, schlug sie vor.

»Wechseln Sie jetzt nicht das Thema. Ich will wissen, was los ist. Wenn Sie sich diese Dinger ohne Staatsanwalt besorgt haben, schmeiß ich Sie sofort raus. Das ist Ihnen hoffentlich klar? Da muss mir Behrens nicht erst etwas über Ihre Kompetenzen erzählen.«

Sie schwieg. Und langsam verstand er. »Sie haben ihn gefragt?«

Anne nickte. »Ich habe Sie nicht erreicht …«

»Und er hat den Staatsanwalt angerufen. Mitten in der Nacht.«

»Na ja, die beiden waren zufällig gerade zusammen beim Essen. In diesem Hafenlokal, irgendwas mit B…«, fügte sie überflüssigerweise hinzu.

»Borwin. Nicht meine Adresse.« Erik war immer noch knallrot im Gesicht vor Aufregung. Anne biss sich auf die Unterlippe.

Er drehte sich um, warf die Verbindungsnachweise auf den leeren Schreibtisch von Holger Voigts, setzte sich wieder und begann, durch die Papierberge auf seinem eigenen Schreibtisch zu wühlen, so als wolle er aufräumen. »Gut, dann brauchen Sie mich ja nicht mehr. Was für ein Kindergarten!« Er lachte bitter auf, als ihm im selben Moment die Doppeldeutigkeit dieser Wendung klar wurde.

»Herr Kemper, bitte, hören Sie Ihre Mailbox ab, ich habe Ihnen doch alles draufgesprochen. Sie können außerdem Malte fragen, der war dabei.« Dass es sein Vorschlag gewesen war, über Behrens zu gehen, wollte sie jetzt gerade wirklich nicht sagen. »Wir – ich – hatte diese Idee mit dem Telefon. Die Rechnungen waren immer so niedrig, und fast alles Ortsgespräche, aber immer mal wieder Verbindungen im Bereich bis fünfzig Kilometer.« Sie stockte und erinnerte sich an etwas, das er eben gesagt hatte. Erik wühlte immer noch ziellos in den Papieren herum, tat so, als prüfe er eine Seite, ob sie mülleimertauglich war. »Herr Kemper, sagen Sie mir, wie Sie darauf kommen, dass sich die beiden Frauen – ich meine Opfer – nicht gekannt haben?«

»Die Mutter hat es mir gesagt. War gestern hier«, brummte er.

»Elfriede Sommer? Die Mutter von Lena, meinen Sie?«

»Ja. Ihr Mann hatte sogar noch nie was von der Jansen gehört.«

»Lena hat sie aber gekannt.« Anne spannte jeden Muskel an,

weil sie einen neuerlichen Ausbruch von Erik erwartete. Aber er reagierte nicht. Er hielt weiter irgendein Papier in der Hand.

»Ein Blick in die Kristallkugel hat es Ihnen gesagt, und als Untermauerung haben wir nun die Verbindungsnachweise«, sagte er plötzlich mit verdächtig ruhiger Stimme.

»Mir hat ein Blick in eine Kiste mit alten Postkarten gereicht, ehrlich gesagt. Und es war nicht so schwer zu raten, welche Leni seit fast zehn Jahren Postkarten aus dem Urlaub an ihre Tante Lisbeth geschrieben hat. Könnte natürlich ein ehemaliger Zögling gewesen sein, aber wir kennen die Schrift von Lena.«

»Weiter!« Erik hatte aufgehört herumzufuhrwerken und saß einfach nur mit verschränkten Armen in seinem Stuhl. Er vermied, sie anzusehen. Stattdessen starrte er auf den Boden.

»Sie hatten Kontakt, und obwohl Lena nie bei ihrer Tante angerufen hat, sondern immer nur umgekehrt, war es eine regelmäßige Sache. Diese Freundin von Elisabeth Jansen, also die Frau, die sie auch vermisst gemeldet hat, sagte bei den Kollegen in Bad Doberan, dass Frau Jansen normalerweise nicht ans Telefon ging. Das war so ein Tick von ihr. Man musste immer bei ihr vorbeikommen, wenn man etwas wollte, oder ihr schreiben. Sie benutzte den Apparat nur, um selbst bei jemandem anrufen zu können. Für den Notfall und um Verabredungen zu bestätigen. Ein bisschen seltsam, aber so war sie offenbar. Die beiden hatten Kontakt miteinander, also gibt es vielleicht noch mehr, was sie verbindet. Das ist doch ein Ansatzpunkt, oder?« Sie stand immer noch gegen ihren Schreibtisch gelehnt. Irgendwie wagte sie es nicht, sich zu bewegen. Das Eis, auf dem sie sich gerade befand, war sehr dünn.

»Was machen meine Kollegen gerade, die sehen alle so beschäftigt aus?« Eriks Stimme klang distanziert und angespannt.

»Kai und Andreas wollten noch mal das Umfeld von Lena beziehungsweise von Frau Jansen befragen.« Sie wusste nicht, warum sie die jüngere Frau beim Vornamen nannte. »Um herauszufinden, ob jemand etwas über den Kontakt der beiden gewusst hat. Aus den Briefen und Postkarten habe ich entnommen, dass Lena so etwas wie Ahnenforschung betrieben und im Internet und Telefonbuch nach Verwandten gesucht hat. Vielleicht hat sie jemandem davon erzählt. Danach wurde bisher noch nicht gefragt. Gerd kümmert sich um den Obduktionsbericht von Frau Jansen und wollte diesen dann mit dem von Lena vergleichen. Olaf rekonstruiert den Tagesablauf von Elisabeth Jansen, Sie wissen, was ich meine. Diese Analyse, soziales Umfeld, Geschichte des Opfers … Er hat mir ein Beispielformular gezeigt.«

»Fallanalyse«, half Erik.

»Genau. Und Malte sucht nach dem E-Mail-Account von Lena.« In dem Moment klingelte ihr Handy, aber sie ignorierte es. Erik sah verwundert auf das Gerät, endlich nahm sie es und drückte ohne einen Kommentar den Anrufer weg.

»Sie hatte so komische Kürzel in ihrem Kalender, die niemand einordnen konnte. Malte meinte, es sei vielleicht ein Nickname für einen Chatroom oder einen Messenger Service.«

»Hat er was?«

»Er hat eben erst angefangen. Schließlich haben wir die ganze Nacht nach Elisabeth Jansens Leben gesucht.« Sie bemerkte, was sie gerade gesagt hatte. »Ich meine, nach ihrer Vergangenheit. Entschuldigung. Das war nicht so gemeint.«

Erik brachte so etwas wie ein Lächeln zustande. »Passiert. Sitzung in einer Viertelstunde mit der ganzen Abteilung.« Er stand auf und verließ das Büro. Anne wusste, dass er sich übergangen fühlte.

Sie hatten keinen guten Start hingelegt. Sie wusste ja nicht einmal selbst, ob sie auf der richtigen Spur waren. Auch wenn sie sich sicher war, dass es sich um ein und denselben Täter handelte, so hatte sie keinerlei Erklärung dafür, was die beiden Frauen auf diese tödliche Weise verbunden hatte. Es machte alles noch keinen richtigen Sinn. So fiel es ihr nur noch schwerer, Erik mit Fakten und logischen Argumenten zu überzeugen.

Und sie war so unendlich müde nach der Auseinandersetzung mit ihm. Ihr fielen die Augen zu.

Ihr Handy klingelte wieder. Anne schrak auf. Sie war für eine Minute am Schreibtisch eingenickt. Sie sah die Nummer, die sie nie wieder hatte sehen wollen. Nach zwei Monaten meldete er sich wieder aus dem Nichts. Er würde wieder so tun, als sei nichts gewesen. Er würde da weitermachen wollen, wo sie aufgehört hatten. So wie immer. Nun schon seit über drei Jahren, und sie hatte keine Ahnung, warum sie sich das antat. Diesmal hatte sie sich geschworen, nicht mehr ans Telefon zu gehen. Das hatte sie die anderen Male zuvor auch schon, aber irgendwann war sie doch drangegangen. Weil er dann wieder eine SMS schreiben würde oder eine E-Mail, so lange, bis sie antwortete. Das Klingeln hörte auf. Sie starrte auf das Display, ohne sich zu rühren. Eine Minute, vielleicht zwei, sie wusste nicht, wie lange es dauerte. Dann kam seine Nachricht. »Bist du weg? Ich will dich sehen. Ruf mich an.«

Sie hatte Marc in Tübingen kennen gelernt. Er war ein paar Jahre älter als sie gewesen und hatte BWL studiert. Auf einer Unifete hatte es gefunkt. Irgendjemand hatte die beiden einander vorgestellt, und es hatte nicht lange gedauert, bis sie ein Paar geworden waren.

Beziehungen zu anderen Menschen waren für Anne schon immer eine große Belastung gewesen. Je näher sie jemandem stand, desto intensiver fühlte sie mit diesem Menschen mit. Entsprechend viel Zeit hatte sie für sich alleine gebraucht. Marc war stets verständnisvoll damit umgegangen. Aber irgendwann hatte er sich von ihr entfernt – oder sie sich von ihm? Er begann, als Unternehmensberater zu arbeiten, und war ständig unterwegs. Anne litt immer mehr unter der Last der Gabe, die sie hatte – zu fühlen, was andere fühlten, und manchmal auch etwas zu sehen, was sie gar nicht hätte sehen dürfen. Ein klassisches Auseinanderleben hatte stattgefunden. Als sie eines

Nachts sehr intensiv und detailgetreu träumte, dass er fremdging, war ihr klar, dass sie gerade die Realität im Traum gesehen hatte.

Ihr Studium hatte sie zu diesem Zeitpunkt schon beendet, und man hatte ihr in Tübingen auch gleich eine Promotion angeboten. Sie lehnte sie ab, packte stattdessen alle ihre Sachen zusammen, lagerte sie im Haus ihres Vaters ein und verschwand für ein Jahr. Auf der Suche nach Antworten, die sie weder bei Marc noch an der Universität oder bei ihrem Vater finden konnte. Sie musste das Land verlassen, den Ort suchen, an dem alles begonnen hatte. Um zu verstehen, warum sie so war, wie sie war.

Marc und sie hatten sich aus den Augen verloren. Sie hatte dann doch noch ihre Doktorarbeit geschrieben, aber in Oxford. Was einerseits mit dem hervorragenden Ruf der Universität zu tun gehabt hatte. Andererseits aber auch eine Menge mit dem Abstand, den sie trotz allem immer noch von ihm brauchte. Ein Jahr Rückzug und Besinnung auf sich selbst, es hatte geholfen, aber bei weitem nicht ausgereicht. Weitere Jahre vergingen, sie forschte, schrieb wissenschaftliche Bücher, verlor sich ganz in dem Schutzraum Universität. Auf kleine Affären ließ sie sich ein, selten auf etwas, das ein Vierteljahr überdauerte. Bis sie das Angebot bekam, Seminare bei der Polizei in München zu geben. Warum nicht? Sie war nun schon einige Jahre aus Deutschland fort. Und mit München verband sie noch nichts.

Es war kein Zufall gewesen, der die beiden wieder zusammengebracht hatte. Kein unerwartetes Treffen mitten auf der Straße oder in einem Café. Marc hatte ganz gezielt nach ihr gesucht. Ihren Namen immer wieder bei der Auskunft erfragt, wenn auch ohne Erfolg. Mehr Erfolg hatte er im Internet gehabt. Da war sie aufgetaucht, als Autorin verschiedener wissenschaftlicher Abhandlungen, als Gastdozentin an Universitäten oder auf Kongressen, schließlich im Zusammenhang mit München, mit der Polizei. Es gab einen Bericht über sie in einem wöchentlich erscheinenden Magazin. Kurz gesagt, kaum war sie wieder in Deutschland, war es für ihn nicht nur ein Leichtes, ihre Adresse herauszubekommen, sie war auch greifbarer für ihn. Die Mühe, nach Großbritannien zu fahren, um sie dort zu besuchen, hatte er sich nicht gemacht. Er hatte gewartet, sie aus heiterem Himmel angerufen und sich mit ihr verabredet. »Ich bin heute in München. Ich will dich sehen«, hatte er einfach gesagt, nach all den Jahren.

Marc war einer dieser erfolgreichen Managertypen mit teuren Anzügen und großen Autos, viel Statusbewusstsein und tadellosen Manieren. Was seinen Charme ausmachte, war die Selbstironie, mit der er sich inszenierte. Er war immer noch Unternehmensberater, aber mittlerweile Partner in einer großen Firma und mit der Leitung millionenschwerer Projekte betraut. Oder ging es schon um Milliarden? Sie wusste es nicht, er sprach auch nicht viel darüber.

Sie hatten sich im »Café Volksgarten« verabredet. Anne mochte die Atmosphäre. Direkt nebenan war das Volkstheater, sie liebte Theater. Sie liebte den blickgeschützten Innenhof, in dem man im Sommer sitzen konnte, in dem man von dem regen Verkehr der Brienner Straße nichts bemerkte. Hier gab es keine klassische Laufkundschaft, die einfach hineinplatzte. Wer hierher kam, wollte genau hier sein.

Sie trafen sich an einem Abend im Juli. Es war die ganze Woche warm gewesen, nur an diesem Abend regnete es. Marc war eine halbe Stunde zu spät, weil er keinen Parkplatz gefunden hatte. Er kam herein, orientierte sich kurz, bis er sie hinten in der Sofaecke fand. Zur Begrüßung küsste er sie zart auf die Wange, strahlte sie an und legte den Arm um sie. Als hätten sie sich gestern zuletzt gesehen. Da stand er mit seinen nassen Haaren und einem ruinierten Anzug und sah aus wie ein niedlicher Junge. Und sie war darauf eingegangen, hatte sich mitreißen lassen und sich nicht gewehrt gegen die Gefühle, die wieder hochkamen, obwohl sie sie jahrelang verflucht hatte.

Und obwohl sie sofort gewusst hatte, dass er eine andere

hatte. Sie erfuhr noch an diesem Abend, dass Marc verheiratet war, das erste Kind war schon da, ein zweites unterwegs. Marc war in eine Villa nur wenige Minuten zu Fuß vom Rhein entfernt in Bad Godesberg gezogen. Es war die typische Zweckehe für einen Mann wie ihn. Seine Frau, hübsch, aber nicht zu sexy, nett, aber nicht kess, interessiert, aber nicht interessant, hatte einen wohlhabenden Mann gesucht, mit dem sie eine Familie gründen konnte, da sie Arbeit nicht als ihr Lebensziel ansah, aber einen gewissen Lebensstandard anstrebte. Sie war vorzeigbar, charmant und angenehm, konnte sich überall perfekt bewegen und sah immer elegant und passend aus. Sie zog seine Kinder groß, hielt sein Haus in Ordnung, organisierte seine privaten Termine und kaufte genau die Couchgarnitur, die er sich vorstellte. Das Arrangement gehörte zu seinem Lebensplan, und er hatte diese Frau auch einmal sehr gemocht. Sie war perfekt für ihn.

Dass Marc sie mit Anne betrügen würde, würde sie nie erfahren, und vermutlich wollte sie es auch gar nicht wissen. Marc liebte Anne, aber sie war ihm gleichzeitig zu viel. Er konnte Anne nicht manipulieren, sie nicht mit einer Notlüge abspeisen, wenn er keine Lust hatte, etwas zu erklären. Sie hinterfragte, was er sagte – einerseits eine intellektuelle Herausforderung, doch oft genug auch mit der Einsicht verbunden, dass er nicht immer Recht hatte. Für Marc war Anne die klassische Geliebte. Für das Projekt Kinder und Ehe nicht zu gebrauchen. Anne war das gleich am ersten Abend ihres Wiedersehens klar gewesen. Und trotzdem hatte sie sich auf ihn eingelassen.

Drei Jahre lang hatte sie dieses Spiel nun mitgespielt. Manchmal hatte er sich jeden Tag gemeldet, und wenn es nur eine E-Mail oder eine SMS war. Er hatte sich absichtlich Projekte in München gesucht, um sie sehen zu können. Dann hatten sie eine wundervolle Zeit, so als wären sie ein Paar. Es waren nie Anrufe von seiner Frau gekommen, wenn er bei Anne gewesen war. Wie er sein Doppelleben organisiert hatte, war bewundernswert.

Dann war er wieder einfach für ein paar Wochen verschwunden, ohne auch nur die geringste Nachricht zu hinterlassen. Anne hatte nie bei ihm angerufen oder ihm geschrieben, sondern einfach gewartet, ohne warten zu wollen. Sie hatte auch niemand anderen kennen gelernt. Sich von Marc zu lösen, war ihr lange Zeit unmöglich erschienen, und so hatte sie sich sogar eingeredet, dass ihr Arrangement für sie selbst perfekt war, schließlich brauchte sie ihre Freiheit.

Jetzt aber, nach drei Jahren, war sie mit ihrer Kraft am Ende und wusste, dass sie sich einer Illusion hingegeben hatte. Sie konnte den Mann, den sie liebte, nicht mit einer anderen Frau teilen, egal wie weit diese weg war, und egal, ob Marc seine Frau liebte oder nicht. Es ging nicht. Nach dem letzten Treffen hatte sie es sich geschworen.

Marc würde jetzt in München sein. Gut, dass sie nicht da war. Sie hätte sonst wohl wieder nicht die Kraft gehabt, ihm zu widerstehen.

9.

Erik sah nun klarer. Wenn die beiden Opfer sich gekannt und in Kontakt gestanden hatten, dann war es für den Reporter möglich gewesen, von der Verwandtschaft beider zu erfahren. Nämlich wenn er eines der Opfer näher gekannt hatte, als er zugab. Das war es also, was er verschwiegen hatte. Helm war tiefer verstrickt, als Erik angenommen hatte. Er würde ihn nun gezielt unter die Lupe nehmen.

Genervt stand Erik vor der Kaffeemaschine, die von allen in der Abteilung benutzt wurde. Irgendetwas war immer, wenn er sich Kaffee kochen wollte. Vor der Besprechung hatten sie sich alle über die Maschine hergemacht, und jetzt funktionierte wieder irgendetwas nicht. Er hatte Wasser drin, einen Filter, Kaffeepulver, die Kanne stand richtig drunter, aber der Ein-Schalter verweigerte die Mitarbeit. Erik probierte es mit Stecker raus und wieder rein, aber auch das war nicht die Lösung des Problems. Schließlich gab er auf. Es war ohnehin viel zu warm für Kaffee.

Den Antrag auf Einsicht in Bankkonten, Telefonverbindungen und so weiter hatte Erik gestern nicht mehr gestellt, denn als er dazu gekommen war, war es schon nach acht gewesen, und so hatte er beschlossen, es auf den nächsten Tag zu verschieben.

Anne hingegen war einfach vorangestolpert, ungeduldig, keine Sekunde verlieren wollend. Hatte er diesen Enthusiasmus verloren?

Jansens Lebenslauf war wirklich seltsam, da hatte Anne Recht, und das hatte sicherlich politische Gründe. Wann Jansen systemtreu oder zumindest politisch unauffällig gewesen war und wann nicht, war deutlich zu erkennen. Wahlberg hatte sich fast einen Arm ausgerissen, um diejenige sein zu dürfen, die nach Berlin fuhr, um eine alte Freundin von Jansen zu befragen. Am liebsten hätte sie auch gleich die Stasiakten auf dem Tisch gehabt. Sie sah sehr verwundert aus, als sie erfuhr, dass selbst die Polizei eine üppige Wartezeit in Kauf nehmen musste, bevor das Material zur Verfügung stand. Da war nichts mit Computer und auf Knopfdruck mal eben eine Info herholen.

Jedenfalls fuhr sie erst mal nach Berlin, Malte mit dabei, weil sie sich so gut verstanden und offenbar auch ähnlich tickten, nämlich irgendwie anders. Aber es schien zum Ziel zu führen. Die beiden außer Sichtweite, hatte er Zeit, sich voll und ganz auf Gero Helm zu konzentrieren. Denn auch dieser Mann hatte eine Vergangenheit, bei der sich ein zweiter Blick lohnte. Und der richtige Mann an seiner Seite für diese Arbeit war Gerd Köveling.

»Gerd, wir geh'n noch auf ein Bier!«, rief er ihm über den Flur zu. Er prüfte kurz, ob er alles hatte – Geldbeutel und Papiere, Zigaretten, Schlüssel –, und ging schon die Gänge hinunter zur Haupttreppe. Gerd folgte ihm hastig.

»Was? Jetzt? Mitten am Tag?«

»Kleiner Scherz. Ich hab dir eben gesagt, wir kümmern uns um Gero Helm.«

»Ja schon, aber … Ich hab gerade erst angefangen, was über ihn rauszusuchen. Treffen wir ihn jetzt?«

»Nö. Lass dich überraschen.«

Sie trafen sich mit einem freien Journalisten, der hauptsächlich für die regionalen Tageszeitungen an der mecklenburgischen Ostseeküste schrieb. Er lieferte aber auch Berichte an den lokalen Rundfunk und hatte schon das ein oder andere Mal etwas beim NDR unterbringen können.

Jan Prehn war gut in dem, was er tat, ihm fehlte aber jeglicher Ehrgeiz. Vielleicht lag es an der Generation, vielleicht fehlte dem Nachwuchs, der jetzt um die dreißig war, die Perspektive.

Prehn gehörte zu denen, die froh waren, Arbeit zu haben, für die sie sich nicht kaputtschuften mussten. Dass er Talent zu irgendetwas haben könnte, darüber dachte er erst gar nicht nach. Sie trafen sich im »Heumond« in der Hermannstraße, von der KPI aus bequem zu Fuß zu erreichen. Der »Heumond« war ein studentisches Café und war im Gebäude des Rostocker Ökohauses untergebracht. Das Ökohaus beherbergte außerdem noch eine alternative Kindertagesstätte und einen Eine-Welt-Laden, soweit Erik wusste.

Es gab einen kleinen Garten unter Schatten spendenden Bäumen. Ein paar Tische und Bänke standen hier, aber Jan war nicht zu sehen. Erik und Gerd gingen die kleine Treppe hinunter in den dunklen Gastraum. Adam Greens Album »Friends of Mine« lief im Hintergrund. Jan Prehn saß in einer Ecke, hatte sich schon ein Frühstück bestellt und langte gerade herzhaft bei den Rühreiern mit Speck zu. Er war ein netter Kerl, die dunkelbraunen Haare trug er stylish im Look eines Robbie Williams vor zwei oder drei Jahren. Es dauerte immer ein bisschen, bis die Mode von London nach Berlin und dann in die anderen Städte gelangte. Prehn trug außerdem eine schwarze Hornbrille, garantiert namhaftes, aber erschwingliches Design, ein lässiges T-Shirt und eine noch lässigere Jeans. Die wachen braunen Augen leuchteten auf, als er Erik und Gerd auf sich zukommen sah.

»Zu heiß draußen?«, fragte Erik.

Jan schüttelte den Kopf. »Zu viele Wespen. Ich hasse diese Viecher. Außerdem bin ich hochneurotisch. Sobald eine in meine Nähe kommt … Da wollt ihr nicht dabei sein, glaubt mir!« Jan duzte im Grunde jeden. Gerd war ein wenig pikiert darüber.

Erik kannte Jan Prehn schon seit einigen Jahren. Sie verstanden sich ausnehmend gut und waren übereingekommen, offen miteinander umzugehen. Er hatte Jan kontaktiert, weil dieser kürzlich einen Bericht über die rechtsradikale Szene in Rostock hatte machen wollen. Das Interesse war allerdings gering. Von den überregionalen Zeitungen oder Rundfunkanstalten hatte sich niemand bei ihm gemeldet. Kein Wunder – den richtigen Knaller hatte er nicht gefunden. Jans Umfragen bei Leuten, die noch nie in Rostock waren, hatten ein Bild gezeichnet von betrunkenen, schlagwütigen Skinheads, die mit brennenden Fackeln hinter wehrlosen Asylanten herjagten. Die Wirklichkeit sah anders aus: Die Rechten hielten still, so still, dass man einen Moment lang denken konnte, sie seien aus der Stadt verschwunden.

Da Jan nur zu gut wusste, wie das journalistische Geschäft funktionierte, hatte er sich sehr bemüht, möglichst tief im Dreck zu wühlen. Er hatte einige pseudokonspirative Treffen in bestimmten Stadtteilen Rostocks ausfindig gemacht. Ein paar die nationalistische Gesinnung feiernde Herren trafen sich unregelmäßig in stets wechselnden Wohnungen. Leider war es Jan nicht gelungen, eine Verschwörung aufzudecken oder eine namhafte Lokalgröße mit zum Gruße erhobenem rechten Arm zu fotografieren. Nichts, was irgendjemanden ernsthaft hätte interessieren können. Außer im Moment Erik.

»Bist du bei deinen Recherchen mal über die schreibende Konkurrenz gestolpert?«

Jan schüttelte den Kopf und kaute auf seinem Rührei herum. Erik warf ihm einen verwunderten Blick zu. »Nein? Aber Helm und sein Chef sind doch …«

Jan schüttelte immer noch mit dem Kopf und spülte den Bissen mit einem Schluck Ovomaltine eilig hinunter. »Ich meinte nur, die sind keine Konkurrenz! Die fälschen die Verkaufszahlen. Kann ich leider nicht beweisen, bin mir aber sicher.«

»Oh. Das sind ja mal richtig gute Neuigkeiten. Ich hatte schon Befürchtungen, meine Mitbürger verdummen total«, sagte Gerd.

»Bei der Arbeitslosigkeit! Mit irgendwas muss man sich ja bei Laune halten. Talkshows, Gerichtsshows, keine Ahnung. Aber die Rostocker Rundschau ist es definitiv nicht. Dass ihre Schauermeldungen über das tote Mädchen im Hafen solche Kreise gezogen hat, haben sie nur geschafft, weil sie völlig penetrant an jede Redaktion außerhalb von M-V ihre nicht verkauften Ausgaben geschickt haben. Und davon hatten sie eine Menge. Der Fall wäre vermutlich so oder so bundesweit in die Schlagzeilen gekommen, aber dann ohne Quellennachweis.«

»Was weißt du über Gero Helm?«, fragte Erik.

»Nominell ist er Chefredakteur der Zeitung, hat aber überhaupt nichts zu sagen. Der Herausgeber, Dirk Sass, ist ein alter Kumpel von ihm, er war damals schon der Leithammel und ist es immer noch. Ziemlich aalglatter Typ, macht auf dicke Hose und Geld. Ich glaube, das Geld kommt ursprünglich zum großen Teil von seiner Frau. Die beiden haben einen Sohn und wohnen in einem gar nicht mal so kleinen Haus in Brinckmansdorf.«

»Helm hat weniger Ruhm und Ehre vorzuweisen. Soweit ich weiß, wohnt er recht bescheiden und ab vom Schuss in Lütten Klein.« Lütten Klein war ein streng geometrisch angelegter Plattenbaustadtteil, zu DDR-Zeiten hochgezogen, um die Arbeiter und ihre Familien im expandierenden Rostock unterbringen zu können. Damals hatte noch die Wirtschaft durch den großen Überseehafen geblüht, der nicht nur für die DDR, sondern auch für die südlich von ihr liegenden Ostblockländer von zentraler Bedeutung gewesen war. Lütten Klein lag in Richtung Warnemünde, gleich neben Schmarl, dem Stadtteil, der von dem IGA-Gelände und der Hansemesse profitierte. Nördlich grenzte Lütten Klein an Lichtenhagen, das Anfang der Neunziger durch die Ausschreitungen rechtsradikaler Jugendlicher gegen Asylbewerber Schlagzeilen gemacht hatte. Mittlerweile versuchte man, Lütten Klein attraktiver zu gestalten, indem ein wenig Grünzeug angepflanzt wurde. Doch über die sterile

Atmosphäre eines am Reißbrett geplanten Areals konnte das nicht hinwegtäuschen.

»Fühlt sich bestimmt wohl da oben. Vielleicht hat er ein paar Gleichgesinnte um sich herum versammelt«, lästerte Gerd.

»Dieser Dirk Sass hat mal eine Partei mitgegründet. Hört man da noch was? Seine Zeitung wird angeblich aus braunen Geldquellen finanziert.«

Jan zuckte die Schultern. »Halte ich für ein Ammenmärchen. Zumindest in dem Ausmaß. Da steht keine Partei oder Organisation dahinter. Ich glaube, dass er ganz andere Geldquellen hat und die Zeitung als Front nimmt.«

Erik zog die Augenbrauen zusammen und beugte sich erstaunt vor. »Wie das?«

Jan Prehn lachte nur und schob seinen fast leer gegessenen Teller ein Stück von sich, um sich dann in aller Ruhe zurückzulehnen und die Aufmerksamkeit seines kleinen Publikums zu genießen. »Ich habe so ziemlich alles über die rechte Szene hier in der Gegend versucht herauszufinden. Ich habe überall herumgestochert, habe mich in rechten Newsgroups im Internet rumgetrieben. Ich hab wirklich eine Wallraff-mäßige Recherchezeit hinter mir, das könnt ihr mir glauben. Aber ich bin weder auf Sass noch auf Helm gestoßen.«

»Das Geld soll aus alten Berliner Quellen kommen«, warf Erik ein.

»Aber die würden sich an die bestehenden Strukturen angliedern. Nährboden ist doch schon da und auch genug Ferngesteuerte, die jedem Guru mit Hakenkreuz hinterherstiefeln würden. Warum dann neue Strukturen schaffen?«

»Also gut, was tippst du? Was steckt hinter Sass und seiner Zeitung?«

»Völlig banal: Mädchen, Waffen und Drogen.« Jan sah zufrieden in die Runde. Erik und Gerd schwiegen einen Moment.

»Was hast du rausgefunden?«, fragte Erik schließlich.

Jan hob abwehrend die Hände. »Wenn ich Beweise hätte,

wäre ich zum einen schon mit einer Story draußen. Ich denke, dass sich Sass durch Drogenhandel Einiges dazuverdient. Er hat einige sehr diskrete Dealer, die das Zeug für ihn unter das Volk bringen. Außerdem schmuggelt er Waffen außer Landes. Sass ist mit Sicherheit keiner von den ganz großen, aber es bleiben ein paar Krümel vom großen Kuchen bei ihm hängen und er hat genügend Leute unter sich, die ihm dabei helfen.«

»Ich red mal mit den Kollegen vom Rauschgift. Wer weiß, vielleicht kennen die ihn ja schon. Und was war das mit den Mädchen?«

»Ach, das ist doch allgemein bekannt. Sass holt immer mal wieder Mädchen aus dem Osten rüber und verkauft sie gewinnbringend an heiratswillige ältere Herren, die sich ein Spielzeug für ihr Schlafzimmer wünschen. Ich glaube auch, dass er ein paar fest etablierte Damen in Eigentumswohnungen irgendwo in Toitenwinkel untergebracht hat. Das ist schon mal ein einträgliches Taschengeld. Ich dachte, das wüsstet Ihr.«

»Andere Abteilung. Frag ich gleich nach. Gerd, du hast doch den Computer gecheckt?«

Gerd fiel sofort in seinen Verteidigungsmodus. »Wann denn?! Ich wollte gerade anfangen, als du ...«

»Okay, holen wir nach«, unterbrach Erik. »Was sollen denn die jungen Menschen von der Presse denken! Gero Helm, was spielt der für eine Rolle?«

»Mädchen für alles. Aber in erster Linie der, der die Zeitung am Laufen hält. Helm muss entweder sehr dumm sein, oder Sass hat ihn mit einer sehr düsteren Geschichte in der Hand. Er reibt sich für das Blatt nämlich wahnsinnig auf, schreibt das meiste selbst, sucht Mitarbeiter, macht die Redaktion. Und finanziell springt nicht so die Masse raus. Aber was dahinter steckt, keine Ahnung. Warum interessiert ihr euch eigentlich für Helm?«

Erik beschloss, die Karten auf den Tisch zu legen. »Ich habe keine Ahnung, woher Helm weiß, dass unsere beiden Mordopfer verwandt waren. Meiner Meinung nach ist er näher an der Sache dran, als wir bisher angenommen haben. Entweder hat er die eine oder die andere näher gekannt. Deshalb wollte ich ein bisschen mehr über ihn erfahren.«

»Helm und Frauen? Das hätte er wohl gerne, da geht aber nicht so viel«, grinste Jan. »Sass hingegen … Der hat immer eine Kleine am Start, ganz heimlich natürlich. Immer ein paar Monate, und wenn es ihm lästig wird, entsorgt er sie.«

»Hattest du nicht gerade gesagt, er hat die Mädels aus dem Osten?«, fragte Gerd und erntete amüsiertes Gelächter von Jan.

»Die fasst er nicht mal an! Er steht auf Frauen mit Niveau, die ihm treu ergeben sind … Hier aus der Stadt oder aus der Umgebung. Um die dreißig, attraktiv, unabhängig. Erzählt ihnen, dass er verheiratet ist, seine Frau nicht verlassen kann, sich aber schrecklich einsam fühlt in dieser Ehe. Die Tränennummer. Und sofort liegen ihm die Damen zu Füßen. Er lässt sich seine Abenteuer auch immer eine Menge kosten, da ist er nicht kleinlich.«

»Woher …?«

»Ich habe mal zufällig eine kennen gelernt, in der Chillout-Lounge im Hafen. Hat mir nach ein paar Cocktails unter dem Siegel der Verschwiegenheit anvertraut, dass sie mal was mit Sass hatte. Er hätte sie heiraten wollen, blabla. Für mich hörte sich das nach einer einstudierten Nummer an, daraufhin hab ich mich ein wenig umgehört, und sie war nicht die Einzige. Tja, immer gut, mehr über den Feind zu wissen, als man letztlich braucht, oder?« Jan grinste. »Aber noch mal, warum interessiert ihr euch so für Helm? Ich denke, Sass ist euer Mann.«

»Ich weiß nicht, bisher ist er noch nicht im Zusammenhang mit unseren Ermittlungen in Erscheinung getreten, aber Helm …« Erik stockte, als er Jans Gesicht sah. Völlig ungläubig starrte er die beiden Polizisten an. »Was? Was ist los?«, fragte Erik.

»Das glaub ich dir jetzt nicht.« Jan sprach ganz leise. »Ich dachte, ihr wüsstet von Sass ...«

Anne saß am Steuer und kämpfte gegen die Müdigkeit. Das Telefon hatte während der Autofahrt wieder einige Male geklingelt, und wieder hatte sie es ignoriert. Nach dem dritten Mal hatte Malte es aufgegeben, sie fragend anzusehen. Er akzeptierte nun einfach, dass das Telefon ab und zu vor sich hin klingeln würde.

Malte saß auf dem Beifahrersitz und sortierte ein paar Ausdrucke, er war aufgeregt und wollte ihr etwas zeigen, aber erst, wenn er sich organisiert hatte. Der Triumph stand ihm schon im Gesicht.

Anne war nicht dazu gekommen, sich nach der Besprechung ein wenig hinzulegen. Ihre Vermieterin, eine Frau nur wenige Jahre jünger als sie, hatte angerufen und gesagt, sie könne die Wohnung heute beziehen, wenn sie das wollte. Der Vormieter hatte sich schon aus dem Staub gemacht, wohl um der Hanse Sail zu entfliehen. Anne war froh darüber, diese Wohnung ein paar Wochen früher als geplant haben zu können.

Viel zu packen hatte es nicht mehr gegeben, sie hatte ihre Koffer noch gar nicht richtig ausgepackt gehabt. Schnell hatte sie aus dem Hotel ausgecheckt und war die kurze Strecke rüber zur Augustenstraße, wo sie nun ihre neue Bleibe hatte, gefahren. Es war ein schöner Altbau, die Zweizimmerwohnung voll möbliert, mit hohen Decken und großen Fenstern. Das Vermieterehepaar wohnte auf derselben Etage, Hochparterre. Anne war herzlich begrüßt worden, hatte erst mal einen Tee bekommen, und bald schon stellte sich das Gefühl ein, zur Familie zu gehören. Als es plötzlich an der Tür geklingelt und Malte sie abgeholt hatte, war sie maßlos enttäuscht gewesen, wieder wegzumüssen.

Isolde Engelmann hatte sie ausfindig gemacht, weil Elisabeth Jansen die Briefe und Postkarten der einstigen Freundin aus Berlin aufgehoben hatte. Nie hatte sie zurückgeschrieben, das konnte man aus den Briefen Isolde Engelmanns lesen. Im Abstand von zwei Monaten hatte Frau Engelmann geschrieben und immer wieder erzählt, was sie selbst gerade tat, wie es ihrer Familie ging, welche Pläne und Wünsche sie hatte. Warum antwortete Lisbeth, wie sie sie nannte, nicht? Ein neuer Versuch, die Adresse der Engelmanns groß und unübersehbar mitten im Brief noch einmal aufgeschrieben. Schließlich besorgtere Töne, war Lisbeth krank? Und endlich nur noch Enttäuschung. Schade, dass sie nicht schrieb, dabei waren sie doch die besten Freundinnen gewesen. Sie würde ihre Gründe haben, könnte sich jederzeit wieder bei Isolde melden.

Der Toten schien viel an dieser Freundin gelegen zu haben, sonst hätte sie diese Briefe nicht aufgehoben. Sie sahen auch sehr zerlesen aus, so als hätte sie sie all die Jahre immer wieder zur Hand genommen.

Malte war endlich so weit, seine große Neuigkeit zu verkünden. Er hatte ebenfalls nicht geschlafen. Irgendwann war der tote Punkt überwunden, und man machte einfach weiter, nur um ein paar Stunden später wieder völlig fertig zu sein. Im Moment schien er hellwach und im positiven Sinne überreizt von der Anspannung.

Malte hatte sich den unleserlichen Eintrag in Lena Sommers Kalender vorgenommen. Er hatte den Hinweis auf einen Liebhaber kombiniert mit seiner eigenen Lebenswirklichkeit. Wenn es zwar einen Lover gab, aber keinerlei Telefonnummern oder eine Spur in den Verbindungsnachweisen, wenn es keine Briefe gab – denn wer schrieb heutzutage noch Briefe? –, dann blieb nur noch eine Möglichkeit. E-Mail hatte den handgeschriebenen Brief abgelöst, und der Messenger war die bequeme und billige Alternative zu SMS oder gar Telefonat. Immer gesetzt den Fall, man hatte einen Computer, der am Internet hing. Lena Sommer hatte keinen eigenen Computer zu Hause gehabt. Aber in der Kindertagesstätte gab es einen Computer und eine Internetverbindung. Lena hatte ihn genutzt, sogar recht häufig, manchmal sogar mehrere Stunden am Stück. Natürlich nur, wenn die Kinder schon weg waren.

Ihre Mailadresse, Lena.Sommer@net.de, herauszufinden war keine Kunst gewesen. Sie hatte die Seite des Providers in den Favoriten gespeichert, mehr noch, sie hatte sie so gespeichert, dass der Computer sogleich vom Server erkannt wurde und ihr Benutzername automatisch erschien. Sie hatte offenbar Vertrauen in ihre Kolleginnen gehabt. Andererseits kam man ohne Passwort nicht weiter. Ja, das Passwort … Malte hatte auf »Passwort vergessen?« geklickt, und auf der nächsten Seite war ihm die Frage gestellt worden, die Lena ausgewählt hatte, für den Fall, dass sie ihr eigenes Passwort nicht mehr wusste. Lena Sommer hatte sich entschieden für »Wie lautet der Mädchenname Ihrer Mutter?«. Malte hatte sein Glück versucht – und es mit »Jansen« probiert. Bingo. Er war in Lena Sommers E-Mail-Account gekommen. Malte hatte das Passwort geändert, war zurück ins Büro gefahren und hatte sich die Korrespondenz vorgenommen. Der Geliebte hatte sich eine »geheime« Adresse zugelegt, die angeblich nur Lena bekannt war: secret.love@net.de, wie kreativ. Immerhin hatte sie ihre eigenen Mails gespeichert. Sie hatte ihn manchmal bei seinem Vornamen genannt. In den Mails war verabredet worden, wann sie sich heimlich wo sehen würden.

Malte hatte alles ausgedruckt und mitgebracht. Er las die wichtigsten Mails chronologisch vor und entwarf das Bild eines Mannes, der sich die ideale Lebenssituation geschaffen hatte. Eine Ehefrau mit Kind für zu Hause. Und nebenher, für den Spaß, für den Kick, die Geliebte, der er zwar auf seine Weise treu war, die aber nie mehr bekommen würde als das, was sie bereits hatte. Einen Teilzeitliebhaber, der sich nur von seiner besten Seite zeigte und erwartete, dass auch sie sich nur von ihrer besten Seite zeigte. Die Probleme des Alltags gehörten nicht hierhin. Das war der Bereich, für den die Ehefrau zuständig war.

Anne erkannte sofort, wie sich Lena gefühlt haben musste. Obwohl er nie Zugeständnisse gemacht, nie ausgesprochen hatte, dass er sich scheiden lassen würde, die Hoffnung war immer da gewesen. Er hatte ihr so leidenschaftlich seine Liebe gestanden, sie hatte glauben müssen, dass er sein Leben für sie ändern würde. Aber es hatte mit zu dem Arrangement gehört. Romantische Liebesschwüre, heißer Sex, alles perfekt arrangiert, und so hatte es auf Abruf auch bitte bleiben sollen.

Jeder hätte das erkannt, nur nicht Lena, weil sie es nicht hatte sehen wollen. Anne fühlte sich an sich selbst erinnert.

»Das ist aber noch nicht alles«, fügte Malte hinzu. »Zwischendurch haben sie über einen Messenger-Service kommuniziert.«

»In so einem Chatroom?«, fragte Anne verwirrt. Sie kam ganz gut mit dem Internet zurecht, kannte aber nicht alles.

»Nein, in einem Chatroom sind immer mehrere Leute. Messenger ist erst mal nur mit jeweils einer Person. Man meldet sich an, sobald man online ist. Jeder hat einen bestimmten Namen. Und man spricht sich normalerweise mit allen seinen Freunden und Kollegen und wer sonst noch wichtig ist ab, damit alle denselben Service nehmen. So kann man seine Kumpels in einer Art Adressliste einspeichern, und man sieht, wer von denen gerade online ist. Dann schickt man ihnen eine Nachricht, die sofort auf deren Bildschirm geht. Nicht wie bei E-Mails, die man ständig abrufen muss. Dafür kann man E-Mails aber aufheben. Das, was im Messenger geschrieben wird, ist in dem Moment, in dem man sich wieder abmeldet, unwiderruflich weg, es sei denn, man speichert es explizit ab. Aber das hat Lena nicht getan.«

Anne musste sich sehr konzentrieren, um das Gesagte zu verstehen. »Okay. Es war eine gut organisierte, sehr geheime Affäre, von der niemand etwas wusste, nicht einmal ihre beste Freundin.«

»Scheint so. Ich habe auch herausgefunden, dass sie in das Internetcafé am Doberaner Platz gegangen ist, wenn sie in der

Kita nicht an den Rechner konnte. Leidlich schnelle Computer, nicht besonders teuer, und im Normalfall bevölkert von pubertierenden Jungs, die gegeneinander spielen.«

»Gegeneinander spielen? Was denn? Ach, ich will es gar nicht wissen. Wahrscheinlich irgendeinen Ballerkram. Erklär es mir erst gar nicht.«

»Genau. Also niemand ist anwesend, der sich auch nur im Mindesten für das, was sie da tat, interessiert hätte. Ich habe in dem Laden nachgefragt. Sie ist dort bekannt gewesen, aber natürlich hat es keiner für nötig gehalten, das bei der Polizei zu melden.«

»Was sollen sie denn auch sagen? Hallo, die tote Frau hat hier immer ihre Mails gelesen und im Internet gesurft? Ich kann es verstehen. Das wäre so, als ob jedes Mal Metzger und Bäcker und Supermarktkassiererinnen sich bei einem Todesfall melden würden …«

»Das wäre aber vielleicht gar nicht mal verkehrt, solche Leute wissen manchmal mehr über einen als die eigenen Eltern! Ich meine, wen lügt man denn zuerst an, wenn es ums Intime geht? Die Eltern!«

»So gesehen …« Anne musste lachen. »Aber warum geht sie in so ein Internetcafé, sind die alle so? Gibt's nicht auch ruhigere?«

»Gibt's auch. Dann aber so ruhig, dass du jede einzelne Taste klappern hörst, die ein anderer drückt. Ich hätte die ganze Zeit Angst, dass mir jemand über die Schulter sieht oder hinterher überprüft, wo ich gesurft habe. Wenn ich in einen Laden gehe, wo nur Jungs am Ballern sind, wo hinter der Ladentheke ebenso junge Typen stehen, die sich einen Dreck drum kümmern, was wer tut, solange die Kisten laufen, fühle ich mich einfach sicherer. Ich bin fertig, alles wird gelöscht, und das war's. Ich meine, sobald du ins Internet gehst, wirst du durchsichtig. Man kann quasi alles über dich herausfinden. Du hinterlässt überall Spuren.«

»Diese Sprüche hab ich schon so oft gehört, ihr Computerfuzzis seid alle ein bisschen paranoid, oder?«, frozzelte Anne mit einem breiten Grinsen. Malte zog ein beleidigtes Gesicht.

»Es stimmt aber. Hätte Lena Sommer ihren eigenen Computer gehabt, wäre es viel einfacher gewesen. Aber auch so hab ich genug über sie gefunden. Schließlich hat sie sich keine große Mühe gegeben, ihre Spuren zu verwischen. Sie dachte ja nicht, dass jemand etwas über sie herausfinden will. Zurück zum Messenger: Sie hat denselben Provider genutzt, bei dem sie auch ihre E-Mail-Adresse hatte. Macht es für mich sehr einfach. Ich nehme mal an, dass sie erst seit dieser heimlichen Affäre im Netz unterwegs war, jedenfalls in dem Ausmaß. Ihre Kolleginnen im Kindergarten sagten auch, es wäre, seit sie sich von ihrem Freund getrennt hatte, intensiver geworden. Sie dachten sich, vielleicht hat sie Kontaktanzeigen im Netz aufgegeben.«

»Und, hat sie das?«

»Vom Kindergartencomputer aus waren solche Seiten nicht aufgerufen worden. Sie hat außerdem nur mit ihrem Lover gemailt und auch nur diese eine Adresse in ihrem Messenger gehabt. Die Kalenderkürzel waren der Webname ihres Lovers.«

Malte machte eine Kunstpause. »Und der hat tatsächlich seinen echten, richtigen Namen im Anwenderprofil.«

»Na, dann sag ihn schon!«

»Okay.« Malte lächelte sehr zufrieden. »Der Herausgeber der Rostocker Rundschau, in der unser Lieblingsreporter und sein Untergebener Gero Helm kein gutes Haar an ihr gelassen hat. Dirk Sass!«

10.

»Ihr hattet vier Wochen Zeit, Gerd, vier Wochen! Und ihr habt nichts herausgefunden, ich verstehe das nicht!« Erik war Gerd in dessen Büro gefolgt und hatte sich auf Maltes Stuhl fallen lassen. Nach dem Gespräch mit Jan Prehn war er aus dem Kopfschütteln nicht mehr herausgekommen. Und dann hatte er in seinem Büro auch noch eine Mappe von Malte gefunden mit einem gelben Klebezettel, auf dem ihm mitgeteilt wurde, was er gerade selbst erfahren hatte, nämlich wer Lena Sommers Liebhaber war.

»Schau dir das an!«, rief er und wedelte mit der Mappe herum. »Der Kleine ist keine zwei Wochen hier! Und macht euch nass! Wie kommt das?« Aber er brauchte keine Antwort, er konnte es sich schon vorstellen. Holger Voigts war über das Offensichtliche nicht hinausgegangen. Für ihn hatte es keinen Liebhaber gegeben, also hatte er auch nicht nach einem gesucht. Ambitionen in eine andere Richtung hatte er im Keim erstickt, weil er sich auf die Eltern des verunglückten Jungen, auf das Ehepaar Beck, eingeschossen hatte. Der größte Fehler, den man als Ermittler machen konnte.

Es waren meistens persönliche Motive, die einen verleiteten, unaufhaltsam in die falsche Richtung zu marschieren. Es war nicht einmal Unerfahrenheit. Voigts hatte seine Chance gesehen, ein schnelles Resultat zu erzielen: medienwirksamer Fall, medienwirksame Festnahme, Karriere gesichert. Er hatte schnell und ohne Umwege zum Ziel kommen wollen und sich dabei verrannt.

Und Erik war dabei, ähnliche Fehler zu machen. Er versuchte mit allen Mitteln, diese Frau, die man in sein Büro gesetzt hatte, auszuspielen. Aber bisher hatte er sich dadurch nur selbst ein

Bein gestellt. Sie schien fähiger zu sein als gedacht, und Malte war auch zu etwas zu gebrauchen. Er hatte, kaum dass man ihm etwas Freiheit in seiner Arbeit gegeben hatte, mehr erreicht als ein ganzes Team in den Wochen unter Voigts' Fuchtel.

»Ich weiß nicht, Holger hatte das irgendwie nicht im Griff, und wir …«, begann Gerd.

»Ihr seid alle schon seit zwanzig Jahren dabei! Manche mehr, manche weniger, aber ihr seid keine Berufsanfänger!«

»Ja, aber so was wie das hatten wir nun wirklich noch nie, und da gehen einem schon mal die Nerven durch!«

Erik seufzte. Gerd hatte ja Recht. Und trotzdem durfte es keine Entschuldigung sein. Wenigstens konnten sie sich nun halbwegs sicher sein, dass der Mörder kein Zufallskiller war. Hatte ein Mörder keinen Bezug zu seinem Opfer, war es fast unmöglich, ihn zu finden. Morde waren aber in den meisten Fällen Beziehungstaten.

Doch bevor er sich Dirk Sass und Gero Helm widmen konnte, waren noch andere Dinge zu berücksichtigen. Olaf hatte seinen Bericht über Elisabeth Jansen abgeschlossen – wie schnell die Kollegen plötzlich sein konnten! –, und der Obduktionsbericht von der Gerichtsmedizin kam gerade herein, dazu noch eine vorläufige Aufstellung der Spurensicherung, mit dem Hinweis, dass ein detaillierter Bericht bereits in Arbeit war und man gleich am nächsten Morgen mit weiteren Erkenntnissen rechnen konnte.

Erik würde den gesamten Nachmittag die vielen Seiten Papier durchgehen. Die Berichte verteilen, damit alle auf dem gleichen Stand waren. Sie würden versuchen, noch ein paar lose Enden zusammenzuführen, aber mit den wirklich wichtigen Dingen weitermachen konnten sie erst am nächsten Tag. Jedenfalls wenn es effektiv sein sollte. Er hätte nicht gedacht, dass es so schnell passieren würde. Er könnte Anne plötzlich sehr gut gebrauchen.

Isolde Engelmann und ihr Mann Paul wohnten in Friedrichshain in der Gubener Straße. Das Ehepaar öffnete gemeinsam die Tür und begrüßte Anne und Malte herzlich. Isolde Engelmann war etwa Ende fünfzig, hatte das halblange glatte Haar aber in einem natürlichen Ton blondiert und trug es offen. Ihre hellen Augen strahlten freundlich und groß. Sie hatte eine warme, herzliche Ausstrahlung, wodurch die fehlende Schönheit wettgemacht wurde. Ihre Kleidung war recht sportlich, weite helle Leinenhosen und ein weißes Poloshirt. Ihr Mann war sehr groß und schlank. Man sah sofort, dass er früher einmal ein Frauenschwarm gewesen sein musste. Markantes, angenehmes Gesicht, immer noch sehr attraktiv. Die weißen, vollen Haare trug er seitlich gescheitelt. Auch er trug helle, leichte Kleidung. Er war einige Jahre älter als seine Frau, vielleicht Mitte siebzig, wirkte aber ebenfalls noch sehr fit. Die Engelmanns baten Anne und Malte in ihre Wohnung. Sie hätten einen entzückenden kleinen Balkon, auf dem alle bequem Platz finden würden, erklärte Paul Engelmann.

Die Wohnung lag im ersten Stock eines schönen Altbaus. Hohe Stuckdecken, Parkettboden, sorgfältig renoviert und mit Zentralheizung versehen. Für ein älteres Ehepaar fast schon zu groß … Als könne sie Gedanken lesen, sagte Isolde Engelmann: »Unsere Kinder kommen ganz oft vorbei, die eine Tochter ist in Wien, und die andere lebt in Dänemark. Und unsere Enkelin will unbedingt in Berlin studieren, wenn sie mit dem Abitur fertig ist. Dann hätte sie, wenn sie will, ein Zimmer bei uns.«

Anne freute sich aufrichtig über die Lebenslust, die das Ehepaar ausstrahlte. Sie hatten nicht zu viel versprochen: Der Balkon war wirklich wunderschön. Überall rankten blühende Pflanzen, Efeu und Weinlaub, ein kleiner schmiedeeiserner Tisch mit einer Marmorplatte und dazu passenden Stühlen stand in der Mitte des Balkons. Sie hatten einen Sonnenschirm aufgestellt, damit die Hitze erträglich wurde. Anne und Malte saßen noch nicht richtig, da standen auch schon Wasser, Saft und Eistee auf dem Tisch.

Anne hatte am Telefon genau erklärt, worum es ging. Und Isolde Engelmann war bereit gewesen, mit ihr über die frühere Freundin zu reden. Ihr Tod hatte sie sehr berührt, aber richtig trauern konnte sie noch nicht.

»Ich habe so lange nichts von ihr gehört, für mich ist sie schon über zehn Jahre tot. Sie haben meine Briefe ja gelesen«, sagte Isolde.

Isolde Engelmann hatte mit Elisabeth Jansen zusammen in einem Kindergarten in Friedrichshain gearbeitet. Isolde war bis zur Wende dort tätig gewesen, dann hatte sie ihre Anstellung verloren und arbeitete nun als Tagesmutter für Kinder berufstätiger und gestresster wohlhabender Eltern, wofür sie jeden Tag den langen Weg mit der S-Bahn in den Grunewald auf sich nahm.

Sie beschrieb Elisabeth Jansen als eine sehr gebildete, sehr ehrgeizige Frau, zu der nur wenige Menschen Zugang hatten. Isolde hatte sich bemüht und einfach nicht locker gelassen, auch wenn nicht so viel zurückgekommen war, wie sie in diese Freundschaft investiert hatte. Lisbeth, so hatte sie jeder genannt, hatte ein schweres Schicksal hinter sich. Ihre Eltern waren beide recht früh gestorben. Mit Lisbeth musste während des Studiums etwas passiert sein, über das sie nie gesprochen hatte. Isolde Engelmann hatte sie erst nach dieser Zeit kennen gelernt. Aber das hatte man ja an einer Hand abzählen können. Studium, und danach Kindergarten. Zwischendrin ein Jahr arbeitslos, in der DDR!

»Ich fürchte, ich weiß zu wenig über das Land … Ich bin im Westen groß geworden. Und als ich anfing, mich für Politik etwas ernsthafter zu interessieren, war die Wende schon längst vorbei«, entschuldigte sich Anne. Sie schämte sich wirklich.

Isolde Engelmann erklärte es ihr gerne. »Mein Verdacht war immer, dass Lisbeth nach dem Studium oder vielleicht auch schon nach dem Tod ihrer Mutter versucht hatte, ins Ausland zu gehen, und zwar nicht in ein anderes sozialistisches Land – hier hatte sie ja niemanden mehr gehabt, keine Geschwister, keine Familie. Ihr Herz gehörte damals einzig der Wissenschaft, da gab es im Westen sehr interessante Forschungsmöglichkeiten.«

»Woher wissen Sie das, Sie haben sie da doch noch gar nicht gekannt«, warf Malte ein.

»Manchmal hat sie von ihrem Studium erzählt, dann hat man es einfach gemerkt. Sie erwähnte einmal einen Professor in Paris, bei dem sie gerne geforscht hätte. Ich kann mir vorstellen, dass sie es versucht hat, und man hat sie nicht gelassen. Stellen Sie sich das so vor: Sie bekommen vom Staat alles, was Sie wollen. Irgendwann werden Sie übermütig und merken es selbst nicht einmal. Zum ersten Mal verweigert man Ihnen einen Wunsch. Sie werden patzig und rebellisch und kehren dem System den Rücken. Beißen die Hand, die sie gefüttert hat.«

Anne nickte. »Keine Promotion, keine andere Stelle, die Zukunft ist verbaut.«

»Genau. Dass sie dann nach einer Phase der Arbeitslosigkeit als Kindergärtnerin arbeiten durfte, konnte kein Zufall sein.«

Malte half der etwas verstörten Anne weiter. Inoffizielle Mitarbeiterin. »Stasispitzel.«

Isolde Engelmann fuhr fort. »Sonst hätte sie doch nicht so einen Job bekommen. Die wollten ihr zeigen, wer das Sagen hat, und ihr die Flausen austreiben. Von wegen studieren in Paris! Man hat sie wahrscheinlich so lange bearbeitet, bis sie Ja gesagt hat, und schon hat sie einen Job bekommen. Da war sie nicht die Einzige.«

»Und Sie waren trotzdem mit ihr befreundet, obwohl Sie es wussten?«, wunderte sich Anne.

»Lisbeth hat nie wichtige Informationen weitergegeben.« Sie log. So viel konnte Anne sagen. Isolde Engelmann strahlte noch immer ruhige Fröhlichkeit aus. Ihre hellen Augen hielten Annes suchendem Blick stand, und ihr Mann legte, ebenfalls mit einem Lächeln, seine Hand auf ihre. Malte schien nichts bemerkt zu haben, kein Wunder bei der geballten Ladung Harmonie, die einem da entgegenstrahlte. Anne musste sich eine Taktik überlegen.

»Sie haben sich sicherlich gefreut für Ihre Freundin, als sie befördert wurde«, sagte Anne mit einem Lächeln.

»Oh, natürlich, das hatte sie sich auch verdient, nach so vielen Jahren.«

»Beförderungen richteten sich also nach der Berufserfahrung?«

»Ganz genau«, kam die Antwort, ruhig und sicher. Malte sah irritiert auf, denn nun merkte auch er, dass etwas nicht stimmte.

»Dass man Sie dann aber einfach übergangen hat, obwohl Sie doch genauso lange oder ein paar Jahre länger in dem Beruf gearbeitet haben …« Anne schüttelte den Kopf, so als könne sie es selbst nicht verstehen.

Die andere Frau schwieg. Sie war nicht beleidigt, sie fühlte sich auch nicht angegriffen. Sie war einfach nur traurig. Anne wusste, dass sie jetzt nicht weitergehen durfte. Sie musste nur warten. Tatsächlich dauerte es nur ein paar Atemzüge. Isolde Engelmann warf ihrem Mann einen Blick zu, den dieser sofort verstand. Er drückte ihre Hand und nickte fast unmerklich. Dann stand er auf und entschuldigte sich, er müsse noch unbedingt etwas einkaufen. Paul Engelmann verabschiedete sich höflich von Anne und Malte und verschwand in der Wohnung. Kurze Zeit später hörten sie, wie die Wohnungstür ins Schloss fiel. Malte schaute von einer zur anderen, in dem Bewusstsein, gerade etwas Wichtiges verpasst zu haben.

»Ich weiß es nicht sicher«, begann Isolde. »Wir kannten uns zu diesem Zeitpunkt schon viele Jahre, und ich hatte nicht das Gefühl, dass sie viel mit der Stasi zu tun hatte. Am Anfang schon. Da war sie noch sehr nervös und hatte mindestens einmal im Monat einen komischen Termin.«

»Wie haben Sie davon erfahren?«, fragte Malte, der sich wieder eifrig Notizen machte.

»Sie wohnte hier, im selben Haus wie mein Mann und ich. Eine Etage über uns, in der kleineren Wohnung.« Isolde Engelmann zeigte nach oben in die Richtung der Wohnung, in der einst Elisabeth Jansen gewohnt hatte. »Da bekommt man viel mit. Sie hatte definitiv in den ersten zwei Jahren Treffen mit ihrem Führungsoffizier. Dann ist es eingeschlafen, es gab wohl nichts, was sie berichten konnte. Über ihre Kolleginnen nichts und über die Kinder schon gar nicht. Es war Mitte der siebziger Jahre, als man sie wieder angesprochen hat. Und weil sie durch die Erfahrungen nach dem Studium sehr große Angst und einen Höllenrespekt vor der Stasi hatte, hat sie wohl wieder Ja gesagt. Vielleicht auch, weil sie frustriert war, unter ihrer Qualifikation arbeiten zu müssen.«

»Wann hatten Sie zum ersten Mal das Gefühl, sie hätte jemanden verraten?«, fragte Anne ganz direkt.

Die ältere Frau schwieg wieder. Es war erstaunlich, wie wenig sie von ihrer inneren Ruhe verloren hatte. Sie war etwas aus dem Gleichgewicht, mehr aber auch nicht. Und sie nahm es Anne auch nicht übel, dass diese den Finger direkt auf die Wunde legte. »Können Sie eigentlich Gedanken lesen?«, fragte sie.

Anne presste die Lippen zusammen. Dann sagte sie: »Glauben Sie bloß nicht, dass es mir Spaß macht.« Isolde Engelmann nahm die Antwort als Fortführung ihres eigenen Scherzes und lächelte.

»Wissen Sie, wir haben sie immer zu uns eingeladen. Sie ist mit unseren Töchtern umgegangen, als wären es ihre eigenen. Trotzdem habe ich nie das Gefühl gehabt, sie restlos zu kennen. Immer war es so, als schließe sie etwas in sich ein.« Anne wusste genau, wovon Isolde sprach. »Irgendwann kam sie seltener zu uns. Also nicht mehr jeden Tag, sondern nur noch drei, vier Mal in der Woche. Zu viel Arbeit, hat sie behauptet. Aber sie war nicht im Kindergarten. Sie traf sich mit einem Mann.«

»Das ist ja nichts Ungewöhnliches, oder?«, hakte Malte ein.

»Sie hat vorher immer nur flüchtige Affären gehabt. Diesmal schien es ernsthafter zu sein. Und es belastete sie.«

»Sagen Sie uns, was Sie vermuten. Auch, wenn es dafür keine Beweise gibt«, bat Anne.

Isolde zwinkerte ihr zu. »Sie können Gedanken lesen, geben Sie's zu! In Ordnung. Ich dachte immer, dass sie was mit ihrem Führungsoffizier hatte. Sie war so verändert in der Zeit. Nervös und fahrig und leicht reizbar. Trotzdem glaube ich nicht, dass sie irgendjemanden verraten hat. Im Gegenteil, ich glaube, sie hat dafür gesorgt, dass die Kinder, die besonders begabt waren, besser gefördert wurden.«

Anne ließ nicht locker. »Das ist nicht alles.«

»Hören Sie, ich weiß es wirklich nicht. Drei oder vier Kinder sind plötzlich in Heime gekommen, angeblich, weil sie schwer erziehbar waren und man den Eltern Unterstützung geben wollte. Ich bin nicht sicher. Ich kann es mir nicht vorstellen.«

»Sie wollen es nicht. Sie haben eine Menge verdrängt, weil Sie die Augen lieber zugemacht haben.« Anne sagte dies sehr liebevoll und mit allem Verständnis. Es war keine Sekunde als Vorwurf gemeint.

»Ich verurteile mich jeden Tag dafür. Aber wenn man mittendrin ist und nicht weiß, ob man Gespenster sieht oder nicht ... Da will man nicht plötzlich auffallen. Wir waren schon nicht in der Partei, und mein Mann hatte trotzdem einen guten Job und verdiente gutes Geld, auch wenn wir nur hier gewohnt haben.« Ihre Mundwinkel zuckten. »Sie hätten die Häuser sehen sollen, bevor sie renoviert wurden. Von wegen Zentralheizung!« Dann wurde sie wieder nachdenklich. »Ich weiß ganz ehrlich nicht, ob sie konkret jemanden verraten hat oder nicht. Ich weiß nicht, ob sie nur Anweisungen ausgeführt hat oder ob sie selbst Informationen weitergegeben hat. Ich weiß nur, dass sie, auch als sie später im Kinderheim arbeitete und umgezogen war, immer noch zu uns kam, um uns zu besuchen. Zwar seltener, aber sie kam. Wir waren die Einzigen, mit denen sie richtig engen und langen Kontakt hatte. Sonst lebte sie sehr zurückgezogen.«

»Und dann war sie eines Tages einfach verschwunden?«

»Erst kam die Maueröffnung, die Aussicht auf Wiedervereinigung. Und dann gingen die Krawalle im ganzen Land los. Jeder wollte Rechenschaft von der Stasi, jeder wollte wissen, was das mit den Akten auf sich hatte. Und die Stasileute haben angefangen, einiges durch den Reißwolf zu schicken. In diesem Durcheinander ist Lisbeth plötzlich verschwunden. Erst dachte ich, sie zieht sich zurück, bis sich die Wogen geglättet haben. Nach der Wiedervereinigung wurde ja erst mal genau nachgeprüft, wer alles bei der Stasi war und wer nicht. Und weil ich keine Ahnung hatte, wie ihre Tätigkeit dort genau ausgesehen hatte, dachte ich, sie tauche kurz unter.«

»Wussten Sie, dass sie Verwandte in der Gegend von Rostock hatte?«

Sie schüttelte den Kopf. »Weitläufige, nehme ich mal an. Sie kam schließlich von dort. Aber sie hat niemanden gehabt, den sie besucht hätte oder umgekehrt.«

Das Gespräch war bald danach beendet. Isolde Engelmann begleitete Anne und Malte zur Tür. Nachdem sie sich schon verabschiedet hatten, drehte sich Anne noch einmal um.

»Vergeben Sie sich ruhig. Sie haben den besten Beweis dafür, dass Sie kein wirklich guter Spitzel waren, sonst hätte man Sie auch befördert, meinen Sie nicht auch?« Dann ging sie einfach die Treppe hinunter und folgte Malte auf die Straße. Isolde Engelmann blieb mit bestürztem Gesicht noch ein paar Minuten an der Tür stehen.

Erik fühlte sich schuldig, weil er den ganzen Tag über seine Tochter komplett vergessen hatte. Da sie sich aber auch nicht bei ihm gemeldet hatte, war wohl alles in Ordnung. Er fuhr direkt nach Hause. Vielleicht konnten Cordelia und er an die Uferpromenade gehen und von dort aus den Schiffen zusehen. Eine gute Atmosphäre für ein ernsthaftes Vater-Tochter-Gespräch, dachte er. Doch als er nach Hause kam, saß Cordelia im Wohnzimmer und zappte durch die Fernsehprogramme. Vielmehr – sie lag. Auf dem Sofa. Als sie bei einer amerikanischen Sitcom angekommen war, hörte sie auf weiterzuschalten und sah zu. Künstliche Lacher drangen durch den Raum. Cordelia sah aus, als wäre sie gerade erst aus dem Bett gekommen.

»Das ist doch dein Nachthemd?«, fragte Erik. Sie trug ein winziges gelbes Kleidchen mit Spaghettiträgern und tiefem Ausschnitt. Sie hatte es gestern Abend angezogen, als sie sich schlafen gelegt hatte.

»Hm«, brummte sie nur, ohne ihn anzusehen.

»Warst du schon mal draußen? Es ist so schönes Wetter!«

»Nee.«

»Hast du wenigstens was gegessen, ich meine, was Richtiges?« Sein Blick fiel auf einen Teller mit den kläglichen Überresten einer Tiefkühlpizza. Eine Flasche Diät-Cola stand neben dem Sofa auf dem Boden. Die hatte sie sich vermutlich mitgebracht, wohl wissend, dass ihr Vater so etwas nicht im Haus hatte. Cordelia reagierte immer noch nicht, bis er den Fernseher einfach ausstellte. Mürrisch warf sie die Fernbedienung zur Seite und setzte sich auf.

»Zieh dich an, und dann gehen wir raus. Du siehst furchtbar aus!«

»Super. Danke.« Cordelia stand widerwillig auf und verzog sich in Richtung Badezimmer. Mit einem Seufzer räumte Erik ihren Teller weg. In der Küche beseitigte er die Unordnung, die sie gemacht hatte. Noch etwas, das sie von ihm geerbt hatte: fehlender Ordnungssinn. Erik räumte nur dann auf, wenn er Besuch hatte oder wenn es gar nicht mehr anders ging. Jetzt hatte er Besuch, und es wäre ihm peinlich, wenn seine Tochter mitbekäme, in welchem Chaos er normalerweise lebte. Zum Glück hatte er vor seinem Urlaub das Haus aufgeräumt, sodass sich noch nicht viel Unrat angesammelt hatte. Während sie duschte und sich anzog, spülte er in der Küche ab und räumte auf.

»Ich würde gern ins Kino«, sagte sie, als sie wiederkam. Sie duftete frisch und sauber, ihre langen blonden Haare waren noch nass, und sie trug ein knielanges Kleid in verschiedenen Rottönen, die sich seiner Meinung nach nicht wirklich gut kombinieren ließen. Der Designer hatte anders entschieden und sie alle fröhlich auf ein Stück Stoff nebeneinander gesetzt. An Kindern sieht man, wie alt man ist, dachte er. Da denkt man plötzlich Sätze wie »Als ich noch in dem Alter war …« und »Zu meiner Zeit …«. Dass seine eigenen Eltern ihm nicht folgen konnten, verstand er mit den Jahren immer mehr. Doch er wehrte sich dagegen.

»Teures Kleid?«, fragte er. Sie strahlte voller Stolz.

»Sieht man sofort, oder? Na ja, es war mal teuer, aber ich hab den Verkäufer runtergehandelt auf die Hälfte. Kann schließlich nicht jeder tragen. Ich hab ihn überzeugt, dass er es nie loswird, wenn er es mir nicht reduziert gibt.«

Erik fragte sich, was sie damit meinte, es könne nicht jeder tragen. Die bizarre Rot-Pink-Lila-Orange-Kombination oder den Schnitt. Aber er fragte nicht. »Gut gemacht. Wo willst du hin?«

»Kino, hab ich doch gerade gesagt.«

»Hab ich sofort wieder vergessen, weil es ein Scheißvorschlag ist. Bei dem Wetter setze ich mich nicht in einen dunklen, muffigen Kinosaal. Außerdem hattest du den ganzen Tag Heimkino.« Er klang wie ein richtiger Vater.

Sie einigten sich auf das »Warmbad«, eine Kneipe in der KTV. Also fuhren sie mit dem Auto wieder rüber auf die andere Seite der Warnow. Man musste durch ganz Gehlsdorf zurückfahren, an Toitenwinkel und Dierkow vorbei bis zum Petridamm, wo die Warnow noch normale Flussbreite hatte, über den Fluss rüber und am Stadthafen entlang. Er fand einen Parkplatz in einer der engen Einbahnstraßen, und sie bekamen den letzten freien Tisch draußen vor der Kneipe.

Sie bestellten eine Kleinigkeit zu essen und unterhielten sich über nichts Bestimmtes, nur über die Leute, die um sie herum saßen, und über das Essen, bis es langsam dämmerte. Dann beschloss Erik, einen ernsteren Ton anzuschlagen. Er wollte endlich wissen, was los war.

Cordelia rückte schließlich damit heraus, dass sie nicht mehr in die Schule gehen wollte. Erst mal nicht. Sie hatte zehn Jahre hinter sich und fand, es sei an der Zeit, ein Jahr auszusetzen. Erik schwieg eine Weile. Er konnte es gut verstehen, aber er musste herausfinden, was dahinter steckte.

»Willst du irgendwo arbeiten?«

»Es gibt Programme in Australien, man macht dort ein Praktikum, dann hat man eine Weile frei, dann kommt das nächste Praktikum. Das kostet insgesamt nicht so viel, und man lernt eine Menge Leute kennen, und das Land natürlich auch, weil man nie länger als einen Monat an einem Ort ist.«

»Aha. Und was für Praktika sind das genau? In einer Firma? Im Büro?«

»Ranch.«

»Oh, Kühe melken und Schafe hüten?« Erik konnte ein Grinsen nicht unterdrücken.

»Ach Papa, so schlimm ist es auch nicht!« Aber sie klang verunsichert, der Enthusiasmus gedämpft. Offenbar hatte sie keine genaue Vorstellung von dem, was sie erwarten würde. Sie hatte es wohl irgendwo gelesen und sogleich eine romantische Idee von einem Aussteigerjahr gehabt. Wild und romantisch, mit Lagerfeueratmosphäre, so wie in der Zigarettenwerbung, die man im Kino sah.

»Hast du dich schon angemeldet?«

»Ich habe mich auf die Warteliste setzen lassen, sie haben mir gesagt, dass kurz vorher immer jemand abspringt, und dann könnte man relativ schnell ein Visum bekommen. Das entscheidet sich alles in den nächsten zwei Wochen, und im Oktober könnte es losgehen.«

Erik war skeptisch. »Das ist aber sehr knapp, findest du nicht? Geht das wirklich so schnell zu organisieren?«

»Ja, aber auch wenn das nicht klappt, kann ich immer noch ein Jahr Au-pair irgendwo machen. Im Moment werden deutsche Au-pairs gesucht in London, Turin, Mailand und Helsinki.«

»Helsinki? Das ist meine Tochter! Aber ehrlich gesagt kannst du dir das alles gleich aus dem Kopf schlagen.«

Cordelia starrte ihn böse an. »Du willst es mir auch nicht erlauben! Genau wie Mama!«

»Meine allerliebste Tochter, ich würde es dir vielleicht sogar erlauben. Aber für diesen Australienkram musst du mindestens volljährig sein, wenn nicht sogar einundzwanzig, und Au-pair geht erst ab siebzehn. Das heißt, du bist deiner Mutter und mir noch eine Weile ausgeliefert. Hat dir das denn niemand gesagt, als du dich erkundigt hast?«

Cordelia schwieg.

»Du hast behauptet, du bist schon volljährig, oder?« Er war ihr nicht böse. Er konnte ihren rebellischen Geist nur zu gut verstehen. »Das wäre irgendwann rausgekommen. Du brauchst doch deine Papiere, wenn du ins Ausland gehst. Und nur weil du seit deinem Geburtstag einen Personalausweis hast, heißt das noch nicht, dass du jetzt alles darfst oder kannst.«

»Aber irgendwas muss es doch geben, das ich schon machen kann! Das ist doch unfair!«

»Klar gibt's was. Wir können dich ein Jahr ins Ausland auf die Schule schicken, wenn du unbedingt ins Ausland willst. Das wird aber richtig teuer.«

»Oma und Opa haben gesagt …«

»Ja, die sagen immer«, unterbrach er sie. Erik ärgerte sich über die Methoden seiner Eltern. Sie hatten wirklich viel Geld und ließen ihn bei jeder Gelegenheit spüren, dass er auf ganzer Linie versagt hatte. Ausgeschlossen vom Reichtum der eigenen Familie, weil er unbedingt anders sein musste, als er sein sollte. Zum Ausgleich wurde die Enkeltochter mit Geld überhäuft. Um ihm zu zeigen, wie wenig er doch für Cordelia zu tun im Stande war.

»Aber willst du das denn? Ich dachte, du hast keine Lust auf Schule? Ich verstehe dich nicht. Geht's darum, ins Ausland zu gehen oder was anderes zu machen als Schule. Erklär's mir.«

Nach einigem Hin und Her wurde Erik klar, dass Cordelia selbst nicht genau wusste, was sie wollte. Hauptsache weg, das war alles. Aber warum? Je mehr er nachfragte, desto verstockter wurde sie. Und wieder dachte er: seine Tochter. Sie sah ihm nicht ähnlich, sie hatte so viele Talente, die nicht einmal ansatzweise in ihm schlummerten. Sie war vorbildlich in der Schule. In vielem ähnelte sie ihrer Mutter, sie sah auch aus wie ein zwanzig Jahre jüngeres Abziehbildchen von ihr. Aber immer wieder kam es durch, immer wieder glaubte er, etwas von sich in ihr zu erkennen. Und das war nicht immer gut. Er beschloss, nach konstruktiven Vorschlägen zu suchen. In wenigen Wochen ging die Schule wieder los, und bis dahin etwas anderes zu finden schien zeitlich sehr eng. Im Ausland noch einen Schulplatz für sie zu bekommen wäre Glückssache. Man müsste nehmen, was sich bot, nicht gerade eine optimale Lösung. Sie diskutierten herum, bis Cordelia plötzlich eine neue Idee hatte.

»Was ist mit Onkel Christian?« Sein fünf Jahre älterer Bruder war das Vorzeigekind seiner Eltern. Der, der damals Abba gehört hatte. Heute wahnsinnig erfolgreich als Unternehmensberater. Verheiratet, zwei Kinder, die beide etwas jünger waren als Cordelia. Seit Jahren hatten sie kein Wort mehr miteinander gesprochen. Nicht, weil sie sich zerstritten hätten, der Kontakt war einfach eingeschlafen. Erik konnte sich nicht einmal mehr erinnern, ob im letzten Jahr Weihnachtskarten ausgetauscht worden waren. Aber für Cordelia war er präsent, denn ihre Großeltern erzählten ständig von ihm. Von ihm und dem jüngsten Sohn. Nie aber von Erik.

Christian lebte in Toronto. Das würde einiges einfacher machen. Cordelia wäre in guten Händen. Sie würde ihr Englisch aufbessern, ohne sich allzu verloren vorzukommen, falls es mal nicht weiterging. Christians Frau war Kanadierin, und die Kinder wuchsen zweisprachig auf. Christian könnte sich schnell und unbürokratisch um einen Schulplatz kümmern. Sein großer Bruder konnte sich nämlich um alles schnell und unbürokratisch kümmern, das war eine seiner vielen Stärken. Vielleicht war es wirklich keine schlechte Idee. Solange Christian nicht in dieselbe Kerbe schlug wie seine Eltern und versuchte, Cordelia ihm zu entfremden.

Allzu egoistisch durfte er hier aber nicht denken. Cordelia hatte mit den Unstimmigkeiten zwischen ihm und dem Rest der Familie nichts zu tun. Er hatte keine Ahnung, wie viel sie darüber eigentlich wusste. Also sagte er: »Okay, das ist nicht schlecht. Lass mich mal eine Nacht darüber schlafen, und morgen reden wir weiter, ja?«

Cordelia strahlte über das ganze Gesicht, sprang sogar auf, um ihn zu umarmen. Die anderen Gäste schauten neugierig zu den beiden herüber, lächelten, manche wunderten sich. Als der Kellner vorbeikam, bestellte Cordelia mit neuem Selbstbewusstsein zwei Gläser Sekt, um mit ihrem Vater anzustoßen. Er ließ sie in ihrer Hochstimmung und sprach nicht über die Befürchtungen, die immer weiter in ihm wuchsen, wenn er nur daran dachte, wieder Kontakt zu den Eltern und dem großen Bruder aufnehmen zu müssen. Die leuchtenden Augen von Cordelia verboten ihm, weiter darüber nachzudenken. Ihm wurde ganz warm ums Herz, als er ihre ungekünstelte Freude sah. Wenigstens etwas, das er heute gut gemacht hatte.

11.

Am Freitagmorgen um zehn Minuten vor sieben war es schon ungewöhnlich warm. Zwar ging eine leichte Brise, aber es war abzusehen, wie es am Mittag sein würde. Unerträglich.

Micha ging mit gemessenem Schritt wieder zu seinem Auto. Er hatte sich die Orte noch einmal angesehen, zur Sicherheit. Wo man die gekreuzigte Elisabeth Jansen gefunden hatte und wo man Lena Sommer aus dem Wasser gezogen hatte – und vermutlich auch hineingeworfen hatte. Er wohnte nicht weit entfernt vom Werftgelände und von den Fundorten, die nicht zugleich die Tatorte waren. Nicht weit von Lena Sommer, die ebenfalls in der Kröpeliner-Tor-Vorstadt gewohnt hatte, dem wohl buntesten und pulsierendsten Stadtteil Rostocks, wenn man von der Stadtmitte einmal absah. Die KTV lag westlich der ursprünglichen Stadtmauern und war im ausgehenden 19. Jahrhundert enorm angewachsen, dank der Industrialisierung und der Neptunwerft, an deren mittlerweile stillgelegtes Gelände die Vorstadt grenzte. Hier gab es unzählige Kneipen, Bars und kleine Geschäfte, hier waren das Große Haus des Volkstheaters und die Brauerei. Ehemalige Mietskasernen und schöne alte Jugendstilhäuser fanden sich dort. Nicht alle Häuser waren nach der Wende renoviert und auf den modernsten Stand gebracht worden, aber das machte auch den Charme aus. Hier lebten viele Studenten, und in ihrer Nachbarschaft hatten sie gleichwohl gestrandete Arbeitslose wie jungdynamische Besserverdienende. Micha selbst wohnte in einem sanierten Jugendstilhaus in der Borwinstraße. Groß und geräumig war die Wohnung, für eine Person genau das Richtige. Seine Freundin drängte darauf, mit ihm zusammenzuziehen. Aber das wollte er nicht.

Micha hatte sich geärgert, dass er nicht als Erster den Keller von Elisabeth Jansen gefunden hatte. Dabei hatte er noch wenige Stunden zuvor groß getönt, wie systematisch er vorging. Wie konnte man sich nur so blamieren!

Was er gerade tat, war eigentlich nicht seine Aufgabe. Er zerbrach sich im Grunde Eriks Kopf. Aber ihn hatte der Ehrgeiz gepackt, er konnte das nicht einfach so wegstecken, schon gar nicht vor Anne. Micha hatte dagestanden wie ein Trottel. Das musste er wieder ins Lot bringen. Also hatte er sich sämtliche Spuren noch einmal genau angesehen, mit dem LKA telefoniert, die Obduktionsberichte akribisch studiert und ein paar Untersuchungen auf eigene Faust gemacht. Internetrecherchen, Sachverständige gefragt, sich informiert.

Der Bericht, den er heute gleich als Erstes Erik vorlegen würde, war großartig. Da stand alles drin. Da gab es keine Fragen mehr, kein »Wie soll ich das jetzt verstehen?«. Er hatte sich selbst übertroffen, ganz sicher.

Natürlich hatte das alles mit Anne zu tun. Vor den Kollegen – kein Thema. Jeder übersah mal was, dazu war man ein Team, das sich gegenseitig vertraute, aber auch kontrollierte. Jetzt aber mit Anne an Bord … Frauen waren Michas große Schwäche. Er konnte es nicht zulassen, vor einer Frau, die ihm gefiel, schlecht dazustehen. Frauen hatten ihn schon immer bewundert, und das sollte auch so bleiben. Bisher war das nie ein Problem gewesen. Er sagte, was er beruflich machte, die Darstellung der Kripoarbeit im Film tat das ihrige. Sein ganzer Dank galt amerikanischen Serien wie CSI – Crime Scene Investigation. Nun konnte er immer sagen, er mache so etwas wie die Leute in der Serie. Das stimmte zwar nicht ganz, aber es kam gut an. Er hatte ja auch nicht oft mit Frauen zu tun, die einen akademischen Abschluss hatten. Oder sogar einen Doktortitel.

Micha ließ es nicht immer bis zum Äußersten kommen. Er flirtete viel, und oft reichte es ihm zu wissen, dass er könnte, wenn er wollte. Aber manchmal, da ging er auch einen Schritt weiter. Hatte er sein Ziel erreicht, ging er der jeweiligen Frau konsequent aus dem Weg. Die Vogel-Strauß-Methode war der einfachste Weg für ihn. Die Frauen wussten, er war in einer Beziehung, und sie ließen ihn meistens nach im Schnitt zehn unerwiderten SMS und zwanzig unbeantworteten Anrufen in Ruhe. Seine Freundin merkte nichts davon. Sie war viel unterwegs, Marketingassistenz bei einem Pharmakonzern. Eigentlich sollte sie besser ganz in Hamburg wohnen, denn dort war ihre Firma. Und dann war sie dauernd auf Messen und Präsentationen. Sie rief mehrmals täglich bei ihm an und klagte ihr Leid. Immer hatte sie Ärger mit ihrem unsensiblen Chef oder mit Leuten, die ihr eigentlich zuarbeiten sollten und dann ganz plötzlich herumzickten, immer musste sie Überstunden machen, und keiner dankte es ihr. Er hörte verständnisvoll zu, gab ihr Ratschläge und spendete Trost, denn es gab ihm das Gefühl, von ihr gebraucht zu werden, und es milderte sein schlechtes Gewissen, das er wegen der anderen Frauen hatte.

Nun war die große Herausforderung da in Gestalt einer Frau, die ein wenig älter war als er, aber viel attraktiver als das junge Gemüse, das sich an Wochenenden im »Studentenkeller« um ihn scharte. Und sie war viel intelligenter und viel gebildeter als die anderen Frauen und auch als seine Freundin. Mit einer derartigen Kombination hatte er es noch nie aufnehmen müssen. Waren die Frauen älter als er, war es normalerweise einfacher. Sie freuten sich über die Aufmerksamkeit eines gut aussehenden jüngeren Mannes. Waren die Mädchen noch an der Uni, dann hatten sie vielleicht einen akademischen Hintergrund, aber noch nicht die damit verbundenen Standesdünkel. Seine Berufserfahrung, sein spröder, herausfordernder Charme, seine paar Jahre, die er älter war, das alles konnte die fehlende akademische Ausbildung locker ausgleichen. Bei Anne hingegen gab es nichts, womit er sie beeindrucken könnte.

Außer vielleicht mit Erfolg. Mit guter Arbeit. Brillanten Ergebnissen. Wasserdichten Argumenten.

Doch, er konnte zufrieden sein mit dem, was er jetzt hatte. Er hatte Spuren bei beiden Opfern gefunden, die auf den gleichen Täter hinweisen könnten. Bei beiden war nämlich derselbe Schaumstoff gefunden worden. Eine Schaumstoffverbindung, die erst seit ein paar Jahren auf dem Markt war und preislich relativ hoch lag, sodass die meisten Leute noch zu den billigeren, wenn auch ökologisch weniger verträglichen Produkten tendierten. Bei Elisabeth Jansen waren es kleine Krümelchen in den Haaren, bei Lena Sommer winzige Spuren unter den Fingernägeln. Er hatte sich sofort kundig gemacht, was es mit diesem Schaumstoff auf sich hatte. Er wurde für Möbelfüllungen oder Matratzen verwendet, aber auch als Schallisolierung in Räumen. Entweder hatte der Täter ziemlich kaputte Möbel, sodass der Schaumstoff bereits herausbröselte. Oder es war eine Schallisolierung in einem Raum, die mit der Zeit winzige Partikel freigab.

Außerdem hatte man bei beiden Leichen denselben Holzstaub in geringen Mengen am Körper gefunden. Staub verkroch sich überallhin. In kleine Wunden, die nicht gereinigt wurden. Unter die Fingernägel. Und wenn man erst einmal wusste, wonach man zu suchen hatte, konnte alles ganz einfach sein. Er hatte extra nachgehakt, damit solche Gemeinsamkeiten definitiv von den Labors des LKA überprüft werden würden.

Das war schon sehr weit interpretiert. Aber er hatte alle noch verbleibenden Möglichkeiten ebenfalls in seinem Bericht aufgeführt. Sauber geordnet, sehr übersichtlich. Präsentation der Fakten und Interpretation der wahrscheinlichsten Ursache waren klar getrennt. Dass er etwas vergessen hatte, konnte man ihm diesmal nicht nachsagen.

Dann waren da noch die Nägel und die Riemen, mit denen Elisabeth Jansen an das Holz geschlagen und gebunden worden war. Die Nägel zwischen Speiche und Elle durch die Unterarme geschlagen, die Füße festgebunden mit einem Lederriemen. Das Holzkreuz war kein echtes Kreuz, sondern bestand aus zwei Balken, die T-förmig zusammengezimmert worden waren. In der Tat – gezimmert. Vielleicht nicht gerade Profiarbeit. Er hatte sich erkundigt. Das Prinzip war richtig und gut, aber es war wohl in Eile umgesetzt worden oder mit wenig Übung. Ein gewisses theoretisches Grundwissen musste bei dem Täter aber vorhanden sein.

Die Nägel: Sockelleistenstifte aus gehärtetem Stahl. Die Länge von 15 Zentimetern war zwar nicht die meistverkaufte, aber man bekam sie im Fachhandel oder über das Internet.

Über die Riemen, mit denen der Täter Elisabeth Jansen am Holz festgebunden hatte, gab es auf den ersten Blick nichts Bemerkenswertes zu sagen. Es waren einfache billige Ledergürtel, wie man sie bei C&A in der Herrenabteilung kaufen konnte. Kein einziger Fingerabdruck, keine einzige Spur. Einzig die Stanzung für neue Löcher war sehr sauber und ordentlich. Wie mit einem Schusterwerkzeug gemacht.

Der Täter war handwerklich geübt, vielleicht war es sein Hobby, vielleicht hatte er beruflich damit zu tun. Er hatte gutes Werkzeug, viele Dinge, die man allerdings ohne Mühe in jedem Baumarkt bekommen konnte. Die Art, wie das Holzkreuz, bestehend aus altem, verwittertem Fichtenholz, verarbeitet war – dazu gab es Anleitungen im Internet. Im Internet gab es sowieso alles. Da war auch im Detail beschrieben, wie man einen Menschen kreuzigte und zu welcher Gelegenheit.

Die beiden großen Holzbalken könnte der Täter aus einem innen ausgeschlachteten alten Haus haben. Die Fassade unter Denkmalschutz, das Innenleben aber nicht mehr zu gebrauchen. Davon gab es einige in der Stadt. Er war heute Morgen erst an einem vorbeigefahren. Es hatte sich inmitten lauter nett renovierter neuer Fassaden geduckt. Vielleicht war es sogar die Fundgrube für den Täter gewesen. Fichte war ein Allerweltsholz. Er musste noch auf das Labor warten, aber sein Tipp, nach allem, was er gestern im Baumarkt in einem Holz-Crash-Kurs gelernt hatte, war, dass die Balken mindestens hundert Jahre oder länger Bestandteil eines Hauses gewesen sein mussten. Die notwendigen Änderungen, um daraus ein Kreuz zu zimmern, waren vom Täter selbst vor wenigen Wochen gemacht worden. Wie viele Wochen genau, auch das würde das Labor sagen können. Er fühlte sich einen Moment lang wirklich, als wäre er bei CSI.

Auch bei Lena Sommer war er einen Schritt weitergekommen. Denn als er sich im Internet über das Kreuzigen informiert hatte, war ihm auch die mittelalterliche Hinrichtungsmethode des Räderns untergekommen. War es nicht genau das, was mit der jungen Frau gemacht worden war? Nur, dass der Täter kein Rad genommen hatte, um ihr die Knochen zu brechen. Was war schwer genug, um beim Herunterfallen die Knochen einer gesunden jungen Frau brechen zu können, und gleichzeitig noch leicht genug, dass es ein Mann – oder eine Frau, aber daran glaubte er persönlich nicht, dieser Zusatz war nur für die Akten – noch heben konnte? Er hatte sich den Obduktionsbericht angesehen, die Fotos von der Toten. Die Hämatome. Er hatte sie sogar abgezeichnet, um ein vollständiges Bild zu haben. Er hatte den Doktor gefragt, was er von seiner Idee hielt, und erstaunliche Resonanz bekommen. Dr. Gundlach fand die Erklärung plausibel. Eine hohe Auszeichnung, wenn sie von dem Pathologen kam. Plausibel hieß bei Gundlach so viel wie eine Wahrscheinlichkeit von über neunzig Prozent. Michas Theorie: Die Holzbalken, an denen später Elisabeth Jansen ihren Tod fand, hatte der Täter zuvor auf Lena Sommer herabkrachen lassen. Die Hämatome sprachen dafür. Verletzungen auf der Haut sprachen dafür. Winzige Holzsplitter in den Wunden bewiesen es.

Wenn das nicht ein gefundenes Fressen für eine Psychologin war! Wenn sie damit nicht ein brauchbares Profil anfertigen konnte!

An seinem Mini Cooper angelangt, schloss er voller Elan auf, stieg ein und drehte den Schlüssel in der Zündung um. Sofort plärrte das Radio los. Er liebte laute Musik. »Hip Teens Don't Wear Blue Jeans«. Die Bedeutung der Songs entging ihm meistens komplett, da seine Kenntnisse der englischen Sprache nie sehr umfangreich gewesen waren und seit der Schulzeit auf Eis lagen. Es ging um den Rhythmus, nicht um den Text. Micha ließ die Scheiben runter und fuhr los. Um sieben würde er im Büro sein. Perfekt.

Er parkte an der Straße, wo um diese Uhrzeit noch Parklücken frei waren, und ging gleich durch den Haupteingang hoch, statt wie sonst den Nebeneingang zu benutzen, der zu den Räumlichkeiten der KTU führte.

Die KTU war zwar im selben Gebäude untergebracht, hatte aber einen anderen Eingang. Die Verbindung zum Hauptteil des Gebäudes gab es nur für den, der den Sicherheitscode der Verbindungstüren kannte. Jeder andere musste außen herumgehen. Und da der Nebenflügel noch Arztpraxen beherbergte, musste sich ein Besucher mit Klingeln ankündigen und einer Augenscheinnahme via Überwachungskamera aussetzen, selbst wenn er ein Kollege war. Dafür waren die Räume heller und moderner als im Hauptteil. Das war aber auch der einzige Vorteil. Die Labors für die Untersuchungen, die gleich vor Ort gemacht werden konnten, und die Asservatenkammer lagen etwas umständlich im Keller, der nur von außen zu erreichen war. Man musste über den hinteren Hof gehen, in dem die Streifenwagen, die Wagen des Kriminaldauerdienstes und die Busse für die KTU standen. Durch die räumlichen Gegebenheiten hatte die KTU zwangsläufig einen Sonderstatus.

Anne war bestimmt noch nicht da. Sie würde den Bericht als Erstes auf dem Schreibtisch finden. Erik natürlich auch. Anne würde ihm dankbar sein, dass er ihr so viel an die Hand gab.

Umso enttäuschter war er, als er sah, dass Anne und Erik bereits da waren. Sie saß an ihrem Schreibtisch und hielt eine Tasse Tee mit beiden Händen umfasst. Erik war mit seinem Bürostuhl zu ihrem Tisch herübergerollt, hatte ebenfalls einen Becher in der Hand, mit Kaffee, und so wie es aussah, musste er gerade einen richtig guten Witz gerissen haben. Denn Anne lachte noch, und er grinste verschmitzt. Die beiden verstanden sich doch nicht etwa plötzlich?

Er musste ein ziemlich dämliches Gesicht gemacht haben, und er hatte keine Ahnung für wie lange. Er wusste nur, dass ihn beide erwartungsvoll und mit entspannten, noch immer heiteren Gesichtern anblickten.

»Ich wollte nicht stören«, sagte er und war schon im Begriff, sich umzudrehen. Dann fiel ihm wieder ein, weshalb er hier war. Er machte in der Bewegung Halt und warf die beiden Mappen, in die er seinen Bericht gesteckt hatte, auf Annes Schreibtisch.

»Also dann«, sagte er nur und ging den dunklen Gang wieder hinunter, zum Treppenhaus, in Richtung der abseits liegenden Büros der KTU.

Es war Taktik gewesen. So, wie er sich die ganze Zeit gegeben hatte, würde er nichts bei der Frau Psychologin erreichen. Auf sie zugehen, charmant sein, etwas von sich selbst zeigen. Sie war nicht die Einzige, die Ahnung von Psychologie hatte. Wie sonst hätte er jahrelang, ach was, jahrzehntelang erfolgreich Zeugen zu brauchbaren Aussagen und Straftäter zu Geständnissen bringen können? Psychologie und Menschenkenntnis. Das hatte er auch. Was ihm fehlte, war präzises psychologisches Fachwissen. Was wiederum sie hatte. Er brauchte sie, also musste er nett sein.

So war er sehr früh aufgestanden, um halb sechs schon, hatte Cordelia liebevoll alles für ihr späteres Frühstück hergerichtet, war in die Blücherstraße gefahren und hatte sich auf der Fahrt dahin einen möglichst amüsanten Opener für das Gespräch mit ihr einfallen lassen. Ein wenig von sich musste er preisgeben, so dachte er lange über etwas nach, das persönlich klang, ihn aber nicht denunzierte.

Da ohnehin schon die gesamte Abteilung wusste, dass seine Tochter bei ihm war – er hatte sich schließlich selbst verplappert –, konnte er bei dem Thema bleiben. Anne kam um kurz vor sieben. Sie lehnte seinen Kaffee freundlich ab und machte sich einen Tee. Irgendwo hatte sie einen Wasserkocher aufgetrieben.

Sie hatte sich ihre Überraschung über seine Freundlichkeit deutlich anmerken lassen. Sie war einfach amüsiert. Er wusste nicht, ob es besonders gut lief und sie entspannt war oder ob es gerade besonders schlecht lief und sie über ihn lachte. Aber da musste er nun durch. Also wurde er persönlich, rollte seinen Stuhl vor ihren Schreibtisch, sodass er in der Besucherposition war, und plauderte ein wenig über den vergangenen Abend, wie er mit seiner Tochter essen war – natürlich ohne die Inhalte der Unterredung zu verraten –, wie der Kellner die beiden für ein Liebespaar gehalten hatte, weil Cordelia durchaus als über achtzehn durchgehen konnte und er, tja, offenbar strahlte er in ihrer Gegenwart sehr viel Jugendlichkeit aus. Cordelia hatte ein Auge auf den Kellner geworfen, der ihr aber konsequent mit höflicher Distanz begegnete, und war bitter enttäuscht, als sie feststellen musste, dass ausgerechnet ihr eigener Vater ihr die Tour vermasselt hatte. Und zwar nicht, indem er den bösen »Niemand rührt meine Tochter an«-Blick aufgesetzt hatte, sondern durch seine bloße Anwesenheit.

Anne lachte fröhlich mit, und als die Tür aufging, stand dort Micha, der mit Schwung hereinwollte, den Schwung aber sehr schnell abfederte, was eine Art Rückstoß zur Folge hatte. So als wäre er gegen eine unsichtbare Mauer geprallt. Dann warf er seinen ausführlichen Bericht, den er gestern schon angekündigt hatte, auf Annes Schreibtisch und verzog sich.

Und da die beiden gerade in gelöster Stimmung waren, setzte Erik gleich noch einen drauf und gab eine karikaturhafte Beschreibung von dem basketballspielergroßen Micha, der sich in seinen rot-weißen Mini Cooper faltete und entsprechend wieder herausschälte, zum Besten.

Er hatte es geschafft, die Spannung, die zwischen ihnen geherrscht hatte, etwas abzubauen.

Erik hatte für sich eingesehen, dass es falsch gewesen war, sie und Malte »nebenher« ermitteln zu lassen. Das war Ressourcenverschwendung und somit reichlich dämlich. Jetzt war der Zeitpunkt da, an dem sie sich mehr als nützlich machen konnte. So sagte er das alles natürlich nicht. Er lobte sie und brachte, wie er fand, sehr überzeugend Bewunderung zum Ausdruck. Dann kam er zum Punkt.

»Als Sie in Berlin waren, sind wir noch mal alles durchgegangen, was bei Elisabeth Jansen im Keller war. Wir haben ...«

»... einen alten Bekannten ausfindig gemacht, ja. Ich habe die Berichte gelesen. Wir waren gestern Abend noch im Büro.«

»Oh, das ist wirklich sehr, sehr ... fleißig. Dann wissen Sie ja schon vermutlich, was ich heute mit Ihnen vorhabe?«

»Dr. Sievers besuchen?«

Dr. Friedrich Sievers war ein pensionierter Arzt Mitte siebzig. Er hatte sich auf sein Altenteil in Kühlungsborn zurückgezogen. Elisabeth Jansen hatte vor vielen Jahren seinen Namen auf den Schutzumschlag eines Buches geschrieben, zusammen mit einer Uhrzeit. Der Name und die Initialen »FS« tauchten noch häufiger auf. Als Randnotiz, so als hätte sie sich am Telefon hastig etwas notiert, wo gerade Platz war. Oder auf kleinen Zettelchen, die sie als Lesezeichen benutzt und noch in einem Buch gelassen hatte. Irgendwann nannte sie ihn nur noch beim Vornamen. Der Kontakt zu Dr. Friedrich Sievers hatte einige Jahrzehnte überdauert. Allerdings waren keine aktuellen Hinweise da. Kein Eintrag in ihrem Adressbuch, keine Briefe von ihm, keine Anrufe zu einem Anschluss, der auf diesen Namen gemeldet war, nichts dergleichen.

Es gab keinen Eintrag im Telefonbuch, aber über die Meldebehörde hatten sie ihn gefunden. Sievers hatte bis 1990 in Berlin gelebt, dann war er an die Küste gezogen. Am Telefon hatte er zugegeben, Elisabeth Jansen als seine ehemalige Patientin zu kennen. Er hatte sich aber geweigert, telefonische Auskünfte zu geben, sich mit Schweigepflicht herausgeredet und offensichtlich Zeit schinden wollen, um sich auf ein Gespräch mit der Polizei vorbereiten zu können. Dr. Sievers war nicht nur Mediziner, er war auch Psychologe, und da kam Anne ins Spiel. Als Trumpfkarte, sozusagen, wollte Erik sie zu dem Gespräch mitnehmen. Scheinbar war sie darauf vorbereitet gewesen.

»Was glauben Sie, welche Rolle er für Elisabeth Jansen gespielt hat und was er uns sagen kann?«, fragte sie ihn.

»Er war ihr Arzt, vielleicht sogar ihr Therapeut. Er kennt sie von früher, und da kann er uns sicherlich etwas über sie sagen. Wir haben ihre Bekannten in Bad Doberan befragt, da kann sich niemand ein Mordmotiv vorstellen. Aber alle haben auch gesagt, dass sie sehr verschlossen war. Dass es Tage gab, an denen sie partout keine Zeit hatte, aber niemals verriet, mit wem sie sich traf. Wir vermuten jetzt, dass sie sich mit ihrer Nichte Lena getroffen hat. Aber – wer weiß. Viel hat sie diesen Leuten nicht anvertraut. Vielleicht aber einem alten Bekannten von früher.« Er sah sie erwartungsvoll an und erinnerte sich schnell wieder daran, dass er lächeln wollte.

Anne lächelte zurück. »Ihrem Arzt und Therapeuten von einst, der vielleicht über die Jahre zu einem Freund und Vertrauten geworden war«, sagte sie nachdenklich, und ihr Blick schweifte ab. Sie sah aus dem Fenster und blickte auf die gegenüberliegende Häuserfront. Erik merkte, dass sie ganz woanders war, und wartete. Dann drehte sie sich wieder zu ihm.

»Oder ihrem ehemaligen Führungsoffizier und langjährigen Geliebten.« Eriks Lächeln fror ein. »Vielleicht fragen Sie das nächste Mal einfach, wie mein Tag so war«, sprach Anne weiter. »Ach ja, oder lesen Sie Maltes Bericht.« Mit diesen Worten und einem entzückenden Lächeln verließ sie das Zimmer. Erik rollte mit dem Bürostuhl wieder zurück zu seinem Schreibtisch. Er nahm Maltes Bericht in die Hand, den er wirklich noch nicht gelesen hatte, und seufzte. Dann starrte er blind aus dem Fenster und dachte für einen Moment an überhaupt nichts.

12.

»Natürlich hat er gelogen!« Anne regte sich so sehr auf, dass sie hektische Flecken bekam. Im Dekolleté, am Hals, im Gesicht. »Und ich weiß es eben, weil ich so was weiß!«

»Na großartig. Sie wissen es, weil Sie es wissen! Ich muss Ihnen sagen, wenn ich das mal als Zeugenaussage vor Gericht habe, auf den Tag freu ich mich jetzt schon!« Erik schüttelte fassungslos den Kopf.

»Aber ich dachte, genau deshalb hätten Sie mich mitgenommen?«, murmelte sie beleidigt, als sie wieder im Auto saßen.

»Ich hab Sie mitgenommen, weil Sie doch auch Psychologie studiert haben, und für den Fall, dass er mit irgendeinem Psychomist ankommt, den ich nicht verstehe, nur um mich abzuspeisen, wollte ich Sie dabeihaben. Vom Fach, sozusagen«, antwortete er gereizt. »Nicht, um Lügendetektor zu spielen!« Erik drehte in der Einfahrt, warf noch einen Blick auf das kleine Haus von Dr. Sievers und rollte langsam vor zu einer größeren Kreuzung. »Sind wir eben von rechts oder von links gekommen?«, fragte er.

»Von rechts. Aber da hatten wir uns auch schon verfahren.«

Er antwortete mit angemessenem Schweigen auf diese Bemerkung. Auf die »Männer fragen ja nie nach dem Weg«-Diskussion wollte er sich nicht einlassen.

»Es wäre trotzdem kein Fehler gewesen, die Karte mitzunehmen«, murmelte Anne vom Beifahrersitz. Erik zuckte zusammen. Nein, das war jetzt paranoid. Gedankenlesen konnte sie schließlich nicht. Soweit er wusste. Er bog links ab und folgte der Straße eine Weile, nur um nach einer Rechtskurve zu merken, dass sie parallel zur Küste fuhren. Scheißkaff.

»Jaja, zum Glück ist Kühlungsborn so überschaubar, dass man keine Karte braucht.« Genüsslich ließ Anne das Autofenster herunter.

»Poststraße, verdammt, das hört sich doch an wie Hauptstraße! Normalerweise ist so was einfach zu finden!«

»Halten Sie kurz an«, sagte sie. Erik gehorchte, und sie fragte einen Passanten nach dem Weg zurück nach Rostock. Geduldig hörte sie der Wegbeschreibung zu und warf Erik zwischendurch aufmunternde Blicke zu, wohl um ihn einzubeziehen. Er nickte wie zur Bestätigung und lächelte den Mann säuerlich an.

»Also? Sie haben's gehört!«, sagte sie, als der Mann wieder weiterging, und lehnte sich im Sitz zurück, während Erik langsam wieder anfuhr.

»Aber Sie haben doch mit ihm gesprochen!«

»Ja, aber Sie sind der Fahrer! Ich hab mir das jetzt nicht alles gemerkt!«

Er konnte nicht anders und musste grinsen. Anne auch. Sie lachten beide. Er hielt vor einem der Hotels. »Essen? Dann können wir es uns vom Kellner noch mal erklären lassen.« Sie nickte schmunzelnd.

Kühlungsborn war eines der ehemaligen Nobelbäder an der Ostsee. Heute schossen überall neue Ferienapartmenthäuser und Hotelanlagen aus dem Boden, die die alten, charmanten Fassaden langsam verdrängten. Zwischendrin standen immer wieder verfallene alte Gebäude, die noch keinen Käufer gefunden hatten oder bei denen die Eigentumsverhältnisse noch immer nicht geklärt waren.

Die Urlauber in Kühlungsborn waren im Durchschnitt etwas älteren Semesters. Denn mittlerweile waren Pauschalreisen in deutlich wärmere und exotischere Gebiete fast günstiger als zwei Wochen Ostsee. Hinzu kam, dass das Wetter nicht zuverlässig war, und so warm wie das Mittelmeer wurde die Ostsee eben nicht. Trotzdem herrschte reges Leben auf der Strandpromenade und auf den Straßen, die dorthin führten.

Nach dem Essen bat Anne um einen Spaziergang. Sie schien noch sauer zu sein, weil er sie nicht ernst genommen hatte. Oder hatte sie den Fisch nicht vertragen? Ein bisschen blass um die Nase war sie. Sie liefen ein paar Meter, setzten sich dann auf eine freie Bank und sahen auf das Meer.

»Das geht so nicht. Ich steige aus.«

Erik schwieg. Was sollte er erwidern? Unrecht wäre es ihm nicht. Aber ihm war klar, dass er sich im Grunde ziemlich albern aufführte.

»Ich weiß, dass viele Leute ein Problem mit meiner Vorgehensweise haben. Sie glauben mir nicht oder denken, ich spiele mich auf oder ich spinne oder sonst was.«

Erik war nicht bewusst, dass er die ganze Zeit bekräftigend nickte. Erst als sie ihm mit dem Ellenbogen in die Seite stieß, fiel es ihm auf. Er entschuldigte sich. Sie fuhr fort: »Es gibt zwei Aspekte bei meiner Arbeit. Die logische Herangehensweise oder das, was Sie Fakten nennen, und der Bereich, den Sie Intuition nennen würden.«

Erik schwieg eine Weile und dachte nach. Es war Zeit, sich endlich wirklich einmal damit auseinander zu setzen.

»Okay. Und wie würden Sie es nennen?«, fragte er schließlich.

»Außersinnliche Wahrnehmung.« Es klang gestelzt und nicht sehr überzeugend. »Das ist ein gebräuchlicher Oberbegriff dafür. Darunter fallen Telepathie, Hellsehen, Präkognition …«

»Stopp, für Nichtakademiker, bitte!«

»Ach, wozu?« Sie wandte sich von ihm ab und starrte auf das Wasser. Ein paar Kinder rannten lärmend die Strandpromenade hinunter, bunte Eimerchen und Schaufeln in den Händen.

»Ich hab ja schon zur Kenntnis genommen, dass Sie eine Menge können.« Sie zog nur kritisch die Augenbraue hoch und starrte weiter auf das Wasser. »Aber ich hab schon öfter mit Psychologen zusammengearbeitet, und das war nie so besonders …« Ihm fielen die richtigen Worte nicht ein. »Sie kamen zu uns und wollten uns erzählen, wie wir unsere Verhöre zu machen hätten und was bei einer Festnahme zu berücksichtigen wäre und was weiß ich nicht noch alles. Als hätten sie das gesamte Wissen gepachtet. Keiner von denen war auch nur einen einzigen Tag als Polizist unterwegs gewesen. Von außen hinterher urteilen ist immer einfacher. Und Sie«, fügte er hinzu, »Sie geben auch noch solche Seminare und Schulungen!« Er hatte sich in Rage geredet und zog es nun vor, wieder zu schweigen. Aber Anne hatte sich ihm voll zugewandt.

»Sie denken, ich will Ihnen irgendetwas streitig machen, nein, Moment, Sie denken, ich mache Ihnen Vorschriften und rede g'scheit daher!«

»G'scheit?«

Sie lächelte. »Zu lange in Bayern gewesen.«

Nun lächelte er auch wieder. »Profiler, wissen Sie, da hab ich von Kollegen eine Menge gehört. Die setzen sich hin und lesen sich die Akten durch, und dann verzapfen sie irgendeinen Quatsch von wegen männlicher Täter, zwischen zwanzig und vierzig, unauffällig, wenig soziale Kontakte und gestörtes Verhältnis zur Mutter. Oder sie sagen, dass sie eigentlich gar nichts sagen können.«

»Also das ist wirklich ein ganz blödes Klischee!«

»Aber so ist es doch!«

»Ich hab lange genug Kollegen von Ihnen ausgebildet …« Jetzt war es an Erik, die Augenbrauen fragend hochzuziehen. »Okay, ein paar Jahre. Ich komme nicht ganz von außen. Dass ich die Polizeiarbeit nicht im Detail kenne, ist mir auch klar. Aber ich hatte bisher auch nicht das Gefühl, mich übermäßig einzumischen. Dafür, dass Sie mich nur ein bisschen nebenher laufen lassen wollten und mich zu den unwichtigsten Sachen, wie Sie meinten, geschickt haben, hab ich doch eine Menge herausgefunden, oder?«

Ohne darauf einzugehen, fragte er noch einmal, über welche Fähigkeiten sie eigentlich verfüge.

»Außer, dass ich ausgebildete Psychologin bin und mich auf Täterprofile bei Mordserien spezialisiert habe?«

»Haben Sie das zweite Gesicht, oder wie man das nennt, können Sie Gedanken lesen oder in die Zukunft sehen?« Er schaffte es nicht ganz, den Spott aus der Stimme zu lassen. Aber sie ging darüber hinweg und lächelte sogar.

»Das mit der Zukunft – ich weiß nicht, ob ich das wirklich wollen würde«, ihre Stimme klang entfernt, und ihre grünen Augen glitten ab in Richtung Horizont.

»Manchmal träume ich etwas. Oft verstehe ich erst hinterher, warum ich etwas geträumt habe. Meine Träume sind Dinge, die gerade passieren oder kürzlich geschehen sind. Ich bin ganz froh darüber, denn in die Zukunft sehen zu können, davor habe ich Angst. Das ist auch nicht wirklich meine stärkste Begabung.«

»Wäre aber hilfreich für uns, wenn Sie sagen könnten, morgen schnappen wir den Kerl, und zwar im ›Kartoffelhaus‹ an Tisch 23.« Erik hoffte, dass sein Tonfall leicht genug herübergekommen war.

»Manche Leute glauben, dass Träume von Geistern geschickt werden, die uns damit Aufgaben vermitteln oder etwas Bestimmtes für unseren Lebensweg mitteilen wollen. Vereinfacht ausgedrückt. Ein uralter Glaube, der sich durch alle Völker und Kulturen zieht. Letztens habe ich im Fernsehen eine Dokumentation über einen Indianerstamm gesehen. Die Geister erscheinen den Menschen im Traum und sagen, was man zu tun hat. Oder – Sie haben doch bestimmt mal was über die Aborigines in Australien gelesen?« Erik nickte nachdenklich. »Sie kommunizieren telepathisch miteinander. So etwas kann ich leider nicht.« Sie lachte leise. Durch die Mittagssonne hatte sie ein paar Sommersprossen auf ihrer weißen Haut bekommen. Die langen Haare wehten sanft in der Brise. Erik bemerkte, wie hübsch sie war. Kaum hatte er das gedacht, drehte sie sich zu ihm und sah ihm direkt ins Gesicht. Er wandte sich verlegen ab.

»Ich bin sehr empfänglich für die Stimmungen anderer Menschen um mich herum. Ich kann zwar keine Gedanken lesen, aber ich weiß, wie sich mein Gegenüber fühlt. Das ist auch noch keine Hexerei. Viele Leute haben dieses Gespür. Empathie, Einfühlungsvermögen ist eine Vorstufe davon, können Sie sich darunter etwas vorstellen?«

Erik nickte, auch wenn er nicht recht wusste, was er von diesem Gespräch halten sollte.

»Scotland Yard hat mich deshalb als eine Art menschlichen Lügendetektor ausprobiert. Hat hervorragend funktioniert.«

»Und warum hat man Ihnen keine Stellung auf Lebenszeit angeboten?«

»Ich weiß, das sollte ein Scherz sein, aber das hat man tatsächlich. Nur will ich das nicht, und es würde auch nicht wirklich viel bringen. Ein guter Polizist kann mit seiner Intuition auch ziemlich weit kommen, und nur weil jemand lügt, heißt das noch lange nicht, dass ich weiß, welche Wahrheit er verbirgt. Wirklich erfüllend ist so ein Job sicherlich nicht. Außerdem strengt es sehr an und verbraucht viel mehr Energie, als den ganzen Tag Polizisten zu unterrichten.« Sie lächelte schwach.

»Gut. Sie wissen, wie sich Ihre Mitmenschen fühlen und ob sie lügen.«

»Keine Angst, das war noch nicht alles.« Sie zögerte ein wenig. »Ich kann mich auch in Räume hineinfühlen. In den Menschen zum Beispiel, der dort mal gelebt hat. Und wenn es sehr starke Energien in einem Raum gibt, dann spüre ich das manchmal auch. Haben Sie davon schon mal gehört?«

Erik schüttelte den Kopf.

»Lassen Sie es mich so erklären: Mit manchen Menschen bekommt man eine gewisse Verbindung und spürt, wie sie sich fühlen. Ich habe gespürt, als meine Mutter starb.«

»Das tut mir Leid«, murmelte Erik. Etwas Adäquateres fiel ihm gerade nicht ein.

»Wenn also irgendwo jemandem etwas sehr Schlimmes zugestoßen ist, hinterlässt das Ereignis eine große Energie an genau diesem Ort. Wenn ich mich konzentriere, kann ich es sehen, wenn ich mich vorher mit der Person, um die es dort geht, beschäftigt habe.« Sie strich sich die Haare aus dem Gesicht. »Manchmal klappt es, manchmal nicht. Ich habe das Gefühl, wenn ich extrem unter Stress stehe, geht es nicht so gut. Ach, Sie glauben mir ja sowieso kein Wort.«

Erik schwieg eine Weile und dachte über das Gesagte nach. Natürlich hatte er schon ein wenig selbst recherchiert. Er wusste über ihre Veröffentlichungen Bescheid, kannte ihren Lebenslauf. Aber das mit den seherischen Fähigkeiten stieß ihm sauer auf. Er erinnerte sich an Entführungsfälle, in denen man ein so genanntes Medium bemüht hatte. Viele verzweifelte Menschen wandten sich auch privat an solche vermeintlichen Seher, wenn ihnen die Polizei nicht weiterhelfen konnte. Dass manche auch versuchten, mit dem Jenseits Kontakt aufzunehmen, darüber wollte er im Moment gar nicht nachdenken. Sogar in Talkshows wurde das Thema ausgeschlachtet. Wie Zauberer im Zirkus traten selbst ernannte Geisterbeschwörer auf und taten vor laufender Kamera so, als sprächen sie mit den Toten. Für ihn war all das Schwachsinn. Oder Wahnsinn?

»Haben Sie das nicht manchmal? Ein ganz starkes Gefühl, dass etwas nicht stimmt, eine Vorahnung, eine Gewissheit, die Sie nicht erklären können?«

»Doch …«, sagte er zögerlich.

»Und das habe ich in sehr klarer, sehr verstärkter Form. Vielleicht können Sie sich jetzt mehr darunter vorstellen. Leider kann ich Ihnen kein Handbuch mit einem Regelwerk anbieten. Ich komme mir gerade wirklich ausgesprochen blöd vor.« Sie stand auf und ging die Strandpromenade hinunter, in Richtung Auto. Er folgte ihr.

»Also gut, er hat gelogen. Und jetzt?«, bot er ihr an.

»Sie wollen doch nicht. Lassen wir es. Ich höre auf.«

»Ach Scheiße! Machen Sie jetzt auf Zicke?« Ein älteres Paar

in bunter Strandkleidung drehte sich nach ihm um, eine Mutter schimpfte mit ihrem kleinen Sohn, weil dieser über Eriks Ausbruch kicherte. Fast wäre Erik mit einem jungen Mann in einem roten Overall kollidiert. Er beeilte sich, Anne hinterherzukommen. Als er sie am Auto eingeholt hatte, sah er, dass sie weinte.

»Oh Mann, das muss doch jetzt wirklich nicht auch noch sein.« Er kramte im Handschuhfach nach Taschentüchern und gab ihr eins. Sie lehnte noch am Auto und schnäuzte sich die Nase. Ein bisschen wie bei einem kleinen trotzigen Mädchen, musste er denken und sah kurz Cordelia in Gedanken vor sich.

Auf der Rückfahrt von Kühlungsborn starrte Anne nur aus dem Fenster. Sie registrierte, dass sie direkt an den Plattenbauten vorbeifuhren, in denen Elisabeth Jansen gewohnt hatte. Das Gespräch bei Dr. Sievers war sehr kurz gewesen. Dr. Sievers war sechsundsiebzig Jahre alt, sah aber noch sehr gut aus für sein Alter. Hoch gewachsen, eine sportliche Figur, volles, weißes, etwas längeres Haar. Ein gepflegtes Erscheinungsbild. Perfekt gekleidet, und das nicht gerade billig. Anne hatte einen kurzen Blick in die Küche werfen können. Sie war groß und topmodern, mit einem riesigen Gasherd in der Mitte des Raumes, darüber eine Abzugshaube. Ungewöhnliches Design, dachte sie. Die Feuerstelle mitten in der Höhle … An den Wänden die verchromten Küchenschränke und die Arbeitsflächen, wobei auch hier das meiste Gerät offen, übersichtlich und sinnvoll angeordnet herumhing. Sie glaubte auch frische Kräuter zu erkennen, Zwiebeln und Knoblauch, dazu noch ein beeindruckendes Gewürzregal.

Der Flur war groß und offen. Links führte eine Treppe in das Obergeschoss, darunter ging es in den Keller oder vielmehr das Souterrain. Die Häuser in dieser Gegend waren alle nicht tief in die Erde gebaut, und die Haustüren erreichte man, indem man einige Treppenstufen hinaufging.

Vor ihnen ging es zum Wohnbereich. Als Erstes fiel das großzügige Aquarium mit vielen bunten Zierfischen auf. Der Raum selbst erinnerte ebenfalls an ein Aquarium, denn die Wände hatten alle riesige Fenster, die über die gesamte Länge des Hauses zu reichen schienen. Anne tippte auf einen Neubau nach der Wende.

Auch die Einrichtung von Sievers' Haus verriet ein gut gepolstertes Bankkonto. Sie war überraschend modern für einen Mann in seinem Alter. Helle Ledermöbel, viel Glas in den hellen Schränken. Das alles sollte Offenheit vermitteln, dachte Anne.

Er hatte bestätigt, Elisabeth Jansen gekannt zu haben, irgendwann einmal in Berlin, als sie bei ihm in Behandlung war. Auf Eriks durchaus geschickt und sensibel formulierte Fragen nach einer möglichen Stasivergangenheit von Elisabeth Jansen lächelte Sievers nur milde und fragte, ob alle im Westen so paranoid waren und gleich in jedem ehemaligen DDR-Bürger einen Stasispitzel sahen. »Ihre Eltern waren vielleicht alle Nazis, aber den Umkehrschluss mit der DDR würde ich an Ihrer Stelle nicht wagen.« Erik hatte sich sehr zusammenreißen müssen. Dr. Sievers war so herausfordernd, weil er sich seiner Sache sehr sicher war. Er wusste, man konnte ihm nichts anhaben. Anne fragte sich noch immer, warum.

Über Elisabeth Jansen könne er leider keine weitere Auskunft geben, er habe ihre Krankenakte nicht mehr, zu lange her, sagte er gut gelaunt und mit einem gespielt entschuldigenden Schulterzucken. Zeitung lese er nicht, jedenfalls keine regionale, er schaue nur Nachrichten, und bis dahin sei der Mordfall offenbar noch nicht vorgedrungen.

Auch Lena Sommer gab er vor nicht zu kennen, auch wenn er sich dunkel an diesen Fall erinnern könne. Noch einmal fragte er, wie die Polizei überhaupt auf ihn gekommen sei. Hier bemerkte Anne die einzige Unsicherheit. Sie wusste, dass Erik einen Fehler machte, als er freimütig zugab, dass sie ihn über

Notizen von Elisabeth Jansen ausfindig gemacht hatten. Erik dachte sicherlich, sich so auszudrücken sei schwammig genug, um den alten Mann im Unklaren zu lassen. Aber dieser wusste ab diesem Zeitpunkt genau, dass man nichts über ihn wusste. Nichts, was man ihm beweisen konnte. Sie selbst sollte keine Fragen stellen, das war so mit Erik vereinbart. Sie sollte nur daneben sitzen und eventuell eingreifen, wenn Erik sie darum bat. Dazu kam es aber nicht. Sievers setzte alles daran, die beiden möglichst unauffällig, aber schnell wieder loszuwerden. Es gelang ihm.

Anne sah eine kleine weiße Porzellanfigur, die im Bücherregal stand, platziert vor einigen Geschichtsbüchern, die sich mit dem 18. und 19. Jahrhundert beschäftigten, und Kunstbänden – Caspar David Friedrich, Peter von Cornelius, J. M. W. Turner. Ein kleiner weißer Schwan. Sie wusste, dass dies ein Geschenk von Elisabeth Jansen war. Aber was konnte sie schon sagen?

»Ich bin ein alter Mann, was wollen Sie? Ich kenne hier niemanden, ich will meine Ruhe haben, und plötzlich steht die Polizei vor der Tür. Was soll das?«, sagte er ruhig.

Er war ein guter Schauspieler. Fast hätte man ihm glauben können. Erik tat es.

Auch wenn Anne sich sicher war, dass dieser Mann Elisabeth Jansens Geliebter gewesen war, ihr Führungsoffizier bei der Stasi. Auch wenn sie wusste, dass er die vielleicht wichtigste Rolle in ihrem Leben gespielt hatte, wie sollte sie dieses Wissen belegen? Sie konnte es nicht. Nichts von dem, was sie fühlte, hatte vor Gericht irgendeine Beweiskraft. Bei dem Gespräch mit Sievers hatte sie versagt. Vielleicht hätte sie doch einfach eingreifen sollen, um mehr aus Sievers herauszubekommen. Aber dann wäre Erik sauer geworden. Sie hatte keine Befugnisse in diesem Fall, sie stand nur beratend zur Seite, wenn man sie darum bat. Und nun hatte Erik sie zum ersten Mal um etwas gebeten, und es war schief gegangen.

Ihr liefen noch immer stille Tränen die Wangen hinunter. Sie nahm sich ein frisches Taschentuch aus Eriks Handschuhfach und schnäuzte sich wieder. Ihre Nase schmerzte. Sie hatte Sonnenbrand bekommen. Morgen würde sie knallrot sein, und in drei Tagen würden ihr Hautfetzen im Gesicht herumhängen. Einfach großartig.

Den Rest des Nachmittags verbrachte Anne damit, an einem Täterprofil zu basteln. Sie wälzte Bücher, die sie mitgebracht hatte, zapfte Quellen im Internet an und telefonierte mit Kollegen.

Sie kam nicht richtig weiter. Die Beziehung zu den Opfern war ihr nicht klar. Die Verbindung von Elisabeth und Lena. Es war kein Serientäter, der einem Schema folgte. Er hatte persönliche Gründe, und diese teilte er in seinen Taten mit.

Anne hatte Michas Bericht aufmerksam gelesen, und er hatte Recht: Der Täter hatte die Mörderin gerädert, die Verräterin gekreuzigt.

Warum Lena eine Mörderin sein sollte, war klar. Warum Elisabeth eine Verräterin gewesen war, ließ sich nur über ihre Vergangenheit als Stasispitzel erklären. Bisher gab es nur Vermutungen. Aber ging man davon aus, dass es stimmte: War der Täter von ihr verraten worden? Was aber hatten Lena Sommer und ihre vermeintliche Schuld am Tod eines kleinen Jungen mit Elisabeths Spitzeldiensten zu tun?

Anne war sich sicher, dass Lena nicht das erste Opfer war. Es musste andere davor gegeben haben. Eine gewisse Kaltblütigkeit im Umgang mit dem Tod der jungen Frau glaubte sie zu spüren. Wie bei jemandem, der schon wusste, wie es war zu töten.

Wieder nur Vermutungen, einzig zu stützen durch die Theorie, dass sich Serientäter erst langsam in ihre Taten hineinsteigerten. Sexualmorde zum Beispiel. Der Täter hatte vorher Frauen beim Sex misshandelt, geschlagen, aber nie umgebracht. Bis er irgendwann einmal die Hände ein paar Sekunden länger um den Hals geschlossen hielt, weil er einen neuen Kick brauchte. Die Fälle vorher waren vielleicht gar nicht polizeilich gemeldet worden. Oder man hatte sie nicht berücksichtigt. Auch wenn sie es hier nicht mit einem klassischen Serientäter zu tun hatten, war es eine Überlegung wert …

Als Anne nach einer Liste mit ungeklärten Mordfällen der vergangenen zehn Jahre in der gesamten Bundesrepublik gefragt hatte, hatten ihre Kollegen hämische Gesichter gezogen und ihr viel Spaß bei diesem Unterfangen gewünscht. Gerd hatte sich immerhin bereit erklärt, mit ihr eine Anfrage an das BKA aufzusetzen. Sie hatte erfahren, dass die Bearbeitung einige Tage in Anspruch nehmen würde.

»Es ist erst mal Wochenende, was sollen wir machen?«, hatte Gerd erklärt.

»Gut. Dann müssen wir eben warten.«

Aber dann war ihr wieder der Stich von Berlin in Elisabeth Jansens Wohnung eingefallen, und sie hatte daran gedacht, dass auch Sievers zuvor in der Hauptstadt gelebt hatte.

»Können wir die Kollegen von den Mordkommissionen in Berlin vielleicht direkt fragen?«

Malte würde ein entsprechendes Fax aufsetzen. Auch wenn die Hoffnung, an einem Freitagnachmittag noch Antworten zu bekommen, sehr gering sei, hatte er sie gewarnt.

Vielleicht sollte sie sich doch noch einmal die Familie von Timmy Beck ansehen? Vielleicht war die erste Spur doch die richtige gewesen, und es hatte nur an Beweisen gefehlt? Nein, daran glaubte sie nun wirklich nicht.

Ihr Handy klingelte. Geistesabwesend öffnete sie es, und als sich die andere Stimme meldete, war es zu spät. Marc fragte, wann sie sich sehen könnten. Er bräuchte keine zwei Stunden mehr bis Rostock.

13.

»Ich hätte dich gerne dabei«, sagte Erik zu ihm. »Du hast richtig gut gearbeitet. Also wenn du Zeit hast …«

Natürlich hatte Malte Zeit. Hier ging es um die Integration in seine neue Dienststelle. Die Anfrage an die Berliner Mordkommissionen hatte er schon weggeschickt, alles andere konnte er auch noch später machen. Und ob er mitkommen würde!

Erik hatte in der morgendlichen Lagebesprechung erklärt, dass Helm Informationen zurückhielt. Zwar war er nicht sicher gewesen, wie viel Helm über die Morde selbst wusste, aber Helm hatte sehr genau gewusst, dass die Becks unschuldig waren. Kai würde sich noch einmal um die Becks kümmern, und diesmal würde man sie nicht nach ihrem Alibi fragen, sondern danach, ob sie sich vielleicht durch einen bestimmten Reporter besonders belästigt gefühlt hatten. Olaf Nies würde sich den Reporter persönlich vornehmen dürfen. Das Hauptaugenmerk lag für Erik auf Dirk Sass. Er war der heimliche Geliebte der einen Toten gewesen. Diese wiederum hatte sich der anderen anvertraut. Vielleicht hatten beide Frauen etwas über Sass gewusst, was dieser nicht hatte verraten wollen. Seine Verstrickungen in die organisierte Kriminalität. Warum sonst hätte er es zugelassen, dass Helm in seinen Berichten die einstige Geliebte so mit Dreck beworfen hatte?

Malte und Erik fuhren zur Redaktion, wo man sie gleich wieder fortschickte. Sass war nicht, wie Malte im ersten Moment vermutete, bei irgendeiner Veranstaltung anlässlich der Hanse Sail, wo sich die wichtigsten Rostocker – und die, die sich dafür hielten – tummelten und sich gegenseitig den Rücken kraulten. Maltes nächste Vermutung wäre der Golfplatz gewesen oder etwas Vergleichbares. Nicht jedoch der Kindergeburtstag von Sass' Sohn, der heute acht Jahre alt wurde.

So verließen sie wieder unverrichteter Dinge die Redaktionsräume, die in einem modernen, nur zur Hälfte bezogenen Bürogebäude am Vögenteich lagen, und fuhren die August-Bebel-Straße herunter in Richtung Mühlendamm, dann die Tessiner Straße stadtauswärts und bogen links nach Brinckmansdorf ab. Der Rostocker Vorort lag direkt an der B 110, die der Zubringer zur A 19 war. Links der Bundesstraße gab es keinen Ortskern im klassischen Sinne, es waren nur einige Straßenzüge, dicht bebaut mit netten Einfamilienhäusern. Weiter hinten standen neue Häuser mit größeren Gärten, die Straßen, die sie verbanden, waren breiter, doch sie hatten den kalten Charme einer aus dem Boden gestampften Neubausiedlung.

Das Haus von Sass im Käppen-Pött-Weg war eigentlich eine Art Villa, geschützt durch eine eiserne Pforte und hohe Hecken, durch die man nicht durchsehen konnte. Erik fuhr langsam an dem Haus vorbei und parkte dann.

»Laufen wir«, sagte Erik. Malte gehorchte.

»Keine ganz schlechte Gegend«, kommentierte Malte, während er den Kopf drehte und wendete, um sich die Vorgärten der anderen Anwohner anzusehen. Niemand hatte so hohe Hecken wie Sass.

»Der eine lebt auf dem Präsentierteller, der andere verkriecht sich«, sagte Erik. Malte verstand nicht. »Sievers heute Morgen, überall Glastüren und alles offen. Das genaue Gegenprogramm. Wenn sie auch in ihrer Persönlichkeit so unterschiedlich sind wie ihre Häuser, müsste Sass gleich reden wie ein Buch und alles zugeben, was wir ihm an den Kopf werfen.«

Sie wurden langsamer, als sie sich dem Grundstück näherten. Beide versuchten, etwas zu erkennen. Von Ferne waren fröhliche Kinderstimmen zu hören. Der Geburtstag des Sohnes. Ein Gong ertönte, und eine Frau rief etwas, das Malte nicht verstehen konnte. Sie waren nun vor dem Eisentor angelangt, blieben einen Moment stehen und lauschten. Es war nichts mehr zu hören, außer gedämpftem Autolärm von der Bundesstraße.

»Klingel irgendwo?«, fragte Erik. Malte schüttelte den Kopf. Er sah sich nach allen Seiten um. Erik rüttelte vorsichtig an der Pforte, ging dann noch einmal an dem Grundstück entlang. »Kein Briefkasten, kein Klingelschild, kein Name, nichts. Nicht einmal eine Hausnummer. Aber das ist es ganz sicher ...«, murmelte er. Malte zuckte die Schultern.

»Vielleicht ist ja offen«, schlug er vor.

Tatsächlich war es das. Erik drehte den Knauf, die Pforte ging auf, Erik ging hinein. Plötzlich entdeckte Malte die Linse einer Videokamera in der hohen Hecke. Sie war genau auf die Besucher vor dem Eisentor gerichtet. Er beeilte sich, hinter Erik herzukommen.

Malte hatte keine Zeit, sich über die dumpfen Schreie zu wundern oder warum Erik zusammengekauert auf dem Boden lag. Ein harter Schlag traf ihn im Gesicht, fast gleichzeitig schlug etwas in seine Kniekehlen, sodass er wehrlos zusammensank. Sein linkes Auge brannte. Seine Brille war zu Boden gefallen, dem Klirren nach war sie kaputt. Er konnte nichts sehen, merkte nur, dass jemand auf seinem Rücken kniete. Er kickte mit den Beinen und schlug mit den Fäusten um sich so gut es ging, traf aber nur ins Leere. Er versuchte zu schreien, erhielt daraufhin nur einen Schlag auf den Hinterkopf. Seine Arme wurden brutal auf den Rücken gezerrt, an den Handgelenken festgehalten. Handschellen schlossen sich.

Friedrich Sievers räumte in seiner Küche wieder alles an seinen Platz. Er hatte spät zu Mittag gegessen, sich danach noch einen Espresso gekocht und war dann ein wenig hinter seinem Haus in der Sonne herumspaziert. Für seine Verhältnisse ungewöhnlich spät hatte er sich darangemacht, die Küche in Ordnung zu bringen. Bei ihm war es nie unordentlich. Er brauchte es, immer genau zu wissen, dass alles an seinem Platz war. Nur durch disziplinierte Organisation war es möglich, zu jedem Zeitpunkt jede Situation im Griff zu haben.

So wie heute Morgen. Nie hätte er damit gerechnet, dass die Polizei auf ihn stoßen würde. Hatte er Lisbeth nicht dazu erzogen, immer alles zu vernichten? Nie irgendwo einen Hinweis zu hinterlassen? Die Dinge sofort dahin zu schaffen, wo sie hingehörten? Was nicht für andere bestimmt war, gehörte auch nicht dahin, wo andere es finden konnten. In seinem Haus gab es nichts, was andere zufällig finden könnten. Er war gut im Verwischen von Spuren. Lisbeth hätte es fast verdorben. Aber er hatte sich und die Situation im Griff gehabt. Schließlich wusste er, dass man ihm nichts beweisen konnte. Er selbst hatte dafür gesorgt, dass alle Akten vernichtet worden waren. Vielleicht tauchte hier und da sein Name noch auf. Aber etwas wirklich Wichtiges konnte es nicht sein. Darauf hatte er geachtet.

Lisbeth war zu sentimental. Die Polizei schien aber nichts zu wissen und auch nichts gegen ihn in der Hand zu haben. Die einzige Mitwisserin war tot.

Die Aufregung, die er heute Morgen nach dem Besuch der Polizei verspürt hatte, war wieder von ihm gewichen. Er stellte gerade das abgetrocknete Geschirr in den Schrank, als es an der Tür klingelte. Waren das etwa wieder die Polizisten, die noch etwas vergessen hatten zu fragen? Er würde ihnen sagen, dass sie hier nicht bei »Columbo« waren, dachte Sievers und lächelte verschmitzt über seinen eigenen Witz.

Es klingelte wieder, Sievers hatte sich absichtlich Zeit gelassen. Endlich ging er zur Tür. Er spähte durch den Spion, dann öffnete er.

»Guten Tag? Was kann ich für Sie tun?«, fragte er.

»Ich brauche nur Ihre Unterschrift, hier bitte …«

Sievers blickte, wie man ihn angewiesen hatte, auf das Clipboard und griff automatisch nach dem Stift, den man ihm hinhielt. Es dauerte einen Moment, bis ihm auffiel, dass er gar nicht wusste, worum es ging.

»Ich hatte doch niemanden bestellt«, sagte er und blickte auf. Aber da war es schon zu spät. Er wurde in sein Haus zurückgedrängt. Die Tür fiel ins Schloss, und er war allein mit dem Mann.

Neben sich hörte er es husten, stöhnen, rufen. Dazu Geräusche eines Kampfes, der wohl ebenso sinnlos verlief wie seiner. »Seid ihr wahnsinnig?«, drang Eriks Stimme an sein Ohr. Es schien ihm schwer zu fallen zu sprechen, er rang nach Luft, klang heiser und belegt.

»Schnauze, ja? Du hast hier gar nichts zu melden!«, brüllte eine fremde Stimme. Sie klang rau, aber noch jung. Und dann: »Chef, wir haben sie. Bullen rufen?«

»Die nehm ich mir erst persönlich vor.« Eine neue Stimme. Erik hustete und keuchte immer noch.

»Bullen rufen wäre überflüssig«, brachte er hervor. »Sind schon da!« Für ein paar Sekunden war Stille. Dann ließ der Druck auf Maltes Rücken nach. Seine Handschellen wurden wieder aufgeschlossen, und jemand half ihm auf die Beine.

»Scheiße, seid ihr dämlich!«

»Aber woher hätten wir das denn …«

»Wenn die hier einfach so rumschleichen …«

»Sie haben doch gesagt, wir sollen jeden …«

»Ruhe jetzt!« Und dann war die Stimme ganz nah an Maltes Ohr, jetzt klang sie viel liebenswürdiger. »Das tut mir wirklich außerordentlich Leid, geht es halbwegs? Kommen Sie doch mit, hier entlang. Wir kümmern uns natürlich um Ihre Brille.«

Und von der anderen Seite: »'tschuldigung, Mann, keine Absicht, okay? Alles klar?«

Malte hörte Erik fluchen: »Nimm mir die Scheißdinger ab, wenn's geht heute noch!« Klirren und Klicken. »Hey, Meister, das war echt nicht so …«, versuchte der andere zu sagen und wurde unterbrochen. »Verzieh dich, du Arsch! Du hast mir fast das Bein gebrochen!« Schemenhaft sah Malte, wie wieder ein Handgemenge loszugehen drohte. Ohne Brille war er allerdings fast blind, und in seinem linken Auge brannte Blut von einer Platzwunde an seiner Augenbraue. Er wischte es sich so gut es ging mit seinem T-Shirt weg. Erik erkannte er sofort. Dann waren da noch zwei weitere Männer, mittelgroß, bullig und dunkel. Der vierte Mann schien so groß wie die anderen, aber viel schlanker zu sein. Und im Gegensatz zu den beiden Bulldozern hatte er Haare auf dem Kopf.

Erik und eine der dunklen Gestalten schubsten sich hin und her und warfen sich Beleidigungen an den Kopf, bis der große Schlanke dazwischenging und versuchte, die Gemüter zu beruhigen.

»Sachte, die Herren, das lässt sich doch aufklären. Ronny, verzieh dich! Wenn Sie mir jetzt einfach folgen wollen ...«

Ein hübsches junges Mädchen mit langen blonden Haaren brachte ihnen Wasser, und mit einem bezaubernden Lächeln stellte sie eine Flasche Cognac dazu.

»Oder lieber etwas anderes? Ich dachte, auf den Schreck ... Whisky, Gin?«, fragte der Hausherr.

Das Mädchen wartete, lächelte immer noch. Sie trug flache Sandalen und einen knielangen gemusterten Rock aus einem weichen, leichten Stoff, dazu ein passendes Trägertop. Sie hatte genau das richtige Maß zwischen sexy und brav getroffen. Erik fragte sich durch die Whiskysorten seines Gastgebers durch, stellte fest, dass er zwar Geld, aber nicht unbedingt Ahnung hatte, was er sich damit Gutes tun konnte, und ließ sich einen Glenmorangie bringen. Malte seufzte nur, blinzelte wild, so als ob seine Sehkraft dadurch wiederkehren und den Verlust der Brille ersetzen würde, und presste Verbandszeug auf seine Augenbraue.

Die Villa stand auf einem riesigen Grundstück, größer als man von außen vermuten konnte. In dem Zimmer, in dem sie gerade waren – Sass nannte es sein »Herrenzimmer« –, standen schwere, dunkle englische Ledersessel um einen Kamin herum, teure Perserteppiche lagen auf dem dunklen Parkett, unter einem der Flügelfenster stand ein massiver Mahagonischreibtisch, an der Wand hingen ausgezeichnete Reproduktionen von Turner. Über Turner war er heute schon einmal gestolpert, bei Sievers. Der jedoch hatte nur Literatur über den englischen Maler gehabt, seine Wände waren mit abstrakten Zeichnungen geschmückt gewesen. Sass hatte es offenbar gerne schwermütig.

»Tut mir Leid, dass wir uns nicht in den Garten setzen können, aber mein Sohn feiert seinen Geburtstag und Sie werden verstehen, dass ich Sie in diesem Zustand nicht den Kindern vorführen möchte«, sagte Sass, nachdem er das Mädchen wieder fortgeschickt hatte. Sein schwedisches Au-pair, erklärte er. Åsa. Sie passte auf den kleinen Sören auf und half seiner Frau im Haushalt. Nettes Mädchen.

Erik war froh, dass er sich hinsetzen konnte. Da er ohnehin kein Freund von hohen Außentemperaturen war, kam ihm die Kühle des Hauses sehr entgegen. Sein Blick fiel auf die beiden Handlanger von Sass. Sie waren gerade zwanzig Jahre alt und sahen aus wie Klone. Einsachtzig, sehr kurz geschorene Haare, Lieblingshobby: Bodybuilding, Schulbildung: kaum vorhanden. Schwarze T-Shirts, Jeans und Stiefel trotz der Hitze.

»Schicke Frisur«, kommentierte er. Fast zeitgleich strichen sich die beiden über die Schädel.

»Ist praktisch im Sommer«, meinte der eine.

»Nicht so heiß«, erklärte der andere.

Erik studierte Sass für einen Moment, während er den Glenmorangie mit einem Zug leerte. So etwas wie eben war ihm in zwanzig Jahren bei der Polizei noch nicht passiert. Maltes leises Seufzen ging in ein regelmäßiges Fiepen über. Erik beschloss, es zu ignorieren.

Dirk Sass fand es offenbar an der Zeit, seine beiden Kettenhunde aus der Schusslinie zu bringen. »Geht mal wieder auf euren Posten, und dann schickt ihr Åsa los, sie soll sich um eine

Ersatzbrille für den jungen Mann hier kümmern. Die alte liegt noch irgendwo draußen, nehmt die mit. Haben Sie einen Brillenpass dabei?«

Malte nannte seine Stärke, die Jungs nickten gleichzeitig und verzogen sich erleichtert.

»Wie kann ich Ihnen helfen?«, wandte sich Sass an Erik.

»Erklären Sie mir doch erst mal, warum Sie Laurel und Hardy ohne Leine in Ihrem Vorgarten spielen lassen«, brummte Erik. In der Magengegend zog es immer noch äußerst unangenehm, und der rechte Knöchel stach und pulsierte. Gebrochen schien er aber nicht zu sein.

»Sie passen auf das Haus auf.«

»Dabei hab ich hier noch kein einziges Stück gesehen, das den Aufwand lohnt. Die Bilder sind nicht echt, die Teppiche, na ja, die Mühe macht sich heutzutage kaum noch jemand. Tafelsilber reizt auch nicht mehr. Aber Sie haben sicher einen Safe, in dem es interessant wird.«

»Ich denke nicht, dass Sie hier sind, um mit mir über meine Wertsachen zu reden«, antwortete Sass kühl.

»Das eben in Ihrem Vorgarten, Sie wissen schon, unter welchen Paragraphen das fällt.«

»Wir haben uns entschuldigt, und ich überlasse es Ihnen, ob Sie uns anzeigen wollen.«

»Ich weiß, Sie haben tolle Anwälte. Schon gut.« Erik erhob sich und ging zum Fenster. Er sah in den Garten hinunter, während Sass ihn unruhig von der Seite musterte. Plötzlich wusste er, warum Sass sein Haus wie eine Festung bewachen ließ.

»Wer bedroht Sie?«, fragte er, jetzt ganz ruhig und ohne Polemik. Sass zögerte einen Moment.

»Jemand wollte meinen Sohn entführen«, sagte er. »Wenn Sie so wollen, ist er das wertvollste Stück, das ich in diesem Haus habe. Nur leider passt er in keinen Safe.« Er lächelte melancholisch.

»Haben Sie mit der Polizei darüber gesprochen?«

»Schon in Berlin. Es ist fast fünf Jahre her. Deshalb sind wir weggezogen. Aber wie gesagt, ich glaube nicht, dass Sie deswegen hier sind.«

»Eigentlich nicht, aber wo wir schon so nett beisammen sind … Wissen Sie, wer das war? Der Ihren Sohn …?«

Sass stellte sich neben Erik ans Fenster. Unten auf dem Rasen spielte der kleine Sören mit seinen Freunden. Es waren nur vier andere Kinder bei ihm, und sie waren vermutlich genauestens ausgesucht, ihre Eltern seit langem überprüft.

»Irgendjemand, ich weiß es nicht. Politische Motive, da bin ich mir sicher. Das hat auch damals die Polizei gesagt. Wäre er gefunden worden, hätte ich jetzt nicht solche Angst um das Kind. Und diesen Typen hätte ich …«

Er musste nicht weiterreden. Kam daher die Sympathie mit den Becks, die sich in seiner Zeitung von Anfang an gezeigt hatte? Daher der Verzicht auf reißerische Anschuldigungen, die Becks könnten etwas mit dem Tod Lena Sommers zu tun haben?

»Haben Sie den Kontakt zu Lena eigentlich sofort abgebrochen, als ihr der kleine Junge aus der Kita gestorben ist?«, fragte Erik, für Sass völlig unvermittelt. Sass drehte sich zu Erik um und starrte ihn lange leer an, ohne sich zu rühren. Erik ging zurück zu einem der Sessel und setzte sich wieder. Einer von Sass' Wachhunden kam herein und gab dem leidenden Malte einen Beutel mit Eiswürfeln in die Hand, den dieser sofort dankbar auf sein Gesicht drückte.

»Wie kann ich mit einer Frau zusammenbleiben, die so mit Kindern umgeht?«, sagte Sass leise, als die Tür wieder geschlossen worden war.

»Lena Sommer hatte keine Schuld an dem Unglück.«

Sass schwieg eine Weile. Endlich sagte er: »Sie hatte die Verantwortung für diese Kinder. Nicht nur rechtlich. Verstehen Sie? Nicht irgendwelche Jugendlichen, die sich sowieso nichts mehr sagen lassen oder schon völlig verwildert sind, weil sich niemand um sie kümmert. Kinder! Sie hat mir erzählt, wie es passiert ist, und ich sage Ihnen, es war ganz allein ihre Schuld. Vor Gericht haben die Anwälte das ganz gut hingedreht.«

Es war ein Schuss ins Blaue, aber er würde es versuchen. »Die Anwälte haben Sie ihr aber trotzdem bezahlt. Obwohl Sie von ihrer Schuld überzeugt waren.«

»Natürlich. Sie einfach so fallen zu lassen, das wäre stillos«, sagte Sass nachdenklich.

»Was hat sie Ihnen über den Tag erzählt, an dem der Junge den Unfall hatte?«, fragte Erik.

Sass setzte sich nun zu ihnen an den Tisch. »Erinnern Sie sich noch an die offizielle Version? Da hieß es, der Junge habe mit einem anderen Kind gerauft und sei in dem Moment, in dem sich Lena um das andere Kind kümmern musste, weggerannt. Lena hätte sofort nach ihm gesucht, aber er war weg, und sie suchte weiter überall nach ihm. Und als Nächstes hätte sie den Aufprall gehört. Bei der ganzen Reue, die sie im Gerichtssaal gezeigt hat, ist der Richter wohl weich geworden.«

»Und wie war es wirklich?«

»Sie hat sich kurz um das andere Kind gekümmert, hat sich dann aber den Jungen geschnappt und ihn angebrüllt. Sie war eine wirklich liebe Frau, verstehen Sie mich nicht falsch. Ich war gerne mit ihr zusammen. Ich mochte sie. Aber sie hatte einen großen Fehler: Sie ließ sich alles gefallen. Von ihren Freundinnen. Ihren Eltern. Ihrem Exfreund. Ihren Kolleginnen. Von jedem. Und ihr Ventil waren die Kinder. Ich habe das lange Zeit nicht gewusst.«

»Und weil sie mit dem Jungen geschimpft hat, denken Sie, sie ist schuld an seinem Tod?«, fragte Erik verwundert.

Sass schüttelte den Kopf. »Sie hat komplett die Nerven verloren. Sie konnte hysterisch werden, dann hatte sie sich nicht mehr im Griff. Hinterher tat es ihr aufrichtig Leid. Es ist schon mehrmals vorgekommen, dass sie bei einem Kind ausgerastet ist.«

»Was hat sie mit Timmy Beck gemacht?«

»Geohrfeigt und auf die Straße gejagt.«

Erik traute seinen Ohren nicht. Er brauchte einen Moment, um sich zu fangen. »Aber – hat das denn niemand mitbekommen? Da sind doch noch andere Erzieherinnen. Und die anderen Kinder!«

Sass zuckte die Schultern. »Die anderen Erzieherinnen waren mit ihren Gruppen schon wieder in den einzelnen Gruppenräumen. Lenas Gruppe war die letzte, die hineinging. Dabei hat Timmy das andere Mädchen geschubst, sodass es hingefallen ist und sich das Knie aufgeschlagen hat. Die anderen Kinder sind einfach in den Gruppenraum weitergegangen. Und das kleine Mädchen hatte einen riesigen Schreck, die Eltern haben es nicht aussagen lassen.«

»Das ist ja …«, begann Erik. Er war erschüttert.

»Ich verstehe aber immer noch nicht ganz, warum Sie hier sind. Wegen Lena, gut, aber – warum genau?«

»Ich bitte Sie, es ist jetzt schon fast fünf Wochen her, seit man sie gefunden hat. Sie haben sich nicht freiwillig bei der Polizei gemeldet, wir haben bis vor kurzem nichts von Ihnen gewusst, und jetzt dachte ich, wir unterhalten uns einmal.«

»Sie verdächtigen mich«, stellte Sass ganz sachlich fest.

»Nein, dazu gibt es noch keine Veranlassung. Ich möchte nur gerne wissen, warum Sie sich nicht gemeldet haben.«

»Ich bin verheiratet!«

»Es geht um Mord, und wir hätten die Sache diskret behandeln können!«

»Darauf konnte ich mich nicht verlassen.«

»Sie haben diese Affäre streng geheim gehalten. Nicht einmal Lenas beste Freundin wusste, dass sie ein Verhältnis hatte.«

Sass lächelte bitter. »Gutes Mädchen. Wie gesagt, ich bin verheiratet. Ich habe sie darum gebeten, niemandem etwas zu sagen.«

»Aber Sie wären nicht der erste Mann, der fremdgeht.«

»Natürlich nicht. Ich habe aber meine Gründe, warum ich diese Ehe nicht aufs Spiel setzen will.«

»Ihre Frau hat das Geld, nehme ich an?«

Nun wurde Sass wütend. »Haben Sie gar nichts verstanden, Mann? Als ob es hier um Geld geht!«

Erik wechselte das Thema. »Haben Sie Lenas Tante, Elisabeth Jansen, eigentlich gekannt?«

Sass wandte sich ab, so als langweile ihn das Gespräch mittlerweile. Er sah aus dem Fenster und beobachtete seinen Sohn.

»Ich habe nicht mal ihre Eltern gekannt, warum hätte sie mich ihrer Tante vorstellen sollen?«, war alles, was er dazu sagte. Für ihn war das Gespräch vorbei. Erik versuchte es trotzdem weiter.

»Können Sie mir sagen, was Sie in der Nacht vom zweiten auf den dritten August gemacht haben?«

»Ich sehe nach und rufe Sie an.« Sass drehte sich wieder um. »Es tut mir wirklich sehr Leid, was da eben passiert ist. Ich übernehme sämtliche Arztrechnungen und bezahle Ihnen auch die Reparatur der Brille«, dies zu Malte, »Åsa wird bestimmt gleich hier sein mit einer Ersatzbrille. Mit der müssten Sie über die nächsten Tage kommen. Gehen Sie sofort zum Optiker, und suchen Sie sich was Schönes aus. Sie entschuldigen mich jetzt, ich möchte wirklich gerne zu meinem Sohn. Sie können hier auf Åsa warten.« Sass nickte den beiden zu und verließ den Raum.

Dirk Sass ging durch das Treppenhaus in die kühle Eingangshalle hinunter. Er wollte so schnell wie möglich wieder zu seinem Sohn. Nicht der kleinste Schatten sollte diesen Tag für Sören trüben, Geburtstage waren heilig! Und die Polizisten konnten graben, so lange sie wollten, ihm würden sie nie etwas beweisen können.

Er trat hinaus in das Sonnenlicht, wo Sören mit seinen Freunden herumtobte. Sass' Frau saß im Schatten und schien zu lesen. Hinter der schwarzen Brille wusste er nie, ob ihre Augen offen waren oder nicht. Sie bewegte sich nicht. Sass hörte, wie jemand von hinten über den Rasen ging und auf ihn zukam.

»Dirk, ich wär jetzt fertig«, sagte der Mann im Overall.

»Klar, Ralf, danke. Was war's denn?«, fragte er.

»Das Übliche, zu viele Haare. Ihr müsst ein kleines Sieb auf den Abfluss legen.«

»Kannst du das noch schnell erledigen?«, bat er den Mann. Doch der sah plötzlich sehr gequält aus und warf einen verstohlenen Blick auf seine Armbanduhr.

»Das müsste ich erst noch besorgen, aber ich muss leider weiter. Ausgerechnet heute …«

»Kein Thema, geh ruhig. Wir sehen uns nächste Woche bei meiner Party. Nicht vergessen!«

Er verabschiedete sich von dem Mann. Den Blick des Polizisten fühlte er in seinem Rücken. Vielleicht bildete er ihn sich auch nur ein. Er würde sich nicht umdrehen und nachsehen.

»Papi, hilf mir! Die anderen haben schon viel mehr!«, brüllte Sören. Und Dirk Sass rannte schnell zu seinem Sohn und spielte mit den Kindern Boccia.

14.

»Ich habe kein Wort zu irgendjemandem gesagt! Das können Sie mir glauben«, beteuerte Sievers. Es würde ihm nichts nutzen. Das wusste er. Der Mann hatte ihm nicht einmal die Augen verbunden. Würde er ihn leben lassen wollen, hätte er es getan.

Der Raum, in dem er wieder zu sich gekommen war, sah seltsam aus. Eine schmale Fensterzeile, die aber mit dickem schwarzen Stoff, der kein Licht durchließ, zugeklebt war. Eine dicke, gepolsterte Tür. Die Wände ebenfalls gepolstert. Kein Bett, kein Stuhl, nichts dergleichen. Der Boden war mit einem harten, rauen Teppich ausgelegt.

Licht fiel nur durch den Türspalt. Die Luft war nicht gut, deshalb hatte der jüngere Mann die Tür nicht ganz geschlossen. Oder wegen des Lichts. Es roch schwach nach Urin, Fäkalien, ein Geruch, der nie ganz wegging. Hier also war Elisabeth gewesen. Und Lena. Warum auch Lena, das verstand er nicht.

»Wenn Sie mir schon die Hände fesseln, können Sie sie mir vorne zusammenbinden statt auf dem Rücken? Sehen Sie, ich bin schon alt. Ich kann wirklich keine Kunststückchen mehr vollführen.«

Der andere Mann betrachtete ihn nur lange und ruhig. Dann schüttelte er den Kopf. »Nein, eigentlich nicht. Das möchte ich nicht.«

Er mochte nicht. Die Formulierung fiel Sievers auf. Es war alles genau durchdacht, selbst wie er ihn hier gefangen halten würde. Es war alles Teil seiner Strafe.

»Sagen Sie mir, was Sie mit mir vorhaben?«

Wieder schüttelte er den Kopf. »Nein.« Es klang schlicht und ruhig. Unbeteiligt fast schon. Als sei es nebensächlich. »Sie haben den beiden Polizisten also nichts gesagt? Nichts von Ihrer Vergangenheit? Sie wissen nicht, wer Sie sind?«

»Nein, und sie wissen auch nichts von Elisabeth, wenn Sie das meinen. Sie können keine Verbindung herstellen.« Der andere schien es zu akzeptieren.

»Sie wissen vieles nicht bei der Polizei. Gibt es alte Akten von Ihnen?«

»Von mir? Nein. Nach der Wende habe ich alle vernichtet, und die von Elisabeth auch.«

»Es gibt eine von mir.«

»Ach ja?« Sievers war nicht wirklich verwundert. »Aber nicht von Ihren Eltern!«

Der Mann schüttelte den Kopf. »Diese Akten sind verschwunden.«

»Ja, ich war gründlich.«

Jetzt stand der Mann auf und ging für einen Moment auf und ab.

»Waren Sie schon immer so kalt?«

»Kalt?«, wiederholte Sievers. »Ich denke, ich hatte schon immer die nötige Distanz zu den Dingen, wenn Sie das meinen. Man behält dann besser den Überblick. Sie machen gerade genau dasselbe. Sie versuchen, sich zu kontrollieren, um nicht emotional zu handeln, weil das Ihren Plan gefährden könnte, habe ich Recht?« Er bekam keine Antwort. Der Mann ging einfach weiter auf und ab.

»Außerdem habe ich mir antrainiert, das Unvermeidliche zu akzeptieren. In meinem Alter wird das noch einmal leichter.«

»Das Unvermeidliche …«, überlegte der andere. »Meine Eltern, war das unvermeidlich?«

»Ich bitte Sie! Schließlich war ich auch nur einer von vielen! Wollen Sie denn jetzt alle der Reihe nach …«

»Schon geschehen«, unterbrach ihn der Mann. »Sie sind der Letzte. Ich dachte, ich hätte alle. Bis ich Tante Lisbeth wieder traf.«

Langsam verstand Sievers. »Dann haben Sie sich erinnert?«, fragte er.

»Sie hat es mir erzählt!«

»Es ist also Zufall, dass Sie hier sind? Und nicht mehr in Berlin?« Lisbeth hatte mit ihm nie offen über die Sache geredet. Sie hatten beide die Vergangenheit ruhen lassen. Er aus Bequemlichkeit, sie, weil sie damit nicht umgehen konnte.

»Sie hat mir geholfen, hier Fuß zu fassen, als ich ihr sagte, dass ich herkomme.«

»Im Ernst?« Er war wirklich erstaunt. Vielleicht hätte er doch mit Lisbeth reden sollen, müssen, er hätte diese Katastrophe verhindern können. Wie so einige davor. Aber er hatte immer den bequemeren Weg gewählt.

»Jetzt weiß ich, dass es das schlechte Gewissen war. Ich dachte, sie würde sich einfach um mich kümmern, weil sie mich mag.«

»Ich bin sicher, dass sie Sie gemocht hat.«

»Lassen Sie es gut sein. Sie sind Psychologe, ich falle nicht auf so etwas rein. Ich weiß, was Sie getan haben. Lisbeth hat es mir gesagt.«

Sievers' Gedanken fingen an, sich zu überschlagen. Hatte sie selbst die Gefahr nicht erkannt? Hatte sie sich einfach hinrichten lassen? Das konnte er sich nicht vorstellen. Wie viel hatte sie wirklich erzählt? Gab es für ihn noch die Möglichkeit, sich herauszureden? Und Lena …

»Was hat Ihnen Lena eigentlich getan?«

»Mir? Nichts!« Nun schien der andere sehr verwundert zu sein.

»Haben Sie sie nicht auch …?« Er wagte nicht, es auszusprechen. Umgebracht. Getötet. Ermordet. Er konnte es nicht sagen.

»Natürlich, aber das hatte doch nichts mit mir zu tun.«

Anne hatte Andreas Reeken mitgenommen. Alleine durfte sie niemanden vernehmen, und Andreas war der Einzige, der Zeit gehabt hatte.

Andreas war in ihrem Alter. Eine unauffällige, durchschnittliche Erscheinung. Mittelblondes, kurzes Haar, blaugraue Augen, mittelgroß, mittlere Statur. Dazu trug er noch eine ausgebeulte Durchschnittsjeans, die an ihm genauso schlecht saß wie an jedem anderen – Männer schienen beim Hosenkauf nie in den Spiegel zu sehen, besonders, wenn sie Single waren –, dazu ein ausgewaschenes Durchschnittsshirt, ehemals olivgrün, jetzt beigegraugrün. Er war durchschnittlich nett und sprach wenig.

In der Kreisverwaltung von Bad Doberan hatte man sie sofort zur Personalabteilung vorgelassen. Das Gebäude war in der August-Bebel-Straße und lag zurückgesetzt von der Straße. Sie mussten durch eine Einfahrt, an einem Parkplatz vorbei und um das halbe Gebäude herumgehen, um zum Eingang zu kommen.

Eine entschlossen aussehende Frau um die fünfzig empfing sie in einem winzigen, funktional eingerichteten Büro, das so roch wie alle Büros in allen Verwaltungsgebäuden. Das gesamte Gebäude wirkte sehr modern. Helle Farben, viele Fenster. Trotzdem hatte es eine triste, bedrückende Aura. Die Frau hatte versucht, etwas Leben in das Zimmer zu bringen, indem sie die Fensterbank mit Topfpflanzen zugestellt hatte. Auf dem Schreibtisch türmten sich Unterlagen und Aktenordner, irgendwo mittendrin duckte sich ein Computer. Nicht das neueste Modell. Er wirkte klotziger und größer als die modernen. Der Monitor verschluckte einen Großteil der Schreibtischfläche.

Hinter ihr hing ein Kalender an der Wand, ein Werbegeschenk von einer Baufirma. Der aktuelle Monat war in der Mitte, zwischen der Übersicht der angrenzenden Monate. Immer drei Monate auf einen Blick. Daneben Postkarten aus aller Welt, ein paar Fotos, nicht etwa von der Familie, sondern von Betriebsausflügen mit den Kollegen. Kopien von Cartoons und Karikaturen, die das Beamtentum auf die Schippe nahmen, waren mit Tesafilm an die Tür geklebt.

»Meissner mein Name, setzen Sie sich.« Sie räumte die beiden Besucherstühle frei. Sie hatte ihre Handtasche und einige Einkaufstüten darauf geparkt. »Ich habe die Mittagspause genutzt. Heute Abend kommt meine Schwester zum Essen.« Dann entschuldigte sie das Chaos auf ihrem Schreibtisch. »Ich finde aber immer alles, mit einem Handgriff. Das ist das Wichtigste. Sie glauben nicht, wie viele Blindbewerbungen ich jeden Tag bekomme. Keine Stellenausschreibung, die Leute bewerben sich trotzdem. Verzweifelt. Hartz IV und strengere Kontrollen der Arbeitslosengeldempfänger sind im Anmarsch. Und ich muss es ausbaden.« Sie seufzte.

Andreas und Anne erklärten ihr, warum sie hier waren.

»An unsere Frau Jansen erinnere ich mich gut, sehr nette Frau. Ich hab gelesen, was mit ihr passiert ist. Schrecklich. Kaum zu glauben.« Frau Meissner schüttelte den Kopf.

»Uns interessiert in erster Linie Frau Jansens Vergangenheit. Es gibt Hinweise, dass sie zu Zeiten der DDR mit dem Ministerium für Staatssicherheit in Kontakt stand. Als inoffizielle Mitarbeiterin«, erklärte Andreas. Anne hatte keine Ahnung, warum er sich so umständlich ausdrückte. Er war selbst in der DDR geboren. Vermutlich versuchte er so, eine gewisse Sachlichkeit zu wahren. »Die Akten haben wir bereits angefordert, aber bis dahin hatten wir gehofft, Sie könnten uns weiterhelfen.«

»Da können Sie lange warten.«

Andreas und Anne machten offenbar ziemlich dumme Gesichter, denn Frau Meissner fing an zu lachen. »Nein, ich meine, auf die Akten können Sie lange warten. Natürlich kann ich Ihnen weiterhelfen, zumindest ein bisschen.«

»Was ist mit den Akten? Verschwunden?«

Sie nickte. »Wir haben sie damals natürlich überprüfen lassen. Ich hatte selbst gerade angefangen, hier zu arbeiten, als sie sich bei uns bewarb. Frau Jansen hat von sich aus zugegeben, dass sie ab und zu was für die Stasi gemacht hat. Haben Sie ihren Lebenslauf gesehen? Die haben sie nach dem Studium nichts mehr machen lassen. Bis sie sich hat weich kochen lassen. Sonst hätte sie nie einen Job bekommen. Ehrlich gesagt, ich kann das gut nachvollziehen.«

»Warum hat sie denn nach dem Studium keine Arbeit bekommen? Es war doch bis dahin alles gut gelaufen.« Es war die erste Frage, die Anne selbst stellte.

Frau Meissner zuckte die Schultern. »Kann viele Gründe haben. Daran kann ich mich nicht mehr erinnern. Es kann gut sein, dass wir darüber gar nicht geredet haben.«

Frau Meissner wusste also nichts über Elisabeth Jansens Bemühungen, nach Frankreich zu gehen, über ihre hochgesteckten Pläne in der Wissenschaft und warum die Demütigung, in einem Kindergarten arbeiten zu müssen, für Elisabeth besonders groß gewesen war. Aber zugleich auch ihre einzige Chance, halbwegs mit ihrem Leben zurechtzukommen.

»Hat sie Ihnen erzählt, was sie für die Stasi gemacht hat?«

»Sie hat das erzählt, was alle erzählen: Sie hätte ein paar unwichtige Dinge an den Führungsoffizier weitergegeben, damit der zufrieden war und den Eindruck bekam, dass sie sich anstrengte. Aber das konnten wir nicht nachprüfen.«

»Die Akten waren verschwunden«, brachte sich Andreas wieder in das Gespräch ein.

Frau Meissner nickte. »Nach drei Jahren kam die Antwort von der Gauck-Behörde, wie sie damals noch hieß – nichts.«

»Warum können Sie sich so gut an Frau Jansens Fall erinnern? Waren Sie mit ihr später befreundet?«, fragte Anne.

Frau Meissner legte die Stirn in Falten. »Befreundet war mit ihr niemand so wirklich. Sie hat keinen rangelassen. Sie war immer nur für sich. Nicht unangenehm, das nicht.« Sie dachte kurz nach. »Ich erinnere mich so gut, weil ich damals das Gefühl hatte … Aber das sind Vermutungen!«

»Das ist mehr, als wir bis jetzt an Fakten haben«, ermunterte Anne sie.

»Na schön. Ich hatte das Gefühl, dass sie wusste, es würde keine Akten über sie geben. Ich meine, wer kommt denn schon freiwillig an und erzählt von seiner Stasivergangenheit? Die meisten haben einfach abgewartet und gehofft, dass ihre Akten nicht auftauchen. Und erst, wenn die Akten dann doch da waren, haben sie angefangen sich zu verteidigen. Frau Jansen hat das schon alles vorher gemacht und uns damit natürlich überzeugt. Offen und ehrlich, so kam es uns vor, die nehmen wir doch gleich. Außerdem war sie durch ihre Fremdsprachenkenntnisse sehr qualifiziert. Russisch fließend, ganz passabel Polnisch und auch ein bisschen Tschechisch. Das ist hier sehr sinnvoll, besonders an der Rezeption, glauben Sie mir.«

»Aber Sie hatten Ihre Zweifel?«, kam Anne wieder zum Thema zurück.

»Nicht sofort. Irgendwann kam mir dieser Gedanke. Und dann wurde ich ihn nicht mehr los. So ein – ich glaube, man nennt das Bauchgefühl. Komisch, nicht?«

Anne lächelte. »Ihr Privatleben hat sie vor ihren Kollegen verheimlicht?«

Frau Meissner rollte die Augen. »Sie hat nie darüber gesprochen, als hätte sie keine Familie und keine Freunde. Wenn man sie gefragt hat, was sie am Wochenende gemacht hatte, sagte sie nur, dass sie spazieren war oder gelesen hatte.«

Gelesen. Viele Bücher hatten sie nicht bei ihr gefunden. Aber einen Bibliotheksausweis.

»Frau Meissner, vielen Dank. Wenn Ihnen noch etwas einfällt, würden Sie sich dann bei uns melden?« Andreas hatte schon die ganze Zeit auf die Uhr gesehen.

»Was soll mir denn einfallen?«, fragte Frau Meissner aus ehrlicher Neugier heraus.

»Alles kann wichtig sein. Wir haben nicht das Gefühl zu wissen, wer da eigentlich ermordet wurde. Verstehen Sie, was ich meine?«, sagte Anne. Frau Meissner verstand sehr gut.

»Ich habe mich auch jahrelang gefragt, mit wem ich da zusammenarbeite.« In dem Moment fiel ihr etwas ein. »Wissen

Sie, wann mir das zum ersten Mal so richtig bewusst geworden ist? Als dieser Mann sie abgeholt hat.«

Anne und Andreas blieben in der Tür stehen. »Welcher Mann denn?«, wollte Anne wissen.

»Das war nur ein einziges Mal. Älter als sie, aber noch sehr attraktiv. Ich habe ihn nur kurz gesehen. Er hat draußen auf sie gewartet. Die beiden wirkten sehr vertraut.«

»Würden Sie ihn wiedererkennen? Auf einem Foto?«, fragte Anne aufgeregt.

Frau Meissner sah auf ihre Armbanduhr, dann auf den Aktenberg, der sich vor ihr türmte, und schließlich auf Anne. Sie blies geräuschvoll die Luft aus ihren Lungen. »Nehmen Sie mich mit?«

Anne saß im Büro, zusammen mit Andreas und einer energisch wirkenden Frau mit angegrautem, sportlichem Kurzhaarschnitt, auffällig moderner Brille und einem noch immer schönen, dunkelrot gemalten Mund. Sie war sehr schlank, hager fast, und trug eine weite Leinenhose und ein Leinentop ohne Ärmel. Frau Meissner, erfuhr Erik, hatte gerade Dr. Sievers auf einem Passbild, das sie von der Meldebehörde hatten, identifiziert. Es war nicht viel, aber es zeigte deutlich, dass Sievers gelogen hatte. Er hatte nach dem Weggang aus Berlin Kontakt zu Elisabeth Jansen gehabt. Andreas begleitete die Frau hinaus, und Anne erkundigte sich besorgt nach seiner Verfassung.

»Hat es sich schon rumgesprochen? Ich bin doch gerade erst reingekommen.«

»Wenn Sie mir nicht sagen, was los ist, weiß ich nicht, ob es sich schon rumgesprochen hat. Ich weiß nur, dass Sie furchtbare Schmerzen haben, leicht betrunken sind und irgendwie unter Schock stehen. Also: Was ist los mit Ihnen?«

Erik war wirklich etwas angetrunken. Während sie auf Åsa und Maltes Ersatzbrille gewartet hatten, hatte er sich noch einmal gut nachgeschenkt. Gegen die Schmerzen. Sie würden weggehen. Er wollte nicht zum Arzt.

»Nachher.« Er ging wieder auf den Flur raus und brüllte: »Jungs, antreten, Arbeitsverteilung!« Sollte sie sich ruhig über ihn wundern, aber jetzt gab es keine Zeit zu verlieren. Der finanzielle Hintergrund von Sass musste überprüft werden. Woher kam sein Geld, wo ging es hin? Was machte er den ganzen Tag? Er war sich jetzt sicher, dass die Zeitung nur eine Fassade war. Gerd sollte mehr über die Entführung von Sören Sass herausfinden.

»Ist Olaf schon wieder da?«

»Turtelt noch mit Helm«, wusste Andreas.

»Hat Kai die Becks noch mal befragt? Nichts Neues? Na ja, war zu erwarten. Ruft mal einer Micha an, für den hab ich einen Sonderauftrag. Frau Wahlberg, Sie haben Sievers mit der Jansen verlinkt?«

»Wir haben jetzt eine Zeugin, die bestätigen kann, dass die beiden nach der Wende Kontakt hatten.«

Erik überlegte schnell. Auch wenn er etwas getrunken hatte, er wusste immer noch genau, was er zu tun hatte. »Sehr gut. Einer fährt noch mal zu ihm. Kai, mach du das, sag ihm, dass wir Zeugen haben und wissen, dass er lügt. Hol ihn her.« Erik war sehr gespannt auf Sievers' Ausreden. Er wandte sich Anne zu und sagte aufrichtig: »Sie hatten Recht. Gute Arbeit.« Anne lächelte ihn an und wurde ein bisschen rot.

Jemand hatte Micha offenbar sofort informiert, denn er stand plötzlich im Türrahmen, so als hätte er nie woanders gestanden. Warum dieser Kerl nicht einmal annähernd zu schwitzen schien, blieb ein ewiges Rätsel. Cordelia würde wohl sagen, er sei zu cool dafür. Pinkelte Eiswürfel. Davon durfte er heute Abend gleich einen ganzen Kühlschrank voll pinkeln.

»Ah super, da bist du ja.«

»Geht's um meinen Bericht?«

»Reden wir gleich drüber. Erst mal: Hast du heute Abend schon was vor?«

»Willst du ein Date mit mir?«

Die anderen lachten.

»Besser. Häng dich unauffällig an das Au-pair von Dirk Sass. Die Kleine wird dir gefallen, sehr niedliche Schwedin, ungefähr dein Jagdalter.«

»Na, hoffentlich bekommt er keinen Ärger mit dem Jugendschutz«, witzelte Gerd.

»Verführung Minderjähriger!«, setzte Andreas noch obendrauf. Micha blieb ruhig im Türrahmen gelehnt, die Arme verschränkt. Auf diese Witze reagierte er schon lange nicht mehr. »Was soll ich mit ihr?«

»Sie ausfragen über ihren Chef, seinen Sohn und seine Frau. Und die beiden Gorillas, die für ihn arbeiten. Gib dich als Klamottenverkäufer aus, irgendwas. Und nimm dir ein unauffälliges Auto von hier mit, bloß nicht deine Hasenkiste, die ist ja schon stadtbekannt. Schlepp sie in eine Kneipe, in der dich keiner kennt. Und jetzt frag bitte deinen Chef, ob das klargeht.«

Micha nickte und verzog sich. Die anderen entließ Erik, nachdem er ihnen gesagt hatte, was zu tun war. Morgen früh um halb acht würden sie sich wieder zusammensetzen, Wochenende hin oder her. Was außerhalb der normalen Bürozeiten zu erledigen war, musste in Form von Überstunden bearbeitet werden. Erik war stinksauer auf Holger Voigts, von dem er immer noch nichts gehört hatte. Angeblich sollte er am Montag wieder da sein. Wehe, wenn er ihn auf der Hanse Sail traf!

Er bemerkte Annes Blick auf sich. Sie hatte etwas zu ihm gesagt, aber er hatte es nicht registriert. »Ja? 'tschuldigung. War gerade woanders.«

»Was mit Malte ist.«

Erik überlegte kurz. Er hatte sie auch noch etwas fragen wollen. »Eben, als ich gekommen bin, da wussten Sie, dass ich getrunken habe und mir alles wehtut. Woher wussten Sie das?«

»Das hab ich Ihnen heute Morgen versucht zu erklären.«

Er blieb skeptisch. »Dann wissen Sie doch selbst, wo Malte ist.«

»Sie haben mir nicht richtig zugehört, oder? Sie sind immer noch der große Zweifler. Ich glaube, es geht ihm ganz gut, zumindest machen Sie sich keine Sorgen um ihn. Was ist mit Ihnen beiden heute passiert?«

»Kleine Schlägerei, nicht der Rede wert.«

»Oh«, sie klang sehr erschrocken. »Und Malte? Ist er im Krankenhaus?« Erik nickte. In dem Moment kam Micha zurück.

»Geht klar heute Abend.«

Erik ging mit ihm noch einmal alles durch und erklärte ihm, was er von der Schwedin in Erfahrung bringen sollte.

»Wo er sich abends rumtreibt, mit wem er Kontakt hat, vielleicht weiß sie was von seinen Geschäften, vielleicht hat sie ihn mit Lena gesehen, irgendwas. Du machst das schon.«

»Steht im Moment jemand vor dem Haus? Falls sie vorher schon geht. Wenn sie einmal in der Stadt ist, finde ich sie nie mehr. Nicht zwischen den ganzen Touristen.«

»Bis der Sohnemann im Bett liegt, denke ich, wird sie da sein. Mach dich auf den Weg. Denk an das Auto.«

»Wir wollten noch über meinen Bericht …«

»Ja«, unterbrach Erik. »Ich hab die Hölle hinter mir. Lass ihn mich noch mal lesen, ein paar Sachen muss ich mir genauer ansehen.« Wenn Anne Wahlberg wirklich all das konnte, was sie behauptete, wusste sie, dass er gerade gelogen hatte. Er hatte den Bericht noch gar nicht gelesen. Micha schien zwar nicht zufrieden mit der Antwort, aber er akzeptierte sie.

»Gut, dann morgen? Soll ich zu eurer Besprechung kommen?«

Erik dachte kurz nach. Wenn er Micha zu sehr einband, würde er irgendwann mit dessen Dienststellenleiter Ärger bekommen.

»Wenn dir das nicht zu früh ist? Ist das denn okay für dich, am Samstag?«

»Kein Thema.« Er steckte die Hände in die Hosentaschen und schritt von dannen.

»Bin mobil zu erreichen, wenn was ist, egal wann!«, rief Erik ihm noch hinterher. Jetzt war er wieder mit Anne alleine.

»Also, Malte ist im Krankenhaus«, bohrte Anne.

Eigentlich hatte Erik dem jungen Kollegen versprochen, niemandem etwas zu erzählen. Morgen würde er mit einem dicken Kopfverband hier auftauchen, und die Schlägerei würde Thema Nummer eins sein. Alle würden denken, dass er deshalb im Krankenhaus war.

»Sie wissen nicht, ob Sie es mir sagen dürfen! Warum nicht?«, drängelte sie.

Sie schien sich echte Sorgen zu machen. Malte und Anne verstanden sich gut, sie war bestimmt keine Klatschtante, das Risiko somit überschaubar.

»Okay, ich sag's Ihnen. Obwohl ich das nicht darf!«

»Ich behalte es für mich.«

Erik fasste kurz und sachlich zusammen, was bei Dirk Sass geschehen war. Bis zu der Stelle, als Åsa wieder mit seiner Ersatzbrille kam und die beiden hinausbegleitet hatte.

»Ja und? Was dann?«

»Dann sind wir wieder zum Auto gegangen und auf dem Weg dahin … Ich denke mal, es war die Anspannung, er hat so was ja noch nie mitgemacht. Und dann noch die Hitze …«

»Ja, was denn?«

»Er ist ohnmächtig geworden.« Erik hatte keine Ahnung, was Annes Gesichtsausdruck zu bedeuten hatte, ob sie gleich lachen oder weinen würde. Um Augen und Mund zuckte es, und sie hielt sich schnell die Hand vor den Mund.

Kai Hauser fuhr gut gelaunt die etwa halbstündige Strecke nach Kühlungsborn. Schnell konnte man nicht fahren, das ging nicht, nicht über Land. Dazu waren die meisten Straßen einfach zu eng und zu schlecht ausgebaut. Allein bei dieser Strecke kreuzte man mehrmals die Schienen der Ostseebäderbahn »Molli«. Nicht jeder Übergang war mit Schranken gesichert. Die Straßen waren eigentlich Alleen, große alte Bäume säumten sie. Besonders bei den Kurven hieß es, vorsichtig zu sein. Heiligendamm war nicht weit, und dort trieben sich die Schönen und Reichen herum, mit ihren dicken Autos und ihren dicken Brieftaschen. Es kam nicht selten vor, dass sich ein großer Mercedes oder ein teurer Jeep in der Geschwindigkeit verschätzte und fast aus der Kurve ausbrach. Kai selbst war schon Zeuge gewesen, wie ein Geschäftsmann aus Düsseldorf seinen neuen BMW an den Alleebäumen ruiniert hatte. Der Wagen war danach Schrott gewesen, dem Mann war zum Glück nichts passiert, und der Baum hatte sicherlich schon Schlimmeres überstanden.

Immer noch gut gelaunt kam er schließlich in Kühlungsborn an. Er fand die Poststraße ohne Probleme. Schließlich war er in Hinter Bollhagen, zwischen Kühlungsborn und Heiligendamm, aufgewachsen und kannte die Gegend wie seine Westentasche. Und die gute Laune hatte er nicht nur vom Wetter, sondern auch von seiner neuen Freundin. Heute Abend waren sie wieder verabredet. Wenn er sich beeilte, konnte er sie pünktlich zum Essen abholen.

Kai parkte vor dem Haus und ging die Treppe hinauf zur Haustür. Er klingelte, aber es tat sich nichts. Er klingelte noch einmal, immer noch nichts. So ein Mist. Oder? Eigentlich sein Glück. Kein Sievers, kein Grund, erst zur KPI zurückzufahren. Erik würde kaum verlangen, dass er hier wartete, bis der Mann zurückkam. Gerade wollte er wieder in sein Auto steigen, als ihn jemand ansprach.

»Hallo, wollen Sie zu Dr. Sievers?«, fragte ein älterer Mann mit einem großen Strohhut, kurzen Hosen und Sandalen. Kai wunderte sich kurz, warum ein Mann in dem Alter und mit einem solchen Bierbauch meinte, er müsse kein Hemd oder T-Shirt tragen.

»Wissen Sie, wo er ist und wann er wiederkommt?« Er wollte nicht sagen, dass er von der Polizei war.

»Ich wusste gar nicht, dass er weg ist. Komisch. Eben hatte er noch die Handwerker. Soll ich was ausrichten, wenn er kommt?«

Kai schüttelte den Kopf. »Ich versuche es morgen wieder, vielen Dank!« Er verabschiedete sich und stieg ins Auto, von wo aus er Erik anrief. Er bekam die offizielle Erlaubnis, zum Essen zu gehen. Danach würde er wieder in die KPI gehen. Aber hier war sein Job erledigt. Fröhlich pfeifend fuhr er zurück.

15.

Sie beschloss, sich unter einem Vorwand für eine Stunde zu verabschieden. Anne kannte Marc gut genug. Hätte sie ihm dieses Zugeständnis nicht gemacht, wäre er in ihr Büro gekommen und so lange geblieben, bis sie nachgegeben hätte.

Da sie keineswegs auch nur den Hauch einer romantischen Atmosphäre zwischen Marc und sich aufkommen lassen wollte, verabredete sie sich mit ihm im Irish Pub am Hafen. Dort würde, nach allem, was sie gehört hatte, dank der Hanse Sail der Teufel los sein. Betrunkene Touristen und Livemusik. Genau das Richtige.

Marc wartete bereits an der Bar auf sie. Er stach in seinem Maßanzug und seinem perfekten Look aus der Menge heraus. Trotz der Überfüllung hatten die anderen Gäste instinktiv einen Bogen um ihn gemacht, sodass die beiden Barhocker neben ihm frei waren. Sie gesellte sich zu ihm. Erleichtert stellte sie fest, dass Daniel wieder bediente.

Marc hatte tatsächlich Annes Vater angerufen, um sie zu finden, nachdem er sie in München nicht angetroffen hatte. Ihrem Vater durfte sie keinen Vorwurf machen. Sie hatte ihn jahrelang über das Verhältnis zu Marc im Unklaren gelassen. Bis heute wusste er nicht, dass Marc verheiratet war und bereits seine eigene Familie hatte. Marc hatte ihm sicherlich überzeugend dargestellt, dass sie sich gestritten hätten und er nicht wüsste, wo sie zu finden war. Da er seiner Tochter so ziemlich jeden Spleen zutraute, hatte ihr Vater diese Geschichte sicher sofort geglaubt und in der Überzeugung, er tue Anne etwas Gutes, Marc alles erzählt.

Auch weil er krank gewesen war, konnte man ihm deshalb

keinen Vorwurf machen. Er hatte seitdem Angst, bald zu sterben und Anne allein zurückzulassen. Als einzige Tochter war sie sein Ein und Alles. Dass sie mittlerweile älter als vierzehn war und sehr gut für sich selbst sorgen konnte, hatte er in den letzten zweiundzwanzig Jahren noch nicht ganz realisiert. In Marc sah er den ersehnten zukünftigen Schwiegersohn, der für seine Anne sorgte, wenn er selbst nicht mehr da war.

»Wie geht es ihm?«, war das Erste, was Anne zu Marc sagte.

»Gut. Ich denke, er erholt sich vollständig. Trotzdem glaubt Richard immer noch, dass er jeden Moment sterben kann.«

Professor Richard Wahlberg. Lehrstuhl für Keltologie an der Friedrich-Wilhelms-Universität in Bonn. Seit zwei Jahren emeritiert, was ihn nicht davon abhielt, weiter zu forschen, weiter Doktoranden zu betreuen, weiter Vorträge zu halten. Sich weiter mit Frauen zu verabreden, die er in den ersten Wochen in den Himmel hob, um sie dann zu demontieren, indem er sie mit Annes Mutter, seiner verstorbenen Frau, verglich. Annes Mutter, Shauna O'Donnell, in einer überhöhten und verklärten Version. Wie sie nie wirklich gewesen war, außer in seiner schmerzvollen Fantasie. Über zwanzig Jahre, und nie hatte er es länger mit jemandem ausgehalten als ein paar wenige Monate.

Nun erholte er sich von einem Herzinfarkt. Anne vermutete, dass es einer dieser typischen Rentnerherzinfarkte war. Viele Männer bekamen ihn kurz nach der Pensionierung, weil sie mit dem Gedanken, nicht mehr gebraucht zu werden, nicht klarkamen. Ihr Vater beschäftigte sich zwar rund um die Uhr, vielleicht sogar mehr als vorher, die Bezeichnung »emeritiert« machte ihn aber sehr unglücklich. Den Stress, der zum Infarkt geführt hatte, hatte er sich ganz alleine gemacht. Und nun fühlte er sich einsam und hatte Angst, den nächsten Tag nicht mehr zu erleben. Dabei waren ständig Freunde von ihm da, die mit ihm kochten, Tennis spielten, spazieren gingen oder ihn zum Golfen schleppten.

»Er hat dir also auch erzählt, dass er noch sehr krank sei?«

Marc nickte.

»Er ist schon seit Wochen wieder topfit. Ich habe mit seinen Ärzten gesprochen. Wäre er es nicht, wäre ich sicherlich nicht hier.« Sie sah ihn herausfordernd an.

»Fahr die Krallen wieder ein.« Er stieß mit ihr an, als Daniel endlich auch ihr ein Guinness hingestellt hatte.

Sie hatte sich vorgenommen, ihm ganz unzeremoniell mitzuteilen, dass er in ihrem Leben keinen Platz mehr hatte. Nun saß er vor ihr, und sie hatte keine Ahnung, wie sie es sagen sollte. Er hatte die schlimme Eigenart, sie mit einem Blick anzusehen, als gäbe es nur sie auf dieser Welt, als sei sie die einzige Frau, die er lieben könnte. Dieser Blick, mit selbstverständlicher Ruhe und Klarheit, war ihr unheimlich und wurde ihr nicht zum ersten Mal zum Verhängnis. Ausgerechnet ihr passierte das, und dabei hätte sie es besser wissen müssen. Sie wusste es auch besser. Aber sie konnte sich nicht wehren.

Sie hatte längst aufgehört, ihn zu fragen, warum er da war, wenn er einmal da war. Sie wollte nicht wissen, welche Zufälle ihn zu ihr führten oder welche Ausreden er gebrauchte, um sie sehen zu können.

»Hast du ein Hotel?«, fragte sie. Er war augenblicklich verletzt, was sie auch erreichen wollte.

»Hast du noch keine richtige Wohnung?« In ihm sprach die Hoffnung, dass sie nur aus diesem Grund nach dem Hotel gefragt hatte.

»Das wird nicht gehen.« Sie hielt seinem Blick stand. Aus dem Augenwinkel bemerkte sie, wie sich Daniel immer wieder mit steinerner Miene nach den beiden umsah, während er Bier zapfte und versuchte, die vielen Bestellungen seiner Kollegen, die an den Tischen bedienten, halbwegs im Auge zu behalten.

Marc setzte offenbar auf Zeit und begann, das Thema zu wechseln. Er erzählte, dass er mit ihrem Vater in Bonn-Beuel, wo er seit seinem Weggang aus Cork wohnte, vor ein paar Wochen spazieren war. Nur mit halbem Ohr registrierte sie Marcs leichtherzigen Konversationsversuch, bei dem er sich – nicht zum ersten Mal – darüber ausließ, dass Richard seiner Meinung nach auf der falschen Seite des Rheins wohnte. Königswinter hätte er noch verstanden, aber ausgerechnet Beuel, und das nun schon seit so vielen Jahren.

Sie hörte nicht mehr richtig zu, weil sie in der Menge Micha entdeckt hatte, der sich mit einem blutjungen, aber bildhübschen Mädchen angeregt unterhielt. Wahrscheinlich das Au-pair von Sass. Merkte er nicht, dass das Mädchen große Angst hatte? Sie stand wie versteinert vor ihm und starrte nur an ihm vorbei. Hin und wieder nickte sie oder nahm einen Schluck von der Cola, die sie in der Hand hielt. Micha hörte sich selbst viel zu gerne reden, um ihre Nervosität zu bemerken. Mit dem Mädchen stimmte etwas nicht. Micha würde Probleme bekommen, wenn er nicht aufpasste. Sie beschloss, Erik anzurufen.

»Entschuldige mich einen Moment«, unterbrach sie Marcs Plauderei über irgendeine Operninszenierung, die er vor zwei Wochen gesehen hatte. Sie verließ das Pub, ohne dass Micha sie sehen konnte.

Sie wählte Eriks Nummer und erklärte ihm kurz die Umstände.

»Er macht seine Arbeit, ja und?«, fragte Erik verständnislos. Er klang gereizt. Im Hintergrund war auch bei ihm laute Musik zu hören.

»Sind Sie gerade unterwegs?«

»Mit meiner Tochter, ja.«

»Aber ich weiß nicht, was wir jetzt machen sollen. Dieses Mädchen hat Angst, und ich habe das Gefühl, wenn sie weiter mit Micha durch die Stadt zieht, geht das nicht gut aus. Vielleicht sollten Sie ihn zurückpfeifen?«

»Wenn Sie mir erklären könnten, warum?«

Anne war die Holzstufen der Terrasse vor dem Pub heruntergegangen und stand nun direkt am Ufer. Sie wusste es selbst nicht. In dem Moment rempelte jemand gegen sie. »Entschuldigung«, sagte eine leise Stimme, und die Gestalt ging rasch weiter. Es war das Mädchen. Anne klappte ohne ein weiteres Wort ihr Telefon zu und folgte ihr. Sie ging eilig an den Buden vorbei, die für die Hanse Sail errichtet worden waren, die immer noch zahlreichen Touristen umsteuerte sie geschickt, die schönen Schiffe mit den hohen Masten und den eingeholten weißen Segeln würdigte sie keines Blickes. Sie ging nur konzentriert weiter. Anne ließ sie nicht aus den Augen. Dann fiel ihr etwas ein. Sie nahm ihr Handy und wählte.

»Micha, geh mal raus, ich kann dich sonst nicht verstehen«, sagte sie ohne Begrüßung. Sie wartete, bis es bei ihm leiser war, dann erklärte sie ihm, wo sie war.

»Die Kleine ist abgehauen? Sie hat gesagt, sie geht nur mal schnell aufs Klo …«

»Viel Spaß beim Warten. Hast du nicht gemerkt, dass sie Angst hatte? Was hast du mit ihr gemacht?«

Das Mädchen stand nun an der Fußgängerampel. Sie wollte wieder zurück in die Stadt. Anne hielt etwas Abstand.

»Sie hat vor ungefähr einer Stunde das Haus verlassen, zu Fuß, ich bin ihr gefolgt und hab sie dann einfach angequatscht und mit ins Pub genommen.«

Anne konnte es sich bildlich vorstellen. Ein Nein hatte er nicht akzeptiert. Die Ampel war grün, die wartenden Fußgänger setzten sich von beiden Seiten in Bewegung.

»Hör zu. Ich bleibe hinter ihr. Geh bitte zurück ins Pub an die Bar, da sitzt ein Typ im Anzug mit zwei Guinness vor sich und einer Damenhandtasche auf dem Hocker neben sich. Das ist meine …«, sie zögerte kurz, »… Begleitung. Sag ihm, ich musste dringend etwas erledigen, gib die Handtasche dem Barkeeper, er heißt Daniel, und warte, bis ich mich wieder melde. Ach ja, und nenn ihm ein paar Hotels, vielleicht hat er Glück und findet ein Zimmer. Wenn nicht, sein Problem.«

»Wer, Daniel?«

»Quatsch, der andere. Und sprich ansonsten nichts mit ihm!«

Sie klappte das Telefon wieder zu. Sie hatte die falschen Hosen an, ohne Taschen, und behielt es in der Hand.

Das Mädchen ging zielstrebig weiter hoch zur Langen Straße, überquerte diese, ohne auf das Grün der Ampel zu warten. Nun hatte Anne alle Mühe nachzukommen, denn der Verkehr war trotz der Uhrzeit unruhig. Als dann noch eine Straßenbahn kam, dachte sie, sie hätte sie ganz verloren.

Anne rannte weiter, die Breite Straße hoch, vorbei an Kino und Steakhouse, zur Kröpeliner Straße, der Fußgängerzone. Unschlüssig stand sie nun am Universitätsplatz und sah sich um. Rechts oder links? Oder geradeaus über den Universitätsplatz, vielleicht in den »Studentenkeller«? Aber es zog sie nach rechts Richtung Kröpeliner Tor, und sie hörte auf ihr Gefühl. Sie rannte, auch wenn sich alle nach ihr umsahen. Dann hatte sie das Mädchen wieder eingeholt. Anne blieb einige Meter hinter ihr und verlangsamte den Schritt.

Der eilige Spaziergang führte sie in die Wallanlagen. Mittlerweile war die Sonne schon fast untergegangen. Anne kannte diese Gegend der Stadt überhaupt nicht. Das Mädchen ging einfach immer weiter, sie wusste offenbar genau, wohin sie gehen musste. Weiter auf dunklen Wegen, vorbei an verstreuten abendlichen Fußgängern: ein Liebespaar, ein Hundebesitzer, ein Grüppchen gut gelaunter Jugendlicher.

Der Weg gabelte sich, und die Schwedin folgte der Strecke, die etwas abwärts führte. Es ging immer weiter hinunter, bis Wasser zu sehen war. Ein Teich? Ein Bach? Alte verwitterte Bäume zeichneten sich schwarz gegen den dunkelblauen Abendhimmel ab. Und Anne konnte spüren, dass sie hier nicht die Einzigen waren, dass hier auch der Grund für die Angst des Mädchens wartete.

Auch wenn er krankgeschrieben war und sich schonen sollte, war Malte ins Büro gegangen. Er hatte nicht erwartet, noch vier seiner Kollegen hier anzutreffen. Sie brüteten mit langen

Gesichtern und müden Augen an ihren Schreibtischen. Fürsorglich erkundigten sie sich nach seinen Wunden. Erik hatte ganz offensichtlich eine wesentlich dramatischere Version des Vorfalls erzählt, zumindest was Malte anging. Von der Ohnmacht hatte er zum Glück keine Silbe gesagt.

Die Kollegen nutzten sein Erscheinen als Entschuldigung für eine Kaffee- und Zigarettenpause. Olaf Nies erzählte anekdotisch, wie es ihm mit Gero Helm ergangen war. Wie er diesen Wurm, so nannte er ihn, eingeschüchtert hatte – Behinderung der Ermittlungen – und so erfahren hatte, dass Helm die ganze Zeit an dem Ehepaar Beck dran gewesen war. Daher wusste Helm, dass sie nichts mit Lena Sommers Ermordung zu tun haben konnten. Helm selbst könnte ihnen ein Alibi geben. Über Sass hatte er aber nichts gesagt.

»Ich dachte, so was kann nur ein Zimmermann«, sagte Kai plötzlich, der in Michas Bericht blätterte. »Aber nach dem, was Micha hier schreibt, ist das Holzkreuz doch nicht so professionell gemacht. Oder einfach nur schlampig, weil in Eile.«

»Warum waren die Nägel eigentlich nicht durch die Hände geschlagen?«, wollte Gerd wissen.

Kai blätterte weiter in Michas Bericht. »Hat er alles im Internet recherchiert. Ich wusste gar nicht, dass er außer Weibern und Hansa Rostock noch was anderes im Kopf hat. Hier: ›... traditionell wurde der Nagel zwischen Speiche und Elle ... bei den Jesusdarstellungen jedoch untypischerweise ...‹ Aha. Hier steht noch was von Fußbänkchen. Das war auch an dem Jansen-Kreuz. Also wenn du was über Foltermethoden oder Todesstrafen wissen willst: Willkommen im Internet!«

Gerd schnaubte laut. »Die sind doch alle verrückt. Selbstmordforen und so. Essen sich gegenseitig auf.« Er spielte auf einen Fall in Hessen an, der um die ganze Welt gegangen war. Ein Mann hatte einen anderen, den er im Internet kennen gelernt hatte, angeblich auf dessen Wunsch hin ermordet und aufgegessen.

»Wundert mich, dass nicht mehr passiert, wenn ich das hier alles lese. Stell dir vor, dir ist langweilig, du hast eine DSL-Flatrate und surfst den ganzen Tag. Da kannst du schon auf spannende Gedanken kommen, und ich meine jetzt nicht Pornos. Diese Nägel! Da muss ich auch an einen Zimmermann denken.«

Gerd zuckte die Schultern. »Wieso Zimmermann?«

Kai legte Michas Bericht zur Seite und streckte sich, sodass es knackte. »Weiß nicht, oder Handwerker. Wer hat denn sonst solche Nägel zu Hause rumliegen, und dann diese Holzbalken …«

»Kannst du dir alles besorgen.«

»Ja, aber wenn's bei dir rumliegt, kommst du eher auf solche Ideen. Stell dir mal vor, der Typ wäre Metzger. Dann hätte er die beiden bestimmt anders umgebracht. Mit einem Beil zum Beispiel, weil es ihm näher ist.«

Gerd lachte laut. »Nimm unserer Psychologin mal nicht die Arbeit weg! Das sollten wir mit ihr besprechen!«

Kai warf ihm einen abschätzenden Blick zu. »Wenn das ihr Job hier sein soll, dann weiß ich auch nicht, warum wir sie brauchen. Ich meine – das lernen wir doch auf der Polizeischule, so was.«

Malte hatte den beiden zugehört und war nachdenklich geworden. Ein Zimmermann. Was hatten die beiden Frauen mit einem Zimmermann zu tun? Er machte sich eine Notiz: »Handwerker bei EJ und LS überprüfen«.

Plötzlich stand Micha in der Tür, erhitzt und aufgeregt.

»Wie war dein Date?«, fragte Kai sofort.

»Anne wieder da?«, keuchte Micha.

»Nein, sie wollte doch was essen. Das ist allerdings schon eine Weile her.«

»Ich glaub, die lässt uns sitzen«, meinte Gerd.

»Hat sie auch nicht angerufen?«

Alle schüttelten die Köpfe. Micha ging zu Maltes Schreibtisch und rief von seinem Apparat aus Erik an. Malte musste mit dem Stuhl ein Stück von seinem Schreibtisch wegrücken, damit Micha genug Platz hatte.

Das Gespräch mit Erik verlief kurz, es wurde ausgemacht, dass er gleich ins Büro kam.

»Sie hat das Au-pair verfolgt, die Kleine ist mir abgehauen«, gab Micha zu.

»Dir haut 'ne Frau ab?«, witzelte Kai. Olaf und Andreas steckten nun auch neugierig die Köpfe ins Zimmer.

»Wo warst du denn mit ihr?«, wollte Kai wissen.

»Irish Pub. Da geh ich normalerweise nie hin, Scheißladen. Dachte, da kennt mich keiner, das ist sicher.«

»Und Anne war auch da?«, fragte Kai.

Micha nickte. »Sie hatte irgendeinen Typen dabei.« Allgemeines Gejohle. Malte versetzte es einen Stich, doch er wusste nicht genau, warum.

Micha fuhr fort. »Das war schon vor über zwei Stunden, und seitdem hab ich nichts mehr gehört. Ich hab den Streifen Bescheid gegeben, dass sie sich nach ihr umsehen sollen. Es ist dunkel, sie kennt sich nicht aus, und sie hat außer ihrem Handy nichts dabei. Und das ist ausgeschaltet.«

16.

Erik hatte Cordelia zu Hause abgesetzt und fuhr wieder zurück in die Stadt. Es war fast Mitternacht. Die Jungs hatten ihn eben erst informiert.

Er hatte ihnen gesagt, dass nicht alle warten mussten. Sie konnten ohnehin nichts tun. Gerd und Olaf waren daraufhin nach Hause gegangen, Andreas, Kai und Micha hatten sich ins »Alex« am Neuen Markt verzogen, sodass sie schnell wieder griffbereit waren. Ein Kompromiss zwischen Feierabend und Bereitschaft. Malte harrte der Dinge. Er war wohl ein bisschen verliebt in Anne Wahlberg. Wer konnte es ihm verdenken, er hatte wohl selten so viel Aufmerksamkeit von weiblicher Seite bekommen.

Erik fühlte sich verantwortlich für sie. Bei ihrem Gespräch heute hatte er sie in der Luft hängen lassen mit dem Gefühl, überflüssig zu sein. Er hatte ihr zu verstehen gegeben, dass er sie nicht ernst nahm. Sie war den ganzen Nachmittag niedergeschlagen gewesen. Vielleicht wollte sie nun beweisen, dass sie doch zu gebrauchen war.

Aber er hatte keine Ahnung, was er tun konnte, außer die Streifen zu verstärken und nach ihr fahnden zu lassen. Er könnte eine Ortung ihres Handys anfordern. Aber wenn das Handy ausgeschaltet war, brachte das nichts.

Erik bog in die Grubenstraße ein. Erst mal im »Alex« vorbeisehen und mit den Kollegen reden. Zu spät fiel ihm ein, dass der Neue Markt mittlerweile zur Durchfahrt für Autos gesperrt war. Nun musste er sich seinen Weg durch die engen Einbahnstraßen zwischen dem Alten und dem Neuen Markt suchen. Langsam kurvte er durch die Gassen, die Große Wasserstraße hinauf, als er auf ein streitendes Pärchen aufmerksam wurde.

Der Mann, breit und massig, schubste die kleine, schlanke Frau herum, die sich mit erhobenen Fäusten gegen ihn wehrte. Der Mann drehte sich um und wollte in eines der Häuser zurückgehen, als die Frau ihm hinterherrannte und versuchte, sich an ihm vorbei in das Haus zu drängen. Erik fuhr langsamer, aus Angst, einer der beiden könnte ihm vor den Wagen springen. Seine Vorsicht war richtig gewesen. Der Mann versetzte der Frau einen Stoß, der sie fast auf die Straße taumeln ließ. Beide schrien durcheinander. Erik rollte die Augen und sah noch einmal in den Rückspiegel.

Da erkannte er sie.

Er bremste, setzte den Wagen zurück und beugte sich rüber, um die Beifahrertür von innen zu öffnen.

»Steigen Sie ein, schnell!«, rief er ihr zu. Anne und der Mann sahen ihn beide an. Anne rührte sich nicht vom Fleck. Sie stand weiter auf dem Gehsteig, das Haar zerzaust, die Fäuste geballt, und blickte von einem zum anderen. Der Mann hingegen ging gemessenen Schrittes auf Eriks Wagen zu und beugte sich zur offenen Beifahrertür hinein. Erik überlegte noch, ob er Gas geben sollte, als er ihn erkannte. Ronny, der Aufpasser von Sass. Er trug diesmal eine Baseballkappe.

»Der Kommissar! Gut, dass Sie da sind! Nehmen Sie die mit! Die ist gemeingefährlich!« Daraufhin schnappte er sich Anne und schob sie zu Eriks Wagen.

»Der ist von der Polizei! Erspart mir einen Anruf! Also, wird's bald!« Und zu Erik: »Kümmern Sie sich um die. Wenn ich die noch einmal hier sehe, gibt's 'ne Anzeige wegen Hausfriedensbruch und Belästigung. Völlig durchgeknallt, die Alte!« Er tippte sich mit dem Finger gegen die Stirn, drehte sich um und verschwand in dem Haus. Anne stand noch immer auf dem Gehsteig, erhitzt und durcheinander. Mit wildem Blick sah sie Erik an, sagte aber kein Wort.

»Haben die Ihnen Drogen gegeben? Jetzt steigen Sie schon ein!«

Sie gehorchte ihm und ließ sich auf den Sitz fallen, holte tief Luft und sagte dann: »Sie müssen da rein, die halten ein paar Mädchen gefangen!«

»Bitte? Wie kommen Sie denn darauf?«

»Ich hab's gesehen! Jetzt gehen Sie schon rein!«

»Was soll ich machen? Klingeln und fragen, ob ich mal nachsehen darf? Glauben Sie, das ist so einfach?«

»Aber die Mädchen sind …«

»Okay, ganz ruhig. Wie viele sind es?«

»Zwei.«

»Hält man sie mit Gewalt fest? Also, hat jemand Waffen dabei und bedroht sie?«

»Ich weiß es nicht …«

»Haben Sie gesehen, wie jemand handgreiflich wurde?«

»Nicht richtig …«

Erik seufzte. Es bestand keine nachweisbare Gefahr für Leib und Leben, er durfte ohne Durchsuchungsbeschluss nicht rein, und ehrlich gesagt wollte er sich auf Annes Aussage allein nicht verlassen.

»Sie müssen mir erst in aller Ruhe erzählen, was los war! Ich kann so gar nichts machen.«

Hinter ihnen hupte es. Eriks Wagen stand immer noch mitten auf der engen Straße. Er gab dem Fahrer hinter ihm ein beruhigendes Handzeichen und fuhr los. Schweigend fuhren sie zur KPI.

Malte sprang sofort auf, als er Anne sah.

»Ich hab mir solche Sorgen gemacht!« Anne nickte nur kurz. Dann setzte sie sich mit trotzigem Blick auf den nächsten Stuhl und starrte stur vor sich hin.

Erik holte ihr ein Glas Wasser, sich selbst einen Kaffee. »In mein Zimmer«, ordnete er an, und Malte und Anne folgten ihm, der eine voller Sorge, die andere voller Widerstand. Er machte Malte noch auf dem Flur klar, dass er sie alleine sprechen wollte. Dann knallte er die Tür hinter sich zu und explodierte.

»Erst gehen wir die Wände hoch vor Sorge, weil Sie einfach eine Verfolgung aufnehmen, ohne im Geringsten abgesichert zu sein oder auch nur den Hauch einer Ahnung zu haben, wie so etwas zu machen ist. Ich dachte schon, man hätte Sie überfallen oder angegriffen. Und dann muss ich mit ansehen, wie Sie sich mit einem Typen prügeln, der doppelt so groß und doppelt so breit ist wie Sie! Und nicht etwa er hat Sie angegriffen, nein, Sie haben ihn angegriffen! Er musste Sie abschütteln, wenn ich das richtig beobachtet habe!« Erik war immer lauter geworden, seine Stimme überschlug sich fast.

Anne saß auf ihrem Schreibtischstuhl, die Arme verschränkt, und machte ein patziges Gesicht. Sie vermied es weiterhin, ihn anzusehen.

»Das war der Leibwächter von Dirk Sass! Beziehungsweise von dessen Sohn. Was hatten Sie mit dem zu schaffen?«, versuchte er noch mal, diesmal etwas ruhiger. Keine Antwort. »Sie waren doch hinter dem Au-pair her?« Er ging im Zimmer auf und ab. Er öffnete das Fenster, um die warme Nachtluft hereinzulassen, und zündete eine Zigarette an. Plötzlich klingelte das Telefon, ihr Apparat. Sie hatte nicht vor abzunehmen. Es klingelte immer weiter, bis Erik dranging.

»Entschuldigung, ich suche Frau Dr. Wahlberg, ist sie noch im Büro?«, fragte eine männliche Stimme. Erik sah Anne auffordernd an und hielt ihr den Hörer hin. Sie nahm ihn nach kurzem Zögern tatsächlich entgegen, meldete sich, lauschte kurz und legte dann einfach wieder auf. Nach zehn Sekunden klingelte es wieder. Sie riss den Hörer hoch und sagte trocken: »Fick dich.« Dann legte sie mit einem Knall auf. Erik beschloss, diesen Vorfall einfach zu ignorieren.

»Das geht so nicht, verstehen Sie mich doch. Ich habe mir wirklich Sorgen gemacht. Warum haben Sie sich denn nicht gemeldet?« Jetzt war er ganz ruhig. Sie sah ihn endlich an.

»Ist Ihnen doch scheißegal, was ich mache«, war die trotzige Antwort. Also doch. Sie hatte ihm etwas beweisen wollen.

»Ich hab Ihnen nichts beweisen wollen, nicht, dass Sie so einen Blödsinn denken. Es ist nun mal passiert, ich konnte mittendrin nicht telefonieren, und ich dachte mir, das ist schon okay, ich würde mich melden, wenn es ginge. Nur ging es eben die ganze Zeit nicht.«

»Herrgott, Sie können Gedanken lesen!«, entfuhr es ihm.

»Nein, aber wenn Sie in Ihrer ›Super, ich hatte Recht‹-Stimmung sind, dann merkt das so ziemlich jeder.«

War er wirklich so leicht zu durchschauen? Jedenfalls war er froh, dass ihr nichts passiert war. Und nun, da er sich abgeregt hatte, schien sie auch bereit, ihm alles zu erzählen. Nur konnte er schwer zuordnen, was sie zu erzählen hatte.

Anne hatte Åsa, das Au-pair, verfolgt. Voller Angst war diese zu den Wallanlagen gegangen und hatte leise ein paar Namen gerufen, Frauennamen. Zwei Mädchen waren aus dem dunklen Wäldchen aufgetaucht und hatten sich mit ihr unterhalten. In gebrochenem Englisch. Anne hatte nur so viel verstanden, dass Åsa Geld für sie dabeihatte und ihnen genaue Anweisungen gab, was sie dem Taxifahrer zu sagen hatten. Mehrmals hatten sie auf Deutsch den Satz »Nach Stralsund bitte, zum Bahnhof« geprobt. Åsa hatte den Mädchen erklärt, dass dort am nächsten Morgen um halb sieben ein Zug nach Stettin fahren würde, und in Stralsund am Bahnhof würden sie auch eine Unterkunft finden. Alle drei hatten Angst und waren auf der Lauer. Jedes Knacken eines Astes hatte sie verstummen lassen. Sie hatten nicht nur Angst. Es war Todesangst. Eine weinte ununterbrochen und dankte Åsa, egal, was diese auch sagte. Dann hatten sie sich verabschiedet und getrennt. Anne war den beiden Mädchen gefolgt, weil sie das Gefühl hatte, Åsa würde einfach nur nach Hause gehen.

Die Mädchen hatten sich durch die Wallanlagen geschlichen bis zum Rosengarten und liefen in Richtung Bahnhof weiter.

Sie drückten sich so gut es ging an den Häuserwänden entlang, so als könnte sie das Licht der Straßenlampen verbrennen. Immer wieder drehten sie sich um. Anne war sehr vorsichtig, aber selbst als sie sie sahen, fühlten sie sich nicht bedroht, weil sie eine Frau war.

Sie kamen zum Bahnhof. Was nun passierte, hatte Anne befürchtet und die beiden Mädchen auch. Zwei junge Männer lösten sich plötzlich aus dem Schatten, nahmen die beiden Mädchen, als seien sie Spielzeugpuppen, an den Armen und schoben sie auf den Rücksitz eines Autos. Die Mädchen versuchten zwar auszusteigen, aber die Kindersicherung verhinderte es. Sie gaben schließlich auf, sich zu wehren. Keiner der Taxifahrer machte Anstalten einzugreifen.

Anne schnappte sich das vorderste Taxi und nahm die Verfolgung auf. Wie sie den Taxifahrer zu dieser Aktion überredet hatte, blieb Erik unklar. Jedenfalls folgten sie dem anderen Wagen bis zu einer Tankstelle. Dort kaufte einer der Männer in aller Ruhe ein. Dann ging die Fahrt wieder zurück zur Stadtmitte. Sie parkten an der Viergelindenbrücke auf einem kleinen Parkplatz und liefen zu dem Haus, vor dem Erik sie angetroffen hatte.

Anne hatte eine lange Diskussion mit dem Taxifahrer gehabt, denn sie hatte kein Geld dabei. Einerseits wollte sie das Haus nicht aus den Augen lassen, andererseits forderte der Taxifahrer seinen Lohn. Sie hatte keine Wahl, ließ sich von ihm ins Pub fahren, wo sie Danny noch antraf, der ihr ihre Handtasche gab. Sie fuhren wieder zurück zu dem Haus in der Großen Wasserstraße, und nachdem sie ausgestiegen war, fuhr das Taxi weg.

Dann wartete sie auf der Straße, ob etwas geschah. Sie wartete, bis einer der Männer wieder aus dem Haus kam. Er holte nur etwas aus seinem Auto. Als er wieder zurückkam, versuchte sie ebenfalls ins Haus zu gelangen, aber er entdeckte sie und warf sie gleich wieder raus. Und dann war auch schon Erik aufgetaucht.

»Sie tippen auf Mädchenhandel?«

Anne nickte.

»Und das Au-pair weiß davon und wollte den Mädchen helfen?«

Sie nickte wieder.

Er überlegte eine Weile. Die Osterweiterung der EU ... Die unvorstellbare Armut, die immer größer wurde, je weiter es nach Osten ging. Ein alter Schulfreund von ihm, mit dem er sporadisch noch Kontakt hatte, war Telekommunikationstechniker und hatte einen Auftrag irgendwo in der Mongolei gehabt. Nach drei Monaten war er zurückgekommen und hatte Erik erzählt, dass sich die Frauen für ein paar Dollar hergaben, weil sie mit dem Geld ihre Familie für einen ganzen Monat durchbringen konnten.

Die Mädchen kamen rüber, um Geld für ihre Leute zu Hause zu verdienen. Sie hatten keine Zukunft, keinen Beruf, nichts. Und dieses Nichts tauschten sie ein gegen Schläge, Drogen und Vergewaltigungen durch Zuhälter und Freier. Was war Freiheit wert, wenn man nichts dafür zu essen kaufen konnte?, dachten sie sich, wenn sie weggingen. Ob sie dann auch darüber nachdachten, was Geld wert war, wenn man dafür in ständiger Angst lebte und sich und seine Freiheit ganz aufgab? Erik war noch nie in der Mongolei gewesen oder irgendwo, wo die Armut so groß war und das Elend so schlimm, dass es die Mädchen in die Arme gewissenloser Zuhälter trieb, die nicht davor zurückschreckten, sie im Zweifelsfall totzuprügeln. Aber sie wussten ja nicht, was auf sie wartete. Und wenn sie es wussten, konnten sie nicht mehr zurück.

Hatte Lena Sommer etwas davon gewusst? Hatte sie herausgefunden, woher das Geld ihres Liebhabers stammte? Erik wusste nun nach einigen Recherchen, dass Sass reich verheiratet war. Seine Frau entstammte einer alten Industriellenfamilie, ihr Vater war ein Anhänger von Sass' politischer Überzeugung und deshalb ein großzügiger Sponsor. Sass selbst streute gezielt

Gerüchte, er habe vor fünf Jahren an der Börse das große Geld gemacht, bevor der neue Markt den Bach runtergegangen war. Dann hieß es noch, Frau Sass sei alkohol- und tablettensüchtig. Manchmal war sie bei öffentlichen Anlässen an der Seite ihres Mannes zu sehen, meist aber nur kurz. Offiziell hieß es, sie habe etwas schwache Nerven.

Vielleicht hatte Lena zu viel gewusst und Sass damit unter Druck gesetzt. Und ihre Tante ins Vertrauen gezogen. Das wäre ein Motiv. Und die Erklärung, warum Sass die beiden Frauen umgebracht haben könnte.

Aber es hatte keinen Grund gegeben, sie ausgerechnet auf diese Weise umzubringen. Das passte nicht zu Sass. Nicht zu jemandem, der seine Geldquelle in Gefahr sah und unliebsame Mitwisser loswerden wollte. Es wäre viel zu auffällig. Jemand wie Sass ließ Leute verschwinden oder schickte einen Auftragskiller mit einer nicht registrierten Waffe los. Schnell, sauber und diskret.

Erik seufzte laut. »Heute können wir nichts mehr machen, ich schlage vor, wir legen uns alle schlafen.« Anne nickte unenthusiastisch.

»Stimmt was nicht?«, fragte er vorsichtig. Sie zuckte die Schultern. Dann fiel es ihm ein. »Der Typ, der eben angerufen hat?« Sie nickte.

»Ich fahre Sie nach Hause, oder weiß er, wo Sie wohnen?«

Sie war so erschöpft, sie konnte nur noch mit dem Kopf schütteln.

»Gut, dann kann Ihnen nicht noch mehr passieren.« Er machte die Tür auf, rief nach Malte und vertagte sich mit ihm auf morgen. Malte sah ein bisschen enttäuscht aus, schließlich hatte er die ganze Zeit gewartet und sich die größten Sorgen von allen gemacht. Erik klopfte ihm kameradschaftlich auf die Schulter.

»Alles okay. Du schlägst dich echt prima. Aber für heute ist es gut. Morgen reden wir über alles, ja?« Malte nickte zerknirscht, winkte Anne kurz zu, die kaum reagierte, und ging schleppend den Flur hinunter.

Die beiden waren jetzt alleine. Das riesige Gebäude lag dunkel und leer in der Nacht. Erik bot Anne seinen Arm auf dem Weg zum Wagen an. Etwas widerspenstig akzeptierte sie ihn. Erst als er ihr so nah war, bemerkte er, dass sie getrunken hatte.

17.

»Mama hat ’ne SMS geschickt, du sollst sie anrufen«, gähnte Cordelia, als sie im Nachthemd in die Küche schlurfte.

»Warum bist du schon auf? Es ist samstagmorgens um halb sieben! Und warum schickt sie nicht mir eine SMS, wenn sie mit mir reden will?«

Cordelia zuckte nur die Schultern und holte sich einen Saft aus dem Kühlschrank. Sie musste gestern Nachmittag eingekauft haben, denn er konnte sich nicht erinnern, Saft im Haus zu haben.

»Sie hat geschrieben: ›Sag Papa er soll mich sofort anrufen‹. Das war gestern Nacht. Du weißt doch, wie sie ist.«

Das wusste er allerdings. Inga und er waren noch nicht sehr lange zusammen gewesen, ein paar Monate erst, und er hatte sich schon mit Trennungsabsichten getragen. Fünf Jahre Altersunterschied, das kam ihm mit vierundzwanzig sehr viel vor. Außerdem legte Inga größten Wert auf Dinge, die ihn schon lange nicht mehr interessierten: seine Eltern – und deren Geld. Doch die Studentin der Kunstgeschichte schien zu fühlen, was bei ihm los war, und noch bevor er ihr klar machen konnte, dass die beiden keine Zukunft hatten, hielt sie ihm strahlend einen positiven Schwangerschaftstest unter die Nase.

Seine Eltern freuten sich. Ihre hätten sich sicherlich auch gefreut, hätten sie es noch erlebt. Die Kempers richteten im Handumdrehen eine prunkvolle Hochzeit aus, und kaum war das Kind geboren, war die Rede davon, Eriks alte Junggesellenbude, in der er sich nun schon seit dem Abitur sehr wohl fühlte, gegen die neu renovierte, sehr viel großzügigere Einliegerwohnung im Hause Kemper einzutauschen. Mietfrei und mit eingebauter Kinderbetreuung, sozusagen. Man zog um nach Othmarschen in die Otto-Ernst-Straße. Die Nähe zu den Eltern ließ Eriks Überstundenbereitschaft sprunghaft ansteigen, und so wurde aus dem nur durchschnittlich motivierten Polizisten bald ein engagierter, tüchtiger Ermittler.

Dieser Lebenswandel ging auf Kosten seiner Ehe. Obwohl Inga ja eigentlich alles hatte, was sie wollte. Sie wohnte in einem schönen Haus, Geld war kein Thema mehr, die kleine Tochter gab ihr eine Ausrede, das kaum begonnene Studium nicht fortzusetzen und niemals arbeiten gehen zu müssen – daran hielt sie sich noch heute. Für die Kempers wurde Inga die Tochter, die sie nie hatten. Und Erik fand sich einmal mehr in der Rolle des Sohnes, den sie so nie wollten. Vom schwarzen Schaf zum noch schwärzeren. Bis heute lebte Inga mit Cordelia bei seinen Eltern und ließ es sich gut gehen. Ihre Liebhaber verlegte sie diskret in Hotels, sodass die Kempers nie etwas bemerkten.

Ihm fiel etwas ein. »Hast du überhaupt schon mit ihr gesprochen, seit du hier bist?« Cordelia sagte gar nichts, sondern nippte nur an ihrem Saft.

»Und du hast ihr auch nicht geschrieben.«

Sie schüttelte den Kopf. »Rufst du sie gleich an?«

»Dazu hab ich jetzt echt keine Zeit.« Und er hatte natürlich auch keine Lust. Cordelia sah ihn mit großen Augen an. Tränen stiegen langsam auf. Sie blinzelte.

»Aber – es geht doch um mich!«

Sofort bekam er ein schlechtes Gewissen. »Ich ruf sie an.«

»Sie schläft bestimmt noch«, rief Cordelia, als er zum Telefon in den Flur ging.

»Eben«, antwortete er.

Inga antwortete sehr schnell, klang aber noch verschlafen.

»Ich sollte dich anrufen.«

»Um diese Zeit?«

Er beschloss, sie mit ihren eigenen Waffen zu schlagen. »Schließlich geht es um unsere Tochter.«

Sie stöhnte. »So ein Satz von dir. Heuchler!« Es raschelte, als sie sich im Bett aufrichtete. »Ich hoffe, du legst jetzt nicht wieder einfach auf.«

»Nein. Du bist um diese Zeit zu müde zum Rumkeifen. Ich denke, ich halte es diesmal aus.«

Sie stöhnte wieder genervt. »Deine Tochter will nicht mehr zur Schule gehen. Sie will ins Ausland. Wohin, weiß sie selbst nicht. Was sie dort machen will, auch nicht. Aber sie hat gedroht, wenn wir nicht mitziehen, haut sie einfach ab. Sie hat sogar ihre Konten leer geräumt.«

»Das kann sie gar nicht, sie ist noch nicht volljährig!« Er warf Cordelia einen prüfenden Blick zu, die im Türrahmen zur Küche stand und nervös zuhörte. Ihrem Gesicht nach zu urteilen, wusste sie ganz genau, worum es gerade ging.

»Sie hat meine Unterschrift gefälscht«, seufzte Inga. »Und weil die bei der Bank sie kennen, sahen die keinen Grund, ihr nicht zu vertrauen.«

»Die Vorzüge einer Privatbank«, kommentierte Erik, »und dazu noch eine erstaunliche Menge krimineller Energie.« Er zwinkerte seiner – plötzlich ganz blassen – Tochter aber trotzdem zu. »Und was steckt deiner Meinung nach dahinter?«

»Deine Erziehung«, war die Antwort. Er wusste nicht, ob es ein Scherz war, ein genereller Angriff, oder ob sie es gerade ernst meinte.

Sie meinte es ernst. »Sie soll für das Abitur die Schule wechseln. Wir haben ihr ein großartiges neues Gymnasium ausgesucht. Ganztagsbetreuung, intensive Abiturvorbereitung, Zusatzkurse in Musik, Theater und Kunst, vierte Fremdsprache.«

Jetzt war es an Erik zu stöhnen. Ingas Plan, ein heiratsfähiges, kulturell überzüchtetes Püppchen aus Cordelia zu machen, schien erstaunliche Blüten zu treiben.

»Ehrlich gesagt, an ihrer Stelle hätte ich nicht nur meine eigenen Konten abgeräumt, sondern eure noch dazu. Ticket nach Neuseeland, und das wär's dann für die nächsten sechzig Jahre.«

»Erik!«, brüllte Inga. Jetzt war sie wach. »Wie kannst du so etwas auch noch unterstützen? Ich will wirklich nur das Beste für meine Tochter!« Jetzt war Cordelia wieder ihre Tochter. Eben, als sie ungezogen war, hieß es noch »deine Tochter«.

»Das Beste wollen. Genau. Hör zu, wir verhandeln hier gerade einen Kompromiss. Ich ruf dich an, wenn wir weiter sind.« Er wollte sich gerade verabschieden, als Inga noch ihr bestes Argument hervorholte.

»Denk dran, wer das Sorgerecht hat.« Und diesmal war sie es, die auflegte.

Anne wachte mit einem gewaltigen Kater auf. Sie hatte Erik nicht alles erzählt. Zum Beispiel nicht, dass sie sich mit dem Taxifahrer blendend verstanden hatte. Der alte Mann hatte die Fahrt seines Lebens mit ihr gehabt. Das, was er nur aus Filmen kannte: »Folgen Sie dem Wagen!« Ein Traum war in Erfüllung gegangen. Allerdings etwas geruhsamer, als er gehofft hatte. Keine Verfolgungsjagden mit quietschenden Reifen. Aber spannend war es trotzdem gewesen. Er hatte nicht auf sein Geld insistiert, wie Anne es geschildert hatte. Vielmehr war sie es gewesen, die darauf bestanden hatte, ihn zu bezahlen. Mit dem Mann hatte sie auch lange Zeit im Auto vor dem Haus gewartet, ob etwas passieren würde. Und er hatte eine Flasche Wodka hervorgezaubert mit den Worten »Heut fahr ich eh nur noch nach Hause, und das sind von hier keine 100 Meter«.

Also nichts, was sie Erik guten Gewissens hätte erzählen können. In ihrem Frust hatte sie mitgetrunken. Marc in Rostock, Erik, der sie immer noch anfeindete, eine Morduntersuchung, die ihr tief unter die Haut ging, und dann noch die quälende Angst der Mädchen, die sich auf sie übertragen hatte. Sie hatte mitgetrunken, und alles war plötzlich erträglicher geworden. Sie hatte sich sicher sein können: Wenn sie betrunken war, konnten die anderen fühlen, was sie wollten, sie bemerkte es nicht mehr. Sie würde weder Visionen noch Träume haben und einfach abschalten können. Das war das Schöne am Alkohol.

Und zugleich das Gefährliche. Sie hatte einige Menschen kennen gelernt, die wie sie eine Gabe hatten, Dinge zu erfahren, die anderen verschlossen blieben. Die Stimmen im Kopf hatten sie mit dem Alkohol verscheuchen wollen, um nicht verrückt zu werden. Sie waren trotzdem in der Psychiatrie gelandet. Bis sie gelernt hatten, damit umzugehen.

So wie auch sie gelernt hatte, damit umzugehen. Es war schon viel besser geworden. Aber an alles konnte sie sich nicht gewöhnen, dazu war sie zu nah dran.

Ein Blick auf die Uhr sagte ihr, dass sie zu spät war. Es klopfte leise an die Tür. Die junge Frau, die ihr die Wohnung vermietete, kam vorsichtig herein.

»Ich habe Ihnen eine Tablette aufgelöst«, sagte sie und hielt ihr ein Glas Wasser hin, in dem es munter sprudelte.

»Woher wissen Sie, dass ich das jetzt gebrauchen kann?« Anne merkte, dass ihre Stimme rau und belegt klang. Die Augen bekam sie kaum auf. Ihre Haare waren verknotet und zerzaust. Sie musste schrecklich aussehen.

»Als ich eben runter in die Waschküche gegangen bin, hat Ihr Wecker ununterbrochen geklingelt. Das hat man sogar draußen im Flur gehört. Nach zehn Minuten dachte ich, ich seh besser noch mal nach. Und da klingelte es immer noch. Außerdem stand Ihre Wohnungstür offen. Na ja, und dann bin ich reingekommen, hab den Wecker ausgeschaltet und Sie schlafen lassen. Ich hoffe, das war in Ordnung …«

Es war in Ordnung. Anne schüttete die Kopfschmerztablette runter, duschte und ging zu Fuß zum Büro. Sie ließ sich Zeit, denn Eile hätte nun nur eine verschlimmernde Wirkung gehabt. Die Sitzung hatte sie sowieso verpasst, und wenn Erik sie nicht hätte schlafen lassen wollen, wäre von ihm längst eine Nachricht auf ihrem Handy.

Moment, dachte sie. Wo war ihr Handy? Hatte sie es im Büro liegen lassen? Seufzend legte sie an Tempo zu.

Ihr Handy lag auf ihrem Schreibtisch. Der Taxifahrer hatte es abgegeben und ganz offensichtlich ein kleines Schwätzchen mit Erik gehalten. Dieser schmunzelte in sich hinein.

»Soll ich Sie auf den aktuellen Stand bringen, oder brauchen Sie noch ein paar Minuten?« Er gab sich alle Mühe, möglichst laut zu sprechen. Sie verzog das Gesicht und ließ sich auf ihren Stuhl fallen.

»Reden Sie.« Anne presste die Augenlider zusammen. Das helle Sonnenlicht war mörderisch. Sie traute sich aber nicht, die Sonnenbrille im Büro aufzulassen. Lieber litt sie, als sich diese Blöße zu geben.

Erik fasste für sie zusammen. Die Hinweise der Obduktion und der Spurensicherung bewiesen, dass es sich um ein und denselben Mörder handelte. Kai tippte auf einen Handwerker, ob nun hauptberuflich oder als Hobby.

»Ist Ihr Herr Sass Handwerker?«, fragte Anne und biss sich gleich wieder auf die Zunge. Erik ging gar nicht darauf ein, sondern sprach weiter. Er informierte sie, woher Sass sein Vermögen hatte, darüber, dass die Becks definitiv als Mörder nicht infrage kamen, da ausgerechnet Gero Helm ihr Alibi war. Auch äußerte er seine Vermutung, Sass könnte von Lena Sommer erpresst worden sein und Elisabeth Jansen hätte durch ihre Nichte über ihn Bescheid wissen können, sodass er sich zweier unangenehmer Mitwisser hätte entledigen müssen. Die grausamen Tötungsarten waren vielleicht ein Ablenkungsmanöver gewesen, um die Spur auf einen verrückten Serienkiller zu lenken.

»Die Information, dass beide verwandt waren, hatte Helm also von Sass?«, wollte Anne wissen. Sie hatte die Augen immer noch geschlossen und hielt sich eine Wasserflasche aus dem kleinen Kühlschrank, der im Vorzimmer stand, gegen die Stirn.

»Mit Sicherheit. Helm hat vermutlich nicht weiter nachgefragt. Er hat großen Respekt vor seinem Chef. Sass ist sein Wohltäter, sozusagen. Schleppt ihn schon seit Jahren mit sich herum und besorgt ihm Jobs.«

»Kann ich diesen Sass mal kennen lernen?«

»Heute? Seien Sie mir nicht böse, aber so, wie Sie heute aussehen, werden Sie kaum eine Chance bei ihm haben«, grinste Erik.

»Hören Sie auf, so blöd zu grinsen.«

»Hey, Sie haben doch die Augen zu!«

»Sie reden mit mir. Wann kapieren Sie's endlich?«

»Mann, haben Sie vielleicht 'ne miese Laune. Vertragen nicht viel, was?«

»Jajaja. Jetzt ist es auch wieder gut. Okay?«, antwortete sie gereizt. Erik fand es immer noch sehr lustig.

»Sass ist die einzige Spur, die wir im Moment haben«, gab Erik zu.

»Heißt nicht, dass die einzige auch die richtige Spur ist. Siehe Herr und Frau Beck.«

»Sie können ganz schön biestig sein, das gefällt mir«, sagte Erik. Sie öffnete vorsichtig ein Auge und schielte in seine Richtung. Er strahlte. Er fing offenbar gerade an, sie zu mögen.

»Wenn ich gewusst hätte, dass Sie auf so was stehen, wäre ich gleich am ersten Tag granatendicht hier angetaumelt«, grummelte sie.

Er zwinkerte ihr zu, und sie machte sofort wieder das Auge zu.

»Der Spur zu Sass müssen wir nachgehen. Und wenn wir ihn wegen der Sache nicht kriegen, dann vielleicht wegen dieser Mädchenhandelgeschichte.«

Anne richtete sich vorsichtig auf und versuchte, sich normal in ihren Stuhl zu setzen. Die Wasserflasche war mittlerweile warm, sie stellte sie auf den Tisch. Es half nichts, sie würde die Sonnenbrille aufsetzen müssen. Erik presste tapfer die Lippen zusammen und war aufrichtig bemüht, nicht zu lachen.

»Wir haben uns ein bisschen umgehört. Schließlich haben wir ...« – er sah umständlich auf seine Uhr – »vier Stunden Vorsprung vor ihnen. Das Au-pair fährt ziemlich oft für ein paar

Tage nach Polen. Micha hat gestern ein ganz passables Foto von ihr machen können, ohne dass sie es gemerkt hat. Wir haben es an die Grenzer weitergegeben. Einer hat das Mädchen erkannt, weil sie so hübsch ist, hat er gesagt.«

»Männer«, knurrte Anne.

»Zum Glück gibt's uns. Sie fährt öfter alleine rüber, einmal im Monat mindestens. Und wenn sie zurückkommt, hat sie ihre angeblich polnischen Freundinnen dabei, die sich unbedingt das Brandenburger Tor ansehen wollen. Im Ernst: Er erinnert sich so gut, weil das Mädchen einmal mit dem Auto liegen geblieben ist und er ihr geholfen hat. Zu wenig Kühlwasser. Und danach ist sie ihm hin und wieder aufgefallen.«

Anne dachte einen Moment nach. »Sie benutzt immer denselben Grenzübergang?«

»Seit der EU-Erweiterung ist das nicht so tragisch. Sie tut nichts Verbotenes. Fährt mit ein paar Freundinnen nach Deutschland.«

»Nur dass es nicht ihre Freundinnen sind, sondern arme Mädchen aus Russland, der Ukraine, der Mongolei ... Ich dachte, an den Grenzen wird gar nicht mehr kontrolliert.«

»Nicht direkt an den Grenzen, aber ein paar Meter dahinter. Da stehen Streifenwagen, die sich immer mal jemanden rauswinken. Mit der neuen Visumspolitik ist es kein Problem, ins Land zu kommen. Es muss nur jemand in Deutschland für die Einreisenden einen Zettel ausfüllen. Und wenn das nicht klappt, dann eben ein falscher polnischer Pass. Mit Sicherheit steckt eine Organisation dahinter, die viel größer ist, als wir uns das im Moment vorstellen können. Sass alleine könnte so etwas gar nicht einfädeln.«

Anne nahm die Wasserflasche, schraubte sie auf und trank direkt aus der Flasche. Sie dachte noch über die beiden Mädchen von gestern Nacht nach, als Erik in ernstem Ton sagte: »Hören Sie, ich halte diesen Mann für wahnsinnig genug, zwei Frauen umzubringen.«

Anne sah ihn lange an. Sie versuchte herauszufinden, was ihn zu dieser Annahme brachte. Psychologisch gesehen passte Sass nicht in das Profil, das sie bisher von dem Täter gemacht hatte, und das sagte sie Erik auch.

»Sie haben ein Profil erstellt?«

»Natürlich, deshalb bin ich doch hier!«

»Und wo ist es?«

»Wollte ich Ihnen heute Morgen geben.«

»Alles klar. Besprechen wir es jetzt gleich mit allen?«

Anne schüttelte den Kopf. Erst wollte sie wissen, welchen Eindruck er genau von Sass gewonnen hatte. Erik erklärte, dass er vieles in seinem Verhalten unstimmig fand und deshalb glaubte, er lüge ihn an. »Einerseits das Getue um den Sohn und die Ehefrau, andererseits vögelt er alles, was nicht schnell genug auf den Bäumen ist. Das passt für mich alles nicht so richtig …«

Anne dachte nach. Sie stellte Erik Fragen, ließ sich Sass genau beschreiben. Erinnerte sich an das, was über Lena Sommers Charakter gesagt worden war. Ließ sich noch einmal das Gespräch mit dem Journalisten über Sass und dessen Frauengeschichten wiedergeben. Dann sagte sie:

»Frauen neigen dazu, die Männer immer viel schlimmer aussehen zu lassen, nachdem sie verlassen wurden, als sie in Wirklichkeit waren. Sie verteufeln ihn besonders, wenn der Mann einen gewissen gesellschaftlichen Status hatte, um sich an ihm zu rächen. Da kann es schon mal vorkommen, dass drei Frauen unabhängig voneinander ganz ähnliche Schmähungen loslassen. Das angebliche Versprechen, sich von der Frau trennen zu wollen, dann der Rückzieher. Wahrscheinlich hat er nur erzählt, dass er eine kranke Frau zu Hause hat und sich deshalb nicht offen an eine andere binden kann. Und die Frauen haben es hinterher umgedeutet.«

Erik staunte. »Und das sagen Sie – als Frau?«

»Ganz genau. Das heißt aber nicht, dass Sass ein kleiner Engel ist. Im Gegenteil. Es kann genauso gut sein, dass alle diese

Frauen die Wahrheit gesagt haben, wir waren nicht dabei. Aber ehrlich gesagt glaube ich das nicht. Er wollte seinen Spaß haben, weil seine Ehe nicht mehr funktionierte. Aber er wollte sie auch nicht aufgeben.«

»Weil das Geld von ihr kommt.«

Anne schüttelte den Kopf. Sie warf ihm einen neugierigen Blick zu. »Geld macht er doch offenbar selbst genug. Es muss nicht unbedingt das Geld sein. So, wie er über seinen Sohn spricht, glaube ich, es geht Sass um etwas ganz anderes.«

Erik wartete gespannt auf das, was sie zu sagen hatte. Und sie wunderte sich, dass er selbst nicht darauf kam.

»Ihm geht Familie über alles.«

Sie hatte ihn nicht persönlich treffen wollen, wie auch, sie wusste ja nichts über ihn. Aber Erik war zusammengezuckt, als hätte sie ihn angeschossen. Er ging zum Fenster, um seine Reaktion zu verbergen. Ihm war immer noch nicht bewusst, dass er das vor ihr nicht konnte. Nach einer Weile drehte er sich wieder zu ihr und sagte: »Damit der Junge beide Eltern um sich herum hat, das meinen Sie?«

»Seine Frau tut ihm nichts. Vielleicht weiß sie sogar, dass er Geliebte hat. Sie ist schwer alkoholkrank. Er will es vor dem Sohn verstecken, vor der Welt. Kann sein, dass er sich als Versager sieht, weil er die falsche Frau geheiratet hat. Der Sohn ist sein Nachfolger, der einzige, den er hat. Kennen wir die Verhältnisse, in denen Sass aufgewachsen ist? Das wäre interessant.«

»Ich besorge Ihnen Hintergrundinfos«, sagte Erik abrupt und verließ eilig den Raum.

Das Thema Familie ging ihm sehr nahe, zu nahe.

Malte steckte den Kopf zur Tür rein. Sie hatte gerade noch Zeit, die Sonnenbrille abzusetzen und so zu tun, als lese sie etwas.

»Schlimme Kopfschmerzen?«, fragte Malte.

»Danke, dass Sie's dem ganzen Flur erzählt haben!«, fauchte Anne, als Erik wieder zurückkam.

18.

»Klar haben wir 'ne Chance!«

»Die haben uns schon mal die Hosen ausgezogen, und das nicht zu knapp!«

»Oh Mann, das ist schon Jahre her! Letzte Saison war die Auswärtspartie unentschieden. Und denk mal dran, wie wir gegen die Sechziger gespielt haben …«

»Also wirklich! Was für eine Herausforderung, ich bitte dich!«

»… oder gegen Schalke! Oder Lautern! Und die Freiburger waren in der letzten Saison vier Plätze unter uns! Das sind Loser, ich sag's dir! Die kicken wir vom Platz!«

»Ich sage, nach allem, was ich so mitgekriegt habe, das wird kein gutes Jahr. Glaub mir!«

»Bist du jetzt hier der Oberexperte? Seit wann das denn?«

»Die sind zu Hause einfach stärker als wir!«

»Und wir sind auswärts stärker als die!«

»Blabla … Spiel dich mal nicht auf!«

»Hey, Vorsicht! Vor ein paar Wochen hast du nicht mal gewusst, wo das Stadion ist!«

»Jetzt hört's aber auf! Mit so einem Nichtswisser wie dir red ich doch gar nicht!«

Kai verließ Türen schlagend sein eigenes Büro. Malte zuckte zusammen. Die Fußballdiskussion war aber noch lange nicht vorbei. Wie immer, wenn Micha auftauchte. Und heute ging die Saison wieder los. Aber wenigstens brüllte Kai nicht mehr herum. Er war sowieso schon spät dran, schließlich sollte er noch mal in Kühlungsborn bei Dr. Sievers vorbeischauen.

Gerd kam gerade mit einer Tasse Kaffee ins Büro.

»Was war denn los?«

»Ach, der spielt sich auf, als hätte er plötzlich die göttliche Fußballeingebung! Vor der Sommerpause kannte er nicht mal den Unterschied zwischen Abseits und Elfmeter!« Micha schüttelte ärgerlich den Kopf und zündete sich eine Zigarette an. Er fragte nie, ob es jemanden störte. Malte sagte nichts. Er tat so, als konzentriere er sich auf seinen Computer. Von Fußball verstand er nun wirklich gar nichts.

Gerd, immer froh, wenn er eine Ablenkung von der Arbeit hatte, faltete die Hände über dem Bauch und zog eine wichtige Miene.

»Kai hat vor ein paar Wochen eine junge Dame kennen gelernt. Diese junge Dame hat einen Bruder. Und dieser Bruder wiederum ist einer der Physiotherapeuten bei Hansa.«

Micha hatte sich auf den Besucherstuhl gesetzt und rauchte nachdenklich weiter.

»Ja und?«

»Der Herr Physiotherapeut erzählt seiner Schwester immer ganz wichtig von seinem Job. Und sie erzählt es Kai. Sie geht davon aus, dass sich jeder Mann für Fußball interessieren muss. Und Kai macht das Spiel mit, weil er denkt, sie interessiert sich für Fußball. Bin sehr gespannt, was passiert, wenn beide rausfinden, dass sie sich mit dem Thema gegenseitig zu Tode langweilen.« Gerd grinste genüsslich bei der Vorstellung.

Auch Micha war nicht wenig amüsiert. »Und woher weißt du das?«

Gerds Grinsen wurde noch breiter. »Hat sich bei mir ausgeweint, der Ärmste, und ich musste ihn in die Grundlagen des Ballsports einweisen. Und als ich die beiden zusammen gesehen habe, war mir klar, dass diese Frau genauso wenig weiß, wovon sie redet.«

Die beiden lachten laut.

»Ich dachte, du bist heute vielleicht beim Spiel?«

Micha schnaubte verächtlich. »Wie denn? Das sind neun

Stunden mit dem Auto, mit dem Zug noch länger, und fliegen ist totaler Unsinn.«

»Tragisch.« Gerd und Micha starrten beide betreten vor sich hin. Geteiltes Leid treuer Fans.

»Aber nächste Woche Heimspiel gegen Bremen.« Nun lächelten beide wieder zufrieden.

»Das wird hart.« Gemeinsames Kopfnicken, und das Lächeln wich einem kämpferischen Zug um die Mundwinkel.

Dinge, die Malte nicht nachvollziehen konnte. Micha trug ein T-Shirt mit dem Aufdruck »Hansa Forever«. Wenn er sich recht erinnerte, hatte Micha gestern bereits ein blaues Shirt mit dem Hinweis »Fanblock Nordost« – oder war es »Nordwest?« – angehabt. Gerd hatte ihm erzählt, dass Micha außerdem noch Schals, Kappen, Jacken, Tassen und sonstige Fanartikel besaß. Dazu eine Dauerkarte für das Ostseestadion, und wenn es irgendwie ging, fuhr er zu den Auswärtsspielen.

Micha war immer noch hier, obwohl er eigentlich alles mit Erik besprochen hatte, jedenfalls soweit Malte es beurteilen konnte. Seine Freundin war wohl wieder mal am Wochenende unterwegs, und ihm war langweilig.

Jetzt geschah das, was Malte gerne vermieden hätte. Die beiden Kollegen drehten synchron die Köpfe zu ihm, und Micha fragte: »Was meinst du, wie wir gegen die Freiburger spielen?«

Zwei Möglichkeiten. Erstens: zugeben, dass er keine Ahnung hatte und sich nicht am Gespräch beteiligen wollte. Zweitens: wild spekulieren und damit eventuell in ein riesiges Fettnäpfchen fallen. Während er noch irritiert nachdachte, erhielt er eine Mail von einem Kollegen in Berlin.

»Moment, ich hab hier gerade …«, begann er geistesabwesend. Er las die Mail durch, erst sehr schnell, dann ein zweites Mal genau.

»Hallo, Malte, bist du noch bei uns?« Micha stand nun direkt hinter ihm und schielte ebenfalls auf den Bildschirm. Malte hatte ihn gar nicht bemerkt.

»Ich glaub, ich hab was …«, murmelte er und gab den Befehl zum Drucken ein. Ungeduldig wartete er, bis der Drucker, der im Nebenzimmer stand, das Dokument ausgeworfen hatte, und brachte es Anne rüber. Kommentarlos legte er es auf ihren Schreibtisch und ging wieder zurück an seinen Rechner. Er hatte es eilig. Er musste sehen, was er im Internet fand. Der Kollege in Berlin schien von zu Hause aus zu arbeiten, obwohl sein freier Tag war. Er würde ihn anrufen. Vielleicht war es eine Sackgasse. Vielleicht aber auch der Schlüssel zu allem.

Micha hatte währenddessen die E-Mail durchgelesen, die Malte bekommen hatte. Sein Gesicht war plötzlich ganz ernst geworden. Gerd hatte sich von seinem Stuhl nicht wegbewegt. Er hatte vielmehr angefangen, sich intensiv mit seiner Zeitung zu beschäftigen, in der er seit dem Morgen schon herumblätterte.

»Wo rennt ihr denn alle rum?«, fragte er, als Malte wieder da war. »Hast du dich jetzt entschieden, was meinst du, wie sie gleich spielen?«

»Keine Ahnung, und ich glaube auch nicht, dass es irgendjemand von uns live miterleben wird.« Gerd sah erstaunt von seiner Zeitung auf. Malte bemerkte jetzt erst, dass er die Rostocker Rundschau las. Wahrscheinlich um seine stundenlange Leserei als Recherche zu verkaufen. Micha und Malte mussten schlimm aussehen, denn Gerd bekam plötzlich ganz große Augen.

»Haben wir wieder eine Leiche?«, fragte er mit unterdrückter Panik. Micha schüttelte den Kopf.

»Nicht nur eine, sondern drei«, antwortete Micha.

Der Mann war hereingekommen. Davon wurde er wach. Er konnte sich nicht erinnern, wann er eingeschlafen war. Er wusste nicht, wie spät es war. Oder wie lange er schon hier saß. Es kam ihm vor wie eine Ewigkeit. Aber es konnte noch nicht sehr lange sein. Nur schwach fiel ein Lichtstrahl durch die angelehnte Tür.

»Ich müsste mal«, sagte er und schämte sich, aber früher oder später wäre es zum Thema geworden. Der Mann half ihm auf die Beine und schob ihn raus. Das helle Licht blendete Sievers. Er hatte keine Zeit, sich umzusehen, denn er wurde sofort durch die nächste Tür geschoben. Dahinter war eine kleine Toilette.

»Meine Handschellen …«, begann Sievers. Der Mann schloss sie ihm auf, hielt aber seine Arme fest, weil er sie gleich wieder zusammenkettete. Diesmal aber vor dem Körper.

»Sie kommen zurecht«, sagte der Mann nur. Er kam auch zurecht, aber nur mit Mühe. Dann wurde er wieder zurückgebracht.

Als er wieder in seiner Ecke saß, kam der Mann hinter ihm her in den dunklen Raum und zog die Tür zu. Wieder blieb nur ein Spalt offen, durch den ein wenig Licht fiel.

»Was haben Sie mit mir vor?« Die Angst hatte von ihm Besitz ergriffen. Der Mann hatte sich auf den Boden gesetzt und sah unverwandt in seine Richtung.

»Aber das wissen Sie doch.«

»Sagen Sie mir, wie …«

»So wie Sie es verdient haben. Das habe ich immer so gemacht.«

»Haben Sie die anderen auch hier gefangen gehalten?«

»Nur Tante Lisbeth. Und die Nichte.«

Wen hatte er noch alles getötet? Er ärgerte sich über seine großen Worte, die er beim letzten Gespräch noch benutzt hatte. Dass er gelernt hätte, das Unvermeidliche zu akzeptieren. So ein Unsinn. Er hatte Angst, er wollte nicht sterben, er musste irgendetwas tun!

»Bitte, sagen Sie mir, was Sie vorhaben!« Er bettelte, würdelos. Aber das war jetzt egal.

Der Mann ging nicht darauf ein. »Wissen Sie, was Sie mir angetan haben? Durch Ihre Befehle?«

Die Angst wich Panik. »Ich habe Ihnen nichts getan! Ich

habe vielleicht die Informationen, die ich erhalten habe, weitergegeben, das war aber schon alles!«

»Sie hätten sie nicht weitergeben müssen.«

»Aber das war meine …« Er verstummte. Was sollte er dazu noch sagen? Es war seine Pflicht? Seine Aufgabe? Seine Überzeugung? Wie schal und leer klang das jetzt noch. Fast fünfzehn Jahre, nachdem er jeden Beweis vernichtet hatte. Seitdem war alles anders geworden, und das, was vorher war, hatte keine Bedeutung mehr gehabt. Es hatte einfach nicht mehr existiert. Es war selbst für ihn unvorstellbar gewesen, obwohl er es über vierzig Jahre lang miterlebt hatte. Welchen Wahnsinn hatte er unterstützt!

»Ich hatte daran gedacht, Sie aufzuhängen«, sagte der Mann plötzlich ganz sachlich. »Aber das finde ich nicht gerechtfertigt. Wie vielen Menschen haben Sie so etwas angetan?«

Sievers dachte fieberhaft nach. Er hatte keine Ahnung, was er antworten sollte.

»Tante Lisbeth hat mir erzählt, dass sie sehr viele Familien ausspioniert hat«, wechselte der andere das Thema.

»Zu diesem Zweck hat sie die Stelle als Erzieherin bekommen …«

»Sie haben ihr gesagt, sie bekäme nie mehr eine Arbeit, wenn sie sich nicht fügt.«

Sievers fühlte sich, als würde er gleich ersticken. Das Metall an seinen Händen schien zentnerschwer. »Das ist doch jetzt alles so lange her! Das war nun mal so zu der Zeit!«, rief er.

Der Mann schwieg. Sievers' Worte hingen im Raum. Wie lächerlich er doch war, wie verdammt lächerlich. Er hatte keine bessere Begründung als zu sagen: Das war nun mal so. Endlich sprach der Mann wieder.

»Tante Lisbeth hat viele Leute verraten«, sagte er noch einmal. »Sie hat gesagt, sie hätte nicht gewusst, was mit ihren Informationen passierte. Sie hat auch gesagt, dass sie dachte, ihre Informationen reichten nicht aus, um den Leuten wirklich zu schaden.«

»Das haben viele gedacht«, schnaubte Sievers verächtlich. »Getratscht haben sie doch alle! Wollen Sie jetzt die gesamte Ex-DDR umbringen?«

Der Mann ließ sich Zeit mit der Antwort. »Ich habe nichts mit anderen Leuten zu tun. Ich tu nur dem weh, der auch mir und meinen Eltern wehgetan hat.«

»Oh nein! Das glaub ich Ihnen nicht! Sie haben eben selbst gesagt, dass Ihnen Lena nichts getan hat!«

»Aber Tante Lisbeth hat mir was getan. Sie hat mir das Wichtigste genommen, das ich hatte. Und ich habe ihr das Wichtigste genommen, das sie hatte. Sie sollte es miterleben. Und ihre Nichte hat bekommen, was sie verdient hat. Schließlich hat sie ein Kind umgebracht.«

»Man hat sie freigesprochen. Das wissen Sie doch!«

»Sie würden wohl jeden aus seiner Verantwortung herausreden«, sagte der Mann verächtlich. »Diese Frau hat eine Familie zerstört. Genau wie Tante Lisbeth. Sie haben es beide verdient.«

Sievers schwieg eine Weile. Wie er es auch drehte und wendete, es gab für ihn selbst keine Möglichkeit, hier herauszukommen.

Plötzlich sagte der Mann: »Wenn ich mir denke, ich lasse Sie hier einfach liegen … Das wäre gut. Ich gehe weg und komme nie wieder. Ich lasse Sie ohne Wasser und ohne Essen. Keine drei Tage, und Sie sind tot.«

»Man wird Sie finden!« Sievers' Stimme bebte, vor Zorn, vor Angst.

»Nein«, der Mann schüttelte den Kopf. »Ich gehe einfach. Vielleicht nach Skandinavien. Da wollte ich schon immer hin. Als Handwerker hat man da gute Chancen, hab ich gehört.«

»Wann gehen Sie?«, flüsterte Sievers.

Der Mann zuckte die Schultern. »Ich warte noch, bis Sie tot sind. Sie sind der einzige Grund, warum ich noch hier bin.« Dann stand er auf und verließ den Raum. Er schloss die Tür. Es wurde wieder dunkel und still. Sievers konnte sich nicht mehr bewegen. Angst und Entsetzen lähmten ihn.

Er saß nur da und starrte in die Dunkelheit. Wie lange, wusste er nicht. Langsam fielen ihm wieder die Einzelheiten ein. An den Namen konnte er sich nicht erinnern. Sie hatten immer mit Decknamen gearbeitet. Aber nicht einmal der war ihm noch präsent. Nur der Vorgang als solcher. Christlich orientiert, kirchlich sehr aktiv waren die Eltern des Jungen gewesen, weshalb sie unter Beobachtung standen. Und nach deren Tod hatte er veranlasst, dass man ein Auge auf das Kind hatte. Damit dieser nicht auf die falsche Bahn geriet. Sievers war über sich selbst erstaunt, wie genau er sich noch an den Tag erinnern konnte, da er die Legende gestrickt hatte, die die Großmutter dem kleinen Knirps vorgaukeln sollte: dass die Eltern bei einem tragischen Autounfall ums Leben gekommen waren. So einfach hatte er es haben wollen. So leicht wäre es gewesen. Doch die Großmutter hatte ihm einen Strich durch die Rechnung gemacht.

»Sie haben dem Jungen gesagt, dass sie weggehen und sich eine Weile nicht mehr sehen werden. Sie können das mit dem Unfall ruhig erzählen. Sie können es auch offiziell machen. Aber er wird immer davon träumen, in den Westen zu gehen.«

Die Frau war etwa in seinem Alter gewesen, um die fünfzig. Für das Gespräch war er in ihre Zweiraumwohnung in Treptow gekommen. Dunkle Zimmer mit Ofenheizung. Im vierten Stock eines renovierungsbedürftigen Hauses. Heute sicher toll hergerichtet, die Stuckdecken renoviert, die Holzdielen nachbearbeitet, mit Zentralheizung und einem hellen Bad, Spülmaschine in der Küche, Waschmaschine neben der Dusche.

»Was ist besser für einen Jungen in dem Alter? Dass seine Eltern tot sind oder dass sie ihn einfach so verlassen haben? Sagen Sie es mir, ich weiß es nicht!« Sie hatte hart und verbittert geklungen. Bisher hatte sie die Zusammenarbeit mit ihm, mit dem MfS stets verweigert. Ihre eigene Tochter würde sie nicht ans Messer liefern, auch wenn sie nicht guthieß, was sie tat. Eine sehr resolute Frau, sie hatte ihm gleich gefallen.

»Frau Weiß, letztlich entscheiden Sie, was Sie dem Jungen sagen. Ich vertraue Ihrem Urteil.«

Weiß hatte sie geheißen. Es fiel ihm plötzlich ein. Gerlinde Weiß.

»Er wird zu Ihnen ziehen, dann ist er aus seinem alten Umfeld raus. Dort erzählen wir, dass die Familie umziehen musste, sind Sie damit einverstanden? Wir haben jemanden in seiner Kindertagesstätte, der sich darum kümmert, dass alles im richtigen Wortlaut verbreitet wird«, hatte er mit beruhigender Stimme gesagt. Frau Weiß hatte mit ernster Miene genickt.

»Ihren Bekannten sagen wir, dass die beiden an einem größeren Projekt in Warschau arbeiten und den Jungen so lange bei Ihnen lassen.«

»Hat er sich eigentlich verplappert?«, hatte sie plötzlich gefragt.

»Auch das.«

Sie hatte wieder nachdenklich genickt und dann ihren Entschluss gefasst. »Wenn er sich verplappert hat, und nun sind sie tot, dann wird er sich das nie verzeihen, verstehen Sie?«

Er hatte nicht sofort verstanden, was sie meinte.

»Meine Tochter hat ihm gesagt, dass sie fortgehen werden und dass sie sich dann erst einmal eine Zeit lang nicht sehen. Sie hat ihm auch gesagt, dass es gefährlich ist, deshalb nehmen sie ihn nicht mit. Sie hat ihm außerdem gesagt, dass er kein Wort sagen darf, zu niemandem, weil ihnen sonst etwas Schreckliches passieren könnte.«

»Was wollen Sie ihm sagen?«

»Er wird erwarten, dass er jetzt bei mir wohnt. Er wird nach seinen Eltern fragen. Dann sage ich ihm, dass sie sich nicht gemeldet haben. Irgendwann wird er mit den Fragen aufhören.«

Rückblickend schauderte Sievers, wenn er an die Kälte dieser Frau dachte. Er hatte nicht verstanden, dass sie nur ihre eigene Ohnmacht damit hatte verdecken wollen. Dass sie nur einen Weg gesucht hatte, der Verantwortung zu entgehen, die sie gehabt hätte, wenn sie ihrem fünfjährigen Enkel hätte sagen müssen: »Kleiner, es tut mir Leid, aber deine Eltern sind tot.« Lieber würde sie ihr Leben lang lügen. Er hatte es einfach hingenommen. Auch er hatte Verantwortung abgegeben.

Vertuschung. Legendenbildung. Hauptsache, niemand erfuhr, was wirklich passiert war. Weder im Osten noch im Westen. Ihre Entscheidung war gefallen. Er würde keinen Ärger haben. Auch nicht in ein paar Jahren. Der Junge würde denken, seine Eltern hätten ihn im Stich gelassen. Diese Frau würde dafür sorgen, dass der Westen nichts Glorreiches für ihn bekam. Es würde vielmehr der Ort sein, an dem seine verantwortungslosen Eltern waren. Rabeneltern. Es hatte so plausibel in seinen Ohren geklungen. Es war plötzlich so einfach gewesen. Er würde sich keine Unfallstelle ausdenken müssen, die der Knirps in ein paar Jahren sehen wollen würde. Keine Gräber, nur anonyme Urnen, die niemanden interessieren würden. Die Akten würde er gesondert aufheben, damit er sie im Zweifelsfall griffbereit hatte.

So ein Fall war ihm noch nie untergekommen. Ihm war noch niemand gestorben, nicht einmal im Gefängnis. Oberstleutnant Kienzel zum Beispiel hatte sich zu diesem Zeitpunkt mit einem Selbstmord herumschlagen müssen. Ein Untersuchungsgefangener. Die Familie war auf die Barrikaden gegangen und kaum unter Kontrolle zu bekommen. Sievers hätte Schlimmeres passieren können. Er verstand heute, warum Frau Weiß nicht mit ihm hatte zusammenarbeiten wollen. Sie hatte die Dinge auf ihre Weise geregelt.

»Sie meinen also, das ist der richtige Weg: raus aus seinem jetzigen Umfeld, weg von seinen Kameraden, ein ganz neues Leben. Das ist in dem Alter nicht so schwierig.«

»Ich würde Sie sehr darum bitten«, hatte sie entgegnet und ihre Lippen zu einem dünnen Strich zusammengepresst.

»Wenn wir ihm jetzt sagen, dass seine Eltern tot sind, dann würde er sich ewig Vorwürfe machen und denken, er sei daran schuld«, hatte Sievers weitersinniert.

Sie hatte ihm daraufhin direkt in die Augen gesehen. »Ist er das denn nicht auch?«

Hatte Sievers sich darauf ausgeruht? Hatte er sich daran geklammert und es fortan geglaubt, so sehr geglaubt, dass er hatte vergessen können, was damals wirklich geschehen war? Vor fünfundzwanzig Jahren? Hatte er ernsthaft in diesem Moment einem Fünfjährigen die Schuld am Tode seiner Eltern gegeben, in stillschweigendem Einvernehmen mit dessen Großmutter?

Sie hatten es beide getan. Sie hatten sich beide in diesem Moment reingewaschen von jeglicher Verantwortung. Sie waren doch alle nur kleine Rädchen im großen Getriebe gewesen, und wenn sich alle an die Spielregeln halten würden, dann könnte es funktionieren. Keiner der Informanten, die er auf die Eltern des kleinen Jungen angesetzt hatte, keiner von ihnen war je auf deren Tod aus gewesen. Unwichtige Informationen hatten sie weitergegeben. So unwichtig, dass sie am nächsten Morgen noch hatten in den Spiegel schauen und sagen können: »Es schadet ihnen nicht, wenn ich das weitersage.« Auch Elisabeth hatte so gehandelt. Meistens. Aber nicht an diesem Tag, als der kleine Junge zu ihr gekommen war und ihr erzählt hatte, warum er so weinen musste und nichts essen wollte.

Die Tragweite war Elisabeth damals nicht klar gewesen. Und später dann hatte sie sich an Sievers' Legende geklammert. Dass die Familie weggezogen war. Sie hatte gedacht: Gefängnis. Natürlich. Was auch sonst. Sie hatte es nicht erfahren. Sicherlich nicht bis zu dem Tag, als es der kleine Junge ihr gesagt hatte. Sie hatten ja noch Kontakt gehalten. Also hatte sie es über ihn erfahren. Mit Sievers aber hatte sie nie darüber gesprochen. Daher also Lisbeths Fürsorge, noch so viele Jahre später. Das schlechte Gewissen gegenüber dem kleinen Jungen.

Und der kleine Junge war jetzt ihrer aller Mörder.

19.

»Eigentlich mach ich so was nicht, aber in diesem Fall … Interessiert mich ja auch. Und ich war ehrlich gesagt noch nie in Rostock. Schön hier! Hanse Sail und so.« Der Kollege aus Berlin plauderte gut gelaunt drauflos. Kein Wunder. Seine unaufgeklärten Fälle waren ein paar Jahre her, da regte sich niemand mehr auf.

Erster Kriminalhauptkommissar Winfried Köhler war auf Eriks Bitte hin nach Rostock gekommen. Erik hatte nicht viele Argumente gebraucht. Köhler sah es wohl als willkommenen Ausflug. Die Pensionierung konnte nicht mehr weit sein, sein Eifer war aber ungebremst, und wie er Erik im Vertrauen mitteilte, hatte er jetzt, zwei Jahre nach seiner Scheidung, eine sehr heiße Frau aufgetan, der er auch gerne mal etwas bieten wollte. So ein spontaner Wochenendausflug zur Hanse Sail war schon schick. Fand er. Da sämtliche Hotels ausgebucht waren, hatte Erik alle Hebel in Bewegung gesetzt und Köhler samt seinem »Hasen«, wie dieser die neue Eroberung liebevoll nannte, bei seinen Nachbarn in Gehlsdorf untergebracht. Das Zahnarztehepaar hatte nämlich pünktlich zum touristischen Höhepunkt des Jahres beschlossen, sich aus der Stadt zu verdrücken. Erik hatte die Schlüssel für Notfälle. Und natürlich auch die Handynummer.

Dass Köhlers »Hase« über zwanzig Jahre jünger war als dieser, erstaunte ihn nur mäßig. Köhler tat alles, um jünger zu wirken. Jeanskleidung von oben bis unten. Selbst bei der überwältigenden Hitze eine Art Biker Boots an den Füßen. Die Sonnenbrille wie aus einem amerikanischen Movie der späten siebziger Jahre, das in San Francisco spielte. Der ganze Typ wie aus dem »Sabotage«-Video der Beastie Boys. Schnauzer, die Haare einen Tick länger als üblich, wohl um verwegener zu wirken. Der Teint Solarium. Köhlers »Hase« war graumäusig und durchschnittlich, trotz ihres Alters noch leicht zu beeindrucken und mit Sicherheit fest davon überzeugt, mit Köhler einen tollen Fang gemacht zu haben. Sie mochte nur wenig jünger sein als Anne, aber die beiden Frauen waren kein Vergleich. Das Wichtige an »Hase«, wie Erik sie fortan in Gedanken nur noch nannte, war, dass sie Köhler bewunderte und deutlich jünger war als dieser. Gott, lass mich nie so enden, dachte Erik mit einem Schaudern.

Eigentlich hatte er sich zwei Kollegen ins Auto packen und selbst nach Berlin fahren wollen. Eigentlich. Aber es war wieder alles anders gekommen. Das Unheil hatte sich in Form eines schwarz lackierten Mercedes SLK mit Hamburger Kennzeichen vor seiner Haustür angekündigt. Und in der Wohnung hatte ihn auch schon das Gezeter zweier sehr ähnlich klingender Frauenstimmen erwartet. Cordelia und Inga. Beide die langen blonden Haare wie verabredet zu einem Zopf gebunden, beide in bunten Sommerkleidern und Sandaletten mit Korkplateau. Eriks erster Gedanke war gewesen, wie seine Exfrau mit diesen Schuhen Auto fahren konnte.

Natürlich war es darum gegangen, dass Inga ihre Tochter wieder mitnehmen wollte. Sie hatte das Sorgerecht als Argument angebracht. Und die gut informierte Cordelia hatte den gesamten Samstagnachmittag im Internet gesurft, etwas von »eigener Entscheidung weil schon sechzehn« zu berichten gewusst und mit triumphierender Miene trompetet: »Ich bleib nämlich bei Papa, da kannst du mir gar nichts mehr!«

Ungefähr in dem Moment hatten die beiden Erik bemerkt, der wie angewurzelt im Türrahmen zum Wohnzimmer stehen geblieben war und den Mund nicht mehr zu bekommen hatte.

»Und wer fragt mich?«, hatte er nach einer Weile herausgebracht.

Seine Exfrau hatte es ebenso wenig für notwendig gehalten, ihn zu begrüßen, wie umgekehrt.

»Aha, siehst du, er will dich nicht hier haben«, hatte sie gekeift, den Triumph nun auf ihrer Seite glaubend.

»Papa, jetzt sag auch mal was!«

Immer dasselbe. Seine Tochter spielte die beiden grundsätzlich gegeneinander aus. Machte Kindern das Spaß? Taten sie es nur bei Eltern, die ohnehin schon geschieden waren? Oder taten sie es grundsätzlich? Ließen sich vielleicht deshalb so viele Paare scheiden – weil ihre Kinder sie immer gegeneinander ausgespielt hatten?

Er hatte versucht, den beiden klar zu machen, dass er nach Berlin musste. Cordelia hatte er nach Hamburg zurückschicken wollen. Und hatten sie sich nicht darauf geeinigt, dass Cordelia zu ihrem Onkel nach Toronto ging?

Offenbar hatten sie es nicht getan. Mutter und Tochter hatten weitergekeift, bis es richtig schmutzig geworden war und Cordelia angefangen hatte, die Liebhaber ihrer Mutter aufzuzählen. Inga, die wohl gehofft hatte, dass sie diskret genug gewesen war, hatte ihren üblichen hysterischen Anfall, gefolgt von einer Art Nervenzusammenbruch, bekommen. Danach war sie weinend auf dem Sofa zusammengebrochen, hatte über die missratene Tochter gejammert und sich von Erik in Ermangelung von Prosecco einen Whisky einschenken lassen, den sie dann allerdings doch nicht angerührt hatte. Cordelia hatte sich Türen schlagend in ihr Zimmer verzogen.

Wissend, dass die Ruhe nur vorübergehend war, hatte Erik seine Chance, endlich zu Wort zu kommen, ergriffen.

»Ich muss wirklich arbeiten«, hatte er zögerlich angefangen und sogleich gewusst, dass er nichts Schlimmeres hätte sagen können. Es waren dieselben Vorwürfe gefolgt, die er sich schon vor Jahren, als sie noch verheiratet waren, hatte anhören müssen. Nur, dass dies jetzt eigentlich – den offiziellen Scheidungstermin zugrunde legend – dreizehn Jahre her war. Und immer noch fast derselbe Wortlaut.

»Immer versteckst du dich hinter deiner Arbeit, glaub nicht, dass ich das nicht durchschaut habe! Du willst dich einfach nur nicht der Verantwortung stellen! Du bist viel zu unreif, um ein Kind zu haben und eine Beziehung zu führen! Deine Eltern hatten von Anfang an Recht, als sie mich vor dir gewarnt haben!« Das war schon immer seine Lieblingsstelle gewesen, seine eigenen Eltern hatten Inga vor ihm gewarnt! »Ich weiß nicht, wie ich das alles alleine schaffen soll«, und so weiter.

Irgendwann im Laufe der nächsten Tage würden sie eine Lösung finden müssen. Das Ende vom Lied war gewesen, dass er Köhler privat angerufen und ihn überredet hatte, nach Rostock zu kommen. Dann hatte er das gesamte Kommissariat informiert und ein Treffen für elf Uhr am Sonntag angesetzt. Und schließlich hatte er sein Schlafzimmer geräumt, um Platz für Inga zu machen, sich auf die Couch gelegt und versucht zu schlafen. Doch davon hatte ihn erst Inga, die ihm noch stundenlang vorjammerte, wie schwer sie es mit Cordelia hätte, abgehalten. Dann, als Inga endlich in seinem Schlafzimmer verschwunden war, war Cordelia angeschlurft gekommen und hatte versucht, ihn davon zu überzeugen, dass sie auf gar keinen Fall mit ihrer Mutter wieder nach Hamburg fahren könnte. So hatten Vater und Tochter eine Weile beieinander gesessen, die Musik laufen lassen und ab und zu ein Wort gewechselt. Um Punkt zwölf war Cordelia ihm um den Hals gefallen und hatte ihm gratuliert, war dann schnell in ihr Zimmer gerannt und mit zwei Büchern zurückgekommen: »Lost in Music« von Giles Smith und »31 Songs« von Nick Hornby. Er hatte sie ganz fest gedrückt und sich bedankt. Inga würde seinen Geburtstag ignorieren. Falls sie überhaupt wusste, dass er Geburtstag hatte.

Wenn sie nicht gerade mit ihrer Mutter direkt konfrontiert war, wurde Cordelia wieder zu einem sehr angenehmen, umgänglichen Menschen. Die Ähnlichkeiten mit Inga reduzierten sich auf das Äußere. Inga konnte nicht einfach schweigen, so wie Cordelia. Inga schwieg nur, wenn sie schmollte. Inga hatte auch keinen Sinn für Musik und für seine schon gar nicht. So hatten sich die beiden durch Cordelias Franz-Ferdinand-Album gehört, und schließlich hatte er das Töchterchen mit einer der wenigen Bands, auf die sie sich nicht einigen konnten, vertrieben: New Model Army.

Sie fand die Musik mäßig interessant und war für Justin Sullivans Poesie nicht empfänglich. Aber Sullivan sprach ihm aus der Seele, besonders wenn er davon sang, wie gerne er sich von seinen Eltern lösen würde. Wie wenig es ihm gelang. Egal wie alt man wurde, man war immer noch Sohn.

Familie konnte man sich nicht aussuchen wie Freunde. Man hatte sie einfach. Und ebenfalls anders als Freunde konnte man sie nicht aus seinem Leben verbannen. Die Familienbande verfolgten einen bis ins Grab. Freunde konnte man schon mal vergessen, wenn man zehn Jahre nicht mit ihnen sprach. Seine Eltern aber, trotz der Funkstille, die schon so lange andauerte, wie er von Inga geschieden war, seine Eltern konnte er nicht vergessen. Wie Geister überraschten sie ihn immer und immer wieder. Wenn er etwas so machte, wie es sein Vater gemacht hätte. Wenn er etwas nicht so machte, wie es sein Vater gerne gesehen hätte. Wenn er etwas tat, was seine Mutter aufgeregt hätte. Wenn er einfach nur in den Spiegel schaute und dieselben Augen sah, die auch seine Mutter hatte. Die Nase, die er vom Vater geerbt hatte. Wie seine Brüder. Die gab es schließlich auch noch.

Geschwister konnte man leichter vergessen als Eltern. Eltern nie. Er würde immer Sohn bleiben.

Erik war erst spät eingeschlafen, und das Sofa hatte seinem Rücken nicht gut getan. Um elf Uhr waren alle der Reihe nach eingetrudelt. Erik hatte eine leichte Bierfahne bei Gerd bemerkt, den nichts von der Hanse Sail hätte abhalten können.

Köhlers gute Laune war nicht nur für Erik schwer zu ertragen. Die Truppe zeigte Ermüdungserscheinungen, denn sie hatten Überstunden hinter sich wie schon lange nicht mehr. Dazu der emotionale Druck, seit Wochen ohne Ergebnis zu sein.

Es dauerte keine zwei Minuten, und schon machte sich Köhler an Anne heran. Er setzte sich neben sie, plusterte sich auf, erzählte unsinniges Zeug über seinen Job, die bevorstehende Pensionierung, seine Pläne für die Zukunft. Anne schien ausgesprochen amüsiert zu sein und lachte wie ein Schulmädchen. Erik ärgerte sich über das Getue.

»Könnten wir anfangen? Danke!«, unterbrach er das allgemeine Gemurmel. »Leider ohne Spurensicherung, wie es aussieht …«, sagte er vage in Gerds Richtung. »Hat er das Unentschieden gegen Freiburg nicht verkraftet?«

Gerd schüttelte den Kopf. »Sollte jeden Moment kommen.«

Erik entschied, dass sie trotzdem anfangen würden. Er stellte Köhler kurz vor, dann übernahm dieser das Wort.

»Ihr habt angefragt, ob es irgendwo klingelt, wenn ihr sagt: vermutlicher Serientäter, kein sexueller Hintergrund, der die Opfer trotzdem vollständig entkleidet und ritualisiert hinrichtet. Von Gefangennahme vor der Tötung war die Rede und so weiter. Ich habe seit über drei Jahren drei Tötungsdelikte, die vermutlich alle auf denselben Täter zurückzuführen sind.« Er zögerte an dieser Stelle. »Sie wurden mit derselben Schusswaffe begangen. Ansonsten gibt es einige wichtige Unterschiede.« Köhler zog aus seiner Aktenmappe ein paar Blätter heraus, die er verteilte. Er hatte die wichtigsten Ergebnisse zusammengeschrieben und kopiert. Erik war einerseits beeindruckt. Andererseits stieß ihn der Übereifer dieses Mannes ab. Eine seiner schlechtesten Eigenschaften, die er in seinem Job nicht gebrauchen konnte: Er urteilte vorschnell über Menschen, und wenn er einmal jemanden ablehnte, konnte es Monate dauern, bis er seine Meinung wieder änderte.

»Erster Fall: Jochen Schattner, geboren am 30. Mai 1955 in Chemnitz, damals Karl-Marx-Stadt. Gestorben vermutlich am 7. Dezember 2000. Er wurde erschossen in seiner Wohnung in Treptow aufgefunden, da war er allerdings schon über zwei Wochen tot. Den Nachbarn ist kurz vor Weihnachten der Geruch unangenehm aufgefallen. Die Kollegen von der Streife haben die Tür nicht aufbekommen, die Feuerwehr ist dann von außen durch das Fenster rein. Vierter Stock. Die Wohnung war durchwühlt, aber es fehlte nichts. Einige Türklinken waren abgewischt. Es sah auf den ersten Blick nach Raubmord aus, nachdem wir aber mitten in der Küche die Geldbörse des Toten gefunden hatten, waren wir uns da nicht mehr so sicher. 500 Mark in Scheinen. Es sind schon Leute für weniger umgebracht worden. Jedenfalls erschien es uns seltsam, und dann rekonstruierten wir aus den Zeugenaussagen, dass etwa zwei Wochen zuvor Besuch bei Schattner war, der ziemlichen Radau gemacht hat. Die Nachbarn erinnern sich auch an ein Geräusch, das einem Schuss nicht unähnlich war. Dass es wirklich ein Schuss war, damit hat keiner gerechnet. Wir gingen davon aus, dass der Täter das Opfer kannte und in einer persönlichen Beziehung zu ihm stand. Ein Räuber streitet nicht erst großartig herum. Die Unordnung sollte eine falsche Fährte sein.«

»Warum hat sich denn keiner der Nachbarn nach dem Streit bei Schattner erkundigt, ob alles okay war?«, fragte Kai.

»Schattner war Alkoholiker und arbeitslos außerdem ...«

»... und hatte 500 Mark zu Hause rumliegen?«, warf Kai ein.

»Moment. Dazu komm ich gleich. Er war Alkoholiker und den ganzen Tag zu Hause. Bei ihm gab es öfter Radau. Manchmal hatte er Damenbesuch. Nicht die bezahlbare Sorte, sondern andere traurige Gestalten mittleren Alters, die dem Alkohol ähnlich zusprachen wie er. Da gab es Musik, Getöse und Geschrei. Zugeschlagen hat er wohl auch nicht selten. Das Gekeife ging oft im Flur weiter. Die Nachbarn waren alles Mögliche gewöhnt und gingen Schattner aus dem Weg, wo sie konnten.«

»Und dann zwei Wochen Ruhe?« Diesmal war es Olaf, der nachhakte.

»Bemerkt hat es jeder, aber unternehmen wollte niemand etwas. Bis es anfing zu stinken.«

»Die 500 Mark«, erinnerte Kai.

»Schattner hatte die Angewohnheit, seine Stütze vollständig abzuholen und mit sich herumzutragen.«

»Umfeld?«, fragte Erik.

»Das wäre das Einfachste gewesen. Irgendein anderer besoffener Kerl, dem er Geld schuldete. Leider sind wir keinen Schritt weiter gekommen. Alle Bekannten Schattners, die wir ausfindig machen konnten, waren selbst so fertig, dass sie nicht mal eine Pistole hätten halten können. Keiner hatte Schmauchspuren an den Händen oder an der Kleidung. Keiner ist an dem besagten Tag im Haus gesehen worden. Keiner hatte ein Motiv. Wir haben wochenlang alles abgeklappert und sind jeder noch so vagen Spur nachgegangen. Bis wir dann ein halbes Jahr später …«

»Was hat Herr Schattner gemacht, bevor er arbeitslos wurde?«, fragte Anne plötzlich.

Köhler blätterte in seinen Unterlagen. »NVA … Moment … Hier: Grenztruppen.«

»Wo?«

»Äh – Berlin. Sonnenallee … Dann arbeitslos nach der Wende.«

»Wieso?«

Köhler starrte Anne verständnislos an. »Wieso? Weil er keinen Job gefunden hat!«

»Frau Dr. Wahlberg steht uns beratend zur Seite. Sie ist Psychologin«, sagte Erik mit samtiger Stimme. Der gewünschte Effekt trat ein. Köhlers Begeisterung für sie schlug in das tiefe Misstrauen um, das die meisten Kollegen Psychologen gegenüber empfanden, die sich in die Ermittlungen einmischten.

»Ich will nur wissen, was Schattner für ein Typ war, bevor er sich den Verstand weggetrunken hat«, fuhr Anne fort. »Wenn in seinem unmittelbaren Umfeld niemand zu finden war, dann vielleicht in seiner Vergangenheit oder in seiner Familie. Was ist mit seiner Familie?«

»Wohnte immer noch in Chemnitz. Eine Schwester, dort verheiratet mit Kindern, seine Eltern zu dem Zeitpunkt schon lange in Rente. Keiner von denen war auch nur in der Nähe von Treptow, als er getötet wurde. Und warum er mit dem Trinken angefangen hat ... Wahrscheinlich, weil er arbeitslos war. Wie so viele andere nach der Wende. Die einen verkraften es, die anderen nicht. Er hatte seit Jahren keine feste Beziehung mehr gehabt.«

»Gut. Spuren?«, unterbrach Erik. Köhler war unsicher geworden und spekulierte gerade nur noch herum. Er wollte ihn wieder zu den relevanten Fakten zurückbringen.

»Die Wohnung war ein Saustall, und ich bin nicht sicher, wie genau die KTU war, wenn ich ehrlich bin. Die Feuerwehr war außerdem vorher quer durch die Wohnung getrampelt, danach die Streifenpolizisten, zwischendurch sogar noch neugierige Nachbarn, weil die Streife nach unten an die Luft gerannt war und auf den Bürgersteig gekotzt hat. Kein Witz. Alle beide. Der Fall blieb ungeklärt. Ungefähr ein halbes Jahr später, am 10. Mai 2001, wurden zwei Leichen im Treptower Park gefunden. Im schwer zugänglichen Gebüsch, versteht sich. Es handelte sich dabei um das Ehepaar Doris und Albert Kornetzky, wohnhaft in Friedrichshain. Doris Kornetzky, geborene Schmitt, 7. September 1934, ihr Mann ist Jahrgang 1931, 21. Januar geboren ...« Köhler studierte seine Unterlagen.

»Die beiden Leichen wurden am 10. Mai 2001 von einem Jogger und seinem Labrador entdeckt. Beide waren vollständig entkleidet. Erschossen mit derselben Waffe wie Schattner. Und jetzt kommt die Verbindung zu euren Morden.«

Alle schienen in dem Moment die Luft anzuhalten.

»Das Ehepaar ist um den 5. Mai herum aus seiner Wohnung verschwunden. Sie wurden bis zu ihrem Tod gefangen gehalten. Beide waren dehydriert und hatten seit Tagen nicht mehr gegessen. Außerdem hatten sie an Hand- und Fußgelenken Male von Handschellen. Der Täter hat sie dann in der Nacht zum 10. Mai im Treptower Park ausgesetzt und erschossen.«

Erik stutzte. »Ausgesetzt und erschossen?«

Köhler nickte. »Den Spuren an ihren Fußsohlen nach sind sie ein Stück gelaufen, nackt, und dann aus ein paar Metern Entfernung von hinten erschossen worden. Die Frau ist direkt in den Kopf getroffen worden und war auf der Stelle tot. Der Mann hat eine Kugel in den Rücken abbekommen, ungefähr auf Höhe der linken Niere, und hat dann wohl noch versucht weiterzukriechen. Der zweite Schuss war tödlich. Dafür ist der Täter zu ihm hingegangen und hat ihm die Pistole direkt an die Schläfe gehalten.«

Köhler schien mit sich und seinem Vortrag zufrieden und lehnte sich in seinem Stuhl zurück. Erwartungsvoll musterte er einen nach dem anderen. Andreas, Kai, Olaf und Gerd tuschelten miteinander. Malte kritzelte Notizen in einen Collegeblock, der so etwas wie seine private Ideensammlung zu sein schien. Anne sah aus dem Fenster, so als hätte sie gar nicht zugehört.

»Das ist etwas vage«, traute sich Andreas endlich zu sagen. »Sollte es nicht noch ein bisschen mehr geben? Dass jemand seine Opfer entführt und gefangen hält, ohne Essen und Trinken … Ich weiß nicht. Ich finde die Unterschiede bei der Tötungsart viel zu gravierend. Die Opfer in Berlin wurden erschossen, die Opfer in Rostock hingegen …«

»Es könnte zusammenpassen. Psychologisch gesehen macht es Sinn«, schaltete sich plötzlich Anne ein. »Der Täter steigert sich mit jedem Mord. Bei seinem ersten ist es noch Wut. Er mordet, ohne zu wissen, was er da tut. Das wird ihm erst später klar. Der erste Schock darüber, dass er es wirklich getan hat – er versucht noch, falsche Spuren zu legen. Ungeplant, unüberlegt. Dann zieht er sich eine Weile zurück und macht sich einen Plan, was als Nächstes kommt. Vielleicht hat er zum Zeitpunkt des ersten Mordes noch gar nicht vor, weitere Menschen umzubringen. Vielleicht denkt er, er hätte den Schuldigen für was auch immer er getan haben mag bestraft. Dann kommen andere hinzu, die er loswerden will.« Anne machte eine kurze Pause, um zu sehen, ob ihr alle folgen konnten.

»Er hat einen Erfahrungswert, denn er hat schon mal jemanden getötet. Er weiß, wie es sich anfühlt und worauf er achten muss. Und diesmal will er von seinen Opfern etwas anderes. Vielleicht will er Informationen von ihnen. Vielleicht will er sie leiden sehen. Sie mit mehr bestrafen als dem Tod. Er will, dass sie sich fürchten. Wahrscheinlich will er auch, dass sie ganz genau wissen, warum er sie ermordet. Er erzählt es ihnen. Dann lässt er sie laufen, so als würde er ihnen die Freiheit geben. Und nun erschießt er sie hinterrücks. Der eine lebt noch, also wird er aus nächster Nähe hingerichtet. Es soll etwas aussagen.«

»Das ist ein wichtiger Punkt«, bestätigte Kai. »Jedes Opfer wird anders umgebracht, so wie es zu ihm oder ihr passt.«

»Wenn nicht immer alles gleich an die Öffentlichkeit käme«, sagte Olaf plötzlich. Erik sah in fragend an, weil er nicht wusste, worauf er hinauswollte.

»Ich dachte nur gerade, wenn die Öffentlichkeit nicht wüsste, wie wir DNS-Spuren nehmen können oder dass wir das überhaupt können, dann … Wenn der Täter das nicht gewusst hätte, hätte er seine Opfer nicht ausgezogen, und wir hätten DNS-Spuren.«

Es stimmte. Je raffinierter die Kriminaltechnik wurde, desto vorsichtiger und gewiefter wurden auch die Täter. Überall konnte man darüber lesen, und im Fernsehen konnte man zuschauen, wie die Polizei arbeitete. Dokuformate und Krimiserien auf fast allen Sendern zeigten haargenau, was die Forensiker konnten und was nicht. Natürlich hatte der Täter deshalb seine Opfer entkleidet.

»Vielleicht hat er etwas an sich, was auch ohne KTU offensichtlich wäre …«, überlegte Kai laut.

»Gut. Was könnte das sein?«, fragte Erik.

»Tierhaare, Dreck, Blütenstaub, keine Ahnung. Ein penetranter Geruch von dem Ort, an dem er die Opfer festhält, der sich in der Kleidung festsetzt. Er ist Anstreicher und hat ständig Farbe an sich … Diese Richtung …«

»Sägemehl.« Erik zuckte zusammen. Er hatte Micha nicht kommen hören. Micha stand wie üblich lässig in den Türrahmen gelehnt.

»Sag das noch mal.«

»Sägemehl. Die beiden Toten im Treptower Park vor drei Jahren hatten Sägemehl unter den Nägeln und in den Haaren. Unsere beiden Opfer haben das auch. Sogar Lena Sommer, obwohl sie schon eine Weile im Wasser gewesen war. Sie muss dem Zeug die gesamte Zeit über ausgesetzt gewesen sein, sonst hätte es sich nicht so tief in das Haar und unter die Nägel gesetzt. Ich habe die Berichte verglichen und mir den Holzstaub noch mal genauer angesehen.« Micha kam zum Tisch, schnappte sich einen leeren Stuhl und stellte ihn mit der Lehne zum Tisch, sodass er sich verkehrt herum draufsetzen konnte, die Arme auf der Rückenlehne verschränkt. »Großer Zufall, dass ein Handwerker in Berlin mehrfach mordet und dann Jahre später in Rostock ein anderer auf recht ähnliche Weise.«

»Sehr vage, alles. Da muss ich Andreas Recht geben. Aber nicht vage genug, um es außer Acht zu lassen. Zu viele Zufälle, da ist was dran, Micha. Wir sollten uns aber bitte noch nicht darauf festlegen, dass wir einen Handwerker suchen.« Erik überlegte. Und dann sprang er über seinen Schatten. »Sie sind also der Meinung, dass diese drei Berliner Morde in unser Profil passen, Frau Dr. Wahlberg?«, fragte er. Sie nickte. Und lächelte ganz leicht, sodass es die anderen nicht merkten.

»Woher der Sinneswandel?«, fragte sie ihn später, als sie alle eine Pause machten und sich in Richtung Neuer Markt nach etwas zu essen umsahen.

»Ich weiß nicht, was Sie meinen«, antwortete er, und sie merkte ihm an, dass er krampfhaft versuchte, zerstreut zu klingen. Er zündete sich seine Zigarette an und gab die Packung an Micha weiter, mit dem er das Gespräch sogleich auf das gestrige Hansa-Spiel brachte. Anne musste fast rennen, um den Männern hinterherzukommen.

»Ihr wisst schon, dass meine Beine ungefähr einen halben Meter kürzer sind als eure«, schimpfte sie. »Ein bisschen langsamer, bitte.« Micha blieb grinsend stehen. Er überragte sie immerhin um fast vierzig Zentimeter.

»Tja, wachsen hat halt nicht jeder drauf«, sagte er gut gelaunt und piekste ihr mit dem Zeigefinger in die Seite. Anne quiekte vor Schreck, und Micha lachte laut, legte den Arm um sie und schob sie ein Stück neben sich her.

»Na, na, na«, kommentierte Erik das Ganze nur, »kein Grund zu ausgelassener Freude. Noch haben wir niemanden verhaftet.«

Anne spürte trotzdem eine Art Genugtuung. Endlich hatte sie Eriks Aufmerksamkeit. Und auch wenn er es nicht zugeben wollte, sie wusste, woran es lag. Wenn sie nicht darauf bestanden hätte, nach Parallelen zu alten, ungeklärten Morden zu suchen, wären sie nie so weit gekommen, wie sie es heute waren. Und das wusste Erik ganz genau.

20.

Marc hatte auf sie gewartet. Er saß auf den Stufen vor dem Haus, in dem sie jetzt wohnte. Also hatte er doch ihre neue Adresse. Wahrscheinlich mal wieder von ihrem Vater.

»Ich will nicht«, sagte sie einfach und schloss die Tür auf. Irgendwie hoffte sie, er würde einfach verschwinden.

»Wir haben noch gar nicht richtig geredet, ich hab dich gestern nicht gesehen, und vorgestern bist du einfach abgehauen ohne ein Wort!«, protestierte er und folgte ihr in die Wohnung. »Ich musste mir sogar die teuerste Suite in der ganzen Stadt nehmen, nur weil nichts anderes mehr frei war! Nur um dich zu sehen!«

»Aber ich will nicht!« Sie warf die Schlüssel auf die Anrichte in der Küche und lehnte sich gegen die Fensterbank. »Lass mich einfach in Ruhe. Ich kann nicht mehr.« Sie verschränkte die Arme. Er blieb in der Tür stehen, wohl weil er spürte, dass sie diesmal nicht mehr so einfach umzustimmen war. Er probierte es trotzdem.

»Aber du wusstest doch von Anfang an …« Sie schnaubte nur verächtlich, und er versuchte eine andere Strategie. »Warum denkst du, bin ich hier?«

»Weil du Angst hast, dein Lieblingsspielzeug zu verlieren.«

Er machte ein ehrlich bestürztes Gesicht. »Spielzeug? Also ich glaube nicht, dass du …«

»Hör zu, ich habe keine Lust mehr. Nicht, weil du verheiratet bist, und nein, auch nicht, weil meine biologische Uhr tickt, sondern einfach, weil es sich für mich nicht mehr richtig anfühlt. Du liebst mich nicht, du bist an mich gewöhnt und findest es spannend. Und ich liebe dich auch nicht, ich wollte dich immer nur, weil ich dich nicht haben konnte und weil ich dachte, die Distanz gibt mir Sicherheit und Raum für mich selbst. Akzeptiere bitte, dass es vorbei ist. Und jetzt geh.«

Er stand da mit offenem Mund und suchte fieberhaft nach Worten. Er fuchtelte mit den Händen, so als ob er dadurch schneller einen klaren Gedanken fassen könnte.

»Erspar uns alles Weitere. Ja, es war eine schöne Zeit, nein, ich werde es nicht bereuen … Geh einfach. Bitte.« Sie drehte sich von ihm weg und sah aus dem Fenster. Sie hatte die Arme immer noch verschränkt. Sie sah hinaus auf den kleinen Garten, auf das leere, verwilderte Nachbargrundstück, auf die Straße, die direkt zur Universität führte, direkt in die Innenstadt. Im Stockwerk über ihr fing jemand an, Klavier zu spielen. Jazz. Anne ließ sich auf die Melodie ein und hörte kaum mehr, wie Marc ging. Sie spürte nur, wie er sich von ihr losriss. Kurz darauf sah sie ihn, wie er die Straße hinunterging, zu seinem Auto. Jetzt würde er mit der Fernbedienung das Auto öffnen. Dann würde er einsteigen, sich anschnallen, danach die Sonnenbrille aus dem Handschuhfach nehmen. Sie kannte seine Rituale so gut. Sie würde ihn vermissen. Aber es ging nicht anders. Sie spürte Erleichterung, als er wegfuhr.

Anne drehte sich vom Fenster weg und ging in das kleinere der beiden Zimmer, das ihr Schlafzimmer war. Die beiden Zimmer lagen zur Vorderseite, sie hatte direkten Blick auf das Haus der jüdischen Gemeinde.

Nun löschte sie als Erstes seine Telefonnummern aus ihrem Handy. Sie nahm auch ihr Adressbuch und strich seinen Namen mit einem dicken schwarzen Filzstift durch. Unmöglich, noch etwas zu erkennen. Er würde vielleicht noch ein paar Mal versuchen anzurufen. Aber frühestens in zwei oder drei Wochen. Jetzt erst mal nicht.

Als Nächstes würde sie alles, was an ihn erinnerte, wegwerfen. Alles, was er ihr geschenkt hatte oder was sie mit ihm zusammen gekauft hatte. Alles, was von ihm kam. Marc sollte keinen Platz mehr haben in ihrem Leben. Zum Glück war er nicht weiter als bis zur Schwelle der Küchentür gekommen. Seine Anwesenheit in ihrer neuen Wohnung würde bald kaum mehr erlebbar sein. Sie war froh darüber. Und ihre Gedanken waren wieder bei dem Fall.

Ein arbeitsloser ehemaliger Grenzsoldat, der Alkoholiker gewesen war und Frauen geschlagen hatte. Ein altes Ehepaar, das still vor sich hin gelebt hatte und bei seinen Nachbarn und Bekannten gerne gesehen war. Eine junge Frau, die einen geheimen Liebhaber gehabt hatte und ihrer Aufsichtspflicht als Erzieherin nicht nachgekommen war. Eine ältere Frau, die auch einen heimlichen Geliebten gehabt hatte, Stasispitzel gewesen war, dann aber zurückgezogen vom Rest der Welt gelebt hatte.

Die Morde passten nicht zusammen. Es gab immer einen Fehler in der Gleichung. Elisabeth Jansen war als IM tätig gewesen. Das passte vielleicht zum Grenzsoldaten. Vielleicht gab es sogar eine Verbindung zu dem alten Ehepaar. Sie waren auch aus Berlin. Eine vage örtliche Verbindung. Aber dann passte Lena Sommer nicht.

Die Parallelen zwischen Lena und ihrer Tante waren interessant. Beide hatten diesen geheimnisvollen Liebhaber in ihrem Leben gehabt. Dann waren sie noch miteinander verwandt gewesen. Und beide hatten Schuld auf sich geladen, wenn man es so biblisch angehen wollte.

Anne setzte sich auf die breite Fensterbank und sah gedankenverloren auf die Straße. Der Kombi eines Sicherheitsunternehmens hielt vor dem Haus. Die Buchstaben des Unternehmens klebten groß auf dem Wagen, und die beiden Männer, die nun ausstiegen, hatten dieselben Buchstaben auf den schwarzen Jacken. Sie trugen sogar etwas, das wie ein Schlagstock aussah, am Gürtel. Vielleicht war es auch eine Stablampe, Anne konnte es nicht erkennen. Sie gingen in das Haus der jüdischen Gemeinde und schienen dort die Alarmanlage zu kontrollieren. Nun fuhr auch noch ein Streifenwagen vorbei, wurde langsamer, die Polizisten erkannten die Männer vom Wachdienst und grüßten sie kurz. Dann fuhren sie wieder weiter.

Verrat. Schuld. Strafe. Der Tod eines Jungen. Hatte Lena Sommer etwas getan, was ihre Tante vor vielen Jahren ebenfalls getan hatte? War auch Elisabeth Jansen am Tod eines Kindes schuld gewesen?

Sie kam so nicht weiter. Jetzt war methodisches Vorgehen gefragt. Jeder Name, der in der Vergangenheit dieser Personen auftauchte, konnte relevant sein, jede noch so kleine Übereinstimmung musste beachtet werden.

In diesem Moment fiel ihr Dr. Sievers ein. Er wusste so viel mehr und würde ihnen helfen können. Sie beschloss, es einfach noch mal mit ihm zu versuchen.

Als sie Erik anrief, meldete sich eine Frauenstimme. Für seine Tochter klang die Stimme zu erwachsen. Anne fragte nach Erik.

»Erik, deine Freundin!«, hörte sie die Frau am anderen Ende der Leitung rufen. Es war so offensichtlich provokativ, dass Anne lächeln musste. Das war also Eriks Exfrau.

»Ich hab keine Freundin«, murmelte Erik, und seine Schritte waren zu hören. »Lass den Scheiß und sag mir, wer das ist.«

Erschrocken hielt Anne ihr Handy ein Stück weit vom Ohr weg, als der Hörer von der Frau irgendwo hingeknallt wurde. Stimmengemurmel, dann Erik, der sich mit ehrlicher Verwunderung und seinem vollen Namen meldete.

»Wahlberg. Können wir noch mal bei Sievers vorbeifahren?«

»Was denn, jetzt noch?«

»Na ja, ich dachte mir, weil er doch …«

»Also wenn es unbedingt sein muss, klar, versteh ich. Geht halt nicht anders. Ich komme sofort«, unterbrach er sie und legte auf.

Er wollte dringend weg von zu Hause. Sie hatte den perfekten Zeitpunkt gewählt.

»Es ist schon spät, finden Sie nicht?« Eriks Frage klang rhetorisch.

»Acht Uhr ist doch in Ordnung. Da rechnet er nicht mit uns, und wir können sagen, wir waren gerade spazieren und dachten, wir sehen noch mal, wie es ihm geht.«

Erik grunzte. »Das wird er uns sofort glauben. Jede Wette.«

»Kann ja auch sein, dass er noch weg ist. Hat Kai nicht gesagt, er sei über das Wochenende verreist?«

Erik zuckte die Schultern. »Er hat ihn nicht angetroffen, weder Freitag noch Samstag. Vielleicht wollte er auch einfach die Tür nicht aufmachen. Ans Telefon geht er auch nicht, das hab ich eben probiert. Wir werden sehen.«

Sie sprachen noch kurz über Köhler. Auch wenn Erik sie anfangs gegen Köhler ausgespielt hatte, nun konnten beide gemeinsam über ihn lachen. »Das hätten Sie sehen sollen, wie er den Gockel gemacht hat, als die Kellnerin kam! Da waren Sie gerade auf der Toilette!« Erik lachte herzhaft, als er diese Episode aus der Mittagspause erzählte. Köhler, dessen Interesse an Anne in dem Moment erloschen war, als er erfahren hatte, wer sie war, Köhler also hatte sich offenbar in den Kopf gesetzt, jede Frau unter vierzig nach ihrer Telefonnummer zu fragen. Natürlich war er auch bei der Bedienung kläglich gescheitert.

»Hier vorne dann links«, sagte Anne und erinnerte sich wieder daran, als sie zum ersten Mal hergefahren waren. »Irgendwas ist anders«, dachte sie und merkte nicht, dass sie es auch laut sagte.

»Ja, ich verfahre mich nicht, und ja, ich habe vorher in die Karte gesehen. Sie dürfen mich loben.« Erik hatte immer noch beste Laune. Aber seine Stimme drang nur noch wie durch Watte an ihr Ohr. Sie waren nun vor Sievers' Haus. Es war kein Geräusch mehr zu hören. Die Luft schien stillzustehen, und jede ihrer Bewegungen kam ihr vor, als befände sie sich unter Wasser.

Jemand ging durch den Vorgarten und klingelte an der Haustür. Es war alles ganz normal. Er klingelte, Sievers öffnete. Dann sollte er etwas unterschreiben. Sievers nahm den angebotenen Stift wie automatisch entgegen. Er lächelte, und alles war in Ordnung. Aber dann wurde er in sein Haus gedrängt, der Stift fiel zu Boden, und die Tür wurde geschlossen …

»Er war hier«, hörte Anne ihre eigene Stimme. »Er war hier, er war da drin bei ihm, seien Sie vorsichtig!« Sie flüsterte nur noch.

Die Haustür ging auf, und da stand Sievers und blickte in den Lauf einer Pistole. Schock und Angst vermischten sich. Sie merkte, wie Erik sie schüttelte und ihren Namen rief. Ihren Vornamen. Sie versuchte, ihn zu fokussieren.

»Was ist los? Ist das der Kreislauf? Wollen Sie sich setzen?«, fragte er besorgt, als er merkte, dass er endlich zu ihr durchkam.

»Nein, schon in Ordnung … Wie sind wir hier reingekommen?«

»Ich hab geklingelt, keiner hat geöffnet, die Tür war nur angelehnt, Sie waren komisch«, fasste Erik zusammen.

»Ich muss hier raus«, sagte sie nur und lief auf die Straße. Sie setzte sich in sein Auto und wartete, bis er hinter ihr herkam.

»Was ist denn los mit Ihnen?« Die Sorge war in Ungeduld umgeschlagen, nun, da er wusste, dass es ihr gut ging.

Also erzählte sie ihm, was sie gesehen hatte, und wappnete sich innerlich gegen seine Reaktion.

Er schwieg einfach nur. Er schwieg sehr lange und starrte dabei auf die Haustür. »Was für ein Stift?«, fragte Erik endlich.

Anne runzelte die Stirn. »Was meinen Sie?«

»Beschreiben Sie mir den Stift.«

Sie überlegte kurz. »Blau, zum Drehen … dieses durchsichtige Blau. Ich weiß nicht, wie das Material heißt. Oben an diesem Klippdings, mit dem man ihn irgendwo feststecken kann, ist Werbung. Ein gelber Kreis.«

Erik stieg aus dem Wagen und öffnete den Kofferraum. Er

holte Handschuhe und ein Plastiktütchen heraus, ging auf Sievers' Haus zu, bückte sich neben dem Treppenaufgang und suchte eine Weile herum. Dann kam er wieder zurück. In der Plastiktüte hatte er den Kugelschreiber. Das gelbe Zeichen war der Werbeaufdruck einer Telefongesellschaft, von der Anne noch nie etwas gehört hatte.

»Den können Sie eben beim Reingehen nicht gesehen haben«, sagte Erik. »Der lag ganz unten im Gebüsch. Es sei denn, Sie haben hier einen tollen Trick und verarschen mich. Wenn ich das rauskriege, ist der Teufel los. Da wollen Sie dann nicht dabei sein!« Er klang sehr angespannt. »Verarschen Sie mich einfach nicht, dazu ist das alles hier zu ernst. Was Sie hier machen, hat vor Gericht keine Beweiskraft. Damit kann ich nicht arbeiten. Aber wenn wir dem Kerl dadurch irgendwie einen Schritt näher kommen, soll es mir recht sein. Nur verarschen Sie mich nicht!«

»Sie wiederholen sich«, sagte Anne leise.

»Sie haben gute Arbeit geleistet, die ganze Zeit. Das meine ich ehrlich.«

»Ich weiß.«

»An das Gedankenlesen muss ich mich erst noch gewöhnen«, fügte er hinzu, aber diesmal fehlte der Sarkasmus. »Ich gebe zu, ich hatte meine Schwierigkeiten mit Ihnen, und die hab ich immer noch. Aber wenn Sie nicht wollen, dass ich alles, was bisher von Ihnen kam, als Zufallstreffer sehe, dann müssen Sie sich jetzt verdammt anstrengen.« Er stieg aus und steuerte das Nachbargrundstück an. Klingelte, zeigte seinen Dienstausweis, sprach kurz mit den Nachbarn, nahm sein Handy aus der Hosentasche und telefonierte.

Anne stieg nun auch aus. Was erwartete Erik von ihr? Ein Phantombild des Täters mit Adressangabe?

Sie bekam mit, dass Erik Verstärkung angefordert hatte. Die Nachbarn, mit denen er geredet hatte, waren selbst ratlos. Es wäre ungewöhnlich für den alten Mann, der sonst immer feste

Tagesabläufe hatte und ihnen längere Abwesenheiten stets ankündigte, damit sie die Blumen gossen und die Fische fütterten, einfach so nicht da zu sein, hatten sie gesagt.

Uniformierte aus Bad Doberan kamen nach ein paar Minuten in Streifenwagen angefahren. An Anne zog alles wie hinter einer dicken Glasscheibe vorbei. Die Polizisten gingen los, um auch andere Nachbarn eingehend zu befragen, nachdem Erik sie instruiert hatte. Dann tauchte noch ein Zivilfahrzeug auf. Der Kommissariatsleiter aus Bad Doberan hatte beschlossen, sich ebenfalls einzumischen. Es folgte eine längere Diskussion mit Erik um Kompetenzen und Zuständigkeiten, bis der Mann wutschnaubend wieder wegfuhr.

Kurz darauf kam Erik direkt auf sie zu.

»Wie sah der Mann aus, den Sie gesehen haben, jung, alt, groß, klein?« Er klang wie bei einer Zeugenvernehmung.

»Es war derselbe wie bei Lena«, sagte sie, und ihr fiel ein, dass er davon gar nichts wusste. Nur Malte war dabei gewesen.

»Und nein, das hätte ich Ihnen nicht früher erzählen können«, schloss sie, als sie ihn eingeweiht hatte. »Sie hätten doch eh nichts geglaubt.«

Erik nickte nur nachdenklich. »Wissen Sie trotzdem, wie er aussieht? Irgendwas?«

»Da war ein Auto. Komisch, ich erkenne es nicht richtig. Es ist so unauffällig.« Anne quälte sich, um mehr sagen zu können. »Ein Kombi … Nein … Aber so ein Kasten hintendrauf.«

»Ein Bus, ein kleiner LKW, ein Lieferwagen, was meinen Sie?«

»Nein, schon ein richtiges Auto, aber eben nur mit zwei Sitzen und hinten einem Kasten.«

»Ach so. Okay.« Nach längerem Nachfragen ging Erik davon aus, dass es sich um einen Renault Kangoo Rapid handelte. Er notierte etwas. »Farbe?«

»Blau? Dunkel? Ich weiß es nicht. Buchstaben waren drauf. Vielleicht auch weiß …« Sie war völlig durcheinander, weil sie an den Kombi von dem Sicherheitsdienst denken musste.

»Das ist nicht wirklich artverwandt, weiß oder dunkel. Und nach ›unauffällig‹ klingt das mit den Buchstaben auch nicht gerade. Sie sollten sich entscheiden.«

Der Sicherheitsdienst …

»Unauffällig, weil Sie sich keine Gedanken über die Anwesenheit eines solchen Autos machen würden. Wie wenn ein Krankenwagen vorm Krankenhaus steht. Da fällt er nicht auf. Aber wenn er vor einer Kirche steht, ist es etwas anderes, so meine ich das.«

»Zum Glück sind normale Zeugen pflegeleichter«, stöhnte Erik. »Wenn Sie was zum Mitschreiben haben, sagen Sie es. Was ist mit dem Mann? Es war doch ein Mann?«

Daran hatte sie nie gezweifelt. Es war ein Mann. Und er war freundlich, und man begegnete ihm ohne Misstrauen. Aber sie sah ihn nicht. Sie hatte nur das Gefühl, dass er noch jung war.

»Lassen Sie mich reingehen«, sagte sie.

»Da muss erst die KTU durch«, erwiderte Erik.

»Dann kann ich für nichts mehr garantieren.« Er sah sie fragend an, und sie erklärte: »Das ist wie bei dem Mord an Schattner in Berlin. Wenn die Feuerwehrleute, die Streifenpolizisten und die Horde Nachbarn durch das Zimmer gerannt sind, bleibt nicht mehr viel übrig. Kann mir auch passieren. Meine Spuren sind Emotionen, keine Haare oder Fasern. Die können sich, wenn man Pech hat, noch viel leichter verflüchtigen.«

Das war eine Sprache, die Erik verstand. Er überlegte kurz und willigte dann ein. »Nichts anfassen, möglichst auf nichts drauftreten, ziehen Sie hier diese Plastikdinger über die Füße.« Er hatte aus dem Kofferraum den Plastiküberzug für die Schuhe geholt.

Aber in dem Haus selbst bemerkte sie nichts mehr. Ähnlich wie bei Elisabeth Jansen erschien alles steril und leblos. Wie eine Fassade, errichtet, um zu vertuschen. Vom Täter keine Spur mehr. Er war vielleicht gar nicht besonders lange in der Wohnung gewesen. Sie ging wieder raus und schüttelte den

Kopf. Kommentarlos setzte sie sich ins Auto und schloss die Augen. Wie lange sie so dasaß, wusste sie nicht. Es wurde dunkel, und die KTU war noch immer mit Sievers' Haus beschäftigt. Die Suchmeldung ging raus, die Pressestelle wurde informiert. Einer der Nachbarn wiederholte noch einmal, was er bereits Kai erzählt hatte, nur dass Kai es zu dem Zeitpunkt nicht für wichtig gehalten hatte. Dass bei Sievers Handwerker gewesen waren. Zumindest hatte das Auto vor der Tür gestanden. Das Auto zufrieden stellend beschreiben konnte er nicht. Immerhin untermauerte es, was Anne gesagt hatte.

Noch ein Mensch war in Gefahr, und Anne wusste nicht, wie viel Zeit sie noch hatten. Wenn sie ihr Gefühl nun wieder im Stich ließ? So wie nach dem Mord an Elisabeth Jansen? Was dann? Sie wusste, dass Sievers noch lebte, aber sie hatte keine Ahnung, wie sie ihn finden würden. Aber für sie hatte der Täter schon zum zweiten Mal Spuren hinterlassen. Spuren der Angst bei seinen Opfern. Warum hatte sie nicht dieselbe Angst, denselben Schrecken in Elisabeth Jansens Wohnung gespürt? Plötzlich fiel es ihr ein: weil sie ihn so gut kannte, dass sie sich vor ihm nicht gefürchtet hatte.

21.

Die Sonne schien auch an diesem Montagmorgen wieder heiß herunter. Zum Glück waren die Touristen fast alle weg, zumindest die vielen hunderttausende, die eigens wegen der Hanse Sail nach Rostock gekommen waren. Zum Glück war auch Köhler weg.

Als Erik vor einer Woche morgens mit der Fähre zum Kabutzenhof gefahren war, hatte er mit allem gerechnet, nur nicht damit, fünf ungeklärte Morde und einen Entführungsfall innerhalb von einer Woche auf den Tisch zu bekommen. Voigts spielte den kranken Mann, und der Fachkommissariatsleiter war schon seit Wochen beurlaubt, weil er zum ersten September in den Ruhestand verabschiedet wurde. Erik fiel ein, dass er noch gar nicht gefragt hatte, wer sein Nachfolger werden würde.

Dass sich Zuhälter gegenseitig erschossen, gut. Dass ein Typ, der seine Drogen nicht bezahlen wollte, zusammengeschlagen wurde, okay. Aber zwei Frauen, denen man derart übel mitgespielt hatte, und das ohne jeden ersichtlichen Grund, war unglaublich. Jedenfalls schien es keinen der üblichen Gründe zu geben. Kein Sex, kein Geld. Blieb noch Rache.

»Lassen wir Lena Sommer kurz außer Acht«, hatte Anne vorgeschlagen. Die passe nicht ganz ins Bild. Dabei passte sie für ihn hervorragend ins Bild. Er konnte nicht von dem Gedanken lassen, dass Dirk Sass etwas damit zu tun hatte. Erik hatte sich die Vergangenheit des Mannes genau angesehen.

Anfang der achtziger Jahre war Sass Sympathisant der Aktionsfront Nationaler Sozialisten gewesen, bis zu deren Verbot. Danach hatte er mit ein paar anderen in Berlin seine eigenen

Aktionen gefahren: medienwirksame Aufmärsche an bestimmten Jahrestagen vor Denkmälern oder öffentlichen Einrichtungen. Sie waren nicht viele gewesen, aber unter der Führung von Sass hatten sie es geschafft, genug Radau zu machen, um Aufmerksamkeit zu bekommen. Sass hatte seine Männer in uniformes Schwarz gekleidet und penibel auf die Texte der Flugblätter, Transparente und Parolen geachtet. Er war intelligent, und das hatte es nicht gerade leicht gemacht, ihm das Handwerk zu legen. Er war mehrmals haarscharf an einer Verurteilung wegen Volksverhetzung vorbeigeschlittert. Aber gute Anwälte und der Umstand, dass seine Aktionen von Anfang an genau durchdacht waren, hatten längere Haftstrafen verhindert. Der Name Gero Helm war irgendwann auch aufgetaucht, aber er war schon immer ein Mitläufer gewesen, kein Aktivist. Er hatte schon immer Sass' Anweisungen ausgeführt. Und er profitierte noch heute davon.

Mit der Zeit war Sass zu Geld gekommen. Nach der Wende hatte er plötzlich genügend finanzielle Mittel zur Verfügung gehabt, um eine eigene Partei in Berlin zu gründen und sich in Szene zu setzen. Eine reiche Heirat war noch hinzugekommen. Nun war er seit gut vier Jahren in Rostock. Der Zeitraum konnte passen. Dass er hier wohnte, hieß nicht, dass er seitdem nicht mehr in Berlin gewesen war.

Erik hatte sich auch bei ein paar Kollegen umgehört. Sie waren schon häufiger über den Namen gestolpert, aber stets nur am Rande. Rauschgiftdelikte, Waffenschmuggel und -handel, Prostitution. Ganz am Horizont zeichnete sich Sass' Schatten ab, meist aber fielen Namen von Männern, die man anderweitig mit Sass gesehen hatte. Man hatte ihm nie etwas nachweisen können.

Und da lebte er nun, in seinem Haus in Brinckmansdorf, mit Leibwächtern, Kameras und Alarmanlagen. In ständiger Angst, jemand könnte ihm oder seiner Familie nach dem Leben trachten. Es war Erik klar, dass die Zeitung teils Tarnung, teils Medium zur Verbreitung seiner Überzeugung war und dass das Geld aus der organisierten Kriminalität kam. Sass spielte dabei eine wichtige Rolle, wichtig genug, dass er sich selbst die Finger nicht schmutzig machte. Erwischen würden sie nur seine Handlanger.

Sass hatte sich heute Morgen gemeldet und bei Andreas die Nachricht hinterlassen, dass er in der Nacht, in der Elisabeth Jansen gestorben war, gar nicht in Rostock gewesen wäre. Er hatte auch gleich ein Alibi für den Todestag von Lena Sommer mitgeliefert. An dem einen Tag hatte er seine Frau in eine private Klinik in der Eifel gebracht, an dem anderen hatte er sie wieder abgeholt, jeweils mit einer Übernachtung. Alles Weitere sollten sie nun bitte mit seinem Anwalt regeln. Dass er ein perfektes Alibi hatte, machte ihn für Erik nur noch verdächtiger.

Hatte Lena Sommer gewusst, in was sie hineingeraten war? Hatte sie sich dann ihrer Tante anvertraut? Und die Morde in Berlin: Schattner schien eine zwielichtige Gestalt gewesen zu sein. Ehemaliger Grenzsoldat, vielleicht hatte er sich den Rechten zugewandt und dadurch Sass kennen gelernt. Das Ehepaar – unliebsame Zeugen seiner Machenschaften. Und jetzt Sievers, auch da würde sich vielleicht eine Verbindung zu Sass herausstellen. Dirk Sass war im Moment noch nicht zu greifen. Aber es gab ja immer noch Gero Helm …

Den würde Erik sich wieder vornehmen. Wenn ihm jemand sagen konnte, wo Sievers war, dann Helm, davon war er überzeugt.

Erik blies den Rauch seiner Zigarette in die Luft. Er stand an seinen Wagen gelehnt, der vor einem Plattenbaukomplex in Lütten Klein parkte. Und da kam auch schon Helm aus einem der Eingänge. Erik folgte ihm.

Anne sah verwundert den Mann in ihrem Büro an, bis ihr klar wurde, dass dieser Mann viel mehr Grund hatte, hier zu sein, als sie. Es war ja gar nicht ihr Büro. Es war vielmehr seins.

»Sie sind Herr Voigts, nehme ich an?«, sagte sie freundlich und streckte ihm die Hand hin. Doch der Mann ließ die Hände in seinen Hosentaschen. Seine Augenlider flatterten nervös hinter großen Brillengläsern. Er räusperte sich umständlich, bevor er etwas sagte.

»Ich setze mich am besten in ein anderes Zimmer. Das wird dann doch zu voll hier.« Mit diesen Worten ging er an ihr vorbei. Sie sah ihm verständnislos hinterher. Kai hatte die Szene vom Flur aus beobachtet. Er blieb kurz stehen und sagte: »Völlig normal, einfach ignorieren.«

Als Malte quer über den Flur nach ihr rief, wusste sie, dass sie endlich etwas gefunden hatten. Erik war nicht da, aber alle anderen versammelten sich vor Maltes Schreibtisch. Nur Voigts war wieder verschwunden, in einer Besprechung mit Behrens, wie es hieß. Malte schien gar nicht geschlafen zu haben. Er trug noch dasselbe T-Shirt wie am Vortag und war unrasiert. Um die Augen herum hatte er dunkle Schatten.

»Die erste Gemeinsamkeit: Jansen war als Erzieherin in einem Kindergarten in Friedrichshain.« Er zeigte auf eine Karte von Berlin, die er hinter sich aufgehängt hatte, und klebte einen kleinen gelben Zettel drauf. »Das war hier. Das Ehepaar Kornetzky hat nur zwei Straßen weiter gewohnt … hier.« Wieder ein gelber Klebezettel. »Und unser Mauerschütze arbeitete ein bisschen weiter weg. Sonnenallee. Hier unten.«

»Moment, wie hast du ihn genannt?«, unterbrach Anne.

»Mauerschütze.«

»Wie …«, begann sie, machte aber den Mund sofort wieder zu, weil sie spürte, dass Malte bereits alle Antworten hatte.

»Das war jetzt nur eine kleine Gemeinsamkeit, aber wir müssen alles zusammenstückeln. Der Mauerschütze Schattner wohnt und stirbt in Treptow, das Ehepaar stirbt ebenfalls dort.« Klebezettel, diesmal rote. »Ich habe gestern noch einmal lange mit Isolde Engelmann telefoniert. Ich wollte wissen, ob sie sich an etwas Auffälliges erinnern kann, das vor Jansens Weggang aus dem Kindergarten in Friedrichshain passiert ist, egal wie unwichtig. Signifikant für uns ist der plötzliche, etwas seltsame Umzug eines Jungen von Friedrichshain nach Treptow. Ich weiß, wie dämlich sich das gerade anhört, aber lasst mich weitermachen. Deshalb signifikant, weil das mitten im Monat passierte und völlig unvorbereitet kam. Frau Engelmann hatte damals den Eindruck, dass mit seinen Eltern etwas nicht stimmte. Sie waren offen christlich engagiert, was eine Beobachtung durch das MfS nahe legte. Der plötzliche Umzug hatte ihrer Meinung nach den Hintergrund, dass die Eltern inhaftiert und der Junge zu seiner Großmutter nach Treptow gebracht worden war.«

Anne schloss die Augen, um besser zuhören zu können.

»Sie hat alte Fotoalben und Jahrbücher durchgesehen und hat den Namen des Jungen rausgefunden. Er heißt Ralf Hermann. Seine Oma hieß Gerlinde Weiß. Sie hat mir ein paar Namen von Kindern gegeben, die mit Ralf Hermann befreundet waren. Ich habe einige sogar im Internet gefunden und angerufen. Einer erinnerte sich an die Adresse von unserem kleinen Ralf.« Malte nahm einen weiteren Zettel und drehte sich zur Karte. Er klebte den Zettel exakt auf den, der die Wohnung des getöteten Ehepaars markierte.

»Also konzentrieren wir uns auf einen Ralf Hermann, der von nun an in Treptow lebt und dessen Eltern ja auch irgendwo sein müssen. Müsste ich alte DDR-Akten anfordern, säßen wir hier noch Jahre herum. Der Zufall wollte es, dass es nicht dazu kam. Unser geschätzter Kollege Köhler hat bei seinen umfangreichen Ermittlungen etwas übersehen, das so ungeheuerlich ist …« Malte schüttelte ungläubig den Kopf.

Anne empfand Stolz für sein neu gefundenes Selbstbewusstsein. Sie wusste aber auch, wie zerbrechlich es war. Malte sprach nur so leicht und gelöst, weil er übermüdet war. In einem Euphoriezustand, der ihm Kraft gab und wodurch ihm alles egal war. Trotz der ernsten Situation musste sie ein wenig lächeln.

»Schattner war einer von denen, die direkt an der Mauer standen und Schießbefehl hatten. Nach der Wende ist ein Untersuchungsverfahren gegen ihn – wie so viele andere – eingeleitet worden, aber der Oberstaatsanwalt musste es bald wieder einstellen. Es gab Hinweise darauf, dass er auf jemanden geschossen hat, aber ein Teil der Unterlagen war nicht aufzufinden. Die Anklage hätte auf sehr wackligen Füßen gestanden, und die Mauerschützenprozesse waren insgesamt sehr schwierig. Kurz, man hat davon abgesehen, ihm den Prozess zu machen. Aber aus der spärlichen Aktenlage ging hervor, dass eines Nachts vor fünfundzwanzig Jahren in der Sonnenallee auf einen Mann und eine Frau geschossen worden war, deren Fluchtversuch dadurch verhindert wurde. Eine dritte Person konnte schwer verletzt in den Westen fliehen. Auf DDR-Seite gibt es keine Unterlagen. Alles, was es gibt, sind Aufzeichnungen der BRD-Grenzsoldaten, die den Flüchtling ins Krankenhaus brachten. Er starb wenig später. Aber er war österreichischer Staatsbürger, Fluchthelfer, und nannte die Namen der anderen beiden. Ein Ehepaar namens Hermann. Allerdings wurden nie Totenscheine oder sonstige Beweise gefunden. Die Hermanns verschwanden einfach aus den Akten der DDR, so als hätten sie nie existiert.«

Maltes Kollegen starrten ihn fasziniert an. »Wie hatten sie fliehen wollen? Das war doch zu dem Zeitpunkt schon wieder sehr viel schwieriger als noch Anfang der Siebziger«, warf Olaf ein.

»Die Fluchthilfeorganisation war auf gefälschte Papiere spezialisiert. Der Helfer kam mit den Papieren in den Osten, händigte sie aus und wollte dann mit den Hermanns zurück über die Grenze. Vermutlich haben die Grenzer auf DDR-Seite ein paar Minuten zu lange in die Pässe gesehen, die Hermanns bekamen Panik und rannten los. Das Dümmste, was sie tun konnten. Man hat sofort auf sie geschossen. Der Fluchthelfer ist hinterhergerannt, wohl weil er auf DDR-Knast keine Lust hatte. Aber das hätte ihm zumindest das Leben gerettet.«

»Und Schattner hat also …«, fragte Olaf weiter.

Malte nickte. »Wir können davon ausgehen, dass Schattner in der Nacht vom 9. auf den 10. Mai 1979 das Ehepaar Hermann bei einem Fluchtversuch, der von einem Fluchthelfer unterstützt wurde, erschossen hat. Die Hermanns wohnten neben den Kornetzkys, die ebenfalls an einem 10. Mai getötet wurden. Der Sohn ging zu Jansen in den Kindergarten. Da muss man nur eins und eins zusammenzählen. Jansen als IM, Schattner als Mauerschütze, die Nachbarn vielleicht auch IMs, das finden wir noch irgendwie raus. Fehlt nur noch die Verbindung zu Lena Sommer.« Hier endete Malte, denn er hatte alles gesagt, was es zu sagen gab. Auch wenn noch viele Fragen offen waren, wussten sie alle, dass sie jetzt den Namen des Mörders kannten. Ralf Hermann.

Köhler war sich gar nicht bewusst, dass ihn die Leute auf dem Treptower Friedhof anstarrten. Und wenn, hätte er sich wahrscheinlich etwas darauf eingebildet. Er stolzierte mit seinem Handy am Ohr durch die Grabreihen. »Gerlinde Weiß … Moment, ich such ja noch!«, sprach er laut in das Gerät, so als hätte er Angst, die Funkwellen würden seine Stimme nicht ausreichend transportieren. »Nee, nee, bleiben Sie dran, ich hab's bestimmt gleich. Bin schon bei 1999!«

Die Rostocker hatten ihn hier hingeschickt, damit er nach einem Grab suchte. Er hatte nicht ganz den Hintergrund verstanden, und er war auch ein wenig beleidigt, dass ihn nicht der Kommissariatsleiter persönlich, sondern irgendein Sachbearbeiter angerufen hatte. Hauser oder so. An den konnte er sich gar nicht richtig erinnern. Hatten die etwa an einem Tag mehr rausgefunden als er in wochenlangen Ermittlungen? Das konnte nicht sein.

»Hier ist es. Gerlinde Weiß. Gestorben September 2000, das ist sie?« Hauser bestätigte es. »Da liegt nur 'ne Steinplatte drauf. Keine Blumen. Ich glaub, hier war seit Jahren keiner, das Unkraut wuchert außen rum.« Köhler schüttelte missbilligend den Kopf.

»Warum wollt ihr das wissen?« Er lauschte und bekam immer größere Augen. »Das glaub ich euch nicht! Das ist ja völlig …« Er wurde unterbrochen von einer alten kleinen Frau um die achtzig, bewaffnet mit Sonnenhütchen und großer Gießkanne, die sich vor ihm aufbaute und, obwohl sie einen Kopf kleiner war als er, sehr einschüchternd wirkte.

»Junger Mann, wenn Sie telefonieren wollen, tun Sie das auf der Straße! Was fällt Ihnen ein!« Erschrocken ergriff Köhler die Flucht.

»Was war das denn?«, wollte Kai Hauser wissen.

»Nichts … Ich ruf später noch mal an. Wann ist der Chef da?«

»Äh – welcher?«

Komische Antwort. »Erik Kemper natürlich, wie viele leiten denn noch eure Ermittlungen?« Wollte er ihn verarschen?

»Er meldet sich dann. Und danke!«

Köhler schüttelte den Kopf. Die waren schon ganz schön merkwürdig, diese Rostocker. Aber was sollte man auch erwarten von der Provinz da draußen an der See. Und dass sie jemanden hatten, der unter dringendem Tatverdacht stand, war bestimmt auch nur ein Scherz gewesen. Er würde einfach später mit Erik reden. Köhler hatte seine gute Laune wieder, spazierte zu seinem Wagen und fuhr zurück. Obwohl – bei dem schönen Wetter war ihm ein kleiner Abstecher sicherlich gegönnt. Ein schneller Espresso irgendwo … Die Frage, warum man ihn auf den Treptower Friedhof geschickt hatte, um nachzusehen, ob ein Grab gepflegt wurde oder nicht, beschäftigte ihn aber noch eine Weile.

Es war enttäuschend, der Mann war schlicht berechenbar. Gero Helm war tatsächlich zu Elisabeth Jansens Beerdigung nach Bad Doberan gefahren und hatte Fotos gemacht. Spätestens auf dem Friedhof hatte er von Erik Notiz genommen, und das reizte ihn nun, den wenigen Trauernden nervige Fragen zu stellen, was sie von der Arbeit der Polizei hielten. Die Antworten fielen, nach allem, was Erik mitbekam, für Helm nur mäßig befriedigend aus. Die Menschen, die Elisabeth Jansen das letzte Geleit gegeben hatten, wollten nur in Ruhe gelassen werden. Das Misstrauen der Presse gegenüber war weit größer als ihre Zweifel an der Fähigkeit der Polizei.

Die Sommers waren schnell von den anderen Trauergästen isoliert. Sie kannten niemanden, obwohl sie die einzigen Verwandten waren. So gesellte sich das Ehepaar zu Erik. Er kondolierte, und die Sommers nickten nur.

»Dass Sie gekommen sind!«, sagte Frau Sommer zu ihm. »Wer sind diese anderen Leute, wissen Sie das?«

Erik sah sich um. Ein paar Nachbarn, Freundinnen, mit denen Elisabeth Jansen jeden Sonntag zum Gottesdienst gegangen war. Zwei der Bad Doberaner Kollegen waren auch da.

»Von denen da erbt jetzt aber doch keiner was? Ich bin ihre einzige Verwandte!«

Diese Frau war unmöglich. »Wie gut kennen Sie den Reporter eigentlich?«, wechselte Erik schnell das Thema. »Er ist doch nach dem Tod Ihrer Tochter ein paar Mal bei Ihnen gewesen.«

»Ach, ein ganz feiner Mann, wissen Sie. Er hat sich so eingesetzt für uns.« Eriks Blick fixierte Gero Helm, der geduldig wartete, bis die letzten Trauergäste verschwunden waren, um mit seiner Digitalkamera Nahaufnahmen von der frischen Grabstätte machen zu können.

»Herr Helm hat sich so um unsere Sicherheit gesorgt, wissen Sie. Und er hat die anderen Journalisten von uns fern gehalten, das war ja so nett von ihm.« Frau Sommer war sehr angetan.

»Er hat sich für Sie eingesetzt?«, fragte Erik und versuchte, beiläufig zu klingen.

»Na, er hat sich darum gekümmert, dass wir das Geld von der Lebensversicherung bekommen! Das waren doch 20 000 Euro, das ist viel Geld!«, erklärte Karl Sommer.

Lena Sommer hatte keine Lebensversicherung gehabt, so viel wusste Erik sicher. Das schlechte Gewissen von Sass, tippte er.

Und wieder Helm, der als Handlanger fungierte. Erik erinnerte sich, dass Malte von einem gigantischen Fernseher bei den Sommers erzählt hatte. Sie hatten schnell angefangen, das Geld auszugeben. »Was hat Herr Helm Ihnen denn noch Gutes getan?«

»Das ist doch schon eine Menge!«, protestierte Elfriede Sommer, der Eriks spöttischer Ton nicht entgangen war. »Wo er doch unsere Lena so gut gekannt hat!«

»Das ist neu. Warum haben Sie uns gegenüber denn nie etwas erwähnt?«

»Ach, er hat gesagt, dass das niemand wissen muss, schließlich hat er mit dem Mord nichts zu tun.« Ihre Stimme klang plötzlich belegt, und Tränen kullerten über ihre Wangen. Ihr Mann legte linkisch den Arm um ihre Schultern.

»Wir haben Ihnen alles gesagt! Herr Helm hatte ja kein Verhältnis mit ihr, und er hat Ihnen doch auch alles selbst erzählt, das hat er uns gesagt! Ich versteh nicht, was Sie wollen, machen Sie uns Vorwürfe? Das hier ist kaum der richtige Ort!«, griff Karl Sommer ein.

Erik verstand. Helm hatte ihnen gesagt, er würde alles mit der Polizei regeln. Er hatte ihnen auch gesagt, was sie der Polizei gegenüber aussagen sollten. Hatte ihnen Geld gegeben und behauptet, es sei die Lebensversicherung der Tochter.

Helm packte gerade seine Kamera umständlich in eine kleine Tasche, grinste in Eriks Richtung und machte sich auf den Weg zu seinem Auto. Erik verabschiedete sich eilig von den Sommers, die nun ganz froh waren, ihn wieder los zu sein, und folgte Helm. Er erreichte ihn, als er gerade sein Auto aufschließen wollte.

»Wir zwei haben heute eine ganze Menge miteinander vor«, sagte Erik. »Mitkommen.«

Helm schüttelte nur den Kopf. »Ganz sicher nicht. Warum sollte ich?«

»Ach wissen Sie, Herr Helm, im Moment gibt es ganze zwanzigtausend Gründe, warum wir beide uns mal in Ruhe unterhalten sollten. Irgendwie sieht das, was Sie da gemacht haben, nach einem sehr schlechten Gewissen aus. Sie haben Zeugen in einem Mordfall beeinflusst. Sie haben Informationen zurückgehalten. Hatten wir nicht vor kurzem erst eine recht ähnliche Unterhaltung? Bevor Sie sich auf Ihren Chef rausreden – mit dem haben wir uns auch schon unterhalten.« Mit diesem letzten, etwas obskuren Hinweis erreichte Erik, was er erreichen wollte. Helm war sehr verunsichert.

»Ich komm nicht mit. Wir können uns hier irgendwo hinsetzen«, schlug er vor. Mehr wollte Erik eigentlich auch gar nicht. Da bemerkte er den Vibrationsalarm seines Handys.

»Sekunde, und kommen Sie nicht auf blöde Gedanken, meine Kollegen sind ganz in unserer Nähe«, und er zeigte auf die Bad Doberaner Kommissare, die sich noch mit den Sommers unterhielten.

Es war Gerd, der ihn mit äußerster Dringlichkeit in die KPI zurückzitierte. »Wir wissen, wer der Täter ist.«

»Was?« Erik war ehrlich erstaunt.

»Ja. Ralf Hermann, sagt dir das was? Komm her, wir erklären es dir. Malte hat Millionen Informationen zusammengeworfen, umgerührt, und dabei ist der Name rausgekommen. Wir haben auch eine Adresse und schon mal Leute in Zivil vor seiner Wohnung und vor seinem Geschäft postiert, für den Fall, dass er auftaucht. Im Moment haben wir noch keine Ahnung, wo er ist. Also komm endlich her.«

Erik dachte blitzschnell nach. Es war höchst unwahrscheinlich, aber einen Versuch wert. »Ralf Hermann, woher kenn ich den?«, murmelte er vor sich hin, gerade so laut, dass es Helm hören konnte.

»Reparier-Ralf?«, sagte Helm.

Erik versuchte, seine Anspannung zu verbergen. Er improvisierte und stieg darauf ein. Schade, dass Gerd ihm nicht gesagt hatte, um welche Art Geschäft es sich bei dem Verdächtigen handelte.

»Ja, die Küche … Und ich bekomme am Wochenende Besuch. Ein Bekannter hat ihn mir empfohlen«, behauptete er vage. Wäre Helm auch nur ein bisschen intelligenter, er hätte ihn sofort durchschaut.

»Installationskram macht er aber nur ausnahmsweise. Darf er offiziell nicht. Er ist ja eigentlich Schreiner, aber damit verdient man nichts mehr.«

»Nein, nicht die Spüle«, Erik dachte krampfhaft nach. »Der Küchenschrank fällt auseinander.«

»Seine Nummer haben Sie?«

»Geht nicht ran. In seinem Laden ist er auch nicht«, versuchte Erik.

»Dauernd unterwegs, ich weiß. Was soll er denn machen? Bei der Arbeitslosigkeit hier oben kann er froh sein, dass er überhaupt was am Laufen hat. Und einen Mitarbeiter kann er sich nicht leisten.«

»Hat aber wohl viel zu tun.«

Helm nickte. »Eins A Einsatz. Immer sofort vor Ort, keine langen Wartezeiten. Gute deutsche Handarbeit!«

Bloß keine politische Debatte. »Kennen Sie ihn gut?« Er hoffte, es klang beiläufig.

»Ist das jetzt ein Verhör?« Helm wurde vorsichtiger.

»Blödsinn. Ich will nur wissen, wen ich in meine Küche lasse.« Offenbar hatte er genau das Richtige gesagt, denn Helm grinste jetzt ganz entspannt und bekam fast schon Kumpelallüren.

»Wie gesagt, ein guter deutscher Arbeiter. Find ich bemerkenswert, dass Sie auf so was Wert legen!« Erik hatte keine Ahnung, in welchem Film Helm gerade war, aber er wollte ihn auf keinen Fall unterbrechen. »Wir kennen uns schon ’ne ganze Weile. Noch von damals in Berlin. Guter Junge, immer zuverlässig. Von der ruhigen Sorte. Hat auch schon viel für meinen Chef gemacht, der ist auch sehr zufrieden.«

»Dann weiß ich ja, was ich bekomme«, strahlte Erik. »Hoffentlich erreiche ich ihn noch rechtzeitig.«

»Wenn ich ihn heute Abend sehe, soll ich ihm was ausrichten?«

Erik zog die Augenbrauen hoch. »Sie sehen ihn heute?«

»Beim Chef. Zu Hause. Kleine Party, nur die engsten Freunde, da ist er auch eingeladen.«

Und da fiel es Erik ein. Der Handwerker, den er gesehen hatte, als er mit Malte bei Sass gewesen war. Wie hatte Anne gesagt? Ein unauffälliges Auto, unauffällig, weil es nicht fehl am Platz ist. So wie ein Krankenwagen vor einem Krankenhaus. Der Wagen eines Handwerkers war ein unauffälliges Auto in einer Wohngegend. Zu reparieren gab es immer etwas.

Er hatte am Fenster gestanden, nachdem Sass wieder runter zu seinem Sohn gegangen war. Sie hatten auf Åsa gewartet, die mit Maltes Brille zurückkommen sollte. Und da hatte er Sass einem jungen Mann in einem roten Overall die Hand schütteln sehen. Er hatte sich nichts weiter dabei gedacht.

Hatte er den Mörder gesehen? Wie oft waren sie ihm schon begegnet und hatten ihn nicht bemerkt?

22.

»Wenn wir Ihnen die Wahrheit gesagt hätten, gleich von Anfang an, dann wäre alles anders gekommen«, flüsterte Sievers. Lange hielt er nicht mehr durch. Er war schon zu schwach, um sich zu bewegen. Dass er mittlerweile in seinen eigenen Ausscheidungen lag, interessierte ihn nicht mehr. Er merkte es nicht einmal. Jetzt konzentrierte er sich nur auf den Mann, der wieder zurückgekommen war, und das kostete ihn die letzte Kraft, die er noch hatte. Diesmal ließ der Mann die Tür weit offen. Weil es fürchterlich stank. Das helle Licht tat seinen Augen weh.

»Sie haben gelogen. Meine Oma hat gelogen. Jeder! Sie haben meine Eltern umgebracht.«

»Das war ein anderer!« Der Protest war sehr schwach.

»Ich habe Ihre Unterschrift auf meiner Stasiakte. Sie schicken meine alten Nachbarn los, um nach mir zu sehen, wie ich mich entwickle, ob denn alles mit mir in eine gute Richtung geht. Haben Sie meiner Oma alleine nicht vertraut?«

»Wem hat man denn vertraut? Niemand hat irgendjemandem vertraut.« Er hustete krampfartig, und der Brechreiz war wieder da.

»Ich wünschte nur, Sie könnten sehen, wie erbärmlich Sie gerade sind«, sagte der Mann mit Genugtuung in der Stimme. »Schade, dass ich nicht dabei bin, wenn man Sie findet.«

Sievers beschloss nun, seinen Joker auszuspielen. Er hatte sich alles genau zurechtgelegt.

»Sie denken also, jeder ist schuld, der dazu beigetragen hat, dass ich über den Fluchtplan Ihrer Eltern Bescheid wusste.«

»Genau.«

Sievers fiel das Sprechen schwer. Er kämpfte seinen letzten Kampf. »Und wer hat die größte Schuld?«

Der Mann überlegte. »Der eine hat sie erschossen. Er hat seinen Befehl ausgeführt. Das hätte er nicht gemusst. Aber er hat sie nicht verraten!« Er hing einen Moment seinen Gedanken nach. »Er war schon kaputt, als ich ihn fand. Kein Tag, an dem er sich nicht ins Nirwana gesoffen hätte. Und wissen Sie, warum? Weil er meine Eltern erschossen hat! Ich habe ihm noch einen Gefallen getan. Meine Nachbarn, das fand ich schlimm. Immer freundlich, immer nett, immer hilfsbereit. Über zwanzig Jahre hat es gedauert, bis ich wusste, warum sie so waren. Weil sie uns ausspioniert hatten! Und ich dachte, sie sorgen sich um mich und kommen deshalb jeden Sonntag in Treptow bei mir und meiner Oma vorbei. Können Sie sich das vorstellen? Wie dumm war ich?«

Sievers musste wieder husten. Seine Kehle war unvorstellbar trocken. Vor seinen Augen verschwamm alles.

»Dass meine Oma mitgemacht hat … Kein Wunder, dass sie am Ende so krank war. Wieso sind Sie nicht krank? Sie haben doch auch immer nur gelogen und betrogen. Das hat Sie nicht aufgefressen?« Hass kroch in seine Stimme. Dann schwieg er wieder.

»Tante Lisbeth fand ich am schlimmsten. Sie hat den ganzen Plan ausgeplaudert. An Sie! Warum haben Sie eigentlich nicht sofort zugegriffen und meine Eltern verhaftet? Dann würden sie noch leben!«

Sievers hatte auf diese Frage gewartet. »Lisbeth hat mich erst mitten in der Nacht angerufen. Kurz bevor Ihre Eltern fliehen wollten. Ich sollte verhindern, dass ihnen etwas passiert.«

Der Mann sah ihn lange an. »Ich glaube Ihnen nicht«, sagte er endlich.

»Dann lassen Sie's. Der Grenzsoldat hätte doch sowieso geschossen. Irgendetwas ist schief gegangen! Aber das hatte nichts mit mir zu tun.« Er musste eine Pause machen, um wieder Kraft zu sammeln. »Ihre Nachbarn haben mir erzählt, dass Ihre Eltern den Farbfernseher verkaufen wollten. Deutlicher kann man wohl kaum werden. Sie haben Geld für den Fluchthelfer gebraucht.«

»Das hat Ihnen gereicht als Hinweis? Warum haben Sie nichts getan?«

»Weil mich Elisabeth angefleht hat, nichts zu unternehmen.«

»Haben Sie denn nicht an der Mauer auf die beiden gewartet?«

»Doch. Aber verstehen Sie es immer noch nicht? Lisbeth hat mir gesagt, was sie wusste, damit Ihren Eltern nichts passiert. Sie hatte vor, mit Ihren Eltern zu sprechen, es ihnen auszureden. Aber dann war es zu spät, und sie sorgte sich. Deshalb kam sie zu mir! Ich war da, um sie zu verhaften. Eine Weile Gefängnis, dann wären sie vom Westen freigekauft worden, Sie hinterher.« Wie lange er noch Kraft haben würde, wusste er nicht. Doch er spürte, dass er in dem Mann etwas bewegt hatte.

»Haben Sie sich denn nie gefragt, woher Lisbeth wusste, wann Ihre Eltern fliehen wollten und wo?«

»Weil sie sie ausspioniert hat! Beobachtet, verfolgt, abgehört!«

Sievers schüttelte den Kopf, so gut es noch ging.

»Woher dann?«

»Von einem kleinen fünfjährigen Jungen aus ihrer Gruppe. Von Ihnen natürlich.«

Der Mann sprang auf. Er stürmte aus dem Raum und schlug die Tür zu. Jetzt war alles wieder dunkel und still. Die Anspannung in Sievers ließ nach, und er fiel in einen tiefen Erschöpfungsschlaf.

»Ganz Rostock scheint diesen Typen zu kennen, aber keiner weiß, wo er seine verdammte Werkstatt hat!«, donnerte Erik. Einer von Hermanns Nachbarn wusste zu berichten, dass dieser sich vor einigen Monaten eine Garage oder Werkstatt gemietet hatte, wo er die größeren Arbeiten erledigen konnte. Wo diese Werkstatt allerdings war, konnte der Nachbar nicht sagen. Sie hatten sogar Dirk Sass gefragt, nach Rücksprache mit dessen Anwalt, doch auch er wusste es nicht. Die Verwunderung, die er gezeigt hatte, schien echt gewesen zu sein. Für den Fall, dass Ralf Hermann bei Sass' Party auftauchen würde, ließ Erik halb Brinckmansdorf überwachen.

»Uns läuft die Zeit weg! Haben wir den Durchsuchungsbeschluss für die Wohnung? Und für den Laden?« Andreas nickte eifrig.

»Na dann los! Nehmt euch mit, wen ihr braucht. Fahndungsmeldung nach seinem Auto ist draußen?« Diesmal nickte Olaf.

»Handy mittlerweile geortet?«

»Immer noch ausgeschaltet«, sagte Olaf.

»Weiß er, dass wir an ihm dran sind?«

»Kann nicht sein. Aber er scheint ja ein bisschen was über unsere Arbeit zu wissen …« Olaf hatte Recht. Er zog seine Opfer aus, um sicher zu sein, dass keine Spuren von ihm an ihren Kleidern waren. Er hatte sich in den Wohnungen, die er betreten hatte, nahezu steril verhalten. Nicht eine einzige Faser, nichts, das auf ihn hätte hinweisen können. Sicherlich wusste er, dass ein eingeschaltetes Handy problemlos geortet werden konnte.

»Sucht nach Mietverträgen, irgendwas, damit wir wissen, wo diese verdammte Werkstatt ist! Ich verwette meinen Arsch, dass Sievers dort ist!«

Die Kollegen machten sich auf den Weg. Sie bekamen noch Verstärkung von der KTU. Ralf Hermanns Wohnung war im selben Gebäude wie sein kleiner Laden für Heimwerkerbedarf. Beides war in Reutershagen in der Tschaikowskystraße, unweit des Ostseestadions.

Nun waren nur noch Holger Voigts, Erik und Anne übrig. Holger erhob sich. »Na, nu war ich ja lang genug nicht da, was?«, fing er an und ging im Raum auf und ab. Er wirkte ungewöhnlich bedrückt und war gar nicht so hektisch wie sonst. »Du weißt schon, dass wir hier 'nen neuen Chef kriegen?« Als ob das jetzt das Wichtigste wäre.

»Ja, klar, der alte ist weg. Wer wird's denn? Du?« Es sollte ein Scherz sein, aber im selben Moment hatte Erik Angst, dass Holger wirklich der neue Fachkommissariatsleiter werden würde. Zu seiner Erleichterung schüttelte Holger den Kopf.

»Ich war vorgeschlagen. Seitenlange Belobigungshymnen. Aber Behrens hat was dagegen, scheint mir. Hat mir nahe gelegt, mich auf 'ne Stelle in Wismar zu bewerben. Da geh ich dann jetzt mal hin. Im Oktober.«

Erik starrte ihn ungläubig an. »Ihr habt doch gerade erst hier gebaut?«

Holger zuckte die Schultern. »Ja, is halt nu mal so, wat mutt, dat mutt. Und jetzt kommt ein Neuer. Aus Schwerin, kannst mal den kleinen Malte fragen, ob die sich vielleicht schon kennen. Ich fahr jetzt zu den anderen, die können Hilfe gebrauchen. Was meinst du?«

Erik war noch ganz durcheinander. »Äh – ja … Ich könnte hier aber auch …« Aber Holger war schon zur Tür raus und winkte nur ab. »Mit mir schon mal gar nicht mehr.« Er ging den dunklen Gang hinunter, blieb dann noch einmal stehen. »Ach so, na das wirst du dir schon denken, du wirst der Leiter von dem Haufen hier.« Und damit verschwand er.

»Na, das war mal eine richtig schöne Beförderung, was?«, grinste Anne.

»Bisschen unpassend«, brummte Erik.

»Och, so nachträglich zum Geburtstag?«

»Woher wissen Sie das denn?«, fragte Erik perplex.

Anne lächelte geheimnisvoll. »Alles Gute nachträglich, das wollte ich Ihnen die ganze Zeit schon sagen.«

Es hämmerte in seinem Kopf. Wenn das alles stimmte? Er rannte aus dem Studioraum, ohne die Tür zu schließen, und setzte sich draußen auf die Förderrampe. Er benutzte immer nur den Hintereingang. So kam er direkt in seinen Werkraum. Die Sonne schien auf ihn herab. »Hey, Ralf«, rief ein junger Mann Ende zwanzig mit langen blonden Haaren, die er zum Zopf gebunden hatte. Er trug einen Gitarrenkasten in der Hand. Auf dem Weg zur Bandprobe. Ralf grüßte zurück. »Lars, alles klar?«, sagte er ohne Begeisterung. Lars ging am Gebäude vorbei. Er würde den Vordereingang benutzen und in das obere Stockwerk gehen. Die ehemalige Lagerhalle war nun in sechs größere Räumlichkeiten unterteilt. Drei unten, drei oben. Das Treppenhaus war auf der anderen Seite. Er war der Einzige, der immer den Hinterausgang über die Förderrampe benutzte. Die Gebäude auf dem Gelände wurden fast alle als Proberäume genutzt. Gleich würden sie oben wieder anfangen, Musik zu machen. Er selbst machte sich nichts aus Musik.

Seine Eltern hatten ihn ein paar Mal mit in die Kirche genommen. Dort hatten sie gesungen, aber es hatte ihm nie gefallen. Abends hatten sie mit ihm gebetet und vor jeder Mahlzeit ebenfalls. Das Beten hatte ihm gefallen, weil es in seinem Alltag eine feste Größe dargestellt hatte. Darauf hatte er sich verlassen können. Rituale, die er gerne beibehalten hätte, als er zu seiner Großmutter musste, aber sie hatte sich geweigert. »Das gehört hier nicht her«, hatte sie immer nur gesagt, und es hatte Jahre gedauert, bis er es verstanden hatte. Das gehörte nicht in die DDR, hatte sie gemeint.

Nach und nach hatte er begriffen, dass seine Eltern ihn nicht in den Westen nachkommen lassen würden. Zwei Jahre lang hatte er tapfer gehofft, und dann irgendwann hatte er sie nur noch hassen können. Einfach abhauen, ein schönes Leben leben. Ohne ihn. Seine Oma hatte versucht, ihn zu trösten. »Sieh doch, wie schön du es hier hast, dir fehlt doch nichts«, waren ihre Worte gewesen. Aber wenn der Hass erst einmal von einem Besitz ergriffen hatte, war er so leicht nicht mehr zu vertreiben. Er hatte von nun an den Westen gehasst, die Kirche, seine Eltern. Und als die Wiedervereinigung gekommen war, hatte er alles noch mehr gehasst, denn er hatte seine Eltern nirgendwo gefunden, trotz aller Nachforschungen, die er heimlich ohne das Wissen seiner Großmutter angestellt hatte. So waren die Jahre vergangen, er war zur Bundeswehr gegangen, hatte andere junge Männer getroffen, die ihn zu verstehen schienen. Sie hatten ebenfalls gehasst. Also hatte er sich ihnen angeschlossen, sich mit ihnen getroffen und darüber gesprochen, wie sie am besten dem Staat schaden konnten. Weg mit der Demokratie!

Dirk hatte er immer bewundert. Als er ihm vorgestellt worden war, hatte er gewusst, dass er hier einen Freund gefunden hatte. Es hatte keine wirklich enge Freundschaft werden können, dazu war Dirk einfach zu weit oben, aber Dirk war immer da gewesen, wenn er ihn gebraucht hatte. Dirk hatte Macht und Geld. Er musste nur schnippen, und schon sprangen alle.

Er selbst brauchte weder Macht noch Geld. Er brauchte nur neue Papiere von Dirk, und die bekam er, da wurden keine Fragen gestellt. Die Smith & Wesson neun Millimeter, Modell 908 hatte er auch von ihm bekommen, ohne dass viele Fragen gestellt wurden. Dirk war eben ein feiner Kerl. In England hätte man gesagt, er sei ein Gentleman.

»Sag mal, das Studio da drin gibt's doch noch, oder?« Lars stand plötzlich wieder vor ihm. Neben ihm ein anderer Typ, den er vom Sehen kannte. »Das ist Danny, der singt jetzt bei uns«, stellte Lars vor, und Danny reichte Ralf die Hand.

»Wir wollen demnächst was aufnehmen. Meinst du, da könnten wir irgendwas arrangieren?«

Ralf starrte ihn verständnislos an. Aber dann begriff er.

»Die Technik … Ich weiß nicht, ich hab alles abgedeckt, damit kein Dreck reinkommt. Es ist im Prinzip aber noch alles da.«

Lars strahlte über das ganze Gesicht und klopfte Danny erfreut auf die Schulter. »Siehst du, hab ich doch gesagt! Können wir da mal rein? Wir bringen die Technik auch selbst wieder auf Vordermann. Ich weiß, wie das geht.«

Wieder überlegte er einen Moment.

»Habt ihr noch zwei Wochen Zeit? Dann brauche ich den Raum nicht mehr.«

»Nicht mehr?«, mischte Danny sich ein. »Willst du denn woanders hingehen?« Er hatte einen sehr starken Akzent. Bisher hatte er ihn noch nie viel reden hören. Er erinnerte sich, dass er Danny aus dem Irish Pub kannte, wo dieser hinter der Bar stand und manchmal aus heiterem Himmel Musik machte. Danny hatte seine Gitarre im Keller des Pubs deponiert, und wenn es ihm in den Sinn kam, setzte er sich einfach hin und sang. Den Leuten gefiel es.

»Ich wollte mir sowieso eine andere Werkstatt suchen, eine richtige«, log er. Danny schien damit zufrieden. Die Jungs verabschiedeten sich und zogen wieder ab.

Nächste Woche würde Sievers tot sein. Und man würde ihn finden. Eine Woche später. Dafür war nun gesorgt. Er selbst war dann weit weg.

Einzig das, was Sievers zu ihm gesagt hatte, fraß an ihm. Das konnte nicht wahr sein. Er hatte doch seine Eltern nicht verraten. Er hatte doch gar nichts gewusst. Lisbeth hatte sich nur rausreden wollen, als sie gesagt hatte, sie hätte seinen Eltern helfen wollen. Das stimmte alles nicht. Das ergab keinen Sinn.

Die Hausdurchsuchungen hatten bisher noch nichts erbracht. Kein Hinweis auf eine andere Wohnung, Garage, Lagerhalle … Nichts.

Dafür waren in Ralf Hermanns Wohnung Kopien seiner Stasiakten, unterschrieben von Sievers. Sie zeigten, dass er wegen der »Aktivitäten« seiner Eltern genau beaufsichtigt worden war, durch die Großmutter einerseits und durch ein IM-Ehepaar, das gleichzeitig auch die Großmutter zu überwachen hatte. In weiteren Unterlagen waren die Decknamen offen gelegt, und so war klar, wieso er die Kornetzkys getötet hatte. Erst nach dem Tod seiner Großmutter hatte er die Akten bekommen, und auch erst nach ihrem Tod hatte er angefangen zu morden. Erik war sich sicher, dass sie ihm vor ihrem Tod einiges erzählt hatte.

Wie er den Mauerschützen gefunden hatte, wussten sie aber noch nicht. Unklar war auch, warum er so lange gewartet hatte, bis er Elisabeth Jansen umgebracht hatte. Wahrscheinlich hatte er lange Zeit nicht gewusst, dass auch sie etwas mit dem Verrat an seinen Eltern zu tun haben könnte.

Irgendwo in dieser Stadt musste er sein. Und dort, wo er war, hielt er auch Sievers fest.

Die Stunden vergingen. Nervös ging Erik in Ralf Hermanns Wohnung auf und ab. Es war nur ein spartanisch eingerichtetes Zimmer und ein abgetrenntes Bad. Viel Sinn für eine gemütliche Wohnung hatte Ralf Hermann nicht. Erik sah sich um. Gleich links neben der Wohnungstür stand ein Kleiderschrank, daneben in der Ecke das Bett. Es war nur für eine Person, das Gestell selbst gezimmert. Vom Bett aus konnte man fernsehen. Es stand noch ein Sessel da, der ebenfalls dem Fernseher zugewandt war. Der Wohnungstür direkt gegenüber stand ein Tisch mit zwei Stühlen, rechts daneben waren die Küchenzeile und die Tür zu dem kleinen, aber sehr sauberen und neu renovierten Bad.

Erik hatte keine Ahnung, wie viel Zeit sie noch hatten. Friedrich Sievers war seit Freitag verschwunden, seit drei Tagen. Es gab die vage Hoffnung, dass Ralf Hermann ihn wie die beiden Frauen ungefähr eine Woche oder sogar länger festhielt, bevor er ihn tötete. Auf der anderen Seite war Sievers ein alter Mann. Auch wenn er noch einen sehr fitten Eindruck machte. Ohne Essen und ausreichend Flüssigkeit hatte ein Mann von über siebzig keine große Chance. Eriks Handy klingelte.

»Ich glaube, ich weiß, wo Friedrich Sievers ist«, sagte Anne.

»Bitte?« Erik traute seinen Ohren nicht.

»Ich bin in seinem Haus. Ich gebe Ihnen die Adresse. Wir haben fast keine Zeit mehr.« Ihre Stimme klang leise, aber entschlossen.

»Geben Sie mir alles, was Sie wissen, telefonisch durch. Und dann kommen Sie sofort her!«

Anne fuhr so schnell sie konnte. Sie fühlte sich ausgelaugt und desorientiert, aber immerhin hatte es etwas genutzt. Gleich würde sie in Rostock sein, vielleicht noch zehn, fünfzehn Minuten, und sie würden sich im Fischereihafen treffen, mit dem SEK, mit Erik. Sie hatte große Angst, denn sie ahnte, dass nichts so laufen würde, wie sie es sich erhofften.

Erik hatte gar nicht gefragt, ob sie mit zu der Hausdurchsuchung kommen würde. Er hatte nur etwas gemurmelt von »viel zu gefährlich« und war dann ohne ein weiteres Wort gefahren. Sie hatte lange überlegt, was sie tun konnte. Vielleicht half es, ebenfalls zu Ralf Hermann zu fahren, aber sie hatte diesen Gedanken gleich wieder verworfen. Die Gabe, einen Menschen in seinem Umfeld zu »erfühlen«, würde ihr hier nicht weiterhelfen. Auf eine Vision hatte sie schlecht hoffen können, denn die kamen nicht auf Befehl. Aber es hatte eine Möglichkeit gegeben, etwas, das sie vor vielen Jahren von ihrem Lehrer gelernt hatte. Ihr Lehrer, der ihr beigebracht hatte, mit ihren Fähigkeiten besser umzugehen. Denn weder ihre Mutter, die diese Gabe nur in Ansätzen hatte, noch ihre Großmutter, von der sie sie geerbt haben musste, hatten ihr noch beigestanden.

Wenn sie sich auf einen Menschen konzentrierte, konnte sie mit ihm Kontakt aufnehmen und sehen, wie es ihm ging und wo er ungefähr war. Dazu musste sie innerlich auf Reisen gehen, und das war nicht nur anstrengend, sondern auch gefährlich. Was, wenn sie sich verlor?

Das erste Mal war es Zufall gewesen. Sie war gerade vierzehn Jahre alt gewesen, und ihre Mutter hatte im Krankenhaus gelegen. Man hatte sie nach Dublin gebracht, die allerletzte

Hoffnung war ein Spezialist für diesen besonderen Krebs. Sie hatte ihre Mutter vermisst und sich tagelang eingeschlossen. Ihr Vater war ebenfalls unansprechbar gewesen, abgesehen davon, dass er nie der Typ gewesen war, der über seine Gefühle hätte reden können. An diesem Wochenende war er nach Dublin gefahren und hatte sie zu Hause zurückgelassen. Eine Nachbarin war bei ihr gewesen. Anne war immer unruhiger geworden, obwohl ihr Vater darauf bestanden hatte, dass es Hoffnung gäbe. Sie hatte ihm nicht geglaubt, aber sie hatte zu dem Zeitpunkt nicht gewusst, ob sie seine Lügen spürte oder ob es die Angst war, die sie zweifeln ließ.

Sie hatte sich wieder in ihrem Zimmer vergraben und so lange an ihre Mutter gedacht, bis sie plötzlich bei ihr zu sein schien. Sie hatte gesehen, was ihre Mutter sah, und gefühlt, wie sie sich fühlte. Sie hatte den nahenden Tod gesehen und gefühlt.

Einige Jahre später hatte sie durch ihren Lehrer gelernt, sich als Medium auf einen anderen Menschen zu konzentrieren, direkt bei ihm sein zu können. Einmal hatten sie es versucht, und Anne war fast schlecht geworden vor Angst. Mittendrin hatten sie abbrechen müssen. Sie konnte es, aber sie wollte es nicht. Ihr Lehrer, ein alter Mann, hatte sie von da an damit in Ruhe gelassen.

Manche nannten ihn einen Schamanen, andere einen Druiden. Er lebte in einer kleinen, bescheidenen Behausung an der Westküste Irlands und half Menschen, die mit Albträumen zu ihm kamen, mit Krankheiten, bei denen kein Arzt helfen konnte. Er half Menschen wie Anne, die in sich eine Gabe spürten, mit der sie alleine nicht umgehen konnten. Anne hatte gelernt zu akzeptieren. Nur diesen letzten Schritt hatte sie nie gehen wollen.

Aber jetzt war es wichtig. Jetzt musste sie. Die Schlüssel zu Sievers' Wohnung lagen auf Eriks Schreibtisch. Reine Unachtsamkeit von ihm. Sie fuhr nach Kühlungsborn und brach das

Polizeisiegel auf. Dann setzte sie sich in Sievers' Wohnzimmer, so wie sie damals in ihrem Kinderzimmer gesessen hatte. Im Schneidersitz auf dem Boden, die Hände an die Schläfen gelegt, die Gedanken nur auf diesen Mann gerichtet.

Sie fand ihn. Der Kontakt war schwach, aber sie fand ihn. Anne verstand es im ersten Moment nicht, denn alles war dunkel. Ein Lichtstrahl kam von einer Ecke des Raumes, eine offene Tür. Sie sah die seltsame Verkleidung der Wände. Schallisolierung wie in einem Tonstudio. Überall Steckdosen, Technik, mit der sie nichts anfangen konnte. Durch die Tür drangen Stimmen ... Zwei Männer, die sich unterhielten. Eine weitere Stimme, die sie irritierte. Sie kannte die Stimme.

Es hatte sie wieder zurück in Sievers' Wohnung gerissen und ein paar Minuten gedauert, bis sie wieder richtig hatte atmen können. Sie fühlte sich, als hätte sie keine Luft mehr bekommen, als sei ihr Kreislauf dabei gewesen aufzugeben. Sie hatte mit Sievers mitgefühlt.

Sofort hatte sie Danny angerufen und ihn so beiläufig es ihr möglich war gefragt, wo er war.

»Bandprobe! Deshalb kann ich auch gar nicht lange reden! Sehen wir uns später? Kommst du ins Pub?«

Endlich hatte sie die Adresse von ihm erfahren und dann sofort Erik angerufen.

Es ergab Sinn. Der Holzstaub von der Werkstatt. Der Schaumstoff von der Schallisolierung eines Studioraums. Sie wusste jetzt, wo Sievers und sein Entführer waren.

Sie hatte noch nie im Leben solche Angst gehabt.

23.

Da lag er in seiner Ecke und bewegte sich nicht mehr. Vielleicht war er schon tot. Ralf Hermann blieb eine Weile stehen und beobachtete den Mann. Nein, er war nicht tot. Aber er atmete ganz flach. Ralf hatte kein Mitleid. Dieser Mann, der dort lag, war schuld an allem. Etwa nicht? Aber er sagte, Ralf sei auch schuld. Und er wusste, dass dieser Mann Recht hatte.

Seine Mutter war nachts zu ihm gekommen und hatte ihn leise geweckt. »Ralfi, du musst aufwachen!«, hatte sie in sein Ohr geflüstert. Er hatte gequengelt. Er war so müde. Aber sie hatte ihn weiter sanft an der Schulter gerüttelt und auf den Kopf geküsst, bis er endlich nachgab und die Augen öffnete.

»Papa und ich, wir müssen verreisen. Wir sind jetzt ganz lange weg. So lange bleibst du bei Oma.«

Ralf verstand nicht. Verreisen? Das war etwas, das er nicht kannte. Sie waren noch nie verreist. Sie waren mal weggefahren, an die Ostsee, und das war sehr schön gewesen. Aber verreist?

»Ist das so ähnlich wie wegfahren?«, fragte er deshalb.

»Genau. Nur viel weiter weg als wegfahren.« Seine Mutter strich ihm die wirren Haare aus der Stirn und lächelte ihn an.

»Und warum darf ich nicht mit?«

»Verreisen ist viel komplizierter, weißt du, und deshalb müssen wir das erst mal allein machen. Und wenn es schön ist, wo wir hinfahren, dann sagen wir dir Bescheid, und du kommst auch.«

Er versuchte zu verstehen, was seine Mutter gerade gesagt hatte. »Wohin verreist ihr denn?«

Seine Mutter ließ sich Zeit mit der Antwort. Schließlich sagte sie: »Papa und ich haben uns ein Land ausgesucht, in dem wir machen können, was wir wollen, ohne Angst haben zu müssen.«

»Aber hier müsst ihr doch auch keine Angst haben!«

Seine Mutter hatte es sich sicher leichter vorgestellt. Es war nicht der richtige Zeitpunkt, einem Fünfjährigen die Umstände ihrer Flucht auseinander zu setzen. Sie hatten Ralf nie etwas davon merken lassen, wie unwohl sie sich in der DDR fühlten. Sie hatten ihn sogar im Gegenteil dahingehend erzogen, dass er sich anpasste. Seine Mutter hatte also keinerlei Grundlage, von der aus sie mit ihm hätte darüber reden können. Er war noch viel zu klein.

»Papa und ich, wir gehen heute Nacht weg und treffen uns mit jemandem, der auf uns aufpassen wird. Verreisen ist nämlich sehr gefährlich. Deshalb können wir dich noch nicht mitnehmen.«

»Heute Nacht? Ich will aber mit!« Ralf fing an zu weinen, brüllte, trommelte mit den Fäustchen auf seine Mutter ein, rollte schließlich auf dem Boden, bis sein Vater reinkam.

»Er will mit«, sagte seine Mutter nur.

»Junge, das geht nicht. Wir müssen jetzt weg, sonst wird es hell.«

»Geht ihr jetzt schon in das andere Land?«, heulte Ralf.

»Nein, morgen Nacht«, antwortete sein Vater. »Aber wir müssen jetzt in der Dunkelheit weg und aufpassen, dass uns niemand folgt.«

Sein Vater war immer viel pragmatischer gewesen als seine Mutter.

»Schätzchen«, sagte sie, als er sich wieder beruhigt hatte. »Du darfst niemandem sagen, dass wir verreist sind! Das ist ganz wichtig! Versprichst du mir das? Sonst kann uns was ganz Schlimmes passieren!«

Ralf nickte trotzig und wischte sich mit beiden Fäusten umständlich die Tränen weg. Er wollte mitkommen, ganz egal, wie gefährlich es war. Aber seine Eltern ließen sich nicht umstimmen.

»Nur eine kurze Zeit, dann holen wir dich auch! Und das ist

dann gar nicht mehr gefährlich. Dann gibt's nur noch Sonnenschein! Deshalb gehen wir morgen zur Sonnenallee«, flüsterte die Mutter.

»Jetzt setz ihm nicht den Floh vom goldenen Westen ins Ohr!«, brummte sein Vater, und er dachte bestimmt, dass Ralf es nicht hörte oder nicht verstand. Ralf verstand es tatsächlich nicht, aber er hatte es gehört.

Und nachdem er sich von seinen Eltern verabschiedet hatte, nachdem seine Oma, die bei ihnen übernachtet hatte, mit bitterer Miene seine Beaufsichtigung übernommen hatte, versuchte er wieder zu schlafen. Er träumte von goldenen Flöhen und von einer langen Zugfahrt an die See, von seiner Mutter, die plötzlich in einem ganz anderen Zugabteil saß, das in eine andere Richtung fuhr, und der Zugführer war sein Vater, und überhaupt geriet bei ihm alles durcheinander.

Am nächsten Tag im Kindergarten weinte er nur. Seine Oma hatte ihn vorbeigebracht, war aber nicht mit reingegangen. Sie wollte kein Aufsehen erregen. Da war er auch noch tapfer. Keine Tränen. Aber dann, kurz vor dem Mittagessen, hatte er sich nicht mehr zusammenreißen können. Tante Lisbeth schnappte ihn sich schließlich und fragte ihn eindringlich, was los sei. Sollte sie seine Mutter anrufen? Und Ralf weinte nur noch schlimmer. Tante Lisbeth nahm ihn mit in den Aufenthaltsraum der Betreuerinnen und passte auf ihn auf. Ihre Gruppe teilte sie unter den anderen Betreuerinnen auf.

»Bist du krank? Willst du nach Hause?« Er konnte nichts sagen, er weinte nur. »Ich ruf jetzt deine Mutter an«, sagte sie und stand auf.

»Nein«, heulte Ralf. Wenn Tante Lisbeth seine Mutter anrief, dann würde doch jeder merken, dass etwas nicht stimmte. Seine Oma hatte ihm erklärt, dass er sagen sollte, seine Eltern seien krank, alle beide. »Mama ist krank«, sagte er also folgsam.

»Oje, du armer Junge! Dann willst du nach Hause und nach ihr sehen? Ob es ihr besser geht?« Sie sah ihn mitleidig an.

Er schüttelte den Kopf und versuchte, die Tränen runterzuschlucken.

»Was machen wir denn dann mit dir? Was ist mit deinem Papa?«

»Auch krank«, flüsterte Ralf.

Tante Lisbeth sah ihn lange und eindringlich an.

»Was haben sie denn?«

Ralf zuckte die Schultern. Das hatte man ihm nicht gesagt.

»Wer holt dich nachher ab? Oder gehst du alleine nach Hause?«

Ralf überlegte. Das durfte er doch sagen? »Oma …«

Wieder sah ihn Tante Lisbeth lange an. Er wusste nicht, ob er etwas Falsches gesagt hatte. Es war ihm nicht anerzogen worden, bei jedem Wort wachsam und vorsichtig zu sein. Mit Geheimniskrämerei hatte er sich damals noch nicht ausgekannt. Er hatte zuvor noch nie gelogen. Das sollte er alles erst später von seiner Großmutter lernen. Und da würde er es richtig lernen.

»Du, Tante, was ist ein goldener Floh?«

Tante Lisbeth musste lachen. »Ein goldener Floh? Das hab ich noch nie gehört! Haben dir deine Eltern eine Geschichte mit einem goldenen Floh erzählt?«

Ralf dachte nach. Er erinnerte sich nicht richtig, was sein Vater gesagt hatte.

»Leben Flöhe im Westen?«, fragte er unsicher. Und als Tante Lisbeth erst einmal schwieg, da fiel es ihm wieder ein. »Nee, das war doch der goldene Westen und der Floh im Ohr!« Jetzt strahlte er, weil er wieder wusste, was sein Vater gesagt hatte. »Was bedeutet das denn?«

»Man sagt, dass jemand Flöhe im Ohr hat, wenn er die ganze Zeit nur an eine total verrückte Sache denkt und gar nichts anderes mehr machen kann. Und man sagt, der Westen ist golden, weil da die Sonne untergeht und das Licht golden scheint.«

Das hatte Ralf verstanden. Er hatte nur keine Ahnung, was

sein Vater damit gemeint haben könnte. Er würde ihn danach fragen.

»Ralf, deine Eltern müssen übrigens etwas unterschreiben, kannst du das morgen wieder mitbringen?«, sagte Tante Lisbeth plötzlich. Er war zu klein gewesen, um die Falle zu verstehen.

»Nee, das geht nicht ... Sie sind doch krank!«

»Sie müssen nur etwas unterschreiben. Das können sie auch morgen machen.«

Und da fing Ralf wieder an zu weinen. Er wurde fast hysterisch und konnte nicht mehr aufhören. Und das war vielleicht der Grund, warum er sich bis heute an diesen Tag nur verschwommen hatte erinnern können. Warum die Erinnerung verloren gegangen war. Er hatte später gedacht, alles sei in Ordnung und er müsse nur warten, bis ihn seine Eltern zu sich holten. Und erst nach ein paar Jahren hatte er verstanden, dass seine Eltern ihn nie zu sich holen würden. Welche Bedeutung dieser Tag hatte, war ihm bis eben nicht klar gewesen.

Ralf hatte gesagt: »Papa und Mama wollen doch verreisen!«

Elisabeth Jansen hatte sich nichts anmerken lassen. »Pscht, schon gut«, hatte sie ihm ins Ohr geflüstert und ihn dabei auf dem Schoß geschaukelt. Und dann: »Wann wollen sie denn verreisen? Oder sind sie schon weg?«

Und Ralf hatte geantwortet: »Nein, heute Nacht ...«

Und sie hatte ihn weiter geschaukelt und gestreichelt und beruhigt, und schließlich hatte er ihr in seinem Schmerz und seinem Unverständnis alles erzählt, was in der Nacht zuvor passiert war. Ihr hatte er immer vertraut. Wenn seine Mutter zu spät zum Abholen gekommen war, war sie bei ihm geblieben und hatte gewartet. Er hatte sie sehr gerne.

Dann hatte sie ihm irgendwann das Gesicht gewaschen und ihm gesagt, dass seine Oma nicht wissen musste, dass er geweint hatte. »Großer Junge, hm?« Und dabei hatte sie gelächelt. Also hatte er zu seiner Oma nichts gesagt. Sie war eine strenge Frau gewesen. Sie hatte selten gelächelt. Tante Lisbeth hatte oft gelächelt. Überhaupt war sie viel freundlicher und liebevoller gewesen.

Ralf Hermann schrak zusammen, als Sievers sich bewegte. Es war nur eine winzige Bewegung. Sein Fuß hatte gezuckt. Dann lag er wieder regungslos da und atmete flach. Ralf überlegte, ob zwischen ihnen alles gesagt worden war, was es zu sagen gab.

Er war noch ein Kind gewesen. Er hatte nicht verstanden, was er tat. Klang das nicht auch wie eine Ausrede? So wie die von den Kornetzkys, die immer wieder gesagt hatten: »Wir wussten doch nicht, dass diese Kleinigkeiten etwas zu bedeuten hatten!« So wie die von Schattner, der ihn mit blutunterlaufenen Augen angestarrt hatte, der Alkoholpegel noch nicht hoch genug, um die Angst zu unterdrücken: »Ich habe doch nur einen Befehl ausgeführt!«

Was hatte Sievers vorhin gesagt? Elisabeth Jansen hätte ihn gebeten, auf seine Eltern aufzupassen.

Ralf Hermann fand keine Ruhe mehr seit dem letzten Gespräch mit Sievers. Im Studioraum war es mittlerweile unerträglich heiß geworden, ihm lief der Schweiß in Strömen herab. Seine Hände zitterten. Was, wenn das alles stimmte? Was hatte er dann getan?

Er ging zur rechten Wand des Studioraums, gegenüber der Seite, an der Sievers lag. Vorsichtig löste er die Schaumstoffpolsterung an der oberen Ecke. Er musste sich auf die Zehenspitzen stellen. Als er die Verkleidung ein paar Zentimeter gelöst hatte, tastete er nach einer Aushöhlung in der Betonwand. Er zog seine Pistole hervor.

Sie waren mit Blaulicht quer durch die Stadt gerast und in Rekordzeit in Marienehe angekommen, wo sie die Signale ausschalteten, um Ralf Hermann nicht vorzeitig zu warnen. An dem vereinbarten Treffpunkt, noch ein Stück entfernt von den Baracken im Fischereihafen, wartete Erik auf das Sondereinsatzkommando aus Schwerin.

Anne war nun ebenfalls eingetroffen. Sie war blass, wirkte aber auf das Äußerste konzentriert. Endlich kam auch das SEK. Als Erik mit den Leuten das Vorgehen besprochen hatte, wandte er sich Anne zu. »Ich hoffe, er ist wirklich hier.« Erik wusste, dass er sich zum Idioten machte, wenn sich dieser Einsatz als Fehlschlag herausstellte, weil er auf ein Medium gehört hatte.

Anne sah angestrengt in die Richtung, in der die Lagerhalle war, wo Ralf Hermann und auch Friedrich Sievers vermutet wurden. Sie antwortete nicht.

»Sie bleiben hier«, ordnete er an.

»Das macht gar keinen Sinn«, antwortete sie, ohne ihn anzusehen.

»Doch, das macht sehr viel Sinn. Wenn der Typ wirklich da ist und Sievers als Geisel hat, dann müssen wir davon ausgehen, dass er nicht freiwillig rauskommt und sich von uns mitnehmen lässt.«

»Aber Sie wissen doch überhaupt nicht, wo er genau ist.«

»Wir machen das nicht zum ersten Mal.«

Er befahl ihr, im Auto zu bleiben, und ging zu den Männern vom SEK. Die SEKler warteten in dem Gebäude, das Ralf Hermanns Werkstattraum gegenüberlag. Es war ein altes rotes Backsteinhaus, das früher auch zu der Fischfabrik gehört haben musste.

Es hatte sich noch nichts gerührt. Ein paar der Männer waren auf der anderen Seite der Lagerhalle in Deckung gegangen und standen mit Erik in Funkkontakt. Einzig der Soundbrei von ein oder zwei Bands drang zu ihnen. Die alten Gebäude der Fischfabrik waren mittlerweile fast alle zu Proberäumen für Bands umfunktioniert worden. Aber mitten im Sommer bei diesem Wetter waren nur wenige beim Proben. Zum Glück. Wenig Bewegung verringerte das Risiko, dass jemand aus Versehen in die Schusslinie geriet.

»Wo sind sie?«, fragte Erik.

»Wir sehen gerade mit der Wärmebildkamera nach ...«, sagte einer.

»Da drüben kommt jemand«, sagte ein anderer. »Eine Frau, Mitte dreißig, lange dunkle Haare ...«

»Ja schon gut. Gehört zu uns.« Erik wurde sauer. »Was fällt Ihnen ein?«, zischte er, als Anne bei ihm angekommen war.

»Haben Sie sie schon?«

»Sie latschen hier quer durch das Gelände, ohne Deckung. Wenn er sie gesehen hat!«

»Was hätte er dann gesehen? Ich hab schließlich keine Uniform an«, antwortete sie mit entwaffnender Sicherheit.

»Nein, wir haben sie noch nicht, aber wir machen einen Wärmescan von den Gebäuden.«

Anne schien ihren eigenen Scan zu machen. Sie trug zwar eine Sonnenbrille, aber Erik bemerkte, wie sie jeden Meter des Gebäudes genau prüfte. Der SEKler tat es ihr gleich, nur eben mit seinem Hightechgerät.

»Ich kann was sehen«, sagte er. Vor sich hatte er zum Vergleich den Grundriss des Gebäudes. Irgendjemand hatte ihn organisiert, Erik konnte sich schon gar nicht mehr erinnern, wer. »Zwei Personen? Also, im linken Teil scheint niemand zu sein, im mittleren die Band im ersten Stock, darunter vermutlich niemand. Rechts sind zwei Wärmepunkte, beide bewegen sich minimal.«

»Da sind sie«, sagte Erik.

Anne schüttelte energisch den Kopf. »Nein, das sind sie nicht. Das ist jemand anderes.«

»Ach ja? Und woher wissen Sie das?«

»Weil ich es weiß«, sagte sie mit harter Stimme. »Außerdem ist in der Mitte jemand.«

»Ja«, schnaubte Erik. »Eine ganze Band ambitionierter Jungmusiker. Hört man sogar.«

»Nein! Unten meine ich!«

»Kollegin?«, fragte der SEKler mit dem Sichtgerät.

»So ähnlich«, brummte Erik.

»Da unten seh ich absolut nichts.«

»Würde eine Schallschutzverkleidung Auswirkungen auf dieses Gerät haben?«, fragte Anne.

»Das, oder schwere Möbel. Und wenn die Körpertemperatur nicht sehr weit von der Außentemperatur weg ist, gibt's auch Probleme. Ausschließen kann ich nichts, aber mein Tipp ist, da unten ist niemand. Da bewegt sich nichts.«

»Aber ich weiß doch ganz genau …«, begann Anne wieder. Erik schnitt ihr das Wort ab.

»Ist der Teil des Gebäudes mit dem Rest verbunden?«

»Laut Grundriss nicht.«

»Gibt es Kellerräume?«

»Nein.«

»Den Rest evakuieren ist zu auffällig?«

»Geht gar nicht.«

»Okay, dann los.« Die Männer vom SEK pirschten sich blitzschnell an, umstellten das Gebäude, sicherten sämtliche Fenster und Ausgänge. Für jeden Teil der Halle gab es eigene Ein- und Aufgänge. Erik hatte lange überlegt, ob sie stürmen sollten. Ralf Hermann war kein Geiselnehmer, der Forderungen stellte. Er hatte vor, Sievers zu töten. Würden sie versuchen, mit Hermann zu verhandeln, bestand eine hohe Chance, dass er Sievers kurzerhand ermordete, denn einer mehr oder weniger machte nun für ihn keinen Unterschied mehr. Wenn sie stürmten, hatten sie den Überraschungseffekt auf ihrer Seite. Wenn die beiden Wärmepunkte weit genug voneinander entfernt waren, würden sie es tun.

Anne hatte die Lippen fest aufeinander gepresst und zitterte vor unterdrückter Wut und Aufregung. Sie sah Erik düster an. »Sie machen einen Fehler.«

24.

Sievers ächzte plötzlich. Lange und tief. Ralfs Herz setzte vor Schreck einen Schlag aus. Er drehte sich nach ihm um, die Waffe in der Hand. Er hatte zwar die Tür zu dem Studioraum aufgelassen, aber dieser hatte sich so aufgeheizt, die Luft war so schlecht, der Gestank nach ungewaschenem Körper, Schweiß, Urin und Kot so durchdringend, dass er kaum atmen konnte. Der alte Mann hatte die Augen geöffnet und starrte auf die Waffe.

»Ich habe keine Lust mehr zu warten«, erklärte Ralf Hermann, aber seine Stimme war nicht mehr gleichgültig. Er selbst war nicht mehr gleichgültig. Sievers hatte Erinnerungen in ihm ausgelöst, mit denen er nicht gerechnet hatte. Er war zum ersten Mal seit Jahren völlig verunsichert. Sievers sah ihn nur weiter an, ohne sich zu bewegen.

»Ich – ich beende das Ganze jetzt.« Den Zweifel in ihm konnte er kaum mehr ertragen. Er schwitzte. Sievers starrte weiter, so als würde er ihn verhöhnen.

»Was denn? Was?«, schrie Ralf, der die Nerven verlor. »Ich war ein Kind! Ich hatte keine Ahnung, was ich da tat!« Die Worte standen zwischen ihm und Sievers, dessen Blick immer teuflischer wurde.

Ralf wischte sich den Schweiß von der Stirn, als er durch die offene Tür seltsame Geräusche hörte. Stimmengewirr, Angstschreie. Eine Frau, die wie am Spieß brüllte. Ralf riss sich von Sievers' boshaftem Blick los und ging nach draußen zu dem kleinen Fenster neben der Tür. Er schob den dunklen Filzvorhang, den er provisorisch angebracht hatte, zur Seite. Draußen liefen maskierte Männer mit Gewehren herum. Vor der Halle stand ein Pärchen um die vierzig. Beide trafen sich nebenan heimlich, wenn ihre jeweiligen Ehepartner bei der Arbeit waren. Das hatte ihm Lars einmal erzählt. Was wollte die Polizei von den beiden?

Dann kam ein Mann in Zivil angelaufen und redete energisch auf die maskierten Beamten ein. Es war Erik Kemper. Und jetzt wusste er, warum sie hier waren.

Wie auf ein Stichwort sahen Erik und die Maskierten zu Ralf rüber. Er ließ schnell den Vorhang sinken. Er saß in der Falle.

Ralf tastete nach seiner Pistole, die er in eine der großen Taschen seines Arbeitsoveralls gesteckt hatte. Seine Hände waren schweißnass. Er rannte zurück zum Studioraum, wo Sievers immer noch in derselben Position lag und ihn anstarrte. Es war, als beobachte er ihn unentwegt mit seiner höllischen Grimasse. Als die hintere Tür aufgestoßen wurde, entsicherte Ralf seine Pistole.

Danny hatte sich dazu überreden lassen, noch eine Weile länger zu bleiben. Er rief im Pub an, erklärte seine Situation und überließ es somit seinem Chef, ihm zu sagen, ob er kommen sollte oder sich noch Zeit lassen konnte. Patrick, sein Chef, hatte Verständnis. Danny war immer zuverlässig, und er machte außerdem hin und wieder im Pub Musik, einfach so, ohne es sich bezahlen zu lassen. Die Leute liebten es, und viele kamen auch seinetwegen hin.

Für einen ehemaligen Straßenmusiker hatte sich Danny ganz gut gemacht. Schließlich war er langsam zu alt für das Herumgeziehe in einem Wohnmobil. Das war etwas für die Zwanziger, nicht aber für die Dreißiger.

So war er vor ungefähr zwei Jahren nach Rostock gekommen. Um Musik zu machen. Und so hatte er Patrick kennen gelernt, der mit seiner Frau nur wenige Monate zuvor die Kneipe im Stadthafen übernommen hatte. Patrick erkannte einen Landsmann, wenn er ihn sah, zumal sie auch noch aus der gleichen Gegend stammten, aus dem Südwesten der Insel. Man hatte sich angefreundet, und Danny hatte den Job hinter der Theke bekommen. Er hatte ihn gut gemacht, er hatte Spaß dabei gehabt, er war in dieser Stadt geblieben, die ihm bis dahin nichts bedeutet hatte. Außer, dass sie eine größere Stadt an der Küste gewesen war, in der er noch nicht gespielt hatte, aus der ihn das Ordnungsamt – eines der ersten deutschen Wörter, das er hatte lernen müssen – noch nicht verscheucht hatte.

Er hatte sich schnell zurechtgefunden. Danny hatte den Hafen gleich geliebt, die schöne Innenstadt, die Leute. In die Gegenden, die man als soziale Brennpunkte bezeichnete, war er bis heute noch nicht gekommen. Armut und Elend kannte er zur Genüge, davon wollte er hier nichts sehen. Danny wusste, wie er unangenehmen Dingen aus dem Weg ging.

Er hörte der Band eine Weile zu, sang probehalber ein wenig mit und diskutierte dann mit den anderen, welche Songs sie im Studio aufnehmen könnten.

»Wollen wir auch deine eigenen Songs aufnehmen?«, wollte Lars wissen. Sein Englisch war schlecht, aber er freute sich wie ein Schneekönig, dass er mit Danny ein wenig üben konnte. Danny ging darauf ein und antwortete eigentlich immer in der Sprache, in der er gerade angesprochen wurde. Beides war ihm recht, auch wenn sein Deutsch noch schlechter war als das schlechteste Englisch, das er hier zu hören bekam.

»Ich bin kein so guter Komponist. Höchstens zwei oder drei davon sind ganz brauchbar.«

»Bullshit, Mann, die sind alle klasse!«, strahlte Lars. Aber Danny war selbstkritisch genug, um zu wissen, wann ein Hit ein Hit war.

»Wie kommt es, dass da unten ein Studio ist?«, wollte Danny wissen.

»Da war mal eine Folkband drin. Sie haben gutes Geld gemacht und sind irgendwann größenwahnsinnig geworden, weil sie dachten, sie hätten den Durchbruch geschafft. Also haben sie sich das Studio eingerichtet. Warst du mal drin?«

Danny schüttelte den Kopf.

»Sie haben sogar eine Dusche und ein Klo reingebaut und eine kleine Küchenzeile. Bett, Sessel, Tisch … Weil sie Tag und Nacht im Studio rumgemacht haben.«

»Wo sind sie jetzt?«

Lars zuckte die Schultern. »Die ganze Band war eines Tages verschwunden. Angeblich machen sie in Berlin weiter. Ralf hat einfach deren Miete übernommen.«

»Wäre es nicht praktischer für ihn gewesen, einen leeren Werkraum zu nehmen?«

»Der da unten kostet ihn so gut wie nichts, und er ist ja nur für die richtig großen Arbeiten hier.«

»Ah …« Dannys Gedanken waren wieder bei den Aufnahmen. »Wie viele Songs können wir machen?«

Lars dachte angestrengt nach. Danny wusste nie, ob er in solchen Momenten an der Sprache scheiterte oder wirklich so lange brauchte, bis ihm eine Antwort einfiel. Der Schlagzeuger unterbrach die beiden plötzlich.

»Hey Mann, kommt mal her, das gibt's doch nicht!«, rief er entsetzt. »Überall Bullen! Mit MGs! Was'n hier los?«

Nun rannten alle zum Fenster. In der Tat standen etwa zehn maskierte Männer mit Gewehren vor dem von ihnen aus linken Gebäudeteil herum, bereit, jeden Moment zu stürmen.

»Scheiße, Alter!«, kommentierte der Bassist. Lars kam ebenfalls aus dem Staunen nicht mehr raus. Dannys Blick schweifte weiter. Vom oberen Stockwerk aus konnte man einen Parkplatz, ungefähr hundert Meter entfernt hinter einem flachen Lagerschuppen, einsehen. Dort standen zwei Mannschaftsbusse, ein Streifenwagen und noch ein paar Zivilfahrzeuge. Ein Krankenwagen ohne Blaulicht fuhr nun ebenfalls langsam auf den Parkplatz. Eine Frau winkte den Sanitätern zu und bedeutete ihnen, sich neben die Mannschaftswagen zu stellen.

»For fuck's sake! Ihr habt hier aber keine Drogen gelagert?«, fragte er, plötzlich misstrauisch geworden.

»Nee«, sagte der Schlagzeuger, aber es klang nicht überzeugend.

»Bisschen was für den Hausgebrauch, aber – die paar Gramm Gras!« Lars' Stimme zitterte vor Aufregung.

Und jetzt stürmten die Polizisten die benachbarte Baracke. Nur wenige Sekunden später hatten sie eine Frau und einen Mann herausgetrieben. Die Frau schrie und brüllte, halb wahnsinnig vor Angst, der Mann war kalkweiß und hatte ganz offensichtlich den Schock seines Lebens.

Danny, der nicht die leiseste Ahnung hatte, was er denken sollte, beschloss, sich zu verdrücken. Er rannte die Treppe hinunter und blieb dann abrupt stehen. Wenn er jetzt rausging, wer weiß, was die Polizisten mit ihm machten. Eine falsche Bewegung, und sie schossen vielleicht.

Er hatte drei Möglichkeiten. Rausgehen, direkt vor die Flinte maskierter Polizisten. Nicht sehr schön. Wieder hoch gehen und mit den anderen darauf warten, dass man ihre Drogen aufstöberte. Auch nicht wirklich überzeugend. Oder er klopfte einfach bei diesem Ralf an. Das schien ihm die beste Idee.

Er drückte die Klinke hinunter. Erst zog er, dann drückte er. Die Tür war nicht abgeschlossen und gab mit einem lauten dumpfen Geräusch nach. Hoppla, dachte er und ging rein. Komisch, wie dunkel es hier war. Und so heiß. Furchtbar schlechte Luft. Ralf war nirgendwo zu sehen. War er vielleicht doch schon gegangen? Er beschloss zu rufen, diesmal auf Deutsch.

»Hey Ralf, alles klar? Die Tür war offen.« Nichts, nur Stille. »Hast du gesehen, was da draußen abgeht?« Vielleicht war er schon weg. Die Werkbank war aufgeräumt, die Werkzeuge in einem Kasten verstaut. Auf dem Boden war überall Holzstaub. Auf einem Stuhl, der bei der Kochnische neben dem Waschbecken stand, lagen Kleidungsstücke. Dann fiel Dannys Blick auf die angelehnte Tür zu dem kleinen Studio. Wenn Ralf da drin war, konnte er nichts hören.

Danny ging zur Studiotür und stieß sie vorsichtig auf. Ekel

erregender Gestank schlug ihm entgegen. Er schnappte erschrocken nach Luft. Der Raum war dunkel, aber durch die halb geöffnete Tür fiel etwas Licht hinein. Was er sah, verstand er nicht. In der Ecke hinten links lag ein alter Mann zusammengekauert auf dem Boden. Die Hände des Mannes waren mit Handschellen gefesselt. Seine Kleidung war dreckig und zerknittert. Er sah mit merkwürdig starrem Blick an die gegenüberliegende Wand. Danny folgte dem Blick und schaute direkt in die Mündung einer Pistole.

Die Frau hörte gar nicht mehr auf zu schreien.

»Beruhigen Sie sich doch«, sagte Erik, auch wenn er wusste, dass das nichts half. »Habt ihr in allen Räumen nachgesehen?«

»Klar, Chef.« Einer der maskierten SEKler antwortete. Er hatte bei all den Masken keine Ahnung, wen er vor sich hatte.

»Keiner? Sicher?«

»Na ja, die zwei Wärmepunkte haben wir jetzt!«

Die Frau kreischte immer noch. »Holt die Wahlberg, schnell, sie soll sich um sie kümmern, und wenn die Sanis schon da sind, können sie ihr was spritzen. Und nehmt den Mann auch mit! Einer von euch reicht! Der Rest ab in die mittlere! Wenn er da drin ist, hat er uns eh schon bemerkt!«

Einer der Maskierten schnappte sich den völlig schockierten Mann und die schreiende Frau und schob beide in Richtung Parkplatz.

Die Männer sicherten diesmal das gesamte Gebäude ab. Eriks Blick schweifte in dem Moment ein Stockwerk höher, wo sich drei junge Typen mit langen Haaren an einer Fensterscheibe die Nasen platt drückten und mit offenen Mündern auf ihn hinunterstarrten. Aber zum Evakuieren war es jetzt zu spät.

Erik begriff nicht, warum die SEKler stehen blieben und nicht reingingen. Einer von ihnen sah in seine Richtung. Dann erkannte auch Erik, was los war. Hinter dem kleinen Fenster neben der Tür stand ein Mann mit kurzen dunklen Haaren und starrte ängstlich raus. Er hatte eine Pistole an der Schläfe. Hinter ihm stand jemand, den er nicht erkennen konnte. Aber Erik sah, dass dieser jemand die Pistole festhielt.

»Danny!«, schrie Anne. Sie stand plötzlich neben ihm, die Hände erschrocken vor den Mund geschlagen.

»Scheiße, hauen Sie wieder ab! Sie sollten wegbleiben, verdammt!«, sagte Erik heiser.

»Wie kommt er denn da rein?«

»Keine Ahnung, und jetzt weg!«

Aber sie blieb. »Sie müssen ihn da rausholen!«

»Ach was, sagen Sie bloß!«, knurrte er. Er fluchte weiter leise vor sich hin.

Danny öffnete im Zeitlupentempo das kleine Fenster, die Pistole immer noch an seiner Schläfe. Er war leichenblass.

»Zurück! Alle! Sonst schieß ich!«, rief jemand, der hinter ihm stand. Ralf Hermann, dachte Erik. Die SEKler zogen sich vorsichtig zurück. »Kein Mucks, bis ich wiederkomme!« Und dann schloss Danny das Fenster wieder.

Wie hatte er die andere Tür vergessen können? Er ging doch immer nur durch den Hintereingang. Die vordere Tür mochte er nicht. Da liefen die Leute immer durch, die in das obere Stockwerk wollten. Er hatte seinen eigenen Eingang. Wann hatte er diese Tür zuletzt benutzt?

Als er die Holzbalken für Lisbeths Kreuz weggeschafft hatte – jetzt fiel es ihm ein. Über die Lagerrampe zum Auto hatte er sie erst bringen wollen, aber er hatte es sich anders überlegt. Es war einfacher gewesen, das Auto rückwärts vor den Vordereingang zu setzen. Dann bräuchte er die Hebebühne nicht, müsste nur die Balken auf die Ladefläche des Renaults schieben. Tante Lisbeth hatte ihm zugesehen. Sie hatte genau gewusst, was er mit ihr vorhatte. Seit Tagen war diese Tür schon unverschlossen gewesen, und er hatte es nicht bemerkt. Zum Glück auch kein anderer. Bis heute.

Nun hatte er ein logistisches Problem. Er wollte nicht, dass Sievers gerettet wurde. Er würde ihn erschießen müssen. Bei dem ersten Schuss würden sie das Gebäude stürmen. Nicht aber, wenn der Schuss im schalldichten Raum abgefeuert wurde. Das hörten sie nicht. Aber konnte er die Polizisten aus den Augen lassen?

Er befahl Danny, das Fenster noch einmal zu öffnen.

»Zurück! Ich will euch sehen können!« Er wusste nicht, wie viele von den Maskierten hier waren. Sie würden versuchen zu tricksen, aber er hatte genug Zeit, sich um Sievers zu kümmern. Sie hatten viel zu viel Angst, er könnte seine Geisel erschießen.

Mit Sievers aber war er noch nicht fertig. Er musste ihn dazu bringen zuzugeben, dass er gelogen hatte. Tante Lisbeth hatte seine Eltern an ihn verraten, und er hatte den Wachen an der Mauer den Befehl gegeben, sie zu töten. So ergab es Sinn und nicht anders. Wie konnte der Mann einfach behaupten, Lisbeth hätte seinen Eltern helfen wollen?

Ralf Hermann war überzeugt, dass seine Großmutter mit ihrer langen und schweren Krankheit eine gerechte Strafe dafür bekommen hatte, dass sie ihn so lange angelogen hatte. Bis sie gewusst hatte, sie würde sterben. Da erst hatte sie ihm alles erzählt. Und er hatte angefangen, die Schuldigen zu suchen. Er hatte jahrelang geglaubt, die Schuldigen mit dem Mauerschützen und seinen früheren Nachbarn gefunden zu haben.

Es war wie seine eigene verspätete Flucht aus Berlin gewesen, als er dann nach Rostock ging. Nur dass er damals nicht hatte fliehen müssen. Die Polizei hätte ihn nie gefunden. Aber er wollte endlich weg. Neu anfangen. Rostock bot sich an, nicht nur weil Sass und Helm nach Rostock gegangen waren, sondern auch wegen seiner geliebten Tante Lisbeth. Sie war eine große Hilfe gewesen. Diesen Raum zum Beispiel hatte er dank ihrer Vermittlung bekommen.

Bis zu dem Tag, als ihre Nichte angeklagt worden war. Bis dahin hatte er sich nichts gedacht, keinen Verdacht geschöpft. Doch dann war sie zusammengebrochen. Dann hatte sie sich verraten. Hatte gesagt, sie wisse genau, wie man sich fühlt, wenn man eine Familie zerstört.

Er hatte zwei und zwei zusammengezählt. Immer wieder unauffällige Fragen gestellt. Bis er sich sicher war. Seit er von Lisbeth gewusst hatte, war ihm die Wahrheit gleich viel klarer erschienen. Sie hatte seine Eltern verraten! An diesen Sievers! Und der hatte dafür gesorgt, dass man sie erschießen würde. Aber dann hätte ja er, Ralf, seine Eltern verraten. An Lisbeth, und somit an Sievers.

Wenn Sievers aber die Wahrheit sagte, dass Elisabeth Jansen seine Eltern hatte schützen wollen, indem sie ihren Führungsoffizier darum bat, etwas zu tun, damit ihnen bei der riskanten Flucht nichts zustieß – wie absurd, wie tapfer, wie selbstmörderisch fast von dieser Frau! –, dann hatte er die Falsche umgebracht. Er wusste nicht mehr, was richtig war. Er musste mit Sievers sprechen.

»Bitte, ich hab dir doch nix getan, lass mich gehen!«, wimmerte Danny. Sie waren in etwa gleich alt, schoss es Ralf durch den Kopf. Vielleicht war der andere ein bisschen älter als er, aber nicht viel. Er hatte bestimmt großartige Eltern gehabt, die ihn geliebt hatten.

Ralf hatte keine Eltern gehabt, und er wusste gerade nicht mehr, wer daran schuld war. Er zog Danny vom Fenster weg und schob ihn in Richtung Studio, wo er ihn vor sich hineinstieß.

»Geh zu ihm und hilf ihm, sich hinzusetzen«, befahl er.

Dannys Augen weiteten sich vor Angst. »Diesem Mann? Aber …«

»Na wird's bald!«, schrie er. Er gab Danny einen Stoß. Danny stürzte neben Sievers auf die Knie.

»Er soll sich aufsetzen, verstehst du mich? Make him sit up!«

Aber Danny kniete nur da und weinte und sah Ralf verständnislos an.

Ralf zielte mit der Pistole auf Dannys Kopf. »Jetzt!«

Danny heulte weiter, seine Hände zuckten wild. Erst jetzt sah Ralf seinem Opfer wieder ins Gesicht. Sievers verhöhnte ihn.

»Was wollen Sie?« Ralfs Stimme zitterte. »Sagen Sie mir die Wahrheit! Sie haben eben gelogen, stimmt's? Ich hab meine Eltern nie verraten, das reden Sie mir nur ein!«

Sievers reagierte nicht. Danny kniete weiter hysterisch schluchzend neben ihm. Er hielt sich eine Hand vor den Mund, als müsse er gleich kotzen.

»Mach schon! Hilf ihm!«, bellte Ralf. Danny drehte sich um und übergab sich in eine Ecke. Als er sich hilflos mit dem T-Shirt das Gesicht abwischte, japste er: »He's fuckin' dead!«

Sie hatten alle die Waffen im Anschlag, auch wenn sie sich ein Stück zurückgezogen hatten. Die drei Langhaarigen starrten immer noch nach unten. Erik hatte einen Vermittler angefordert, der bei Geiselnahmen die Verhandlungen führte. Aber es würde noch dauern, bis dieser kam. Erik raufte sich die Haare. Was wollte Ralf Hermann? Wie konnten sie ihn dazu bringen, diesen Wahnsinn aufzugeben?

»Irgendwann muss er uns doch sagen, was er will«, sagte einer der vermummten Männer.

»Ich weiß es nicht!«, fauchte Erik. Er hielt die Anspannung kaum mehr aus. »Warum seht ihr da drinnen nichts?«

»Vielleicht ist es zu heiß«, sagte der, der mit der Wärmebildkamera hantierte. »Oder irgendwas schirmt sie ab.«

»Da sind drei Leute drin, und wir können mit diesem Hightechquatsch nicht sehen, wo sich wer aufhält?«

»Sie sind einfach verschwunden, da muss es noch was geben, das nicht im Grundriss eingezeichnet ist.«

»Der Studioraum«, sagte Erik.

Anne sah ihn an. Ihr Blick brannte auf ihm. »Es sind keine drei Leute da drin. Jedenfalls nicht lebendig.«

Sie hatten die Schüsse nicht hören können. Als die Tür plötzlich aufging, zielten sie mit den entsicherten Gewehren. Doch der Mann, der nun kam, war nicht bewaffnet. Er taumelte heraus, stürzte von der Laderampe herunter und blieb regungslos liegen.

Anne rannte als Erste zu Danny und versuchte, ihn aufzurichten. Sein T-Shirt war verschmiert mit Erbrochenem und Blut. Überall war Blut.

Epilog

Erik zündete sich gerade eine Zigarette an, als sie aus dem Krankenhaus kam.

»Wie geht's ihm heute?«, fragte er ohne Begrüßung.

Anne lächelte leicht. »Viel besser, aber er muss noch ein paar Tage hier bleiben.«

»Er hat so ein unglaubliches Glück gehabt!« Erik schüttelte immer noch vor Staunen den Kopf. »Ein paar Zentimeter weiter unten, und es wäre nicht so glimpflich ausgegangen.« Ralf Hermann hatte vor seinem Selbstmord noch auf Daniel Clarke geschossen, zum Glück aber war die Kugel nur glatt durch seine Schulter gegangen. Fast eine Woche war seither vergangen. Erik wusste, dass Anne jeden Tag bei ihm war, bis man sie aus dem Krankenzimmer rauswarf.

»Was machen Sie hier? Wollten Sie auch zu ihm? Ich glaube, die lassen keinen mehr rein.«

»Ich hab auf Sie gewartet«, sagte Erik ehrlich. »Schließlich haben wir die letzten Tage nicht viel von Ihnen zu sehen bekommen, und da dachte ich … Vielleicht irgendwo einen Whisky? Äh, oder natürlich auch einen Wein.«

»Whisky ist prima«, grinste sie.

Er warf seine Zigarette auf den Boden und ging zurück zu seinem Auto. Auf halbem Wege blieb er stehen und drehte sich zu ihr.

»Es sei denn, Sie haben noch Besuch?«

Anne sah ihn irritiert an, dann lachte sie. »Ach sieh an, Micha hat geplaudert! Nein, ich habe definitiv keinen Besuch. Und was ist mit Ihnen?«

Er schüttelte den Kopf und winkte ab. Nachdem Inga und

Cordelia ihm noch eine Weile auf die Nerven gegangen waren – oder vielmehr: nachdem Inga ihm auf die Nerven gegangen war, denn gegen Cordelia alleine hätte er nichts gehabt –, hatte er sich genötigt gesehen, ein Machtwort zu sprechen. Er hatte einfach entschieden, Cordelia solle weiter auf ihre alte Schule gehen und damit Schluss. Cordelia war hochzufrieden mit diesem Vorschlag, und Inga hatte zähneknirschend eingesehen, dass dies wohl der einzige Weg war, ihre Tochter zumindest vorerst nicht völlig von sich wegzutreiben. Am nächsten Morgen waren sie dann einträchtig in Ingas Mercedes gestiegen und wieder nach Hamburg gefahren. Seitdem genoss er die Ruhe in seiner Wohnung.

Anne und Erik fuhren gemeinsam zum Stadthafen.

»Bisschen Heimatgefühle dachte ich«, grinste Erik, als sie vor dem Irish Pub hielten.

»Haha«, kommentierte Anne trocken.

Sie bestellten sich beide einen doppelten Lagavulin.

»Haben Sie sich noch mal mit Dirk Sass befasst?«, wollte Anne wissen. Erik schüttelte den Kopf.

»Dafür sind andere Kollegen zuständig. Aber an Sass ist man schon so lange dran, ich bezweifle, dass da jemals etwas rauskommt. Malte hat übrigens großartige Arbeit geleistet«, wechselte er das Thema. »Er hat alles so rekonstruiert, wie es am wahrscheinlichsten war. Und das war nicht einfach, weil alle, die direkt mit dem Vorfall zu tun hatten, tot sind. Oder sie können sich nicht erinnern, weil es so lange zurückliegt.«

»Er hat mir schon alles erzählt«, lächelte Anne.

»Oh, hat er das.« Erik war etwas enttäuscht.

»Na, raten Sie doch mal, wer ihm bei dem Abschlussbericht geholfen hat!«

»Ach, jetzt versteh ich …« Erik hatte sich schon ein wenig gewundert, dass Maltes Resümee so rund, klar und ausgereift gewesen war.

»Dann wissen Sie sicher auch, dass wir immer noch nicht die Kleidung und die anderen persönlichen Gegenstände der Opfer gefunden haben. Hermann hat ganze Arbeit geleistet im Verwischen von Spuren«, fuhr er fort. Anne nickte. Erik hoffte, dass sie verstand, warum er ihr dies gerade sagte. Sie sollte wissen, dass sie den Fall ohne sie nicht gelöst hätten. Aber er schaffte es nicht, es ihr direkt zu sagen.

»Ich konnte in den letzten Tagen nicht kommen, das war hoffentlich in Ordnung«, sagte Anne.

»Weiß ich doch, deshalb hab ich Sie auch in Ruhe gelassen. Aber könnten Sie mir eines noch erklären? Nicht ganz verstanden habe ich, warum er erst Lena tötete. Hätte er nicht Angst haben müssen, dass Elisabeth Jansen die Polizei verständigt? Malte hat gesagt, oder vielmehr Sie haben es ihm gesagt, wie ich jetzt weiß, Hermann wollte, dass sie wegen ihrer Nichte leidet. Also hätte Hermann ihr doch sagen müssen, dass er derjenige war, der …« Er unterbrach sich. »Immerhin lagen einige Wochen dazwischen!«

Anne schüttelte den Kopf. »Aber er hat es ihr doch erst gesagt, als es schon zu spät war! Er wollte sie leiden sehen. Malte hat überprüft, wie oft Ralf Hermanns Wagen sowohl bei Lena als auch bei Frau Jansen gesehen worden war. Vor Lenas Haus ist er keinem aufgefallen, aber er stand recht häufig im Kammerhof auf dem Parkplatz. Da stört sich bei so vielen Häusern und Wohnungen natürlich niemand dran. Ich denke, dass er ganz oft bei ihr war und zugesehen hat, wie sie unter Lenas Verschwinden litt. Und dann unter ihrem Tod. Sie sollte so leiden, wie er jahrelang gelitten hat.«

»Und erst dann hat er sie entführt … und ihr alles haarklein erklärt: warum er sie umbringen will, was er mit Lena und den anderen gemacht hat …«

»Davon ist auszugehen, ja.«

»Warum hat Isolde Engelmann nicht schon früher mit uns darüber geredet?« Isolde Engelmann war vor drei Tagen plötzlich in Rostock in der KPI aufgetaucht. Da Anne nicht da gewesen war, hatte sie mit Erik und Malte gesprochen. Von Sievers' Tod hatte sie aus der Zeitung erfahren und war dadurch bereit gewesen, über alles zu sprechen.

»Sie wollte ihre Freundin schützen und dachte, dass diese nichts Böses getan hatte. Hat sie so gesehen auch nicht.«

Nachdem Malte mit Isolde Engelmann telefoniert hatte und ihr der Weggang des kleinen Ralf Hermanns wieder ins Gedächtnis gekommen war, hatte sie sich an noch mehr erinnert. Ihre Freundin Lisbeth hatte sich ihr dieses eine Mal anvertraut. Dass sie von einer Dummheit wisse, die jemand vorhabe, und dass sie diese Dummheit gerne verhindern würde, aber keine Ahnung habe, wie. Näher ins Detail hatte sie nicht gehen wollen, und Isolde hatte ihr geraten, offen und ehrlich darüber zu sprechen. Auch wenn sie keine Ahnung hatte, was sie ihr in dem Moment geraten hatte.

»Ich kann mir das alles gar nicht vorstellen«, seufzte Anne. »Und ich wundere mich ehrlich gesagt, dass nicht mehr passiert ist durch die Offenlegung der Stasiakten.«

»Vielleicht haben sich die meisten schon denken können, wer sie bespitzelt hat«, überlegte Erik.

»Vielleicht …«

Schweigend tranken sie ihren Whisky.

DANKSAGUNG

Ich möchte allen danken, die mich bei der Arbeit an diesem Buch unermüdlich unterstützt haben.

Ganz besonderer Dank geht an Dr. Klaus Gramann, Dr. Rainer Ternieden und Andreas Weiß für die Beratung in den Bereichen Psychologie und mediale Fähigkeiten.

Weiter an die Kriminaltechnik, die Mordkommission und die Pressestelle der KPI Rostock sowie an den Ersten KHK Eckardt Schuldt, Leiter a. D. des Fachkommissariats 1 in Rostock, an KHK Holger Ewe von der Mordkommission Mittelhessen und, ganz wichtig, an KHK Karsten Lauber vom LKA Bayern für die polizeiliche Beratung. Für die Unterstützung bei den Recherchen in Rostock und die Informationen und Gespräche über die ehemalige DDR danke ich Dr. Caroline Sommerfeld-Lethen, Prof. Dr. Helmut Lethen, Frank Schneider, Matthias Fischer, Frank Sporkmann und Markus Müller.

Danke auch den Mitarbeitern des Lübbe-Verlags, besonders meiner sehr geduldigen Lektorin Sabine Cramer.

Aber nie wäre das Buch möglich gewesen ohne Lianne Kolf, Isabel Schickinger, Ingeborg Castell und Tatjana Seel, ohne Andrea Partscht und Kathrin Eckl. Danke C. W. für alles. Für Dich daher dieses Buch.